No digas que me conoces

Novela

Sergi Doria

No digas que me conoces

DESTINO

PEFC Certificado

Este libro procede de bosques gestionados de forma sostenible

PEFC

PEFC/14-38-00305 www.pefc.es

Ediciones Destino, un sello editorial de Editorial Planeta, S. A.
Avda. Diagonal, 662-664, 08034 Barcelona (España)
www.edestino.es
www.planetadelibros.com

Diseño de la cubierta: Booket / Área Editorial Grupo Planeta
Imagen de la cubierta: © Lee Avison / Trevillion Images y Shutterstock
Imágenes del interior: © Archivo Jordi Llucià Malz
Primera edición en Colección Booket: septiembre de 2024

Depósito legal: B. 13.499-2024
ISBN: 978-84-233-6475-6
Composición: Realización Planeta
Impresión y encuadernación: Liberdúplex, S. L.
Printed in Spain - Impreso en España

Biografía

Sergi Doria Alburquerque (Barcelona, 1960) es doctor en Ciencias de la Comunicación, periodista cultural del ABC y profesor en las universidades de Barcelona, Internacional de Catalunya y Ramon Llull. Autor del libro-reportaje *La Guineueta* (1995) y de *Imatges 1930. Barcelonins i moderns* (2004), en 2005 coeditó con Sergio Vila-Sanjuán *Paseos por la Barcelona literaria*; ha reeditado el libro de viajes del capitán Enrique Blanco *Boston-Barcelona* (2006). Ha publicado una edición crítica de las novelas de Ignacio Agustí y de la narrativa de Josep Pla para la Fundación Castro, la guía literaria *La Barcelona de Carlos Ruiz Zafón* (2007) y la biografía *Ignacio Agustí, el árbol y la ceniza* (2013). Asimismo, es autor del ciclo novelesco barcelonés que inaugura *No digas que me conoces* (2015) y prosigue con *La verdad no termina nunca* (2018) y *Antes de que nos olviden* (2021). Ha publicado una trilogía de antologías de crónicas españolas de los años 30: *Un país en crisis* (2018), *Mujeres en primera plana* (2020) y *Los años amarillos* (2023).

A Ramona y Vicente, mis padres

A Carlos Ruiz Zafón y Antonia Kerrigan,
in memoriam

Yo soy una novela que anda.

A. L. B.

Nunca se vio en archivos, laboratorios ni audiencias documento humano más difícil de leer e interpretar. Aquí se embotan los más agudos y cortantes filos de penalistas y psicólogos. Aquí se estrellan jueces y letrados, clínicos y doctores...

RICARDO LEÓN, escritor

Yo me acuerdo de él, no con el rencor de un banquero o de un policía, que fueron sus enemigos naturales, sino con la simpatía que inspiraba aquel hombre correcto, fino, bien educado, que me saludaba afablemente todas las tardes de corrida en el tendido de la plaza de toros, como si no fuera él, como si fuera otro que no pudiera interesar a mi espíritu periodístico.

BRAULIO SOLSONA, periodista

El más perfecto y acabado ejemplar del estafador cumbre y posiblemente genial que en el terreno de la frescura ha batido el récord y llegado a la meta...

MANUEL CASAL GÓMEZ, comisario de policía

Estoy dispuesto a que el mundo me haga justicia cuando se conozca mi historia...

A. L. B.

Barcelona, lunes 7 de junio de 1926. Campanas de las seis de la tarde. El aire merece ser respirado.

Un viejo atraviesa a paso vacilante la Gran Vía, entre las calles de Gerona y Bailén. El sol barniza los adoquines. El viejo de barbas blancas se palpa, ensimismado, los abultados bolsillos de su traje raído. Sorprendido por el rumor del tranvía, se detiene en seco y se echa atrás. Justo cuando otro tranvía, el 30, circula en dirección opuesta, rumbo a la plaza Tetuán... Las ruedas rechinan sobre las vías. Un frenazo imposible: al agudo quejido de metal sucede un sordo baquetazo.

El conductor del tranvía se apea del vehículo, agarra el cuerpo arrollado del viejo y lo arrastra como un saco para dejarlo, exánime, junto a un poste. Los atónitos viajeros asoman la cabeza por los vagones. Algunos pretenden ayudar, pero el tranviario los disuade.

—¡No pasa nada! ¡Continuamos el trayecto! ¡Un vagabundo borracho que no sabía ni adónde iba! ¡Ya lo atenderán!

En la Casa de Socorro de ronda San Pedro asisten al accidentado. El primer parte médico detecta contusión en el hipocondrio derecho y conmoción general; pronóstico reservado. La reconstrucción de los hechos corre a cargo de un guardia urbano. Hasta tres autotaxis han pasado de largo: no querían ensuciar la tapicería o pretextaban ir de retiro... El cuarto taxista se aviene a llevar al herido a la Casa de Socorro. El viejo, que sangra abundantemente por los oídos, balbucea un nombre... Antoni. Un nombre que a ninguno de los presentes les dice nada...

El médico recomienda su traslado al hospital Clínico, pero el conductor de la única ambulancia disponible en ese momento opta por llevarlo más cerca, al hospital de la Santa Cruz.

Cuatro horas después, el viejo de rostro enjuto y barbas blancas con alguna tonalidad rojiza reposa en uno de los camastros de beneficencia, junto a otros treinta y nueve enfermos; su voz es apenas audible. En el registro de admisiones apuntaron Antonio. El enfermero rebusca en la raída chaqueta sin hallar documentación alguna. De los abultados bolsillos extrae veinticinco céntimos en monedas, un pañuelo sucio, varios cordeles, una diminuta Biblia o devocionario, dos puñados de nueces y pasas de Corinto...

Los doctores concluyen que el viejo padece conmoción cerebral, fractura de costillas y de la base del cráneo, hemorragias internas, contusiones en las piernas y heridas en la mejilla y la oreja izquierdas.

Las campanadas de medianoche redoblan la hora redonda de la muerte. El herido ya es un moribundo: cualquiera de los próximos minutos puede ser el definitivo.

Justo en esos momentos estoy velando a una mujer demacrada que ronca su agonía en la cama junto al lecho del viejo doliente.

—Hijo mío... —murmura con voz pastosa.

—¡No digas que me conoces! —Le tapo la boca con la mano.

Entonces un hombre de traje impecable y gafas redondas irrumpe en el hospital de la Santa Cruz. Nadie le saluda porque nadie le conoce. Excepto yo, que le miro fijamente. El desconocido sortea las batas blancas que rodean al viejo y se me acerca.

—¿Qué hace aquí? —me interroga al oído.

—Alguien me ha llamado para que viniera —contesto.

De pronto el viejo abre los ojos, quizá por última vez. Sus pupilas, azules y cristalinas, buscan la mirada del hombre de traje impecable. Los médicos observan de reojo al desconocido. El sacerdote que prepara la extremaunción se aparta de la cabecera del herido y deja que el desconocido se acerque.

El rostro tumefacto del viejo parece serenarse.

—Antonio... Es usted... Aquellos versos de mosén Cinto en San Baudilio... —deja escapar con un hilo de voz.

El hombre del traje se acerca al agonizante y le susurra algo en el oído sanguinolento. El viejo sonríe con los párpados entornados.

—«*D'un misteri volava a altre misteri...*» —musita. Luego cierra los ojos.

El sacerdote comienza a administrarle los óleos... Los presentes no salen de su asombro.

—¿Acaso sabe quién es? —inquieren a coro al hombre del traje impecable.

—Este hombre es Antoni Gaudí —responde secamente, mientras se encasqueta el sombrero.

—¡¡Gaudí!! —El nombre del arquitecto revoluciona el hospital.

—¡¡Localicen a sus allegados y colaboradores!! —ordena el médico jefe a una de las monjas.

—¿Quiénes son? —suplica la novicia, atribulada.

—Mosén Parés, el arquitecto Sugrañes, el padre Agustín Mas de San Felipe Neri... —informa el desconocido antes de marcharse.

Yo le persigo por un pasillo de piedras góticas hasta el patio de convalecencia. Detrás de nosotros, un amasijo de gemidos y jaculatorias.

—¿Fue usted quien me llamó? —insisto con rabia.

Él vuelve la cabeza. Su respuesta resuena como un eco de la mía; una irónica venganza rematada con una sonrisa acusadora:

—¡No digas que me conoces!

Luego, el hombre del traje impecable se pierde en el crepúsculo.

1

Cárcel de Avilés, primeras sombras de la noche del 16 de noviembre de 1918. Un sujeto con pinta de señorito asoma la cabeza por un boquete practicado en el tejado de la anticuada prisión. Los que le siguen no son de su misma condición social: un puñado de ladrones de baja estofa. El misterioso ideólogo de la fuga se hace llamar, según se le antoja, Antonio Villamil, o Tomás Portolés... Los reclusos han colocado sobre sus camastros los colchones y encima de ellos un banco, hasta llegar a tocar el techo. El selecto cerebro de la evasión había detectado que las vigas de madera de la celda estaban reblandecidas a causa de las goteras.

—Esta humedad nos matará o nos salvará —repetía con sorna y ojos brillantes.

Resultó fácil levantar unas tablas y acceder al tejado, desde el que los evadidos se descolgaron anudando las sábanas para que hiciesen el oficio de cuerdas. Según la crónica del *Diario de Avilés*, la distancia entre el extremo del banco que sirvió de punto de apoyo y el barrote del techo indicaba que la persona que alcanzó el tejado era de elevada estatura o un buen gimnasta: de esta manera pudo ayudar al resto de los presos a darse el piro. Fue tan fácil que hasta los que estaban a dos días de acabar la condena prefirieron acompañar al elegante fugitivo.

Casi un mes después, el 13 de diciembre de 1918, la Jefatura Superior de Policía transmitía a todas las comisarías españolas una orden extraordinaria de busca y captura del tal Villamil o Portolés.

El 12 de enero, el tal Villamil o Portolés era detenido por los inspectores Haro y Santos, justo en el momento en que adquiría una localidad en la taquilla del teatro Victoria de Madrid, dedicado a espectáculos «sicalípticos» o subidos de tono.

«El detenido conoce cuatro o cinco idiomas y posee una inteligencia fuera de lo común. Poco antes de llegar a Madrid, todavía tuvo tiempo de proveerse de fondos con otra estafa en Manresa...», anotaron sus captores en el primero de los informes periciales.

Haro y Santos destacaron también su «imaginación volcánica, un desparpajo que congela y una afición a lo ajeno que supera todas sus otras excepcionales aptitudes».

En el expreso que los llevó a Barcelona los policías tuvieron tiempo de escuchar algunas «hazañas» del detenido. Entre las más espectaculares, esa evasión de la cárcel de Avilés llevándose con él a todos los reclusos. Además de tomar las de Villadiego, nuestro hombre dejó una sarcástica nota al alcaide explicando que se largaba del trullo debido a sus incomodidades: la excesiva humedad del lugar le provocaba reumatismo; justificaba la huida como una medida higiénica para preservar su salud y la de sus colegas de celda.

En la gélida noche barcelonesa, el secretario de policía Hurtado, sentado ante una máquina de escribir, intenta verter en una amarillenta hoja de papel pautada los supuestos datos del detenido. ¿Nombre o nombres? Dice llamarse Antonio Villamil... Pero también se le conoce por Antonio Villaurrutia o Antonio Ramírez de Villaurrutia, o Antonio Ràfols, o Isidro Lozano, o Tomás Portolés, o Francisco Martínez Cañabate, o Francisco Martínez Magro, o Antonio Gador Orduña, o Mario Pickman, Edison o Harrison —cuando se pone en plan extranjero—, o Antonio Aribau Busset (o Bussé o Bussef), o Antonio Llucià Bussé, o Fernando Caamaño, o Luis de Guevara, o Danilo de Somoza, o José María de la Cuesta... ¿Y qué tal Orlando de la Riva?...

El comisario Castellanos hace ya un buen rato que perdió la paciencia.

—De lo que podemos estar un poco seguros es de que te llamas Antonio... Lo demás es puro cachondeo, como la revista que ibas a ver cuando te echamos el guante, pedazo de haragán... Tú sigue cantando nombres que yo me voy a acordar de todos tus muertos. —Y a continuación—: Hurtado, no se duerma y páseme la ficha...

Hurtado, el hombre de la máquina de escribir, canta como un niño de San Ildefonso:

—Edad aproximada, treinta años; estatura, uno setenta y cinco; complexión delgada; cara y nariz alargadas; ojos claros como el cabello tirando a trigueño, aunque escaso; frente amplia, bigote recortado a la moda. Destacar varios lunares carnosos: dos en la sien derecha, otro sobre la ceja derecha, otro en la mejilla izquierda y otro más debajo de la oreja derecha... Con tanto lunar no es extraño que se comporte como un lunático... —apostilla bromista.

—No tenemos bastante con el estafador de los mil nombres, solo falta que usted se haga el gracioso —rezonga indignado Castellanos—. No estamos para chistes, prosiga con la información recabada hasta el momento.

—Disculpe, señor comisario, era para desdramatizar el ambiente... Prosigo. Quienes le conocen o, mejor dicho, han pasado por la experiencia de ser estafados por él, aseguran que siempre viste con elegancia y cuando se disfraza lo hace con categoría: se ha disfrazado de obispo, de militar, con la indumentaria de las órdenes aristocráticas... Se le contabilizan siete matrimonios, seguramente simulados pero lo suficientemente creíbles para sacarles el dinero a sus esposas y suegros respectivos. Es políglota: castellano, catalán, francés, alemán, italiano, inglés, portugués y él dice que también el esperanto y el caló...

—Ya, ya. Es muy políglota, ya —masculla el comisario.

—¿Prosigo?

—No tenemos toda la noche. ¿A qué espera? ¡Acabe de una vez!

—En estos momentos está reclamado por los juzgados de Aoiz (Navarra), Avilés (Oviedo)...

—Ya me sé las provincias. Aprobé Geografía. ¡Acabe, por Dios, Hurtado!

—... Y Valladolid, Guadalajara y Alcalá de Henares...

—¿Qué más?

—¿Lo de Avilés?

—Lo de Avilés.

Hurtado lee de carrerilla:

—«El pasado 16 de noviembre, Villamil se fugó de la prisión de Avilés y se llevó con él a todos los presos...» Como el flautista de Hamelín.

Hurtado levanta la vista y la cruza con el comisario. No hará más bromas.

—He mencionado lo del flautista porque todos son unas ratas de la delincuencia... —se disculpa.

—Sí, hombre, sí. Ahora disimule sus chascarrillos...

—Acabo. «En el momento de la detención se le encontraron seiscientas pesetas; cheques bancarios de ciudades diversas; dos kilométricos a nombres distintos, en uno aparecía solo y en el otro, con una mujer...» ¿Leo la carta que remitió desde Madrid?

—Metidos en esta comedia de enredo y como aquí todo nos lo tomamos a chacota, no viene de un chiste más. Lea.

—Pues se la envió con muy buena caligrafía al letrado querellante con el encargo de que se la pasara a su abogado defensor con fecha de 18 de noviembre, o sea, cuarenta y ocho horas después de darse el piro. ¿Se la leo?

Impaciente, el comisario arranca la misiva de las manos de Hurtado.

—Ya la leo yo solito.

Sr. Don Horacio Mera

Muy señor mío:

Le ruego se sirva presentar mis excusas al señor Díaz. Estuve esperándolos dos o tres días y habría sido, como usted comprenderá, tonto de capirote si no hubiese aprovechado la ocasión ausentándome de Avilés.

Dentro de media hora salgo para Barcelona.

Le ruego también me guarde unos números de *La Voz*. Ya le diré dónde fijo mi residencia.

ANTONIO

Mientras el comisario lee, Hurtado esboza una sonrisa de conejo.

—Ríase, ríase... Todo son risas esta noche. Que pase el rey de la comedia.

El presunto Antonio Villamil se acerca esposado y flanqueado por dos agentes.

—Le vamos a tomar la filiación —le susurra Hurtado.

El estafador se sienta con cara de póquer y sin decir palabra. Después de darse una vuelta en torno al detenido, el comisario enciende un pitillo y comienza el interrogatorio.

—¿Cómo se llama usted? Y ahora no me recite veinte nombres...

—Cualquiera de los nombres que ustedes conocen...

—Ya empezamos. No perdamos la paciencia. ¡Eso no puede ser! ¡Usted me ha de dar un nombre, uno solo! ¡Tiene la obligación de comunicarlo a la autoridad! Quiero escuchar su nombre, ¡el suyo, coño!

—¿El mío? Bueno, pues pongan ustedes Eladio Murga... ¿No le parece sonoro?

—¿Segundo apellido?

—¡Ah! Es verdad, hay que decir un segundo... apellido. Pues... ponga López. Como segundo ya está bien.

El comisario se mete las manos en los bolsillos antes de que se lancen al cuello del hombre sin nombre.

—¿Edad?

—Veintiocho años. ¿Me los ponía usted o parezco más joven?

—Me importa un pepino si usted parece más joven o es Matusalén en persona, ya sabemos que se disfraza de mil maneras... ¿Lugar de nacimiento?

—¡Caramba! ¿Dónde habré nacido yo? ¡Ah, sí! Me parece que en Sacedón, provincia de Guadalajara, bien cerquita de Madrid. ¿No lo nota por el acento de Sacedón?

—Si en Sacedón hablasen catalán, lo notaría. ¿Me toma usted por imbécil? ¿Sus padres?

—Mis padres bien, gracias.

—¡Que me diga cómo se llaman!

—¿Resulta evidente, no? Romualdo y Romualda.

—¿Se cree que nos chupamos el dedo, tío listo? ¡Profesión!

—A su edad... chuparse el dedo no quedaría muy bien... ¿Profesión? Si he venido de Avilés a Madrid, pues está bien claro: turista.

—¿Residencia habitual?

—Mi patria es el mundo. Perezco por viajar...

El comisario aplasta el cigarro en el cenicero y se aparta del detenido.

—Nos espera una nochecita larga. Hurtado, proceda: dactilografía, retrato...

El secretario de policía completa la ficha y la relee por enésima vez:

> Villamil, o como se llame, es joven, alto, rubio, atractivo aunque con varias verrugas en el rostro. En el momento de su detención vestía americana, terno negro, de buen corte y flamante; lleva botines de chanclo de charol y caña gris; camisa violeta clara y corbata de punto azul

con lunares amarillos. Del bolsillo izquierdo de la americana asomaban unos guantes oscuros. Portaba bastón y un paraguas de seda, con varillaje de marfil y sombrero de terciopelo. Cuando lo esposaron se dio una palmada en la frente y recordó a los policías que desde primera hora tenía alquilado un coche por 65 pesetas y el cochero debía estar invocando a todos los diablos cansado de esperar en la calle Sevilla...

El detenido levanta la mano.

—Señor comisario.

—Si no va a contar nada relevante, mejor cállese...

—Es importante...

—Diga.

—El informe menciona un paraguas y un bastón...

—Sí, eso dice... ¿y qué pasa?

—Querría que le enviase el juego de bastón y paraguas (los dos son de la misma marca) al portero del hotel donde me alojaba: estoy convencido de que fue él quien me descubrió y no ustedes...

El comisario monta en cólera.

—¿Ha oído, Hurtado? ¡Que se lo lleven antes de que utilice los métodos de mi colega Bravo Portillo!

Castellanos se aproxima al detenido con el puño cerrado y amenazante.

—¡Que lo encierren en la Modelo...! ¡Ya mismo! ¡No quiero verlo ni un minuto más!

Los dos guardias arrancan de la silla al detenido.

—Ciento nueve timos... —musita el comisario con un tono que no se sabe si es de sorpresa o admiración. Luego abre la puerta de la comisaría y se dirige a los reporteros que siguen el caso, estilográfica en mano.

»Muy buenas, señores —saluda Castellanos—. Solo

sabemos que no se llama Villamil, sino Tomás Portolés Grau. Él suele decir que ha nacido en Calanda, pero creemos que es catalán... Según su versión, de niño marchó a La Habana, bajo la protección de un tío suyo que ahora reside en Zaragoza. El tío le proporcionó una buena suma de dinero para que recibiera una educación esmerada y él se lo gastó en una mulata cubana...

—Algún día encontraré a un periodista al que contarle mi vida... —susurra el detenido a uno de los reporteros, antes de que lo metan en el coche celular...

2

En la Modelo. Allí estaba yo, Ángel de Lajusticia. Era mi nombre de guerra en los folletos de agitación anarcosindicalista. La «gimnasia revolucionaria» tiene esas cosas. Un día acabas en chirona.

O sea que, resumiendo, aquel enero de 1919 fui a dar con mis doloridos huesos en la cárcel, tras una concienzuda paliza con toallas mojadas en la comisaría de Atarazanas; el comisario Bravo Portillo pretendía que delatara a otros camaradas de la huelga de La Canadiense... Aquellos días, las Tres Chimeneas de la fábrica de electricidad del Paralelo habían dejado de exhalar bocanadas de humo. Me lanzaron a empellones en la celda bajo las penumbras de la tarde. No noté mucho cambio: el trullo estaba en tinieblas, como toda Barcelona. Con las manos apoyadas en el suelo pringoso, levanté la vista. En un rincón, junto al ventanuco que dejaba pasar una luz mortecina, se perfilaba la silueta de mi compañero de cárcel. Sentí vergüenza de mis harapos hediondos. Me incorporé con ímprobo esfuerzo y un rumor de huesos que no quería corresponder a las órdenes de mi cerebro.

Frente a mí había un hombre más o menos de mi edad, al borde de la treintena. Vestía traje oscuro, camisa a rayas de buena confección que no hace mucho debía de adornar una corbata. El pelo castaño claro, tal vez por los efectos de la brillantina, peinado hacia atrás. La frente amplia y los pómulos pronunciados.

El desconocido me tendió la mano para que acabara de incorporarme. Con las pupilas acostumbradas a la luz gastada de la celda pude observar con más claridad la expresión amable de mi compañero. Su voz sonaba cálida y transmitía confianza: un inequívoco acento catalán que yo podía identificar por ser de esta tierra o que podía pasar por extranjero fuera de Cataluña.

—Tomás Portolés, para servirle.

—Ángel de Lajusticia, escritor y reportero de la CNT, el sindicato más poderoso de España con capital en Barcelona, la Rosa de Fuego.

—¿Qué le ha llevado a hospedarse en este hotel? —preguntó sonriente.

—Querían que cantara los nombres de mis compañeros de lucha, como si fueran los reyes godos... La maldita política. «No te metas en política», ese es el testamento que los viejos nos legan antes de irse al otro mundo.

—Los políticos no sirven para nada. Son marionetas, muñecos articulados por la plutocracia. Hablando claro, por los bancos... —sentenció.

—¿A qué se dedica?

—Digamos que soy un viajante de comercio, un hombre que mueve capitales de aquí para allá...

—¿Invierte en la Bolsa?

Portolés soltó una carcajada nerviosa.

—Digamos que me gusta poner en aprieto a los banqueros y que tengo mis razones.

—Como no se explique mejor...

—Digamos...

Ese hombre me estaba poniendo nervioso.

—Digamos, digamos... Usted dice mucho pero no cuenta nada.

—¿Y qué sé yo de usted para contarle mi vida? Hace un rato he sacado de quicio a un comisario de policía que no ha conseguido nada... más allá de cuatro vaguedades sobre mi identidad.

—Me parece que nos empezamos a entender... ¿Y si le dijera que yo no soy el que soy pero que usted puede confiar en mí porque compartimos...? —alardeé.

Portolés me interrumpió.

—¿Compartimos? En este preciso instante, lo único que compartimos es una celda de la Modelo.

—Tiene razón. Pero usted va bien vestido, parece que las cosas no le van mal. ¿Qué diablos hace aquí?

—Digamos... Perdone, no repetiré ese verbo si le incomoda. Tal vez estoy aquí por una serie de malentendidos con movimientos de capitales e inversiones que he realizado en mis numerosos viajes por América del Sur, Europa y España.

—¡Acabáramos! ¡Usted es un capitalista! Pertenece a la casta que nos explota... En la jerga anarquista, mi enemigo de clase. Gente como usted financia a los pistoleros del Sindicato Libre (asqueroso sarcasmo) para que liquiden a los de mi sindicato... Así llevamos dos años... a tiros por las calles: acción, reacción; acción, reacción. Huelgas, cierre patronal. Gimnasia revolucionaria.

—Modere sus ardores sindicalistas... Yo no estoy contra los de su clase y la única gimnasia que practico es la gimnasia sueca y la del amor. Eso sí. Hacer el amor es el mejor ejercicio.

—Me parece que es usted un frívolo...

—¡No se precipite en sus conjeturas! Yo estoy, como usted, contra los bancos... Pero le rogaría, por favor, que no me hablase de política durante nuestra estancia en este hotel asqueroso en obligado régimen de pensión completa. La verdad es que los he conocido mejores: en Nueva York, La Habana, Baden-Baden, París...

—Veo que estoy ante una persona selecta y viajada —dije con retintín.

—Selecto, viajado y exhausto después de viajar en tren desde Madrid y todo un día de interrogatorios. Ya no queda luz y oigo los pasos del guardia que pasa revista a las celdas... Si le parece, mañana proseguimos con nuestra plática. Debo confesar que, a primera vista, me cae usted bien. Tengo mucha mundología y calibro el valor de una persona al minuto de charlar con ella. No estoy ante un sindicalista al uso...

—En realidad, no lo soy. Se podría decir que me metí en esto por idealismo juvenil. Soy escritor y vendo algún reportaje a los diarios...

El crepúsculo modelaba una faz inquietante en mi interlocutor.

—Ya se lo decía yo. Compartimos celda y posiblemente podamos compartir confidencias...

—Solo una cosa más...

—Diga.

—No será usted... de la acera de enfrente...

—Tranquilícese, amigo. Si de algo peco es de que me gustan demasiado las mujeres. Ya le contaré... si se porta bien y me deja dormir, aunque sea un ratito. Dispondremos de muchas horas muertas para conversar.

—Esto promete. Le repito que soy escritor y reportero.

—Si es un buen reportero sabrá que el juramento de Hipócrates de su oficio es mantener en secreto la identidad de las fuentes. Como el secreto de confesión para los curas... Pero mejor durmamos.

—Se expresa usted con un deje de distinción... Hum... Hipócrates...

—Estudié Medicina y conozco cinco idiomas, pero basta ya. ¡A dormir!

3

A plena luz pude identificar aquella cara. Me resultaba familiar. Hacía una semana había leído un reportaje en el semanario *Nuevo Mundo* sobre mi compañero... Después del recuento matinal y un desayuno a base de agua con retazos de pan duro aliviado con un terrón de azúcar, el tal Portolés y mi menda retornamos a nuestra suite confidencial.

—Creo que sé quién es usted.

Me miró entre escamado y divertido.

—¿Ah, sí? Pues debe de ser usted una mente privilegiada. Nadie sabe quién soy yo.

—Pues debe de ser usted Fantomas o Fregoli el transformista. ¿Se llama Portolés o Villamil? ¿Acaso no es el estafador de bancos que organizó la fuga de la cárcel de Avilés?

—Posee usted una envidiable memoria periodística...

—Antes de que me detuvieran y me canearan acostumbraba a hacer lo que ha de hacer un reportero. Leer la prensa cada día, aunque sea la de hace semanas. Cultivaba esa práctica en el Ateneo...

—¿Un tipógrafo en el Ateneo Barcelonés de la calle Canuda?

—De eso nada, tío listo. En el Ateneo Sindicalista de la calle de Poniente.

—Vamos a hacer un pacto. ¿Le interesa a usted mi vida? Si es así, yo se la cuento. Estoy harto de interrogatorios y me gustaría poder repasar mis, digamos, hazañas pecuniarias y amatorias con tranquilidad. Hay que buscar el lado bueno de las cosas. No sé usted, pero yo tengo para una semana aquí. Si la estancia se alarga, ya le explicaré cómo la resolveré.

—Esto no es Avilés...

—Hay otros métodos..., pero no avancemos acontecimientos.

—Pero ¿es usted el estafador del que habla la prensa? ¿Cómo me aseguro de que lo que me cuenta es verdad?

—Será casi todo verdad, menos algunas cosas que han publicado los diarios —respondió Portolés, sonriente—. Decídase... Necesito alguien que me escuche y, a ser posible, tome nota de lo que cuento. No descarto publicar la historia de mi vida en el momento oportuno y usted podría ser la persona que labrara esa posteridad. He leído cosas suyas y no lo hace mal...

—¡No es posible! ¡No hace ni doce horas que nos hemos topado por casualidad en una celda de la Modelo!

—Está usted ante uno de los hombres mejor informados (y uniformados) de España —contestó entre risas—. Sé de carrerilla el «Quién es quién» de este país y del mundo entero: resulta imprescindible para mis trabajos.

—Pero yo no estoy en esa guía de ricachones... —repuse molesto.

—Pero sí que está en los diarios...

—Como Ángel de Lajusticia en la prensa anarquista. *La Revista Blanca*, *Tierra y Libertad*, *Solidaridad Obrera*, alias la *Soli*...

—Créame, señor... Ángel de Lajusticia. Si alguien sabe de nombres soy yo. De nombres, caligrafías y gramáticas. Usted es un buen escritor... ¿O acaso no salió de su pluma aquel sobrecogedor reportaje sobre los exorcismos en la ermita de la Balma en Castellón?

—Sí. Pero ahí no firmaba Ángel de Lajusticia.

—Lo sé. Ahí era Aurora Rojas. Además de cambiar de nombre, cambió de sexo; yo nunca he llegado a tanto. Si mal no recuerdo, el reportaje apareció en *Tierra y Libertad*. Creo que usted malgasta su talento vagando por los planetas de la utopía. Podría ser, por ejemplo, reportero de *El Día Gráfico* de nuestro simpático magnate o mangante Pich y Pon, el hombre de las Eléctricas y de las frases electrocutadas.

—No me miente la electricidad. Ya tengo suficiente con La Canadiense y sus Tres Chimeneas..., señor Portolés o como se llame. No sé para qué necesita de un escribidor como yo porque usted se apañaría solito para narrar su vida.

—No puedo hacerlo y más tarde le diré por qué. ¿Acepta el reto, o prefiere quedarse tirado en el camastro dibujando chicas desnudas en la pared?

—Vamos a ello... No tengo papel.

—¿Dónde se ha visto cosa igual? ¡Un reportero sin papel! Ahí van un par de libros de contabilidad y tres estilográficas.

—¿No le han registrado?

—Sí, pero como dice usted, todavía hay clases y propinas con clase que permiten conservar ciertos artículos cuando uno entra en este tipo de hoteles. Pero no perdamos el tiempo. Es invierno y la luz se acaba pronto.

—Lo podríamos titular, provisionalmente, *La historia de un aventurero...* —sugerí.

—Eso, aventurero. Vamos al grano. A los veinte años, cansado de vivir con mi tío Leonardo Manuel Buñuel en La Habana y debido a su intransigencia con algunas trastadas que cometí, me tomé un dinero prestado de sus ahorros y me financié así un viaje a Estados Unidos. Lo pasé muy bien en Nueva York, pero cuando uno lo pasa muy bien, o demasiado bien, se le acaba pronto el capital. Con el dinero que me quedaba pagué un billete para Europa y me volví a Barcelona...

—Disculpe, señor aventurero, pero su aventura comienza a los veinte años. ¿Usted no fue niño?

—Señor reportero, o escritor. Los momentos narrativos los marco yo en función de mi memoria. Cada cosa a su tiempo y no me interrumpa mucho porque perderé el hilo.

»En Barcelona trabé amistad con un empresario alemán: Schroeder. No sé si me atrajo su dinero, o la belleza de su hija a la que llamaremos Loreley. Como el hombre andaba algo alicaído (tanto como mi cartera) decidió viajar por motivos de salud al balneario de Karlsbad. Gracias a mis conocimientos de la lengua teutona, me hice íntimo de aquella hija tetona que quería aprender español... ¡Y a Karlsbad que nos fuimos los tres! Fueron tres noches de amor con la valkiria y tres mil pesetillas que ella me cedió de sus ahorros. Salí del balneario a paso ligero y en Hamburgo pasé algunas noches locas. Ya sabe que en la Alemania actual cualquier hombre con unos centavos en el bolsillo es el rey de la república. Los favores a otra alemanita me dejaron sin un marco. Ni corto ni perezoso, me personé en el consulado español. Me presenté como un diplomático al que le habían despojado de su dinero y el cónsul me facilitó billete para un vapor que me dejó de nuevo en Barcelona.

—Como no me ha aclarado nada de su vida anterior a los veinte años, ando un poco perdido sobre su facilidad para convencer a un cónsul...

—Todo a su tiempo, Ángel de Lajusticia, aunque prefiero no escuchar el concepto que usted tiene de la justicia. En la Ciudad Condal logré colocarme de tenedor de libros en una casa de comercio. La contabilidad no se me da nada mal y de allí distraje casi cuatro mil pesetas con las que me fui a París. En el viaje conocí a un tal señor Puig Boronat, que era a la sazón alcalde de Valencia...

—¿Otra estafa, mejor dicho, otra aventura?

—No tenía previsto complicarme en otra aventura. En Barcelona habían denunciado mi sustracción y mi familia se movilizó para reparar la trastada pagando en especies con una obra de arte que habíamos conservado durante generaciones. El asunto lo solucionó un hermano mío que hace las veces de ángel de la guarda.

Hacía tiempo que no tomaba notas a tanta velocidad...

—Pues el tal Puig Boronat, empeñado en que yo era el rey Alfonso XIII que viajaba de incógnito para una de sus aventuras extraconyugales... Y yo, que no, señor. Y él, que sí. Después de mirarme en un espejo caí en la cuenta: mis rasgos encajaban con los del monarca. Estuve un rato dudando: era un poco fuerte hacerse pasar por el Cametes... Pero no tanto afirmar que era un pariente suyo.

—Y como el hombre insistía...

—Como el hombre insistía, me dejé agasajar. Puig Boronat seguía viaje a Suiza: me dio su tarjeta y sus señas; en cuanto llegué a París invertí el dinero en trajes y camisas acordes con la realeza española. Jugué en el casino y frecuenté el Moulin Rouge. Yo ya me habría quedado en la fiesta parisina, pero a ese tipo de chicas ya las conocí en la Barcelona del 14. Ya sabe, las *cocottes* que emigraron aquí por la Gran Guerra. Tomé el tren y me fui a Ginebra, donde por aquellos días se celebraban grandes festejos. Como todos los hoteles de categoría estaban abarrotados, me dirigí al que hospedaba al alcalde valenciano. Hice que lo avisaran y explotando mi talante regio alabé su perspicacia al haberme reconocido y le pedí que me cediera una de las dos habitaciones que tenía reservadas. Allí disfruté de cinco días totalmente gratis. Puig Boronat no me dejaba pagar ni un sobre de papel de fumar. Con él me corrí varias fiestas, digamos privadas, siempre con la condición de que no desvelara mi regia identidad. Después de abastecerme con más trajes y algún *gadget* de categoría, cargué los gastos al Ayuntamiento de Valencia y me despedí amablemente de su generoso alcalde. De Ginebra pasé a Francia. En un hotel de Bourg-Madame me encontré con un compatriota, el señor Pellorce. Me di cuenta de que aquel hombre podría financiar mi próxima aventura.

—Su próxima estafa...

—Habíamos quedado en aventuras... ¿Prosigo mi relato o lo dejamos? Bien... Dueño de una empresa eléctrica y residente en Alemania, Pellorce tenía dinero y una hija de la que, digamos, me enamoré. Era una provincianita tímida y candorosa. Después de unos días deliciosos, entre baños y veladas líricas, comuniqué a su papá que estaba locamente enamorado de su hija y quería casarme con ella. Pellorce no solo bendijo la unión, sino que nos dotó espléndidamente. El viaje de luna de miel nos llevó por Italia, Francia e Inglaterra. Con mi habilidad para ganarme su confianza y explotar mi parecido con Alfonso XIII, del que decía ser primo lejano, invité a los Pellorce a una excursión a Vevey (Suiza) y nos alojamos en el hotel de las Tres Coronas. Le dije a Pellorce que en Milán había perdido un monedero cargado de billetes. Le pedí que me avalara un cheque de cuatro mil pesetas. El empresario no le podía negar nada a su yerno con una hija tan enamorada presionándolo para que aflojara la mosca. Mi flamante suegro me garantizó el cheque, que hice efectivo en la City londinense... Ya de regreso a España planté a mi adorable mujercita.

—¿No le gustaba tanto? ¿Por qué la abandonó?

—Algún día me comprenderá, señor Lajusticia. Dejemos hablar al tiempo. La dejé en casa de sus padres aduciendo un asunto de negocios importante que me reclamaba. Le dije, naturalmente, que estaría de regreso en pocos días.

—Y allí se quedó...

—Por cierto, según mis informaciones, la chica no ha vuelto a salir a la calle desde aquel desengaño. Por lo visto había anunciado a bombo y platillo su matrimonio. Y ya sabe usted lo que es el «qué dirán» en las ciudades de provincias...

—¿No me va a decir en qué ciudad de provincias se quedó su delicada esposa provinciana?

—No es un dato sustancial y nos queda mucha tela que cortar.

—O mucho cheque falso que colocar...

—Como usted prefiera. ¿Sigo yo o sigue usted con sus acotaciones?

—Disculpe. Sigamos con sus aventuras.

—Como no podía permanecer ni un minuto más en suelo español (Pellorce la debía haber tomado conmigo y se pondría sobre mi pista) a los pocos días de mi despedida a la francesa viajé a Inglaterra para embarcarme en un transatlántico con destino a Nueva York. En la ciudad de los rascacielos me pulí la generosa dote de mi efímero suegro y, haciendo gala de mi buen acento alemán, me hice pasar por berlinés y me colé en Guatemala; deseaba perder el mundo de vista y emboscarme por unos meses.

—¿Tramaba otra boda, quizá?

—No era el momento... todavía. Conocí a un alemán que me creyó compatriota suyo. Mi acento no era digno de Goethe, pero lo achaqué a mi larga estancia en Sudamérica. Aquel tipo no era trigo limpio, o mejor dicho, adormidera limpia, porque traficaba con opio que enviaba a los *States*. Le propuse la compra de una partida importante y me responsabilicé: yo ya me haría cargo de su transporte a Norteamérica. Mi propuesta debió de sonarle tan convincente que me anticipó un treinta por ciento del dinero; el resto me lo entregaría cuando la mercancía llegara a su destino. Convinimos el día y la hora de la recogida y el muy ingenuo me dio las llaves del almacén donde reposaba la carga opiácea. Ahí se debió de quedar, esperando. Porque yo no albergaba la más mínima intención de convertirme en traficante de droga. Todavía hay clases, aunque estén en lucha, como dice usted. Con el dinero fresco me trasladé a Nueva Orleans y de allí, respirando hondo el aroma a salitre, rumbo a La Habana, que es mi segunda patria.

—No me diga que volvió a casarse...

—Ya le he dicho que no era el momento de enamoramientos, digamos, interesados. Necesitaba dinero y engañé al dueño de una casa de comercio, después de ganarme su confianza, claro está. En la capital cubana conocí a Tomás Portolés, empresario cinematográfico al que he usurpado durante años su identidad, como puede usted comprobar. Y, ahora sí, me casé con Josefa Enríquez, hija del jefe de policía de La Habana. Aprovechando esos buenos contactos abrí una cuenta corriente en el Banco Cienfuegos; luego adquirí una porción de acciones de las minas españolas de Riotinto: di un documento de pago del potentado Danilo de Somoza, con la garantía de la Casa Fuente, Presa y Compañía. Gracias a la amistad con los hijos del empresario Fuente, con los que compartía diversiones picantes, tuve la brillante idea de cobrar un cheque falso por valor de diez mil pesos. Para ello preparé dos cheques: uno de diez pesos con cargo a mi escuálida cuenta corriente y el otro de diez mil con el aval de Fuente, Presa y Compañía. Al conocer mi buena relación con los avalistas nadie dudó en dar por válidos los dos cheques.

—Creo que ya tenemos suficiente confianza para que me desvele su *modus operandi*...

El aventurero sonrió con suficiencia.

—No sé si usted es de fiar... Es broma. Teniendo en cuenta que estamos en la Modelo, quizá sea el lugar más apropiado. Al fin y al cabo... ¿no dicen que la cárcel es la mejor escuela de delincuencia? Ahí va «el método», nada del otro jueves. Puro sentido común. Yo le pido que me garantice un cheque de mil francos que pretendo cobrar. Mis argumentos son convincentes, porque le entrego los mil francos en metálico...

—¿Y qué gana usted con tanto sentido común?

—No sea impaciente... Naturalmente, para hacer negocio, lo que hago, despacito y buena letra, es anteponer un guarismo a la cantidad de mil. Por ejemplo, si pongo un uno paso a cobrar once mil francos. *Voilà!*

—¡Hombre! Un uno es fácil de encajar delante del resto de los números... ¿Y la cantidad escrita en letras de debajo?

—A ver, señor mío. Antes se deja un espacio en blanco a la izquierda de donde pone mil. Lo justo para añadir esas cuatro letras mágicas. Once. Once... mil francos. Once veces la cantidad... Un retorno digno a Europa.

—¿Y no se cansa de tantas idas y venidas?

—Como comprenderá, tampoco puedo quedarme a esperar como un memo a que me echen el guante. En cuanto el respetable comerciante descubrió el estropicio bancario que él avaló debió de ir en mi busca acompañado de sus hijos. Después de que el barco atracara en Le Havre, pisé tierra dispuesto a darme un homenaje en el balneario de Encausse-les-Thermes.

—Es usted un devoto de la hidroterapia...

—No lo crea. Más bien de las personas que frecuentan los balnearios, casi siempre adineradas, y de los casinos de esos mismos balnearios. En esta ocasión decidí hacerme pasar por aristócrata mexicano. Me dejé un bigote amostachado y le puse tan buen acento a la cosa que engatusé a una niñata que no sabía lo que era un hombre... Sobre todo, un hombre que sabe darle a la ruleta. La sicalipsis pudo más que yo... Contraviniendo mis normas, antepuse el placer de Venus al beneficio pecuniario. La tontería, eso que los de su clase llaman «encoñamiento», me salió cara. La niña era un gancho de otro, digamos... de otro aventurero como yo. Fui sometido a chantaje. O pagaba, o me denunciaba por perversión de menores. Aunque tengo un corazón más frío que el de una cobra, en ese momento no tenía ganas de follones con la ley... Como la cantidad no era exorbitada, me rasqué el bolsillo y cedí a la amenaza del macarra. Luego resultó que la putilla tenía más de dieciocho años, pese a su apariencia infantil. Como es natural, me largué pitando de allí, no fuera que vinieran a por más dinero.

—Veo, no sin cierta satisfacción, y me disculpará, que en sus aventuras no siempre se sale con la suya. Ahora parece usted hasta humano.

El aventurero no respondió a mi observación y siguió a lo suyo:

—Necesitaba una tierra amable y con vistas al mar. Nada mejor que Palma de Mallorca para poner en práctica, una vez más, mis habilidades caligráficas: le endosé un cheque falso de cinco mil pesetas al Crédito Balear. Lo rubriqué como Marcial de Bussé. Dice el Génesis que no es bueno que el hombre esté solo y yo me gané, nunca mejor dicho, el amor de una argentinita con la que viajé a Egipto y a Argelia, donde recalamos en Orán. La argentinita no era una profana en las lides aventureras y puso sus encantos al servicio de un negocio de cebollas que llevé a cabo...

—Por fin una empresa honrada... ¿O no?

—Honrada, honrada... Apliqué el mismo método del cargamento de opio. Había hecho buenas migas con el consignatario de la compañía de vapores que zarpaban de Orán. Le dije que disponía de un *stock* de toneladas de cebollas en España a muy buen precio.

—¿Y era verdad?

—Verdad a medias. Al principio, mi propósito era hacer la operación porque conocía a un mayorista del mercado del Borne. Incluso le telefoneé y me aseguró que estaba dispuesto. Yo debía volver a Barcelona en uno de los vapores del consignatario oranés que me adelantó cinco mil pesetas; le di una parte a la argentinita, que se fue en busca de otro maromo pagano. Tomé el barco con la firme disposición de culminar el negocio cebollero, pero en la escala de Alicante me topé con una beldad que me produjo vértigo.

—Otro matrimonio...

—Era el preludio de algo que al final no se concretó. Al desembarcar con ella en Santa Cruz de Tenerife, la perdí de vista. Me invadió el desasosiego. Si volvía a Barcelona, me reclamaban las cebollas. A Orán no podía volver tampoco. Llevaba en la maleta unas perlas falsas que había adquirido en El Cairo. Las vendí como buenas a un incauto y con el dinero de la operación tomé pasaje a Buenos Aires. El comprador estaba esperando el certificado de autenticidad que le prometí.

—Y cada vez exhibía usted una identidad diferente...

El aventurero eludió otra vez la respuesta y contestó con una pregunta:

—¿Qué le parece, señor Lajusticia, o como se llame?

Yo insistí:

—En las informaciones de su detención, la lista de nombres es inacabable; teniendo en cuenta que usted no se dedica a la literatura..., ¿no son demasiados nombres, señor Portolés, Villamil o como se llame?

—¡Ya estamos otra vez! ¿Continúo o se luce usted con sus ironías de gacetillero? No diga nada, que me sé la respuesta... Ingresé en el barco de la compañía de

Antonio López como Orlando de la Riva y el uniforme de capitán de Ingenieros... No se ría, me quedan muy bien los uniformes...

—No me río, solo me lo imagino a usted vestido así en esta lóbrega mazmorra.

—Utilicé mis mejores artes para camelarme a la señorita Inés Prieto, que viajaba con su familia, al mismo tiempo que me ganaba la confianza del embajador Soler Guardiola. A través de Inés, me enteré de que cuando se casó su hermana reunió una espléndida dote de veinte mil pesos; no cabía duda, me hallaba ante una familia de posibles. Aunque dedicaba la mayor parte del día a cortejarla, todavía me quedaba tiempo para embaucar a otros pasajeros... Por ejemplo, un comerciante de Montevideo al que le eché el cebo: le pregunté cómo podría cobrar un cheque en la capital de Uruguay sin que dicha gestión me hiciera perder el vapor para Buenos Aires. El comerciante se interesó por mi contratiempo y me entregó trescientas cincuenta libras a cambio del supuesto cheque, que, al ser falso, nunca cobraría en Montevideo.

»La travesía se hacía larga. Agotadas las trescientas cincuenta libras debía buscar nuevos proveedores de capital. A Inés la necesitaba para hacer un matrimonio de provecho y al embajador Soler, para introducirme en la alta sociedad porteña (con la argentinita ya me había entrenado un poco, ¡che!). Soler me presentó a las autoridades militares y me prestó algún dinero: para impresionar a Inés, acudí con ella a varias recepciones oficiales y participé en una exhibición aérea. No le había dicho que poseo el carnet de piloto de aviones... Mis previsiones se cumplieron. La seducción se consumó con una propuesta de matrimonio, que celebramos en Montevideo. ¡Reunimos cuarenta mil pesetas en regalos!

—Debo confesar que es usted una caja de sorpresas... o, mejor dicho, de caudales.

—Siempre deparo tantas sorpresas como caudales. Y si no, pregúnteselo a la buena de Inés. Después de la boda emprendimos el viaje de novios por Chile y Argentina. La abandoné en la capital porteña y empeñé sus alhajas en el Monte de Piedad por veinte mil pesos. Luego, volé a Río de Janeiro.

—¿No le dejó mala conciencia?

—Como recuerdo le dejé una nota con impecable caligrafía. Se la puedo recitar de memoria:

> Idolatrada esposa:
>
> Dado mi temperamento febril y especial manera de ser, advierto ahora que la vida vulgar del matrimonio no se ha hecho para mí. Por eso, parto para lejanas tierras, en busca de nuevas emociones y diversiones frívolas.
>
> Como recuerdo grato de nuestra corta unión, adjunto te envío las papeletas de empeño de tus más caras joyas.
>
> Resígnate, pues, y que Dios te proteja, doña Inés del alma mía.
>
> ORLANDO

—Es usted un cínico de siete leguas. Llevamos una mañana y parece que hayamos dado la vuelta al mundo varias veces...

—¿Está cansado? Me parece que no acaba de creerse mi historia.

—Yo no digo que no sea cierta, pero...

—Si es escritor, señor Lajusticia, debe haber leído a Amado Nervo, el egregio poeta americano...

—Lo conozco, cómo no.

—¡Pues aquí me tiene!

—¡No me diga que se hizo pasar por él!

—En Río conocí a una rubia de piel mulata y ojos azules, Emma Ferreiro. ¡Tan sensual mestizaje solo se da en Brasil! La cautivé recitando poemas de Nervo, a quien yo traté en Madrid en un baile de gala del Palace. Emma se derretía al escuchar mi verbo inflamado. Le dije que estaba documentándome para una novela de viajes amazónica con tribus y ritos ancestrales. Al cabo de un mes, nos casábamos en São Paulo. La arrobada mulata juraba que me seguiría al fin del mundo si era necesario..., cosa que no me hacía mucha gracia. De momento me acompañó a Santos y Pernambuco; luego remontamos el Amazonas. En Iquitos, Emma se puso a morir: había contraído unas fiebres malignas y el buque quedó varado por cuarentena. Como no quería contagiarme, le pedí que me esperara: debía proseguir mi expedición para completar el trabajo de campo. Al final, la dejé al cuidado de unos misioneros, a los que resarcí con un donativo, y me fui a Lima.

—Y en Lima debió de montar otra obra de teatro...

—Veo que me sigue... Reaparecí como ingeniero de caminos español: José María de la Cuesta. Después de unos días de estudiar el terreno, me presenté a un concurso para la construcción de una importante red de carreteras. Lógicamente, el proyecto se adjudicaría a quien ofreciera mejor presupuesto.

—Pero... ¿con qué empresa, con qué equipo, con qué conocimientos de ingeniería?

—No tenga prisa, querido reportero. Antes de la

fecha límite del concurso había dado de alta una empresa y publiqué anuncios en la prensa limeña en busca de posibles socios. Contacté con un par de candidatos a los que invité a unas interminables comidas de negocios. Mi labia, mi condición de español y los vapores de la sobremesa hicieron el resto. Naturalmente, al final no me presenté al concurso, pero me llevé el dinerito de mis compañeros de candidatura... De Lima pasé a Guayaquil, ya con otra identidad. Conocí al empresario taurino más importante de ese país, muy amigo del diestro Bienvenida, y a su señora hija, Francisca *Panchita* Borja, con la que me casé. La historia se repitió como en otras ocasiones: suculenta dote. Pasada la noche de bodas, cobré el cheque de veinte mil dólares de la dote de Panchita e hice mutis por el foro.

—¡Debió de salir pitando del Ecuador...!

—Aún hubo tiempo para otra operación. Como me había introducido en la alta sociedad ecuatoriana, trabé amistad con el empresario catalán Ubaldo Estevill, importante cargo del Gobierno del país. Ahora me llamaba Antonio de Urquiola. Fundamos una casa de comercio en la que yo ocupaba la gerencia. Después de cobrar tres cheques que sumaban nueve mil pesetas pretendía quedarme con el dinero y dejar que el catalán se quedara con las deudas. Luego me lo pensé mejor. Como era un pez gordo y me había ganado los favores de su cuñada, pretexté que debía marchar urgentemente a Nueva York para realizar unas operaciones de crédito y cobrar unos giros de mi (supuesta) importante familia. Confiando en su socio y, tal vez, futuro concuñado, me dijo que me ahorrara el viaje y me abonó las cantidades que yo supuestamente le retornaría cuando cobrara... La operación se estaba complicando. Yo quería partir cuanto antes, pero mi socio y la cuñada enamorada se empeñaron en acompañarme. Al final me embolsé el dinero de Estevill y desaparecí del mapa. Con este buen piquillo hice un periplo por Estados Unidos, Panamá, Puerto Rico y Venezuela. En Caracas intenté casarme con Enriqueta Gayoso, la hija de un comerciante de perlas que aunaba la riqueza con la belleza. Todo estaba a punto de caramelo pero pudo más la posibilidad de estafar cuarenta y dos mil pesetas al ministro de Hacienda del país, señor Esterriz. Como es natural, no pude quedarme para el casorio... Salí como un cohete de allí, pero surgieron problemas.

—¿Le pillaron de una vez con las manos en el cheque?

—No. Todavía peor. Enriqueta quería venirse conmigo a España. Pretexté que unos negocios requerían mi presencia, pero ella se puso tozuda y al cabo de unas semanas desembarcábamos en Santander. A los pocos días recibimos un cable dándonos cuenta de que su padre estaba muy grave. Y ella hubo de volver a su país. El padre murió finalmente y le prometí que iría en breve para casarnos, pero desistí.

—El padre, claro, le habría dejado a Enriqueta una buena fortuna...

—Y yo estaba cansado. Necesitaba un tiempo para reflexionar.

—De nuevo vuelve a parecerse usted a un ser humano.

El aventurero me miró con cara de niño travieso.

—No se haga ilusiones. Mi intención primera era ir a La Coruña y tomar un vapor para América.

—¿Pero?

—En el tren, a la altura de Lugo, conocí a una morenita; me apeé en la misma parada que ella... Sin saber adónde iba, la seguí en autotaxi y al final conseguí abordarla y conversar. Aquellos días fueron deliciosos: por primera vez el corazón podía más que el dinero.

—No me lo imagino a usted enamorado.

—Enamorado... no sé si lo estaba. Recabé información sobre su familia. Eran católicos fervientes y si sabían de nuestra relación podrían armar la marimorena. Ante una situación tan complicada acordamos que me presentaría como sacerdote para facilitar así nuestros encuentros.

—No me diga que echó mano del baúl de los disfraces...

—Usted lo ha dicho. Me presenté en la fonda de un recóndito pueblito lucense vestido con sotana, lo que me granjeó la amistad de los parroquianos: gente rural y muy devota. Pero mi salud no pasaba por su mejor momento. Desde la muerte de mi madre y la tensión de mis accidentados viajes, sufría ataques, digamos epilépticos, que me dejaban para el arrastre. En la fonda me sobrevino uno de aquellos arrebatos. Una vez atendido por un médico rural, decidí hacer un poco de comedia. No quería estar solo en la habitación de la fonda. Le dije a mi novia que no me acababa de encontrar bien y ella me brindó la hospitalidad de su familia. Me instalaría en su casa para estar mejor cuidado. Al aceptar ese ofrecimiento, nos podíamos ver a todas horas sin levantar sospechas. Creo que allí pasé la mejor temporada de mi vida. Todo se torció cuando el médico concluyó que estaba totalmente repuesto. Para celebrarlo, la católica familia se empeñó en que debía dar un sermón en acción de gracias por haber recuperado la salud.

—Y usted, directo a la iglesia a culminar su interpretación, supongo...

—Supone mal. Yo estaba dispuesto a encarnar el papel, pero corría el peligro de que el cura de la parroquia del pueblo vecino se interesara por mi identidad y lo comunicara al obispado. Como eso no tardaría en producirse, decidí, de acuerdo con mi amada, huir de allí cuanto antes. Nos escapamos al caer la noche en el último tren a Madrid. Imagine usted la cara del revisor cuando vio entrar en el *wagon-lit* a un eclesiástico que decía ir acompañado por su sobrina... Nos bajamos en la estación de Atocha como dos enamorados; yo sin sotana, naturalmente. El revisor nos seguía observando perplejo.

—Y si estaba tan enamorado, ¿por qué no se casó con la galleguita?

—Ella quería dejar su pueblo verde y vacuno e irse a vivir a Sevilla, y yo quería volver a Galicia... En Ribadeo adquirí unas fincas por muy poco dinero y permanecí cuatro meses. Fue allí, precisamente, donde conocí a mi última esposa, Adelaida Caner.

—El apellido suena a catalana...

—Es catalana. Estaba de vacaciones, nos caímos bien y nos prometimos. Antes de declararme, medité cuál sería mi nueva identidad. Como no podría disimular el acento catalán, me declaré hijo de catalanes, aunque nacido en la Valencia venezolana. De vuelta a Barcelona, nos casamos con toda pompa y circunstancia en la iglesia de Belén de la Rambla. Era el 30 de diciembre de 1916; firmé con otro nombre falso, Fernando Caamaño y de Bonilla. Soltero, veinticuatro años; de profesión, comerciante. Residía en la ronda Universidad, 15, tercer piso.

—Me malicio que Adelaida le duró tan poco como sus predecesoras. ¿Sacó mucho dinero de esa aventura?

—Digamos que me salió un poco cara. Nos fuimos de viaje de novios a San Sebastián y en el casino donostiarra dilapidé todo mi dinero. Para enjugar las deudas, empeñé las joyas de Adelaida y vendí algunas perlas falsas como buenas. Total: dieciocho mil pesetas. Estuve a punto de ir a la cárcel. Antes de que ella me pidiera explicaciones, y con doce pesetas en el bolsillo, salí a pie de Barcelona. Gracias a varias almas caritativas que me recogieron en sus coches, me planté en la frontera francesa. En Bourg-Madame exploté de nuevo mi asombroso parecido regio. Haciéndome pasar por primo de Alfonso XIII colé un par de talones falsos por valor de cuatro mil y ocho mil francos. En Perpiñán conseguí trabajo como mecánico. Era un taller recién inaugurado y necesitaban obreros: ya sabe, acabada la Gran Guerra, en el país vecino faltaban los jóvenes que habían perecido en las trincheras. Yo me acordé de las cebollas y dije que podría contratar un grupo de trabajadores barceloneses (en España empezaba a sobrar mano de obra) a un coste laboral inferior. Con mi perfecto francés me gané tres mil francos y una cuadrilla de mecánicos. Agarré los billetes, sonreí y me despedí para no volver. Mi travesía prosiguió por el norte de España. Establecido en Santander hasta mediados de septiembre de 1918, estafé cincuenta mil pesetas. Era el momento de volver a Barcelona...

El relato se interrumpió poco después de la comida. El rechinar del cerrojo de la celda nos advirtió de que uno de los dos tenía visita. El elegido era Portolés o Villamil o... El celador le comunicó que le aguardaba su abogado defensor. El aventurero se incorporó del camastro en el que estábamos sentados siguiendo el hilo de su historia y me guiñó un ojo.

—Hasta pronto, no creo que tarde. Seguro que podremos disfrutar todavía de una divertida sobremesa.

—¡Cierra el pico, truhan! —tronó el guardia.

4

Transcurrió una hora. Yo permanecía meditabundo con los libros de contabilidad entre las manos. Repasé los apuntes que había ido tomando y el relato del hombre al que llamaba Portolés, aunque ese no fuera su nombre real. Todo se me antojaba delirante... En cuanto salga de la Modelo, me dije, intentaré confirmar algunos de esos episodios. Metido en el trullo no podía leer diarios y seguro que, mientras él me relataba sus peripecias, las crónicas sobre sus estafas copaban los rotativos. También me había llamado mucho la atención que supiera de mí. Poseía, sin duda, una mente despierta y rápida. Estaba bien informado. No era un vulgar delincuente: antes de dar un golpe, investigaba el territorio que iba a pisar y el tipo de gente a la que engatusar.

El cerrojo volvió a rechinar con quejido herrumbroso. No sé por qué, pero me alegró ver de nuevo la jeta de mi compañero.

—¿Qué se creía, que se iba a librar de mí? —exclamó, sonriente, el aventurero—. Aún nos queda algún capítulo por contar, aunque ya no dispondré de mucho tiempo...

—¿Tiene noticias de su abogado? —inquirí.

—He cambiado de abogado defensor, porque el anterior se hartó de mí y eso que no le pagaba mal sus exageradas minutas. Ahora dependo del letrado Serrano Batanero. Por cierto, de aquí a unos días seguro que me envían a la prisión de Gerona, porque ustedes la están armando gorda en La Canadiense y en la Modelo falta gente.

—¿Nosotros?

—¿No es usted un anarcosindicalista de esos que se oponen a los despidos de la compañía eléctrica?

—De la CNT, sí. Aunque yo no practico la acción directa. Soy buen amigo de Salvador Seguí, *el Noi del Sucre*: un hombre sensato, partidario junto a Ángel Pestaña de la razón y la justicia...

—No me abrume con su perorata, por favor. Ya le dije que no creo en los políticos ni en los sindicalistas, y menos todavía en los banqueros. Seguro que usted no odia a los banqueros tanto como yo. Pero ya hablaremos de eso en otra ocasión... Si hay otra ocasión, claro está. Póngase cómodo, dentro de lo que cabe, y le ilustraré sobre mis últimas andanzas. Posiblemente no tendré tiempo de acabar de contarle mi vida. Quería referirme a mi infancia para que comprendiera alguno de mis actos... ¿Ha oído hablar del psiquiatra vienés don Sigmundo Freud? Afirma que nuestros comportamientos adultos tienen origen en la infancia... Bueno, no perdamos más tiempo. ¿Dónde lo dejamos?

—Me parece que ha vuelto usted a Barcelona con los tres mil francos del incauto propietario del taller mecánico y que no tiene la menor intención de ponerse a buscar obreros.

—Exacto. Preferí vagar por el Distrito Quinto... En el Edén Concert de la calle Conde del Asalto hice buenas migas con uno de los camareros. El hombre cojeaba un poco... Si le arreglaba el bigote y le suministraba un buen traje (un sastre de Reus me los corta a la perfección), podría pasar por el presidente del Gobierno, conde de Romanones. Esos días conocí (bastante íntimamente, por cierto) a Nieves Pallarés, una vendedora de lotería de la calle Unión. Nieves se convirtió en mi aliada para diversas «operaciones» en Barcelona y alrededores. El grupo se amplió con Emma Lacroix, peripatética francesa que se había venido a Barcelona con la Gran Guerra. Hicimos algunas provechosas excursiones. En Reus rubriqué un timo como Antonio de Urquiola. En Tárrega, Antonio Villamil firmó un cheque falso de veinte mil pesetas en una sucursal del Banco de Barcelona. Me hice pasar por abogado y estafé una pasta al director del hotel Ideal Pavillon de Vallvidrera...

—¡Cuánto cheque, cuánto banco y cuánto hotel! —alcancé a decir. El aventurero acogió complacido el comentario.

—... En el balneario de Santa Coloma de Farners me presenté disfrazado de capitán de Cazadores. Vestido de esa guisa intimé con el teniente de la Guardia Civil y el alcalde: nos fuimos de juerga varias noches. El uniforme puede tanto que el alcalde me avaló un cheque al Banco de Aragón...

—Durante su ausencia, he pensado si todo esto no es fruto de su imaginación.

—Piense lo que quiera. Yo se lo cuento y usted extrae sus conclusiones. ¿No es reportero? Investigue y compruebe datos y denuncias en comisarías de todo el mundo. Prosigo.

»Como había explotado demasiado mi amada tierra catalana (espere, que me aguanto la risa), amplié el campo de batalla a toda España. Alquilo un automóvil. Incorporo de compinche al camarero del Edén Concert, ese que cojea como Romanones, y para San Sebastián que nos vamos. En la ciudad donostiarra pasé un fin de semana jugando como un poseso y dejando cuentas pendientes a nombre del conde político. En Salamanca me «encarné» en un relevante ciudadano alemán y coloqué una letra de cinco mil pesetas contra la embajada germana. En Calahorra me tomé un descanso. Con tanto dinero en el bolsillo, y como soy muy aficionado al séptimo arte, me permití el lujo de alquilar el cine local para proyectar las películas que me apetecían. Esta vez me convertí en el empresario y distribuidor cinematográfico Galo Adán. ¿Le gusta el nombre? ¡Soy un apasionado del séptimo arte! Después de Calahorra me fui a Madrid y allí me hice con una colección de relojes.

—¿Relojes?

—Imagíneme con una sotana cuan alto soy. Entro en una de las más lujosas relojerías de la carrera de San Jerónimo, una de esas en las que nuestros padres de la patria compran alhajas a sus mantenidas. Los tengo muy estudiados. Más que nada, por si algún día he de personarme ante uno de su calaña. No les profeso especial inquina. Puestos a detestar, prefiero detestar a los banqueros, pero no desviemos el relato.

El aventurero respiró hondo.

—El candidato a ser estafado merece, cuando menos, una interpretación magistral. Yo me pongo en plan beatífico: rictus de resignación, tonillo pacífico, casi feminoide. Son las cuatro de la tarde, esa hora blanda después de la comida copiosa, a juzgar por la apariencia del regente de la joyería.

»"¡Tenga usted las buenas tardes del Señor!", menuda expresión acabo de inventar. "Pertenezco a la Orden de los Padres Maristas, cuya residencia, como usted debe saber, se encuentra a dos manzanas de aquí." El joyero asiente con aire complacido. "Nuestro padre superior celebra su fiesta onomástica y la comunidad quería corresponderle con un presente digno de sus desvelos... El hombre, nonagenario, anda un poco torpe y hace pocos días se le cayó al suelo un reloj que tenía más edad que él..." Pausa y sonrisa correspondida por el joyero.

»—Nada mejor que un buen reloj de oro: noventa años es una cifra redonda —contesta el joyero—. Y que cumpla muchos más —añade.

»—En el escaparate he visto algunos modelos, tal vez demasiado onerosos... La cantidad que vamos a invertir en ese regalo procede de toda la congregación y no quisiera tomar una decisión a la ligera que pudiera superar el presupuesto... Quizá sea mucho pedir...

»—Diga, diga —interrumpe el joyero, interesado.

»—¿Sería usted tan amable de que un dependiente de la casa hiciera llegar hasta nuestra residencia varios relojes para que podamos elegir el más adecuado a nuestro menguado pecunio?

»—¡Faltaría más! Escoja los modelos que usted prefiera.

»—Con tres o cuatro bastaría...

»El joyero extrae de la vitrina una caja repleta de relojes...

»—¿Suficientes?

»—Gracias por su generosidad. Seguro que escogerá el que tenga los números de las horas más grandes. Ya sabe, la vista a esos años...

»—Me hago cargo. Aquí tiene, diez relojes. ¿A qué hora quiere que el chico se los lleve?

»—El padre superior descansa un rato por la tarde. Mejor hacia las seis y media.

»—Allí estará, puntual como corresponde a una joyería relojería...

»Salgo raudo. No hay tiempo que perder. Me deshago de la sotana y me planto, ahora con traje, en la residencia marista. Saludo al portero con gesto profesoral (en la residencia se imparten clases). Me hago anunciar al padre superior. En ese momento temo que esté ocupado o con otra visita. Es el factor incertidumbre. El cosquilleo y el aire caliente por las entrañas... Ha habido suerte. El portero me dice que suba al primer piso.

»El superior es anciano, de edad indefinible. Podría tener setenta o noventa. Voy al grano:

»—Reverendo padre: me presento, marqués de Villaurrutia. He sabido que estamos a tiempo todavía de ingresar un fámulo. Yo querría traerle a un zascandil, el hijo de mi criada, que dio un mal paso y a la que la tisis se llevó hace un mes, como un castigo por su conducta licenciosa... El niño no tiene la culpa de esos pecados y merece una educación.

»—¿Qué edad tiene el muchacho? —inquiere el cura.

»Me viene a la mente el chico de los recados que vi sentado en la trastienda del relojero.

»—Andará por los doce. Llegó a nuestra casa recién cumplida la comunión y no es cosa de que acabe en el arroyo de la delincuencia. Es de natural bueno y laborioso. Merece una suerte mejor...

»—No puedo prometerle nada. Necesito hablar con el muchacho para ver si es de tan buena ley como usted asegura... ¿Cuándo vendrá?

»—Esta misma tarde... ¿Seis y media, siete?

»—Me parece bien. A esa hora ya han finalizado las clases.

»—Aquí estaremos. Gracias, padre, por su cristiana generosidad.

»Tras tomarme un café en una taberna cercana, me persono en la congregación dos horas después. El hermano portero me reconoce. Ahora mi pregunta suena ya a ordeno y mando:

»—Había quedado con un mozalbete aquí en la entrada. ¿Ha llegado ya?

»—¡Yo no he visto a nadie y no me he movido en toda la tarde desde que usted se fue! —responde contrito.

»Pongo cara de preocupación. Despliego la mirada por todos los rincones como si el niño se hubiera escondido entre los adoquines...

»—¡Qué raro! Si una cosa sabe el chico es que la puntualidad es sagrada y más en un lugar como este. —Hago una mueca nerviosa—. Le dije que a las seis y media en punto...

»Justamente acabo de decir "punto" cuando suena el timbre de la puerta del convento. El portero sale como una flecha.

»Yo me adelanto.

»—Ahí debe de estar. Ya abro yo, descuide. Vaya a avisar al superior. —El conserje obedece.

»Es el chico de los recados de la joyería. Viste la bata

de rayadillo correspondiente y porta el muestrario bajo el brazo. Le arrebato el muestrario y le despido. Subo las escaleras de dos en dos. Voy al encuentro del padre superior.

»—¡Nada, que no ha venido! —exclamo con indignación.

»—¿Y el timbre? El portero me acaba de avisar...

»—Un menesteroso. Le he dado diez reales de limosna. ¡Un chico que no respeta la hora no merece estudiar en este edificio de santidad y misericordia!

»—Dele una oportunidad. Quizá le haya ocurrido algo —susurra el superior.

»—A eso voy. Me vuelvo a casa para enterarme. Disculpe por hacerle perder su precioso tiempo. Dedíquelo a gente que lo merezca más que yo... —remato compungido.

»Salgo del colegio. Sombrero calado hasta las cejas y la complicidad del crepúsculo. Diez relojes de oro en el maletín. ¡Hasta otra!

El relato me dejó embobado.

—¿Y qué hizo usted con tanto reloj? —inquirí.

—Unos los vendí y los otros los guardé como reserva de oro por si acaso.

—¿Y luego? ¿Celebró su astucia?

—Me fui para Jaca en auto de alquiler. Me acompañaba un amigo de Vigo; a las chicas y al camarero Romanones no les gustaba el cine y sus asuntos barceloneses los reclamaban. En Jaca me apunté a una partida de caza... Respirar aire puro, cobrar unas piezas y, a ser posible, cobrar algún cheque: he aquí mis propósitos, tal vez poco loables. Además de cazar participé en algunas timbas de naipes con el tipo de gente que frecuenta esas cacerías. Perdí todo el dinero que llevaba, acabé con mi reserva de relojes y descubrí que mis competidores eran más tramposos que yo. Al enterarme de que uno de ellos era banquero, me juré que no saldría de allí sin pagar por sus fechorías. Le rogué que pusiera el conforme a un cheque de mil pesetas para seguir jugando. No dudó en hacerlo. Conviene advertir de que todos bebían y jugaban y yo jugaba y no bebía. Así que recurrí al método que usted ya conoce: endosé dos unos y santas pascuas: aquellas ciento once mil pesetas me resarcían con creces de mis pérdidas.

—¿Siempre se sale con la suya?

—Ya ha podido comprobar que no siempre. Esta vez, no. Me detuvieron en Medina de Aragón y de allí me enviaron a la cárcel de Avilés de la que me fugué el pasado noviembre. No quería despedir el último año de la Sagrada Neutralidad Española entre rejas. Esa fuga se la debo al juez de instrucción de aquel partido. Insistió mucho al director de la cárcel para que estuviese muy pendiente de mí. Se lo advertía por la poca seguridad de esa anticuada prisión. Lo comenté con los demás presos y no tardamos en encontrar la forma de evadirnos. Al día siguiente se dictó una orden de busca y captura. Intenté volver a Barcelona pero no estaba el horno para bollos. En Manresa cometí mi última estafa hasta el momento. El resto está en los periódicos.

—No he podido leer la prensa. ¿Cómo lo pillaron?

—Por una torpeza mía. Llegué por la mañana a Madrid y la casualidad de no encontrar hasta primera hora de la tarde habitación en el hotel Inglés, donde pretendía alojarme, me desconcertó un poco, ya que hube de dejar el equipaje en la estación. Eso me impidió vestirme de uniforme, como era mi propósito. Para matar el tiempo decidí ir al teatro. Estaba en la taquilla del Reina

Victoria comprando una entrada de palco. El agente Santos me agarró del brazo y me dijo al oído que estaba detenido. Yo, con serenidad y sin perder la sonrisa, le contesté: «Bueno, señor, ¡qué le vamos a hacer!». Le pedí que no diera voces, porque no era necesario. Nos fuimos «amarraditos» hasta comisaría. Como dos buenos amigos... Cuando salga se enterará de todo con más detalles. Hablemos de usted.

—Ya sabe lo que hago. Me ha leído. Reportero autodidacta en periódicos anarquistas...

—Le repito que malgasta usted su talento. Podría escribir en *La Voz*, *El Heraldo*, *El Liberal*...

—O los periódicos de Pich y Pon. Ya me lo ha dicho antes. Si le interesa tanto el personaje... Me extraña que no lo haya intentado conocer...

—El señor Batanero, mi abogado, le asesora en sus empresas. Todavía no he podido estafar a Pich y Pon... Si además de la prensa se dedica a la banca, voy a por él.

—Ya veo que usted es un romántico...

—En realidad, desde el primer momento delinquí por amor, o casi por amor. Los que se escandalicen por mis correrías, atropellando artículos del Código Penal, me disculparían todo si hubiesen conocido las mujeres que yo he conocido.

—Pero ¿quién diablos es usted? ¿Sigue llamándose Villamil, Portolés o ya se ha rebautizado una vez más? ¿De dónde dice que es?

—Lo de Villamil era para despistar. Me llamo Tomás Portolés Grau y nací en Calanda, Teruel...

—Y como es de Calanda se cree que yo soy un *préssec*. Usted es más catalán que Verdaguer...

—Verdaguer... gran poeta y exorcista. No puedo negar que soy español, por lo de aventurero y enamora do de las mujeres. Una mezcla de fenicio, griego y moro, puro Mediterráneo. Aunque mi verdadera cualidad es el romanticismo. De joven, a poco de llegar a Barcelona, me sentí locamente enamorado de aquella alemanita que vivía con su padre, rico y asmático. Pegué la hebra con el anciano (antes ya la había pegado con la hija) y saqué a relucir mis rudimentos de Medicina. Le aconsejé que pasara una temporada en un balneario de su país: en Alemania tienen los mejores balnearios de Europa. Cuando salimos de Barcelona ya era novio oficial de su hija. A las dos noches de estancia le había soplado el capital al viejo. No era mucho, unos miles de pesetas que me gasté alegremente en los barrios más eróticos de Hamburgo.

—No empecemos otra vez...

—Creía que ese episodio no se lo había contado. Fue mi debut...

Se oyó un rumor de pasos. Alguien se acercaba... Se acababan las aventuras. Escondí los papeles bajo el colchón. El crujido del cerrojo anunciaba al guardia que asomó por la puerta con su acostumbrada mala leche...

—¡Oye, tú, Villamil, Portolés o como te llames! Mañana te vas para Gerona. ¡Y tú, anarquista, podrás seguir *charrando* con tus camaradas porque van a venir unos cuantos más! ¡Ya tendréis tema! ¡Menuda habéis liado en La Canadiense!

5

En el invierno de 1919 Barcelona era una ciudad tenebrosa. La huelga de La Canadiense, la compañía de electricidad, comenzó la tercera semana de febrero y se prolongó cuarenta y cinco días. Me habían detenido junto a otros camaradas... Una medida cautelar, sin ningún tipo de pruebas, salvo mi pertenencia a la CNT. Como la Modelo rebosaba de presos políticos, se prestaba poca atención a los comunes como Llucià, de ahí su rápido traslado a una cárcel subalterna como la de Gerona.

La falta de energía eléctrica había provocado el caos: fábricas cerradas y tranvías varados en las cocheras. La respuesta del Gobierno fue fulminante: clausura de las sedes sindicales, suspensión de la prensa obrera y detención de dirigentes como Salvador Seguí y Ángel Pestaña, director de la *Soli*, el diario en el que yo escribía.

Tras el burbujeo del champán en los años de la neutralidad, llegaba la resaca: paro, bajos salarios y precios desatados. Con jornales de tres pesetas diarias, un kilo de patatas había pasado de costar diez céntimos a diecinueve; el arroz, el bacalao y los garbanzos habían duplicado su precio. Los fabricantes que dejaron de exportar a los países contendientes —ganar dinero en la guerra europea había sido muy fácil— recurrieron al ejército para imponer el orden: la Revolución rusa provocaba horror.

A primeros de marzo se empezó a respirar el triunfo de la CNT. El gobernador aceptó negociar las mejoras laborales, la readmisión de los obreros despedidos y una conquista histórica en España: la jornada de ocho horas.

Alguien me había sacado de la Modelo y yo no sabía discernir el motivo de mi excarcelación. No era un delincuente común ni de cuello blanco como mi compañero de celda. Estaba en las listas del anarcosindicalismo que perseguía con saña el corrupto inspector Bravo Portillo. Fue toda una sorpresa; pocos días después de la salida de Llucià, el guardia de la mala leche me comunicó que quedaba libre. ¿Ángel de Lajusticia, escribidor de la *Soli* y *Tierra y Libertad*, libre?, me pregunté. Pero no quise hacerme más preguntas.

El aire puro traía la hora de mi libertad y me decía que se acercaba la primavera. Respiré hondo en una desierta calle Entenza rodeada de campos. Paseé la mirada por los muros de la Modelo, aquel inmenso emporio penal en forma de estrella.

En la biblioteca del Ateneo Sindicalista de la calle de Poniente me puse al día. No tardé mucho en identificar a mi compañero de celda en la revista *Mundo Gráfico*. En una instantánea del fotógrafo Alfonso, Antonio Llucià Bussé declaraba ante el jefe de la Brigada de Investigación Criminal, señor Fernández Luna. ¿Quién es el delincuente y quiénes los policías?, cabía preguntarse. Llucià aparece con las manos en los bolsillos, aspecto tranquilo, bien peinado... Terno y corbata. Si no le conociera pensaría que es un agente más o un distinguido abogado. El muy ladino no quiso revelarme su verdadera identidad. Según una noticia del *ABC*, Portolés era un nombre más y la familia Llucià ya lo había reconocido.

Otro diario reproducía la Orden General Extraordinaria de Detención emitida por la Dirección General de Seguridad. Lo que allí leía resumía en el frío estilo de sumario policial lo que mi compañero de celda me había contado. La larga lista de nombres falsos y la ficha antropométrica se completaba con algunas de sus fechorías:

> (...) Es autor de numerosos delitos de estafa y ha celebrado varios matrimonios ilegales en el extranjero. Suele usar, pública e indebidamente, uniformes del ejército y trajes eclesiásticos. Parece ser que escribe y habla a la perfección, además del castellano, el francés, el alemán, el italiano, el catalán, y con alguna deficiencia el inglés y el portugués.
>
> No se conoce con exactitud su verdadera filiación, si bien ha declarado ser natural de Capellades, partido de Igualada, hijo de Pedro Llucià Aribau e Ignacia Bussé Ferrer, tener una tía llamada Carmen y un hermano llamado Ramón, habitantes en la calle de San Honorato, número 9, Barcelona, y haber recorrido muchos puntos en el extranjero.
>
> Está reclamado por los Juzgados de Instrucción de Cervera (Lérida), Aoiz (Navarra), Avilés (Oviedo), Valladolid y Guadalajara (...).

Tal como me advirtió el aventurero, sus noticias copaban la prensa. Se confirmaba que el «sucesor de Luis Candelas» no se llamaba Villamil ni Portolés. Por lo visto, en la Dirección General de Seguridad se había recibido un sobre remitido por un catedrático de Arqueología, Numismática y Epigrafía. Contenía unos retratos del Tomás Portolés auténtico, a quien el estafador había usurpado la identidad, y algunos datos de su biografía. Tomás Portolés Ferrer, y no Grau, que era el segundo apellido que añadía Llucià, era natural de Calanda (Teruel); a la muerte de sus padres, Eloy y Dolores, había salido de su pueblo siendo muy niño con su tío, don Leonardo Buñuel.

El joven Tomás residió en La Habana y Nueva York, donde estudió Contabilidad e Idiomas. De retorno a la capital cubana, ya casado, pasó a ocupar una posición social relevante y respetada como gerente de la filial de la compañía cinematográfica Universal Film Manufacturing Company.

Anduve merodeando por la calle de la Junta de Comercio, donde estaba la redacción de *Solidaridad Obrera*, pero no me atreví a entrar: la policía vigilaba el periódico, que había sido clausurado. Quedé con Martos, compañero de *Tierra y Libertad*, en una tasca del Pueblo Seco, cerca de la casa donde yo tenía mi habitación.

Cuando le hablé de Llucià, a Martos se le iluminaron los ojos... Ya lo conocía.

—Es un personaje de novela, un auténtico seductor. Asistí a la rueda de prensa del comisario Castellanos. Llucià posee unas singulares capacidades de asimilación, sabe adaptarse a cada medio en el que ha de desenvolverse; tiene cultura, es un hombre leído, de inteligencia clara... Se nota también su cosmopolitismo a los cinco minutos de escucharlo. En los interrogatorios habló mucho más francés que ningún otro idioma, incluido el español. Yo creo que opta por el francés porque, si se expresa en castellano y no lo maquilla con un deje sudamericano, se nota su acento catalán...

Sentí envidia de Martos.

—¿Conseguiste entrevistarlo?

—Al poco de su ingreso en la Modelo. Me acompañaban compañeros de *El Liberal*, *ABC*, *Nuevo Mundo*, *Mundo Gráfico*, *El Día Gráfico*, *La Correspondencia*, *El Sol*... Todo un acontecimiento. Parecía que estábamos en una rueda de prensa con Al Capone. Llucià apareció entre penumbras: la luz macilenta maquillaba su rostro de misterio... Se acercó a nosotros por el corredor y se detuvo ante los barrotes que separan a los presos de los ayudantes en los locutorios. «¡Qué frío, señores!», fueron las primeras palabras que salieron de sus labios. Con la cara pegada a los barrotes escrutaba a los reporteros allí presentes. Él repitió la misma queja («¡Señores, qué frío!»), aunque esta vez esbozó una sonrisa al constatar el interés que despertaba su persona en la prensa nacional. El cuello alzado de su grueso gabán le cubría la boca. Sus ateridas manos buscaban el refugio de los bolsillos. Estremecido por las bajas temperaturas, golpeaba rítmicamente con los pies en el suelo. Volvía a repetir lo del frío, al tiempo que respondía a nuestras preguntas en tono mordaz. Si le decían que en el fondo era un romántico, considerando todas las mujeres que habían pasado por su vida, negaba con la cabeza y contestaba que era un positivista y un darwiniano. Desmentía su apego al dinero: «Está para gastarlo alegremente y compartirlo con esa diversión con el prójimo», proclamaba. Cuando le desenmascararon y demostraron que no era Portolés, no se derrumbó. Es más, consiguió conmovernos con su respuesta: «Cuando tuve ante mí las fotos de los padres de Portolés y me enteré de que habían muerto, se me humedecieron los ojos porque me acordé de los míos: se fueron de este mundo cuando era niño».

Martos me estaba regalando una crónica judicial.

—¿Mantuvo esa entereza todo el tiempo? —pregunté ansioso.

—Al día siguiente hubo otra comparecencia... Ya no era el mismo. Uno de los agentes nos informó que había padecido un ataque epiléptico. La serenidad había desaparecido de su semblante, así como el tono irónico de sus afirmaciones. Después de horas sin dormir y pelado de frío, no controlaba el temblor de sus extremidades. Mostraba el labio inferior cortado, le castañeteaban los dientes y se frotaba continuamente las manos. Repitió su confesión con ojos llorosos: Antonio Llucià Bussé, natural de Capellades, Igualada. Nacido en 1890, el 15 de enero cumplía veintinueve años. Su padre era propietario de una fábrica de papel de su pueblo natal. Estudió las primeras letras en las Escuelas Pías de San Antón de Barcelona y cursó un año de Medicina. «Una trastada mía, propia de mis pocos años, hizo que mis padres decidieran enviarme a La Habana, aprovechando el viaje de una amiga de la familia.» Según dijo, el viaje se produjo en 1909 a bordo del transatlántico Antonio López. Con diecinueve años entró a trabajar en La Fabril Cubana...

—¿Tú crees que está bien de la cabeza?

Martos titubeó.

—Hum... Cuando pasó ante mí, esposado, le vi molesto y nervioso; uno de los compañeros lo había calificado de anormal y eso le sacó de sus casillas: «Es cierto que he sufrido ataques epilépticos desde que era niño: pero ¡caramba! ¡Yo no estoy loco ni soy un anormal! ¡No, señor! ¡La vergüenza que pasaría yo si algún día estoy en libertad y me señalan con el dedo diciendo "ahí tienes un loco"! ¡Que no, señor: que no estoy loco!».

—En un diario de estos días he leído una carta al director de una modistilla que asegura estar dispuesta a acogerlo cuando salga en libertad... —apunté.

Martos sonrió.

—También están saliéndole damnificados que antes no se atrevieron a denunciar por la vergüenza que uno siente cuando le toman el pelo con tanta gracia. En Tona (Vich) sedujo a la dueña de un balneario vestido de capitán de Artilleros y presentando una cédula con la aristocrática identidad de Luis de Guevara. La encandilada señora le garantizó un cheque de dieciséis mil pesetas que Llucià se apresuró a cobrar en Vich... Y no digamos de su interpretación en Saint-Maurice como primo de Alfonso XIII...

—No me extraña que le guste tanto el cine...

—¿Decías?

—Nada de particular. Seguiré con las hazañas de nuestro hombre de moda. ¿Piensas continuar con la información?

Martos negó enérgicamente con la cabeza.

—No creo. La cuestión social está que arde. Aunque nos pueda caer en gracia, Llucià no es un personaje digno de la prensa ácrata. A no ser que lo retrates como otra sanguijuela del capitalismo opresor...

—Me parece que le seguiré la pista.

—Te puede la literatura, Angelito —zanjó Martos con sorna.

Pasé un par de jornadas cotejando todo lo que se había escrito sobre Llucià. Efectivamente, había nacido en Capellades, travesía del Portal, número 8, a las cuatro de la mañana del día 15 de enero de 1890. Hijo de Pedro Llucià Aribau y de Ignacia Bussé Ferrer, su padre ejerce el oficio de «pintador»: regenta el taller conocido en la localidad como Cal Cansat dedicado a pintar manualmente las hojas de papel de fumar que pega con extracto de regaliz. La producción está destinada a las colonias americanas y las Antillas. La monotonía del oficio agota la paciencia de don Pedro. No tardará en emigrar a Filipinas en busca de fortuna y deja en Capellades a su esposa Ignacia con el pequeño Antonio y su hermano Ramón, nacido el 14 de septiembre de 1892. Los que le conocieron describen un niño travieso e hiperactivo: el maestro de la escuela local no conseguía controlarlo y destacaba su rara habilidad para imitar la letra de sus compañeros.

El 4 de noviembre de 1894, el padre vuelve a Capellades totalmente destrozado en un buque mercante procedente de Manila. Retorna de su aventura filipina peor de como salió: no solo no ha conseguido la riqueza ansiada, sino que su salud está maltrecha. Sin recursos económicos, la familia busca mejor suerte en Barcelona. Antonio cursa primaria en las Escuelas Pías de San Antón. El 29 de octubre de 1906, Pedro Llucià fallece a los cincuenta y cinco años de una «cirrosis atrófica de hígado». En su etapa barcelonesa se había dedicado al comercio. Un compañero de trabajo, Florencio Badía, comunica la noticia de su muerte a la familia que vive en la calle San Honorato, número 9, tercer piso.

A punto de cumplir diecinueve años y después de un fallido intento de estudiar Medicina, el joven Antonio aprende idiomas en la escuela Berlitz. Sus aptitudes intelectuales le ponen al frente de una de sus sucursales; un lío amoroso con una secretaria le aleja de la Berlitz para recalar como «tenedor de libros» en la Casa Comercial Jover y Guardiola. La muerte de su madre, doña Ignacia, el 23 de junio de 1911, supone un mazazo para Antonio, que siempre vio en ella a su protectora; el joven comienza a padecer ataques epilépticos. La ausencia materna lo descontrola todavía más; se deja llevar por su espíritu aventurero en una interminable huida hacia delante. Obsesionado por viajar a Cuba, manipula la contabilidad de la empresa donde trabaja y se lleva 3.700 pesetas. El primer delito de Antonio conmociona a su familia, que ofrece una obra de arte para «arreglar la trastada» y que el joven no dé con sus huesos en la cárcel. No es la primera vez que Llucià tienta el delito. Pocos meses antes había colocado unos recibos falsos por valor de ochocientas pesetas para «financiarse» un viaje a Alemania en busca de una rubia. Con las 3.700 pesetas sustraídas huye a París acompañado de una peripatética. La pareja se disuelve, como era de esperar, cuando el capital flaquea.

Mientras hacía acopio de datos sobre el famoso aventurero, el capitán general de Cataluña, Milans del Bosch, aliado con la facción más intransigente de la patronal, consideró que el gobernador civil había pecado de blando y dejó en suspenso los compromisos con los sindicatos. Apoyado en el Somatén, declaró el estado de guerra en Barcelona y provincia. Con la publicación del bando, la ciudad quedaba dividida en cinco zonas, controlada cada una de ellas por un general. La huelga se recrudeció. Los soldados vigilaban el suministro de agua y electricidad y la Guardia Civil patrullaba en el mercado de la Boquería.

Después de sumergirme en el mundo de Llucià, deduje que ahora no podría estafar a pleno rendimiento. Cafés, panaderías, restaurantes, tabernas, hoteles, teatros, cines ¡y bancos!... Todos echaban la persiana. Los empleados de pompas fúnebres dejaron de prestar servicio y medio centenar de cadáveres se pudría en sus casas, ante la desesperación de los deudos. En la calle Conde del Asalto, una comitiva fúnebre me produjo escalofríos: un burro tiraba de un carrito que portaba el blanco ataúd con el cadáver de un niño. En otras ocasiones, la forzada inacción de las funerarias obligaba a los familiares a portar a hombros las cajas de sus muertos.

No sin temor, me uní al grupo de periodistas que aguardaban la rueda de prensa de Milans del Bosch. El capitán general se dirigió a los presentes con energía castrense:

—He dispuesto que cualquier coacción contra la libertad del trabajo o de la vida se castigue con energía fulminante y he autorizado al Somatén para que haga uso de esta misma energía, asumiendo yo la responsabilidad.

De las conversaciones con las fuerzas civiles partidarias del diálogo con los sindicalistas, Milans no aclaraba nada, aunque todo el mundo sabía que había destituido al gobernador. Ante la falta de diarios, el único órgano informativo era el Boletín Oficial de la provincia. A la censura roja de la huelga le sucedía la censura militar.

—Desmentiremos los rumores falsos, inventados con fines aviesos sobre supuestos fusilamientos y soldados electrocutados... —proclamó Milans con un rictus amenazador.

Al oír lo de los «soldados electrocutados», a uno de

los reporteros se le escapó una risita por lo bajines. Un oportuno codazo reprimió su hilaridad.

Al salir a la calle constaté todo lo que Milans había anunciado. En las plazas de Cataluña y España se apostaban secciones de ametralladoras y piezas de artillería. Como en las panaderías solo trabajaban los patronos y sus familiares, no había suficiente pan para abastecer a la población. Pese a la custodia policial, la gente intentaba conseguir tan básico alimento de forma violenta. En algún horno se llegaron a romper los cristales y los guardias precisaron del apoyo de soldados para restablecer el orden. A las diez de la noche, la autoridad militar imponía el toque de queda y solo los reporteros estaban autorizados a circular por las calles si poseían un salvoconducto del Estado Mayor de la Capitanía.

No era mi caso. Era Ángel de Lajusticia en *Tierra y Libertad* y la *Soli*, dos publicaciones prohibidas por promover la huelga. Caer en las garras de Bravo Portillo suponía firmar una sentencia de muerte. Desde su llegada a Barcelona en 1909 —había nacido en Filipinas—, el siniestro policía se había volcado en la represión violenta con un ardor digno de mejor causa. La neutralidad española en la guerra europea dividió el país entre aliadófilos y germanófilos. Bravo apostó por los segundos, dedicado al muy bien remunerado espionaje a favor de los alemanes, que le llegó a reportar dos mil pesetas mensuales... Toda una fortuna. Entre sus trabajos, el comisario debía facilitar la lista de barcos que zarpaban del puerto de Barcelona para que luego los submarinos del Reich los torpedearan a gusto.

Con la pistola Browning siempre a mano, Bravo Portillo, el hombre del mostacho, combinaba el espionaje con su labor de confidente en el Distrito Quinto, un nido de prostitución y anarquismo.

Cuando la prosperidad empezó a declinar, el sádico inspector se asoció con el barón de Koenig, mercenario alemán al que se le atribuía el asesinato de Josep Albert Barret, respetado industrial metalúrgico e ingeniero que impartía clases de matemáticas en la Escuela Industrial. El «pecado» de Barret fue vender sus productos a los aliados y Koenig quiso intimidar a los que seguían su ejemplo asesinándolo. Yo recordaba la investigación del director de la *Soli*, Ángel Pestaña: dejó al descubierto la complicidad de Bravo Portillo con los matones de Koenig. Las pruebas eran tan concluyentes que el policía fue apartado del cuerpo, aunque solo temporalmente. Con la huelga de La Canadiense era preciso contar con alguien que dominara el juego sucio... Y Bravo Portillo retornó a su puesto como asesor del Somatén y mamporrero del gobierno militar.

Como la Modelo ya no daba más de sí, dos centenares de detenidos, acusados de celebrar reuniones clandestinas e imprimir propaganda sindicalista, fueron conducidos al castillo de Montjuich. Entre los primeros de la lista, Ángel Pestaña y Salvador Seguí. Al Noi del Sucre lo conocía del Ateneo Sindicalista. Circulaban dos versiones sobre su apodo, que el interesado nunca se esforzó en aclarar. Unos lo atribuían a su gusto por lo dulce: cuando era niño y ayudaba a servir cafés en la Sociedad Obrera de la calle de Poniente, se comía a escondidas los terrones de azúcar. La segunda versión incidía en su carácter rebelde. Con solo diecisiete años, aquel aprendiz de pintor con acento leridano se atrevió a interrumpir el discurso de un respetado dirigente obrero en el centro de dependientes de la calle Junta de

Comercio. Al ver a aquel joven contradecir las tesis del líder, uno de los asistentes se lo reprochó: «¡Pero qué sabrás tú, *caganiu*, si pareces un *noi de sucre*!».

Autodidacta, alumno de la Escuela Moderna de Ferrer Guardia, vestido con elegancia, Seguí creía que la mejor emancipación del ser humano era la cultura. Le ayudé a organizar la biblioteca ateneísta con clásicos del anarquismo como Reclus, Kropotkin y el filósofo que ambos admirábamos: Federico Nietzsche, autor de *Así habló Zaratustra*. Aquellos días del Ateneo nos hicieron olvidar la cruenta lucha social. Seguí me confesó que preparaba una novela basada en sus experiencias de obrero.

—Todavía no es definitivo, pero lo más probable es que se titule *Escuela de rebeldía*... Al fin y al cabo, esta sociedad no nos ha dejado otro modo de aprendizaje. En la calle se aprenden muchas cosas.

El Noi me contó que sus padres se trasladaron a Barcelona cuando era niño. La violencia que reinaba en la Ciudad Condal desde los atentados del Liceo, el Corpus y el proceso de Montjuich le valieron el apelativo de «la ciudad de las bombas».

—Mi padre insistió en que debía volcarme en el estudio (yo era hijo único), pero me empeciné en trabajar con solo diez años. Al final cedió y me llevó con él a la panadería donde trabajaba; así, por lo menos, me tenía controlado. El patrón trataba a los trabajadores como esclavos y a mí se me ocurrió rebatir sus métodos... Muy enfadado, me ordenó que no volviese más y yo accedí para no perjudicar a mi padre. Desaparecí del mapa como esos chavales de las novelas de Dickens. Dos años después sufrí mi primera detención al mezclarme en una huelga de metalúrgicos. Luego todo fue una bola de nieve: formé parte de la Sociedad de Pintores, participé en la Semana Trágica de 1909, y las detenciones y huidas se convirtieron en mi forma de vida.

Una de aquellas tardes del Ateneo se presentó con una hogaza de pan que acababa de comprar en un horno aledaño. Era hora de merendar y lo hicimos mojando la miga con vino del Priorato y ese azúcar que, decían, inspiró el apodo del líder de la CNT.

—¡Parecemos niños! —exclamamos a dúo.

—Los niños de nuestra generación no hemos conocido otro alimento —añadió—. Recuerdo que mi madre compraba unos panes de payés de nueve libras. Cuando traía el pan, lo guardaba enseguida en la alacena, pero nosotros la vigilábamos... Sin que ella se diera cuenta, en cuestión de segundos, mis hermanos y yo devorábamos aquel pan de nueve libras, sin dejar una migaja... Y eso no ocurría solo en mi casa, era habitual en todos los hogares obreros —concluyó mientras mordisqueaba la corteza de una rebanada.

—Salvador, ahora que no nos oye nadie... ¿Por qué te llaman el Noi del Sucre? —pregunté con el afán de conseguir una exclusiva.

—Ese es mi misterio y no debería desvelarlo.

—Se cuenta que porque, cuando fuiste camarero, te comías los terrones de azúcar y...

—Ya me conozco esas teorías. Y porque un día repliqué a un sindicalista y me reprendió diciéndome que era un *noi de sucre*. Pues no. Es mucho más sencillo y prosaico. Me parece que ya lo expliqué en la tertulia del café Español del Paralelo donde conocí a Pío Baroja. Una vez trabajé en una refinería de azúcar... De ahí viene el apodo.

—Demasiado obvio. No me lo creo —repuse sonriente.

—Pues para ti la perra gorda —zanjó Seguí.

El Noi del Sucre quería que la CNT, además de ser hegemónica, constituyera una fuerza tranquila cuya autoridad no se limitara a las pistolas. El pulso de La Canadiense fue su victoria y su sentencia de muerte. Patronos, militares y la facción más violenta del anarcosindicalismo, que le acusaban de hacer concesiones en lugar de ir a la destrucción del Estado, le juraron odio eterno.

Recluido en mi habitación de la calle Tapiolas, en la falda de Montjuich, cotejaba los perfiles de Seguí y Llucià. Las preocupaciones sociales frente a la frivolidad del aventurero.

6

En mayo de 1919, alguien llamó a la puerta de mi refugio.

—¿Ángel? ¡Traigo noticias frescas! —Era la voz de Martos.

—¿Una exclusiva, camarada? —le dije medio en broma al abrir.

—¡Llucià ha sido trasladado de la cárcel de Gerona a la de Cervera!

—¿Y cómo es eso?

—Como no quieren hablar de los muertos del pistolerismo, prefieren informar sobre delitos intrascendentes. Pensé en tus pesquisas sobre ese estafador que te cae tan bien y no me pude aguantar... Cuando acabó la rueda de prensa, agarré al comisario del bracito y le pregunté por... Portolés, Villamil o Llucià. Bueno, el hombre de los mil nombres. Le hizo gracia recordar al personaje y me contó que hacía pocos días que había hablado con el director de la prisión de Cervera. Por lo visto, tu aventurero ya está metido en otra aventura...

—¿Aventura? ¿Qué tipo de aventura? ¿Otra estafa?

—No exactamente una estafa relacionada con el parné, sino con el otro tipo de estafas de tu amiguete.

—¡No es mi amiguete! Como no me lo aclares...

Martos chasqueó los dedos.

—Estafa amorosa...

—¿Amorosa? ¿Y qué amores se pueden mantener en una prisión como la de Cervera? No me digas que se ha presentado allí alguna de sus antiguas amantes...

—Al parecer, se trata de una nueva.

—¡Ya! Una de esas admiradoras que le escriben cartas y quieren conocerle... Es habitual entre los delincuentes carismáticos. Hay mujeres que se quedan encandiladas por tipos así. Mantienen correspondencia con ellos, los visitan y se acaban emparejando...

—Para el carro, camarada. El nuevo «fichaje» de Portolés-Llucià-como se llame no viene de fuera. Se encuentra en el mismo recinto penal...

—No puede ser. ¡No hay mujeres en la prisión de Cervera!

—Es la hija del alcaide.

—¿La hija del alcaide? ¡No me lo creo!

—Pues ya te lo puedes ir creyendo... Este hombre es una mezcla de Fantomas y Douglas Fairbanks haciendo el Zorro.

—Y ella es Mary Pickford... ¡anda ya!

—Según me comentó el comisario, Portolés...

—Llucià, se llama Llucià.

—Sea, Llucià. Pues el tal Llucià ya se intentó dar el piro en Gerona y, antes de verse en ridículo como su colega de Avilés, el director de la cárcel se lo quitó de encima cual patata caliente. De ahí lo enviaron a Cervera.

—Y en Cervera le presentaron a la hija del alcaide. Como dicen en Madrid, ¡*amos*, anda!

—La damisela se llama Josefa Sucarana...

Después de aquella conversación, mi labor de investigador, codo a codo con Martos, se vio bruscamente interrumpida.

Las cosas se pusieron feas en septiembre, con el atentado contra Bravo Portillo. Los anarquistas le hicieron pagar sus torturas y el asesinato del obrero Pau Sabater, el Tero. Con doscientos muertos en un año, Romanones dimitía y los empresarios se negaban a aceptar la jornada de ocho horas convocando el *lock out*. Los atentados se recrudecieron en uno y otro bando...

Un sobre se deslizó bajo la puerta de mi habitáculo de Pueblo Seco. Alguien que decía quererme bien me aconsejaba buscar otro escondite; me señalaban entre las víctimas potenciales de Bravo Portillo. Se acababan las visitas al Ateneo de Poniente y las lecturas de la *Soli* en cuyas páginas hacía mucho tiempo que no firmaba. ¿Qué hacer?, me preguntaba. La inacción me ponía enfermo y De Maistre ya había escrito *Viaje alrededor de mi habitación*. Una voz resonaba en mi inconsciente: debía escapar de aquella ratonera. Cualquier hora era mala, y a cualquier hora los pistoleros del Sindicato Libre me podían liquidar en cualquier esquina del Paralelo o el Distrito Quinto. Muchos de ellos eran sindicalistas que cambiaron la reivindicación obrera por el sobre del patrón. Llevaba escondido desde marzo. Seis meses leyendo y escribiendo, con alguna visita furtiva entre medio. Al final se imponía una determinación: localizar a Llucià. Y a la determinación sucedía una pregunta: ¿y qué puede solucionarme Llucià? Y otra respuesta: por lo menos aprenderé a disfrazarme, ir más allá de mi seudónimo ácrata.

Al día siguiente, y con el miedo en el cuerpo, me aventuré por las calles en pendiente de Pueblo Seco; luego me deslicé bajo los toldos de los nidos de arte del Paralelo: tomé la ronda, pasé frente a la cárcel de mujeres y seguí hasta Poniente emboscado por las callejas del Distrito Quinto. En el Ateneo Sindicalista, Martos me recibió con gesto de preocupación.

—¿Cómo se te ocurre venir hasta aquí? No te la juegues, Ángel. Van a por ti.

—Ya lo sé. Pero tengo que conseguir llegar a Cervera. Quiero hablar con Llucià.

—¿Y qué te va a solucionar ese tipo?

—No lo sé, ciertamente. A lo mejor me da alguna idea. O, en su defecto, me cuenta una buena historia para un reportaje.

—¡Ay, camarada! ¿Estamos ahora para reportajes de estafadores? ¡Barcelona está encharcada de sangre obrera y tú pensando en una buena historia con cheques de banco y damiselas seducidas y abandonadas! Además, maldita la falta que hace que ahora te largues a Cervera... A no ser que quieras visitar su célebre universidad... Esa que odian tanto los catalanistas por ser borbónica.

—Ya veo que no quieres ayudarme.

—Más de lo que tú te imaginas. Los amores con la hija del alcaide acabaron mal...

—Me lo figuraba.

—Mal para el alcaide. Se ve que la chica está locamente enamorada del estafador y su padre la ha recluido en casa como si fuera una presa más. Ante tamaño desafuero, nuestro Fantomas seductor, epígono de Luis Candelas, según los colegas de *El Liberal*, tuvo una especie de ataque de esos que le dan.

—¿Epilepsia? De niño ya padeció algún brote.

—No sé si es epilepsia o el baile de san Vito. La cuestión es que el hombre impone mucho cuando le entran los demonios en el cuerpo...

Me vino a la mente uno de los primeros comentarios de Llucià en la celda de la Modelo. Había leído mis reportajes; en especial, el de los exorcismos de la ermita de la Virgen de la Balma.

La voz de Martos me devolvió al presente:

—Bien, ya veo que conoces todos los caminos que conducen a la locura. ¿Me dejas que te explique dónde tenemos a nuestro amigo? Como el director de la cárcel de Cervera ya no sabía qué hacer con él, y quería enviarlo lejos de allí, se agenció un psiquiatra para que expidiera un certificado facultativo... Llucià fue a parar a la casa de salud de San Baudilio de Llobregat. Allí lo tienes desde finales de octubre.

Entre los papeles de mi cuarto conservaba como oro en paño uno de mis mejores reportajes, aquel que tanto admiraba Llucià. Era el tipo de temas sociales que entusiasmaban a los lectores de las revistas racionalistas. Lo titulé «La Virgen de los endemoniados» y transcurría en la ermita de la Balma en Morella, feudo del carlismo y la superstición encajetado entre montañas agrestes que podría haber inspirado novelas góticas.

En mi combate contra la España negra heredera de la Inquisición y con el seudónimo de Aurora Rojas, en homenaje a una de las novelas de Baroja, viví uno de los momentos más sobrecogedores de mi existencia.

Aquella noche ventosa de la primera semana de septiembre la romería de endemoniados se iba congregando en una cueva de la sierra Palomita. Más de diez mil personas contra el diablo. Hileras de carromatos acarreando fanatismo por Zorita del Maestrazgo, a tres kilómetros escasos de la ermita de la Balma. Pero el demonio no espera. Reconstruí la escena. Aquella muchacha, Josefa Monterde, agarrada por una vieja suplicante: «¡Si los demonios le salen por los ojos se quedará ciega!». Recordaba la sangre en las manos estigmatizadas de la presunta endemoniada, los dedos atados con una cinta azul, el agua bendecida cayendo entre sus pechos palpitantes... Después de tanto luchar contra las creencias religiosas en nombre de la escuela racionalista y el ateísmo, veía tambalearse mis convicciones. Solo un médico intentaba mantenerlas en pie con una mínima dosis de sentido común.

—¡No se deje impresionar, hombre! ¡Nada de endemoniados! Los que montan este número son locos, paranoicos, ninfómanas y erotómanos que convierten esta montaña en un burdel de manicomio. Me presento: doctor Jacinto Mallofré, psiquiatra jefe de los sanatorios Nueva Belén de Barcelona y San Baudilio de Llobregat. La razón de mi presencia en esta tierra de sinrazón es un estudio de campo de carácter frenológico.

—Encantado, Ángel de Lajusticia, tipógrafo, escritor y reportero.

—¿Va a publicar alguna crónica?

—Algo saldrá de aquí, pero todavía no sé en qué diario o revista...

Cuando la romería alcanzó la ermita, alguien anunció a voz en grito que eran quince mil almas. Varias mujeres de negro entonaban gozos a la Virgen y vendían las letras en folletos coloreados. Eran las brujas o «caspolinas», provenientes en su mayoría del distrito aragonés de Caspe.

Un silencio estremecedor se cernió sobre la multitud cuando las «campanas de los endemoniados» resonaron en toda la montaña con apocalíptico eco.

—Venga por aquí, señor Lajusticia... —me instó Mallofré—. Si hemos de hacerles justicia, usted disculpe la broma fácil, esto es un cuento para darse un revolcón, ya me entiende... Mire la que están montando ante la Virgen de la Cueva.

—¿Qué quiere decir?

—Con el pretexto de la romería, muchos mozos con las hormonas en ebullición pretenden conseguir favores sexuales aprovechando los momentos de éxtasis. Si observa bien el personal encontrará algunas profesionales, ya sabe a qué me refiero, prostitutas de Madrid, Barcelona, Zaragoza y Valencia que se acercan por aquí a ver si cae algo, remunerado, por supuesto. Asómese y verá el ambientillo...

Al entrar en la cueva nos ofendió el hedor insoportable que despedían centenares de personas revolcándose por un suelo «acolchado» de estiércol y hojarasca... De súbito, alguien profería un grito animal y un grupo se arremolinaba hasta dibujar un círculo para que la endemoniada de turno pudiera retorcerse a gusto. El doctor Mallofré se acercó a un hombre con boina y chaleco rural. Luego retornó a mi vera.

—Me dice que esta se llama Carmen Jordá, treinta y un años... Es de Tarragona y no es la primera vez que viene. Lleva un lustro poseída por el Maligno. El hombre con el que acabo de hablar es su marido: asegura que en cuanto divisa la cueva comienzan las convulsiones y sus ojos se inyectan en sangre. Él también está convencido de que la posee Satanás. Si quiere que le sea sincero, no sé quién está peor: si ella o él. Si me disculpa, voy a intentar pegar la hebra con una de esas brujas... Esa de ahí puede servir.

Mallofré intentó entablar conversación con la caspolina mientras ella iba colgando en los altares de la Virgen exvotos y los donativos que llaman «dobletes»: monedas de cinco duros. La plática con la bruja no dio para mucho. La caspolina estaba por la recolección de dobletes y no para ejercicios divulgativos de ritos ancestrales.

El doctor resumió la escasa información:

—Dice que cada vez hay más niños endemoniados, que aquella niña de ojos azules que antes le abordó asegura sentir una voz... Eso que en frenopatía llamamos «esquizofrenia». Según la mujeruca, los peores son los poseídos debido a los demonios mudos que los esclavizan y no los dejan quejarse siquiera. Espere que ahora viene lo mejor. Emociones fuertes. Le dan a la manduca y se pegan buenos lingotazos de vino peleón. Y después... al lío.

—¿Qué lío?

—Al sexo puro y duro. Ya se lo he dicho.

Muchas mujeres se desmandaban y liberaban de sus escotes los pechos temblorosos. El aire caliente recorría todo el paraje. Era el momento culminante de la noche. De pronto apareció una figura que afirmaba ser el demonio... Sapos, culebras, lagartos y salamandras pendían de su armadura. El supuesto demonio portaba un escudo y blandía un cohete gigante que escupía fuego. Entre los abucheos del gentío maldecía a la Virgen y los llamaba insensatos.

—Si tiene ganas de mujer, ya lo sabe. Yo ya he visto lo que tenía que ver —me susurró Mallofré al oído.

Como había anticipado el doctor, el caos se apoderó

de la Balma. Ceremonias de endemoniados. Hombres aferrados a unas mujeres que se dejaban hacer...

—Al final, como asegura don Sigmundo Freud, todo tiene un origen sexual —puntualizó Mallofré—. Estas mujeres, que no se dedican necesariamente al oficio más antiguo del mundo, recatadas madres de familias numerosas, ven aquí, con el pretexto del ardor místico, una forma de romper por unas horas con sus vidas machacadas por la explotación, la sumisión a la castidad, los partos y el silencio. A partir de ahora, con la penumbra apoderándose de todo, todos los gatos y las gatas son pardos.

—Resulta paradójico que un rito religioso acabe en orgía sexual... —observé.

Después de localizar el carromato que le había llevado hasta aquel paraje, el doctor Mallofré se despidió.

—Encantado de conocerle. Ya sabe. Doctor Jacinto Mallofré. Manicomios de Nueva Belén y San Baudilio. Si publica el reportaje, avíseme. Y si se mete en algún lío de sexo, vaya con cuidado con las enfermedades de Venus... Como puede ver, ¡aquí la gente se frota mucho y se lava poco!

Entre todo aquel griterío, caminé con el paso torcido, como un sonámbulo... Hasta que desperté para clavar mis ojos en otra mirada. En uno de aquellos recodos de piedra seca y zarzales se veía una muchacha pelirroja de ojos azules y tez muy blanca. Estaba sentada, la espalda recostada en la roca, con expresión catatónica. A pocos metros, una pareja de labriegos se daba un homenaje: ella con las faldas levantadas y él con los pantalones bajados componían un cuadro de los que se estilaban en los tugurios del Paralelo y del Distrito Quinto.

Me acerqué a la desconocida, que seguía ensimismada. No sentía deseo sexual, sino más bien un cierto temor a que la pelirroja entrara en trance demoníaco. Poco a poco, la joven levantó la cabeza como dispuesta a la conversación.

—Si piensa que... se equivoca.

—Yo no pienso nada, señorita. ¿Qué la ha traído aquí?

—¿No será usted un cura o un psiquiatra? Antes le he visto hablando con un señor que tenía pinta de las dos cosas.

—Se equivoca. Soy escritor, periodista. ¿Y usted quién es?

—¿Le tengo que creer? ¿Yo? Pues me dedico a mis labores, como la mayoría de las mujeres que dependen de los caprichos de los hombres. ¿O es que no le gusta aquella letra de zarzuela? «Pobres hembras...»

—Me gusta que muestre usted, así de entrada, cierto sentido del humor.

—No se confíe... He venido aquí desde Barcelona, acompañada de una prima mía francesa. Me dijo que era un buen sitio para olvidar el mal de amores.

—Yo también soy de Barcelona. No conozco a su prima, pero no me parece este el lugar adecuado.

—Pues ella se lo está pasando de muerte... Conoció al mozo, un buen mozo, en la pensión del pueblo y la convenció para que se viniera a la romería. Como a la chica le gustan las emociones fuertes, aquí que nos vinimos.

—Y usted, esperando sentada...

—Estoy acostumbrada a esperar. Esperé el amor de mi vida. Parece que lo encontré y al final me abandonó...

—¿La dejó después de la boda?

—Hicimos un largo viaje. Incluso fuimos al casino de San Sebastián...

—Debía de ser un auténtico seductor... ¿A qué se dedicaba?

—Era de una familia noble. Alto, bien vestido, hablaba cuatro o cinco idiomas. Decía que era familia del rey Alfonso XIII, fíjese... Prefiero no entrar en más detalles con un desconocido. Caí en una depresión y lo peor de todo es que sigo enamorada de él...

—Dígame por lo menos el nombre de pila de usted.

—Llámeme «la chica de Balma». ¿Y usted?

—Eso no es un nombre. Yo me llamo Ángel.

—Bien, Ángel. No es muy lógico pasearse con ese nombre por la montaña de los demonios. —La chica sonrió.

—Tiene razón. ¿Quiere que la acompañe? Voy a tomar un carromato hasta Morella.

—Descuide. Media hora más y mi prima volverá con ese mozo que la vuelve loca.

—Nunca mejor dicho con este ambiente... Por lo menos dígame a qué se dedica.

—Vendo lotería en la Rambla y, como ya le he dicho, mis labores.

—¿Y su prima?

—También vende lotería... en el Edén Concert de Conde del Asalto.

—¿Y tiene familia francesa?

—Ella se vino aquí por la guerra del 14 y compartimos habitación... Bueno, ya está bien. Ya he largado demasiado... ¡Ah! Me llamo Nieves.

La pelirroja se puso seria, como si le incomodara la deriva que había tomado una conversación que podía desvelar su identidad.

Tomé el carromato a Morella y al día siguiente un autocar me condujo a Barcelona. Durante el viaje por aquellas carreteras de curvas pensé en mi crónica y también en Nieves; quizá sería una de esas putillas que, según me contó el doctor Mallofré, vienen a buscarse la vida: esa prima francesa que dice que vende lotería en el Edén Concert...

Las escenas de la romería de los endemoniados me dejaron trastocado. Basculaba entre el ardor del sexo y un extraño temor al pecado que no debía tener cabida en la mente del ácrata ateo que se suponía era yo. Al llegar a Barcelona, las imágenes se trasladaron al papel, aunque el encuentro con la muchacha quedó para siempre en mi mente; una información, por el momento, embargada al mundo.

7

La noticia del día era la gripe. Como en 1918, el virus atacaba de nuevo. «Ya es triste que nos hagamos famosos en el mundo porque a esta forma de morir le llamen "gripe española"...», leí en un semanario. Por si no había suficiente con los estragos de la primera ola, la «influenza» volvía a dar trabajo a las funerarias y producía más bajas que la guerra. La muerte no sabía de huelgas: ataúdes amontonados en los cementerios, la universidad cerrada y los anuncios de remedios milagrosos copando las páginas de los diarios. El dolor de cabeza, los temblores, la fiebre y el entumecimiento de las extremidades eran los primeros síntomas de eso que la prensa había bautizado como «la Epidemia Reinante». Derrengado en el camastro de mi cuartucho, intentaba releer a Zaratustra, pero no me sentía un superhombre por mucha filosofía que le pusiese a la situación. Pasé una noche horrorosa entre delirios y pesadillas. Rememoraba, cual violento calidoscopio, mi detención por Bravo Portillo y sus gorilas al salir de la redacción de *Tierra y Libertad* en la calle Cadena.

«Oye, Lajusticia, tenemos que hablar; tú eres compinche de Seguí y Pestaña...», vociferaba el comisario con gesto chulesco.

El resto fue meterme en el coche a patadas y llevarme a una sórdida habitación de la parte baja de la Rambla donde se cebaron a golpes de toallas mojadas. Lo que me estaba ocurriendo parecía increíble: un policía procesado campando a sus anchas en Gobernación. Las escenas de tortura durante el interrogatorio se alternaban con las historias de Llucià a una velocidad mareante. Un sueño que se hacía eterno, aliñado con retazos de fantasía: el hombre de corcho de Méliès y el hotel automático de Segundo de Chomón en versión siniestra.

Pasaron dos semanas. Pan, fiebre y agua. La visita clandestina de un médico vecino me tranquilizó: la influenza ya no era tan criminal como en su primera fase, aunque se había llevado a mucha gente por delante.

Varios golpes en la puerta me despertaron de una de esas noches delirantes con el corazón acelerado. Escuché una voz. No sabía si atribuir los tembleques a la gripe o al terror. Pensaba que el comisario del mostacho venía de nuevo a por mí.

—¡Ángel! ¿Estás ahí? ¡Soy yo, Martos!

Me tranquilicé; lo suficiente para levantarme y recorrer, tambaleante, la exigua distancia entre el camastro y la puerta. Abrí.

—¡Menuda cara llevas! —exclamó Martos.

—Me gustaría ver la tuya si se te metiera en el cuerpo un gripazo como el mío... —repliqué.

—No te enfades... Traigo buenas noticias —dijo Martos con un tono de excitación.

—¿Abdica la Epidemia Reinante? ¿Nos ha tocado la lotería? ¿Noticias frescas de Llucià? ¿Ha muerto Bravo Portillo?

—Apuesta por la cuarta —repuso Martos con los ojos brillantes.

—¿Bravo?

—¡Bravo! ¡Nos lo hemos cargado!

—¿Y cómo ha sido eso?

—En venganza por el asesinato del compañero Pau Sabater, del Sindicato de Tintoreros. Aunque oficialmente suspendido de empleo y sueldo, el del mostacho se estaba llevando tres mil al mes... Además de matar obreros, el señor Bravo Portillo se cobraba en especies su peculiar forma de controlar la prostitución en el Distrito Quinto: no había día en el que una puta no le prestara sus servicios gratis. ¡Nada, que el hombre era el rey del planeta Venus!

Yo estaba impaciente.

—Dejemos a Venus y vayamos a Marte. ¿Cómo eliminaron al ogro?

—Dos camaradas le siguieron la pista desde las Atarazanas. Casi siempre iba acompañado por alguno de sus hombres. Era difícil cazarlo solo... hasta que llegó su hora. Por lo visto, nuestro torturador había disfrutado de la sobremesa con alguna hetaira de alto copete y andaba tan despistado como satisfecho... Tomó el tranvía en Lesseps y bajó por Torrente de la Olla, para apearse en la calle Córcega. Después de una excursión tan larga, los camaradas hallaron el momento propicio para hacer justicia. Bravo entró en una escalera donde, por lo visto, y según lo que contó más tarde uno de sus esbirros, tenía otra cita con otra «amiga». Como debía de estar exhausto de la «amistad» anterior, permaneció en el inmueble poco rato y volvió a salir... Le esperaban cinco de los nuestros. Era difícil que escapara vivo, pero el tipejo todavía tuvo arrestos para sacar su famosa Browning y disparar...

—¿Y cómo acabó la cosa?

—Según el parte, presentaba tres heridas mortales: una en la región inguinal (ya no podría tener más citas venéreas), otra en el costado y otra en el riñón.

—¿Y lograron escapar?

—¡No pudieron echarnos el guante, Angelito! Y mira que Bravo hizo ruido: «¡Me han matado a traición!», chillaba taponando con la mano la hemorragia en la ingle. Le auxilió un matrimonio que regenta una carbonería cercana. Llamaron a un chófer que estaba comiendo en una tasca; al saber de quién se trataba, lo metió en el coche y lo llevó a la Casa de Socorro. Ingresó, y pese al intento de practicarle una operación que suturara la arteria inguinal, palmó al poco rato. Se notaba que el hombre se había puesto guapo para tanta cita: traje azul, botas de color, la cruz roja del Mérito Militar en la solapa... Al parecer se encontró una cuarta bala incrustada en la fosforera de oro que llevaba en el bolsillo de la americana.

—Un momento, Martitos, hasta ahora éramos escritores: has utilizado la primera persona del plural...

—¿A qué te refieres? —repuso Martos torciendo el gesto.

—No me digas que estuviste allí...

—Claro que sí, Ángel. Yo era uno de los que le esperaban en la calle Córcega.

—De observador, supongo... No te imagino... —dije temiéndome lo peor.

—Pues sí, imagínatelo, de ejecutor.

—Dejémonos de eufemismos, Martos. Has matado por primera vez. Ya perteneces al bando de los asesinos. Eso no es lo que quiere Seguí. Una cosa es la lucha sindical...

Martos interrumpió bruscamente mi comentario: un rictus siniestro cuarteó su cara.

—¡Ya está bien de teorías del buen salvaje, señor Lajusticia! Las huelgas son largas, las cajas de resistencia se acaban pronto. ¡Queremos superar el pacto del hambre y no hacemos otra cosa que pasar siempre hambre! ¡Hay que optar por la acción directa! Seguí nos está azucarando con tanto pactismo. Pareceremos un partido político más...

—La huelga consiguió la jornada de ocho horas...

—Eso no basta. Hemos de hacer la revolución de una vez por todas. Colectivizar los medios de producción. Crear comités obreros y derribar el concepto tradicional de propiedad.

—Y con los propietarios de las fábricas, ¿qué vais a hacer?

—Veo que has cambiado la forma del verbo. ¿Lo has hecho aposta, Angelito, o es una toma de posición, porque eso no va contigo? Deberías haber dicho «qué vamos a hacer»... ¿O no? Pues si no se avienen, se acaba con ellos. Como en la Revolución francesa o los sóviets rusos. Si no tenemos guillotina, le daremos al gatillo de la Star.

—No, Martitos. Yo no quiero ser un asesino. Desde que empezó la guerra contra la patronal, el ejército, el Somatén y los matones a sueldo, en Barcelona hay más muertos que en Chicago.

—¿Sabes, Angelito, quién se inventó los Sindicatos Libres? Pues Ramón Sales, que había pertenecido a la sección mercantil de nuestro sindicato. Si te mueves por los lugares adecuados pueden ofrecerte un cambio de club... ¡Lo digo por si te puede interesar!

Intenté disimular la ofensa de ese amigo que sentía cada vez más extraño.

—Sabes perfectamente que Sales nunca fue una persona de fiar. Provenía del requeté carlista... Si seguimos la estrategia que tú propones, haremos del asesinato el *modus vivendi* de nuestros militantes. Aquí palmará hasta el apuntador...

Martos se quedó un instante en silencio. Creí que todavía podíamos compartir algún principio.

—Aunque ya no le aceptes ninguna autoridad, ¿qué ha dicho Seguí del atentado? —pregunté.

—¿Qué quieres que diga? Que era una venganza justa, pero que ese no es el camino porque traerá un ciclo de acción-reacción. Que debemos explorar otros métodos, más allá de los disparos. Y Pestaña, más de lo mismo...

—Estoy de acuerdo.

—¡Pues yo no!

Martos seguía en su trinchera, pero yo me empeñé en que aún podría hacerle entrar en razón.

—Bravo Portillo me torturó... Era un ser execrable. Quizá le hemos quitado un estorbo a sus propios jefes. Era un incontrolado, vesánico y obseso. Pero, hazme caso, debería ser el último crimen.

—Te equivocas, Angelito. La lucha social no ha hecho más que empezar. Piensa en Rusia... En 1917, mientras nosotros tonteábamos con la UGT y los oficiales descontentos, ellos hacían una revolución.

—Y ahora padecen una guerra civil, hambrunas y la nueva tiranía bolchevique...

—¿Quién te cuenta esas cosas? ¿O es efecto de la gripe?

—Vamos a dejarlo, Martos...

—Si estás repuesto deberías salir a la calle. Se te está poniendo cara de papel pintado. Pareces un cuadro de Picasso, o del burgués Casas en la época de Els Quatre Gats... Tienes jeta de soldado de Cuba derrotado o de recluta del Rif, el otro matadero que la burguesía asigna a los trabajadores...

—¿Has acabado con tus lindezas metafóricas? ¿Cuándo te he de aplaudir? Espero que haberte estrenado como pistolero no se te suba a la cabeza como la absenta...

—No sé si se me ha subido a la cabeza, pero el placer de ejecutar a un torturador supera todas las experiencias que he vivido hasta ahora. Me sentí omnipotente.

—No te subas a la higuera, Martitos. Omnipotente solo es Dios... y nosotros somos ateos.

—¿Y eso me lo dices tú, librepensador autodidacta que se pasa el día con Federico Nietzsche y su superhombre? ¡Anda ya! Por cierto... ¿no has intentado contactar con tu amiguete, el estafador de señoras con botines, bastón y terno de buen paño?

—No sé por dónde debe de andar en estos momentos. La última noticia me la diste tú... ¿No estaba en la cárcel de Cervera engatusando a la hija del alcaide?

—Mira, Angelito... Quiero pensar que nuestra amistad perdure después de esta conversación, te voy a dar nuevas pistas sobre ese a quien tú llamas el «aventurero», como si fuera un personaje de Stevenson, cuando no es otra cosa que un esbirro más del capitalismo. Mientras tú estabas delirando febril, él salió de chirona con un certificado facultativo expedido a instancias del propio director. Se conoce que el hombre quería sacarse al seductor de su hija de encima para que el romance no fuera a más. En octubre ingresó en San Baudilio, pero solo lo pudieron retener un mes porque el primero de diciembre se fugó. Se hace el loco para que le trasladen de la cárcel al manicomio, de donde es más fácil darse el piro. Lo mejor es que días antes de largarse hizo que alguien recogiera la máquina de escribir que siempre lleva con él con la excusa de que había que repararla.

—¿Quién te contó todo eso?

—¡Quién va a ser, Angelito! ¡La influenza griposa te ha ablandado la memoria! ¡Hurtado, el secretario del comisario Castellanos! Es posiblemente el último amigo que me queda en la policía...

—No estés tan seguro. En cuanto se entere de tu «hazaña» con Bravo Portillo, te negará la amistad...

—Hurtado es tolerante, un buen lector de libros racionalistas. Conoció a Ferrer y a Morral.

—Una cosa es ser tolerante y otra, Martitos, legitimar el asesinato.

—¿Tú también me vas a negar la amistad? ¿Después de tantos años de lucha proletaria?

—Tu retórica es cansina, Martitos.

—No debí hablarte tanto de Llucià. Si llego a saber que te iba a seducir de esa manera... Desde que le conociste te estás aburguesando. ¿Te sorbió el seso... o es que quieres hacerte estafador como él?

—Que yo sepa, él no ha matado a nadie. Prefiero sus estafas a tus crímenes.

Martos se levantó bruscamente y le pegó un manotazo a la silla, que fue a dar contra la mesita de noche. Por primera vez sentí miedo de su mirada.

—Mejor que me vaya, señor Ángel de Lajusticia. Le

aconsejo que se cambie de nombre, aunque usted es un expósito y lo del nombre le trae al pairo. La policía le busca porque ese nombre tan pomposo que lleva está en la agenda del fiambre Bravo. También, a partir de ahora, le buscarán algunos camaradas hartos de ese reformismo que es peor que la gripe. Hace un año aplaudí al Noi del Sucre, pero ahora le silbaría. Usted y yo ya no estamos en el mismo frente de lucha. ¡Ah! Un consejo de lector... Deje a Nietzsche y pásese a las reflexiones sobre la violencia de Sorel. Lo encontrará en la biblioteca del Ateneo que, por si no se acuerda, usted contribuyó a organizar.

Me incorporé del camastro y me acerqué a Martos con el brazo tendido.

—¿Por qué me hablas de usted?

Martos apartó bruscamente mi brazo antes de que llegara a tocarle.

—Yo ya no te hablo. Y recuerda lo dicho, Lajusticia. Cambia de nombre y desaparece... o serás hombre muerto.

El antiguo camarada se apartó de mí. Luego cerró de un portazo.

Yo me quedé absorto en el ventanuco que daba a la calle Tapiolas: al final se dibujaba la torre de la iglesia de Santa Madrona. En la parte de arriba, la vegetación de la montaña de Montjuich, salpicada de barracas de gitanos. Abajo, el bullicioso Paralelo. Un carromato sobre los adoquines. El olor a estiércol. El rumor del afilador. La casa del fotógrafo Merletti. ¿Dónde podría encontrar a Llucià? Ahora, de verdad, era el único agarradero que me quedaba. Se acercaba la Navidad, en medio de noticias luctuosas... Hice inventario de las personas que podrían ayudarme. Si Martos daba cuenta de mi paradero, los violentos del sindicato podían hacerme una visita, aunque no creo que llegara a ese extremo. También me la podrían hacer los del Libre: estaba en la lista de sospechosos del asesinato de Bravo Portillo... A final de año se me acababa el alquiler y no tenía dinero, porque llevaba meses sin escribir ni una línea.

De pronto acudió a mi mente la tez pálida de Nieves, la chica que conocí en el santuario de la Balma. Repasé cada palabra del diálogo que mantuvimos. Ella hablaba de un hombre seductor y elegante, de una francesa. Si no me había mentido, era vendedora de lotería... Empecé a atar cabos. ¿Y si ella era la compinche de Llucià en San Sebastián con aquel camarero del Edén que hizo de Romanones?

Pensé en una de las primeras frases que el estafador me dirigió. Necesitaba a alguien que escribiera la historia de su vida. Aunque pareciera quimérico, ese podía ser yo. Todavía conservaba mi máquina de escribir...

¡Cómo me había de ver! Buscando el amparo de un personaje que hace poco sentía muy distante de mis convicciones morales... Aunque pareciera un ejercicio de cinismo, al fin y al cabo yo tampoco tenía un nombre fijo. Vivíamos una época de imposturas. Ni siquiera en el sindicato sabíamos quiénes eran de fiar y quiénes confidentes de la policía. No quería acabar siendo un asesino como Martos y, menos aún, venderme a la patronal. Mis compañeros robaban bancos y Llucià estafaba a los banqueros. No había tanta diferencia.

Después de esas reflexiones que intentaban paliar mi confusión mental, me vestí y abrigué con lo poco de que disponía: una bufanda agujereada en torno al cuello. Salí a la calle. Hacía un día claro y frío, pero seco.

Una tos pertinaz erosionaba mi garganta y los calambres asaeteaban mis piernas. Tomé a paso lento la calle cuesta abajo, como un sonámbulo. Luego recorrí el Paralelo y me desvié por Conde del Asalto, rumbo a la Rambla.

8

Bajando por la Rambla a mano izquierda, un estanco surtía de lotería a los vendedores ambulantes. En las jornadas navideñas, la cola de aspirantes a hacerse con el Gordo era muy larga, tal vez más larga que en otras Navidades; la pésima economía no dejaba otras opciones que lanzarse en brazos del azar.

Después de soportar el viento gélido durante un cuarto de hora, me llegó el turno. El señor de la ventanilla me preguntó cuántos décimos quería y yo le respondí que prefería comprárselos a Nieves, una vendedora que me daba suerte, pero a la que no conseguía encontrar... No albergaba muchas esperanzas de que me diera pistas sobre su paradero, ni tan siquiera confiaba en que ella me hubiese dicho la verdad en nuestro encuentro de la Balma.

—Vendedora, vendedora... —susurró el lotero con expresión maliciosa.

—O sea, que sabe quién es Nieves... ¿No vende lotería? —inquirí impaciente.

—Vender, sí que vende: lotería, cigarros... Lo que se

tercie. El asunto de vender se le da bien a la chica —dijo con tono maledicente—. ¿Seguro que la busca para comprarle un número de lotería? Hace días que no la veo... Bueno, no me puedo entretener. Búsquela en el London Bar, o en el Edén Concert... o dese una vuelta por la calle Unión, me parece que vive por allí.

—¡Gracias! —contesté aliviado.

No fue difícil encontrar a Nieves. Anduve por Conde del Asalto y en el London me dieron razón.

—Se pasa por aquí casi todas las mañanas con su amiga, la Gabachita.

Debe de ser esa francesa a la que presenta como su prima, deduje.

La suerte me sonrió sin necesidad de participar en el sorteo. Después de merodear por aquellas calles, reconocí a Nieves. Estaba apostada en una esquina con una caja que contenía algunos números de lotería y cigarrillos sueltos. Tenía la mirada perdida... como en la Balma.

—¿Me reconoce? —le dije mirándola de frente.

Nieves levantó la vista y me observó con desconfianza.

—¿Qué quiere? ¡Lo que vendo es legal! Aunque con esa facha no creo que sea policía...

Yo sonreí mientras intentaba arreglarme el cuello de la camisa.

—Santuario de la Balma... Estuvimos hablando. Usted aguardaba a su prima francesa... Soy Ángel, el escritor.

Nieves dibujó una mueca entre sorprendida y asustada.

—¡Ah, sí! Lo recuerdo... Escribía un reportaje sobre aquellos locos de la ermita.

—¿Podemos hablar en un lugar más seguro?

—No sé qué entiende usted por seguro... Si pretende acostarse conmigo, no estoy disponible: si quiere le presento a mi prima, la Gabachita. Me queda una serie de lotería, dos números sueltos acabados en ocho y pasado mañana es el sorteo. Los cigarrillos no son muy buenos, picadura selecta a céntimo la pieza.

—Lo último que deseo en este momento es acostarme con usted.

—Muy galante el chico... —repuso con aire retador—. Aunque usted tiene la pinta de estar más muerto que vivo.

—Estoy convaleciente de la gripe.

—La famosa Epidemia Reinante... Aunque no estaría mal que se afeitara... No digo que se curara de golpe, pero la gente le haría más caso. Me está espantando a la clientela, van a pensar que es mi chulo...

—Nieves, si usted me ayuda puedo salvar la vida...

—No soy médico, no curo la gripe.

—Déjese de sarcasmos... Vayamos a un lugar más tranquilo.

—No son tiempos para confiarse a extraños. Admitamos que, con la facha que lleva, no es un policía... Pero podría ser un pistolero o un confidente cafre de Bravo Portillo, ese que han matado... y bien muerto está. No sabe cómo las gastaba por este barrio con la excusa de perseguir el contrabando y la prostitución. Las chicas le tenían más pánico que a la sífilis. Los macarras lo esquivaban porque era insaciable: no paraba de hacer chantaje a todo quisque. Pero, como siempre, ya estoy hablando demasiado. ¿Por qué he de fiarme de usted?

—Le propongo un pacto. Yo diré nombres y, si alguno le suena, me promete que me concederá unos instantes de su tiempo.

—Ya le he concedido demasiado. No sé si es usted un ángel o un demonio. Desembuche.

—Antonio Llucià. O Portolés. O Villamil. O Caamaño. Orlando de la Riva...

Nieves mudó la faz. Se mesó la cabellera pelirroja. Abrió de par en par sus ojos azul turquesa; su voz perdió el tono de despecho irónico.

—¿Viene de su parte? ¿Es amigo suyo, o es una trampa para implicarme como cómplice de sus trapicheos?

—No es ninguna trampa. Nos conocimos en la Modelo, adonde fue a parar tras la fuga de Avilés. Yo estaba detenido por ácrata y escribir en la *Soli*, el diario que sacó a la luz los compadreos de Bravo Portillo con el barón de Koenig. Llucià me había leído... Precisamente mencionó mi reportaje sobre los endemoniados de la Balma.

—Él estaba allí, en la Balma. Veníamos de hacer un negocio y nos llamó la atención aquel revuelo. A Antonio le interesa todo lo relacionado con la psiquiatría... Los libros de un tal...

—¿Sigmundo Freud?

—Eso, Froid, Floid o Freud, el médico de Viena... Antonio cursó Medicina y se conoce todos los trucos para fingir enfermedades mentales. Le va bien para esquivar la cárcel, como hizo la última vez. De la casa de locos es más fácil escaparse que de la Modelo.

Nieves fue perdiendo la rigidez de los primeros compases de la conversación. Soltó una risa franca y fresca. Se despegó de la pared de la esquina y me indicó una tasca sórdida en la calle San Ramón. Nos sentamos como si fuéramos una pareja íntima en la mesa del rincón y pedimos dos cafés con leche. La plática se hizo más relajada.

—¿Le habló de mí? —indagó curiosa.

—Antonio me explicó que había hecho un viaje a San Sebastián con un camarero del Edén Concert que era clavado al conde de Romanones. Usted iba con él, tengo entendido...

—¡Nos lo pasamos de fábula! A todo estar. Los tres, Mario el camarero, servidora y Emma Lacroix, la Gabachita. Antonio conoció primero a la franchute, una putilla rubia, escuálida, de ojos azules, de las que vinieron cuando estalló la Gran Guerra. Ya sabe que la oferta de gabachas bajó los precios... El morbo del acento gangoso nos fastidió a las de la tierra. Yo dejé el negocio y me dediqué a la lotería y el alterne en el Edén. Los nuevos ricos tenían mucho dinero para gastar...

—Y usted conoció a Llucià...

—No con su verdadero nombre; creo que fue como Portolés. Me sentí fascinada por su elegancia. Primero creí que me quería chulear, pero después de una larga conversación en la que desplegó toda su seducción, me confesó que necesitaba una compinche para sus negocios.

—No me dirá que la engañó.

—¡De ninguna manera! Era consciente de que me metía en un lío. Pero un lío que me atraía. Nos hicimos varias poblaciones de Cataluña, sobre todo Reus. Allí vive el sastre de Antonio, que le arregla los uniformes militares y trabaja en el frenopático del doctor Pere Mata. A Mario, el camarero, no le hacía mucha gracia interpretar a Romanones, pero como tiene la polio, imitar la cojera no era para él ningún problema... En cuanto a la Gabachita, todo le da igual. Mientras pueda brindar con champán a todas horas y, como dice ella, *jouer l'amour*, ya está contenta.

Nieves apartó el azucarero de la mesa y sacó del bolso un papel.

—Mire, aquí tengo la carta que me envió cuando se fugó de la cárcel de Avilés. La calle que consigna debía de ser el refugio en el que permaneció antes de desplazarse a Madrid.

Desplegué la carta con expectación. Me llamó la atención la cuidada escritura de nuestro hombre.

> Mi querida Nieves:
>
> El pasado viernes te puse un telegrama a la calle Unión; no habiendo recibido contestación al mismo y por si estás todavía enferma y no has podido ir a recogerlo, te dirijo estas líneas a tu casa.
>
> Tienen por objeto rogarte mandes por giro postal 250 pesetas a D. Gabriel Abril, calle Ruiz Gómez, 10, en esta cuyo Sr. me las entregará.
>
> Si no tienes dinero empeñas una sortija o el relojito, pues me es de suma urgencia recibir este dinero ya que estoy, aunque lo pongas en duda, casi sin un céntimo.
>
> En espera de recibir de tu bondad este favor se despide de ti tu buen amigo que mucho te quiere.
>
> ANTONIO

—¡Magnífica caligrafía! —exclamé al acabar la lectura.

Nieves puso cara de satisfacción. No podía ocultar su orgullo.

—Antonio siempre dice que los mejores momentos de su vida son cuando escribe o imita una firma. Aquellos tres o cuatro minutos de espera en la ventanilla de un banco, al que ha colado un cheque falso. Mientras examinan la firma y lo dan por bueno. Para él valen más esos minutos que las pesetas. ¡Es un artista de la transformación y la estafa! En una ocasión dejó un mensaje en un banco diciendo que, si le hubieran dado la llave de la caja en mano, el dinero seguiría allí porque no le gusta llevárselo tan fácilmente...

—¿Le pudo hacer llegar el dinero que le pedía en la carta? No era una cantidad exagerada...

—¡Claro que sí! Con ese dinero se compró un traje hasta que pudo conseguir más en algún banco... Debió de intentar volver por aquí, pero antes pasó por Manresa, donde cometió otra estafa. Está reclamado por el juzgado de esa ciudad. Fue entonces cuando retornó a Madrid y lo detuvieron en el teatro. Es que le gusta mucho el cine y el teatro...

—De eso no me cabe duda. ¿Y por dónde debe de parar en estos momentos?

—No puedo desvelarlo. Muy cerca, pero no puedo decirle más. Si consigo comunicarme con él, le hablaré de usted. Le diré que le necesita...

El comentario de Nieves me reconfortó.

—En realidad, creo que él siempre sabe dónde estamos todos... Me soltaron de la Modelo cuando menos lo esperaba. Alguien dio la cara por mí, pero no llegué a conocer su identidad. Creo que me gané su confianza, me dijo que podría escribir la historia de su vida... Y me temo que ahora no me queda otra alternativa.

—No se engañe. Antonio no confía en nadie. Solo en sí mismo. Es un individualista patológico. Sus «colaboradores» somos muy pocos... Si usted entra en su círculo ya sabe a qué se expone. Tampoco veo cómo puede conciliar su anarquismo con la forma de vida de Llucià. Él odia a los bancos, como ustedes, y quiere apropiarse de lo ajeno pero no para repartirlo, sino para engrosar su patrimonio. Aunque cada una de sus estafas requiere inteligencia y una inversión previa: uniformes, buenos hoteles, viajes en primera clase... No olvide que lo suyo es dar el pego, hacerse pasar por un personaje postinero para engañar a los burgueses incautos.

—No sé si sabe que la hija del director de la cárcel de Cervera se enamoró de él...

La lotera entristeció el semblante.

—Le seré franca. Me dolió saberlo. Incluso le llegué a visitar en San Baudilio, pero me encontré con un hombre desquiciado y esta vez parecía de verdad. Solo pensaba en fugarse porque, según sus palabras, «tenía mucho que hacer».

—¿Colaboró en la fuga?

—Se fugó él solito. Por eso no sé dónde está, aunque lo presiento cercano.

Nieves hizo una seña al camarero y le dijo que cargara los dos cafés con leche en su cuenta. El camarero asintió con una sonrisa. Se me quedó mirando con la misma expresión melancólica de nuestro primer encuentro en la Balma.

—¿Y usted qué va a hacer?

—Sinceramente, no tengo ni idea. No puedo escribir porque la *Soli* y *Tierra y Libertad* están bajo suspensión gubernativa. No puedo pagar el alquiler de mi habitación. Estoy en la lista de sospechosos del asesinato de Bravo Portillo y algunos compañeros me acusan de traicionar a la causa. Seguí está detenido... Los que están fuera solo piensan en las pistolas... Y yo ya estoy harto de tanta matanza.

La pelirroja sacó unas llaves y las dejó sobre la mesa.

—Le puedo dejar estos días una habitación en mi

piso. Mi vida está repartida entre dos domicilios: la Rambla y la calle Unión. Supongo que se imagina por qué...

—La vida... —alcancé a responder.

—La vida de una mujer de la vida.

9

Instalado en el piso de Nieves, no tardé en recibir noticias de Llucià. Una mañana, ella se presentó con un manojo de diarios en los brazos.

—Ya lo ha vuelto a hacer. ¡Lo han detenido! Lea, lea...

Los rotativos reproducían una nota de la Dirección General de Seguridad. Leí en voz alta: «Con referencia a la detención, efectuada en la tarde del pasado viernes, de Mario Pickman Barroso...».

—¿Ahora se hace llamar Mario Pickman? —subrayé con sorpresa.

—No interrumpa, siga, siga... —me ordenó Nieves señalando el papel.

> ... de 33 años de edad, natural de Capellades, el cual ha usado cantidad de nombres, entre ellos los de Antonio Llucià Bussé y José María Pina, se tienen los siguientes antecedentes:
>
> Se halla reclamado por los juzgados de Avilés, Tortosa, Jerez de la Frontera; el del Hospital, y por dos causas,

el de la Audiencia, de esta ciudad. Suele usar pública e indebidamente uniforme del ejército, uniformes civiles y trajes eclesiásticos. Habla y escribe con perfección el francés, el alemán, el italiano, el inglés, el portugués y otros idiomas.

El 1 de diciembre de 1919 se evadió del manicomio de San Baudilio, donde estaba a disposición del juzgado de Manresa.

A primeros de enero de 1920, usando el nombre de Mario Pickman, estafó 60.000 pesetas al Banco de Vizcaya, en Bilbao, y pocos días después, 64.661 al de Barcelona y 49.360 al Banco Hispano-Americano, empleando cartas falsificadas.

Es nombradísimo como audaz estafador, habiendo contraído matrimonio en esta capital con el nombre falso de Fernando Caamaño, siendo esta también una de las causas que se siguen por el juzgado del Hospital.

En el momento de la detención se le incautaron un alfiler de corbata, de oro, con un brillante montado de platino, un billete de mil francos, seis monedas de un franco, una de dos, tres de un franco, al parecer de aluminio, cinco billetes de cincuenta céntimos, de la Cámara de Comercio de París, y uno de un franco de la de Tolosa, una cartera grande de piel, que contiene otra más pequeña, con varios documentos, y una fotografía del detenido.

Aquel auto de detención se parecía más al currículo de un genio. Convine con Nieves en que el policía que lo redactó admiraba sinceramente a Llucià. Los días que siguieron los pasé recopilando con mi anfitriona todo lo que se publicaba. Cada mañana, a primera hora, Nieves se hacía con la prensa disponible en los quioscos de la Rambla en busca de noticias.

Según el director del Banco de Vizcaya, uno de los damnificados por el genial falsificador de cheques, el supuesto Pickman depositó 67.000 pesetas en su agencia y días después retiró en la sucursal de San Sebastián 57.000, con lo que le quedaban 10.000 en la cuenta; luego borró en la carta de pago la palabra *pagado* y puso otra vez 67.000... Para cobrar luego 60.000 en la sucursal del citado banco de la avenida Conde de Peñalver de Madrid. Los empleados que le abonaron tan suculenta cantidad reconocieron a la policía que «la falsificación estaba hecha primorosamente».

El apoderado del Banco de Barcelona, entidad que estaba al borde de la quiebra, mencionaba también a Pickman, pero añadía un compinche, Santiago Romero. Se llevaron 74.600 pesetas. ¡Solo le faltaba eso a su desastroso banco!, me dije. Varios agentes se personaron en el Nouvel Hotel de la calle Santa Ana. Tras registrar la habitación reservada a nombre de un tal Romero, hallaron 38.000 pesetas en talones de banco, escondidos en el respaldo de un sofá, y 780 en metálico.

Nunca me lo había pasado tan bien leyendo la prensa. Acostumbrado a los asesinatos y a las inútiles peroratas de los políticos, las «hazañas» de Llucià, ahora con el seudónimo de Mario Pickman —no tenía abuela escogiendo nombres—, me parecían una auténtica burla hacia el sistema plutocrático-oligárquico que mis compañeros de sindicato detestaban. Y además, sin violencia, con ingenio y sin disparos ni sangre.

Con 128.420 pesetas en la cartera, Llucià-Pickman había vuelto a Barcelona para seguir con sus trabajitos. Aunque el Banco de Vizcaya advirtió a su sucursal barcelonesa de que el estafador podía pasarse por allí y hacerles la misma jugarreta, cuando el aviso llegó, el aventurero había retirado con un cheque falso 57.000 pesetas del ala. Y como el día pintaba bien y el método funcionaba, en el Banco Hispano-Americano hizo efectivas otras 50.000...

Las denuncias en cascada pusieron a la policía tras la pista del estafador. Un testigo aseguraba haberlo visto entrar en el Nouvel Hotel, donde debía de estar hospedado. El recepcionista admitió que Pickman se alojaba allí, pero la factura la había abonado otro individuo, un tal Manuel Cardús, que ocupaba con Santiago Romero la habitación 65. Fue entonces cuando se produjo la detención de Romero... Al interrogarle sobre Pickman, este explicó que lo conoció en un café donde trabajaba de camarero: estaba en paro y el estafador le propuso ayudarle, con una remuneración de 35 duros al mes. Romero aclaró que Pickman no pernoctaba en la misma habitación porque prefería hoteles de más categoría... Que se hospedaba en el Colón y tenía la intención de viajar a Valencia.

Los agentes se personaron en el lujoso hotel de plaza Cataluña: repasaron el registro y no encontraron ningún Pickman. De vuelta al Nouvel, y después de ver cómo se llevaban a Romero, el recepcionista recuperó la memoria. Al parecer, Pickman reservó la habitación 78, que se registró a su nombre, en compañía de un tal Andrés Sala, y que finalmente se pasó a la 65 que ocupaba Romero. De hecho, el camarero cesante ya hacía días que se había instalado en la habitación con Manuel Cardús, pero este permaneció pocos días. Se marchó a Madrid y pagó la cuenta. Finalmente, Romero se quedó solo, se supone que cuando cobró su parte en la operación. La policía envió comunicados de alerta a Valencia, próxima parada y fonda de Llucià.

Las crónicas no tenían desperdicio. Mejor que una novela policíaca.

Después de varios días indagando si Pickman era Portolés, se convino que eran la misma persona; ya no cabía duda de que Portolés era Llucià: lo confirmó la Dirección General de Seguridad con el auto de busca y captura. Llucià solo estaba loco... por estafar a los bancos. El psiquiatra que expidió el certificado que lo llevó de Cervera a San Baudilio reproducía las palabras del supuesto paciente: «Verá usted como terminan por declararme loco, y como los locos son irresponsables, pronto ganaré la libertad y me dedicaré de nuevo a mi *sport* favorito: el de quitar el peso del dinero a los que tienen excesiva cantidad de él...».

La policía ya había entronizado al estafador de moda: Mario Pickman era Antonio Llucià, el Rey de los Ladrones.

Me acordé del doctor Mallofré. Estaba convencido de que podría ser el mejor guía para llegar hasta Llucià o, cuando menos, escudriñar en los recodos de su compleja personalidad.

Aunque Nieves se estaba portando muy bien conmigo, no estaba seguro de que me contara todo lo que sabía sobre nuestro, digamos, amigo común. En mi nuevo refugio de la calle Unión, el único contacto con el exterior eran los periódicos y los «informes» de Nieves sobre las batidas de la policía en un Distrito Quinto infestado de anarquistas y eso que se llama «gente de mal vivir». Una mañana, cuando dejó caer con displicencia el fajo de diarios sobre la mesilla de noche, me incorporé y le agarré la mano con fuerza.

Ella volvió la cara con gesto airado.

—¿Qué haces? —protestó—. ¿No pretenderás...?

He pasado mala noche y tengo ganas de echar una cabezadita.

—No es lo que tú piensas. No estoy para revolcones inesperados...

Con la palma de la mano di unos sonoros golpes sobre el colchón.

—Siéntate un momento, Nieves, y mírame a los ojos.

—¿Qué te pasa? ¿Qué pretendes? ¿Es que me quieres hipnotizar? —reiteró ella con picardía.

—No te robaré más de cinco minutos. ¿Me has contado todo lo que sabes sobre el paradero de Llucià? —La cogí del brazo.

—No es necesario que me intimides... ¿Acaso te he fallado? ¿Te he denunciado a la policía? Estás en mi casa a pan y cuchillo y duermes bajo mi techo. ¿No te basta como muestra de confianza?

—Solo falta que digas que soy tu chulo...

—¡Yo no tengo chulo, ya te lo aclaré en su momento! —replicó molesta.

—¡Ah, sí! Es verdad... Eres una humilde vendedora de lotería que se permite alquilar dos pisos... —ironicé.

—Eso a ti no te incumbe. En el otro piso vive la Gabachita...

—Esa sí que se dedica a lo que tú no te dedicas...

—Si eso es todo lo que me tenías que decir, te puedes ir al infierno. —Nieves se incorporó bruscamente y se plantó frente a mí, con los ojos brillantes.

—De momento estoy aquí contigo...

—¡Qué más quisiera yo que saber dónde está! ¡No me dijo nada de su evasión! ¡Hace demasiado tiempo que no recibo carta suya! Te desafío a que lo encuentres tú. ¿No eres reportero? ¿Piensas quedarte escondido para siempre? ¡Juégatela un poco! No te preocupes, yo te doy el dinero que haga falta...

No me atreví a sostenerle la mirada. Me sentía avergonzado.

—Tienes razón... Ya me encuentro mejor. La gripe me dejó para el arrastre...

Nieves me correspondió con una sonrisa. Se volvió a sentar al pie de la cama.

—Entonces... ¿cuento contigo para encontrar a Antonio? ¿Se te ocurre alguna idea? No será por falta de tiempo para darle al magín...

Me sentí reconfortado por la expresión más afectuosa de aquella inesperada anfitriona. Era cierto. Me había brindado cobijo cuando ya no sabía dónde esconderme. No había dicho nada a la policía..., aunque bien es cierto que ella había sido cómplice en las andanzas de Llucià. Me levanté de la cama y empecé a dar vueltas por la habitación, mientras Nieves me seguía con la mirada.

—Me vas a marear, ahora pareces un tiovivo —bromeó.

—Como tú bien dices, he tenido mucho tiempo para pensar y se me ha ocurrido una idea.

—¡Cómo no! ¿No eres un idealista? —exclamó Nieves, divertida con su juego de palabras.

—¡Muy ingeniosa!

—Va, no te hagas el interesante... ¿Qué idea?

—Cuando nos conocimos en la Balma corría por allí un tal doctor Mallofré. Me comentó que iba a la romería de los endemoniados a recopilar casos interesantes para sus estudios de frenología...

—¿Freno qué?

—Frenología, frenopatía, psiquiatría... El estudio de las enfermedades mentales.

—¿Los locos? Si piensas en Antonio... dudo mucho que esté loco.

—Eso debería confirmarlo un profesional, aunque tú parezcas tan segura de su lucidez.

—¿Y tú? ¿No tuviste ocasión de hablar con él largo y tendido en la Modelo? ¿No eres el gran escritor que ha de dar a luz la historia de su vida?

—Hablé con él y no le haría ascos a ser su biógrafo si me sacara del atolladero en que ando metido... Pero necesito certezas y no muestras de admiración sentimental como las que tú manifiestas.

—¿Insinúas que estoy loquita por Antonio?

—Algo enamoradita, sí. —Sonreí con un guiño del ojo izquierdo.

—¡Oye, tú!

—Dejemos los sentimientos para los folletines... ¿Me dejas que te lo explique?

—Disculpa. Pero no tengo tanto tiempo como tú... Me caigo de sueño —concedió la pelirroja.

—Bien... Buena chica. Sugiero localizar a Mallofré. Si mal no recuerdo, me dijo que trabajaba en los manicomios de Nueva Belén y San Baudilio.

—Antonio pasó por los dos —puntualizó Nieves.

—Por eso mismo. El plan es hablar con el doctor. Seguro que me podrá informar sobre el comportamiento de Llucià durante el mes de reclusión en ambos manicomios. Para ello necesito...

—Ya me lo imagino... Dinero —coligió Nieves con resignación.

—Dinero, sí. Aunque menos del que tú te piensas. Prosigo. Para ello necesito un buen traje, un buen corte de pelo y afeitado. Quitarme esta barba de ateneo libertario. Unos buenos zapatos. En fin... Ir vestido de señor.

—Al estilo de Antonio, vamos. Si todo lo que pides es eso, esta misma tarde te ponemos a punto de revista —dijo Nieves, divertida.

—Perfecto. ¿Podrás conseguirme esa ropa? Debo salir de aquí como cualquier cliente adinerado que acaba de ver a su mantenida de turno.

Nieves volvió a torcer el gesto. Hube de matizar mis palabras para no estropear nuestra entente cordial:

—¡No te precipites! No me refiero a ti. Este barrio no es precisamente el feudo de la moral. Más bien, de la doble moral... Saldré de aquí igual que hacen esos buenos burgueses que se dan un homenaje después de ir a la ópera. Tomaré un taxi en el Liceo. Vestido de esta guisa, es más fácil que la policía me deje en paz...

—¿Y adónde irás? ¿Al manicomio?

—Tú lo has dicho, querida Nieves. ¡Ah! También necesitaría una cédula de identificación. Seguro que, además de vender lotería, conoces a algún carterista. Con lo ocupados que están por aquí deben de almacenar montones de documentos de sus víctimas. La primera parada será Nueva Belén. Si Mallofré no trabaja allí, seguiré mi camino y me plantaré en San Baudilio.

La pelirroja pareció recobrar la alegría. El cansancio que ensombrecía sus ojeras había desaparecido. Se le iluminó la mirada azul. Se la veía resuelta y animosa.

—No se hable más. La ropa te la consigo yo. La probamos esta tarde y, si hay que hacer algún ajuste, te lo arreglo y ya está. Además de lotera, sé hacer un poco de modista... Este mediodía me pasaré por la calle del Cid. Allí se reúnen esos que tú llamas carteristas. Seguro que trinco alguna cartera, vacía de dinero, por supuesto, pero con una buena documentación que llevarse al bolsillo...

—Estoy seguro de que la conseguirás. Y también de que dispondrás de un buen repertorio para poder escoger.

—Ángel... ¿te das cuenta de que estás haciendo lo mismo que Antonio? Disfrazarte de lo que no eres... Falsificar tu identidad...

La reflexión de Nieves me incomodó sobremanera.

—¡Para el carro, chica! Yo no me dedico a estafar.

Me coloqué frente al espejo de la pared y le tiré del brazo.

—¡Venga aquí, señorita! ¡Mire esa cara demacrada del espejo! ¿Cree que yo me parezco a Llucià?

—Ya te parecerás, ya te parecerás —susurró Nieves a mi oído—. Dejémonos de cháchara. Te he concedido más tiempo del que tú me pedías y del que te mereces. Ahora debo echar una cabezadita y en una hora me ocupo de la intendencia. Hazme una lista para que no se me olvide nada y dame tu talla y número de pie.

Al cabo de dos horas, Nieves regresó a la habitación con un galán de noche a cuestas.

—Aquí tiene el señor su traje y complementos —dijo resoplando al depositarlo frente a la cama—. Terno a rayas de paño de Manchester. Camisa con cuello plástico, corbatín, gemelos con baño de oro, calcetines de lana de Sabadell, botines del 44... No sé si me dejo alguna cosa... Todo comprado en Santa Eulalia. Corte burgués cien por cien.

—¿Dónde los has conseguido tan rápido? —exclamé sonriente.

—De los Almacenes Llucià —contestó Nieves extendiendo los brazos—. Por lo visto estás predestinado. Tu talla es muy parecida a la suya. Tenéis la misma estatura, centímetro más, centímetro menos. Él gasta un 44 de pie y tú un 43; creo que podrás andar y todo. Ahora salgo de la habitación. Te pruebas la indumentaria y, si hay que acortar algo, pues su servidora, que para eso está, se lo acorta. ¡Vamos! ¡Brillo! El caballero tiene cinco minutos para probárselo.

Nieves salió de la habitación y yo me despojé del raído pijama que se había convertido en mi uniforme de refugiado. Frente al espejo iba notando el cambio. La camisa me encajaba. Luego probé con la americana y, aunque las mangas me quedaban un poquito largas, tenía arreglo. Los pantalones, bien. Y los zapatos, con unos calcetines gruesos, se podían llevar...

—¿Cómo le sienta el traje al señor? —me preguntó Nieves, con énfasis teatral, desde el otro lado de la puerta.

—¡Creo que bien, ya puedes pasar!

La pelirroja entró de nuevo en la habitación y me repasó con la mirada de arriba abajo.

—Como un pincel. Ya te lo advertí. Antonio y tú compartís hasta la talla de traje.

Me estiró las mangas y me arregló el cuello de la americana.

—Mmm... Si no eres muy exigente, lo de las mangas un pelo largas se puede soportar. Vamos, me parece a mí...

—No te preocupes. Nunca hubiera sospechado que me caería tan bien. Permíteme una pregunta: ¿de dónde ha salido todo esto?

—Te lo he dicho: guardarropía de don Antonio. Lo tenía en el otro piso, junto con otros trajes, una sotana y un uniforme de oficial de Infantería... Te recuerdo que pasamos una buena temporada viajando de aquí para allá.

—Viajando y estafando... —apunté.

—Los trajes se los confeccionaba ese sastre de Reus, que, por cierto, se parece mucho al general Prim. Albareda e Hijos, creo que se llama. Antonio acudía periódicamente a su casa para encargarle su fondo de armario en función de sus necesidades, digamos, laborales. Les gustaba hablar de casos psiquiátricos. Lo que nunca supe es si el tal Albareda era el padre o era uno de los hijos... ¡Pero menos hablar y más hacer! Lo importante es que este traje nos saca del apuro.

Mientras Nieves se explicaba, yo acariciaba el paño de la americana.

—Creo que es la primera vez que visto una tela de tanta calidad. ¡Menudo tacto!

La muchacha ladeó la cabeza y sonrió.

—Ya lo decía mi abuela: a lo bueno todo el mundo se acostumbra...

—Ahora solo falta la documentación... —añadí yo mientras rebuscaba en los bolsillos del pantalón.

Nieves movió las manos como si fuera un truco de magia y sacó de un bolso una cartera reluciente.

—Aquí está, con cartera y todo —proclamó triunfante, y a continuación la depositó sobre la mesilla de noche.

Tomé la cartera, la acaricié y al abrirla di con una cédula de identificación... Leí en voz alta:

—«Alessandro Promio»... ¿Un italiano?

Nieves asintió.

—Estuve con los chicos de la calle del Cid y me aconsejaron esta. Tenían unas cuantas más. La ventaja de ser extranjero es que resulta más difícil que te pillen. ¿Sabes cómo se hace llamar últimamente Antonio? Mario Pickman...

Me quedé con la mirada fija en un rincón del techo.

—¿Qué miras? ¿Las musarañas? ¡Estoy aquí! —me apremió Nieves.

—Disculpa... Creo que ese Alessandro Promio fue un italiano que viajó a Madrid por encargo de los hermanos Lumière para filmar escenas callejeras con una cámara cinematográfica... Pero de eso hace ya más de veinte años. ¿Te contaron de dónde salió esta cartera?

—Algo me dijeron... Al parecer, de uno de su misma calaña. No descartes que sea también un nombre falso. Si al que le birlaron la cartera le funcionaba, ¿por qué no a ti?

—¿Y si denunció el robo?

—Según me contó uno de los chicos, el tal Promio ya no puede denunciar nada...

—¿Muerto?

—Muere tanta gente... Huelgas, pistolerismo, gripe...

—Y este, ¿de qué murió?

—Por un asunto relacionado con el espionaje en la Gran Guerra.

—¿Y el cadáver? Si lo encuentran y lo identifican...

—¡Cuántos pormenores! Los chicos me aseguraron que no lo podrán identificar... El hombre era confidente y se topó con uno que se la tenía jurada y le pegó cuatro tiros en el cementerio de Montjuich. En estos momentos, si mal no recuerdo, reposa en la fosa común, según me dijeron... Preferiría que no me hicieras más preguntas. La documentación es segura y punto. La mejor que puedes tener. Y ahora te afeitas y yo te acabo de peinar esos remolinos. Con fijador y brillantina, lo acabamos de arreglar.

En contra de lo que pensé en un principio, me sentía

cómodo en aquel disfraz. Después de afeitarme, Nieves fue recortando con pericia mis patillas y me rasuró la nuca con una navaja. Yo me dejaba hacer... Confiaba en aquella improvisada barbera. La posibilidad de retornar al mundo me aceleraba el pulso.

Coloqué el traje en el galán y me lo quedé mirando, absorto. Nieves asomó la cabeza por la puerta entreabierta de la habitación.

—Creo que te faltan dos cosas.

—¿Un reloj de pulsera? Y, tal vez, un poco de dinero.

—¡Listo, el chico! —exclamó al entrar—. ¿Te vale este? Un Omega de oro. Siempre es un salvavidas para empeñarlo en caso de apuro. Dinero no tengo tanto... ¿Con mil doscientas pesetas te apañas?

La miré con expresión agradecida.

—¡De sobra! ¡No sé si te podré devolver tanto dinero!

—Con que me devuelvas a Antonio me doy por satisfecha...

—¡Y menudo reloj! ¿De dónde lo has sacado? ¿De los de la calle del Cid? ¿Del difunto Promio?

Nieves sonrió.

—No sé si lo sabes, pero Antonio posee una buena colección de relojes que va vendiendo si las cosas se ponen feas. Como las novias, un relojero en cada puerto. Dio un buen golpe en una joyería de Madrid...

—¡Vestido de cura! ¡Me lo contó en la Modelo!

—Pues eso. Si ya lo sabes, pon el reloj en hora. Presiento, Ángel, que mañana vuelves a nacer. Que serás otro hombre. No sé, intuición femenina..., y yo conozco muy bien a los hombres.

—De la lotería... —añadí con retintín.

El pálido rostro de Nieves se sonrojó hasta confundirse con su cabello.

—Eso, de la lotería. Si encuentras a Antonio, te habrá tocado el premio gordo..., Alessandro Promio.

—Demasiado largo. Quitemos el Alessandro y dejemos el Promio. Podría ser un buen seudónimo periodístico. Como Azorín, o Gaziel.

—Como guste, señor Promio. Buenas noches.

Cerré la puerta de la habitación. Quedé solo con la oscuridad. Me puse el pijama a tientas y cavilé sobre mi porvenir de impostor. Nieves tenía razón. En el fondo no era tan diferente al aventurero Llucià. A partir de mañana saldría de dudas.

10

El Omega marcaba las ocho de la mañana cuando tomé un taxi en el vestíbulo del Liceo. Nieves había incorporado más complementos a mi vestuario: neceser, pañuelos, tres corbatas, dos calcetines, un mechero y una pitillera de plata. Me dejó también unas gafas sin graduar y un bombín.

Los reparos sobre mis habilidades transformistas se disiparon al escuchar la voz del taxista.

—¿Adónde le llevo, señor? —preguntó mientras se ajustaba la gorra.

La palabra *señor* me reconfortó. Más relajado, indiqué el destino:

—A Nueva Belén, por favor.

—A ver a los pacientes, supongo...

El taxista me tomaba por un médico. Yo me sentí inmensamente feliz. Observé mi asentimiento en el retrovisor.

—En efecto.

Al cabo de media hora, el taxi me dejaba en la parte más alta de la ciudad. Pagué la carrera, pero le pedí al taxista que si sería tan amable de aguardar a que regresara: estaba buscando a un colega y no sabía si lo localizaría allí o en el manicomio de San Baudilio. Si lo encontraba, le haría una señal para que se marchara. El taxista accedió.

Fundado en 1858 por el doctor Giné y Partagás en la Barcelona antigua, el manicomio de Nueva Belén había cambiado de sede y desde los años setenta del pasado siglo ocupaba la finca del Frare Negre de San Gervasio. El establecimiento tuvo un arranque prometedor, con la publicación de la *Revista Frenopática Barcelonesa* y la medalla de la Exposición Universal de 1888. En los últimos tiempos había ido perdiendo prestigio en favor del manicomio de San Baudilio, que regentaba la Orden Hospitalaria de San Juan de Dios con métodos más propios de la psiquiatría moderna.

Me quedé observando el edificio. Una fachada principal con dos cuerpos anexos y la montaña al fondo. Detrás del módulo principal, la parroquia y los campos de cultivo. Me resistía a pensar que Llucià hubiera pasado por allí. Había leído un reportaje denunciando los métodos psiquiátricos del centro, al que se le acusaba de abusar de los llamados «medios de contención y sujeción» (lo que todos conocemos como «camisas de fuerza») y de los opiáceos y psicofármacos, en detrimento de las terapias por el trabajo, la balneoterapia y el tratamiento moral que se prodigaban en el manicomio de San Baudilio. La prueba, señalaba el reportaje, es que la mayoría de los facultativos habían dejado Nueva Belén por su competidor. Así lo había destacado un ilustre psiquiatra norteamericano en un informe sobre las condiciones de los manicomios españoles. San Baudilio era el modelo a seguir: los pacientes tenían la opción de trabajar en el huerto, los jardines y los talleres; se descartaba, en lo posible, recurrir a las camisas de fuerza y se prescindía de manillas y tobilleras...

Después de subir la escalinata, crucé el umbral de Nueva Belén. En las paredes del vestíbulo identifiqué un par de retratos de su fundador, Giné y Partagás. En la biblioteca destacaban la *Revista Frenopática Barcelonesa* y un cartel del Primer Certamen Frenopático Español, el encuentro más importante sobre psiquiatría que tuvo lugar en nuestro país.

Me dirigí al mostrador de recepción.

—Buenos días, ¿el doctor Mallofré?

El conserje levantó la vista sobre sus antiparras y cerró de golpe el libro de registro de enfermos en el que, al parecer, estaba concentrado hasta ese momento.

—Estuvo, pero ya no está —me contestó secamente.

—¿Se refiere a que ha estado por aquí y se ha marchado?

—Veo que no me he explicado —sentenció con suficiencia—. Me refiero a que estuvo trabajando aquí un tiempo, pero se fue a San Baudilio con los curas. Todos los buenos médicos se nos van. Una lástima...

—¿Por qué se fue? ¿Le pagaban más?

—¿Es usted reportero o paciente?

—Digamos que lo primero... Aunque, con diálogos como este, no descarto lo segundo. —Sonreí.

El conserje me devolvió la sonrisa.

—Que Dios no lo quiera... ¿Quiere ver al doctor? Lo encontrará en San Baudilio. Se fue con el equipo del anterior director. Hemos vivido tiempos mejores, pero me temo que nos hemos quedado anticuados. ¡Si estuviera aquí don Juan Giné y Partagás! ¡Un prohombre de la frenología!

El tono enfático del conserje me hizo sentir incómodo. A ver si no era un conserje y me las estaba teniendo con un loco que se hacía pasar por tal.

—O sea, que mejor lo busco en San Baudilio.

—Exacto. ¿Se le ofrece alguna cosa más? —zanjó mi interlocutor poniendo con firmeza la mano sobre el registro de ingresos que yo miraba de reojo.

—Solo una más. Si no es mucho pedir...

—Depende de lo que pida el señor...

Escuchar la palabra *señor* me produjo una doble sensación: no sabía si sentirme honrado o si el conserje cultivaba el choteo.

—¿En ese libro registra los ingresos?

—¡Sagaz observación! Por si no se ha percatado, nos encontramos en la recepción de Nueva Belén...

Ese estilo perdonavidas no me hizo perder los estribos. Con tono mansurrón y en voz baja, formulé mi petición:

—¿Pasó por aquí un paciente llamado Portolés, Villamil o Llucià?

—¿Es uno o trino? —remató el conserje con el cachondeo habitual.

—Digamos que acostumbra a cambiar de nombre...

El hombre abrió el libro.

—¿En qué fecha?

—Creo que a finales de octubre del año pasado.

—No tengo ningún ingreso con esos nombres. ¿Es amigo suyo?

—Conocido.

—¿Por qué había de ingresar?

—Por prescripción médica. Estaba recluido en la prisión de Cervera y lo enviaron a Barcelona.

El conserje se rio con ganas.

—¡Acabáramos! Usted busca al aventurero. El que sale en todos los diarios. Podía haber pasado por aquí, pero el doctor Jacinto Mallofré recibió la llamada de un colega de Cervera y se fue para San Baudilio. Al estafador le va la buena vida y allí cuentan con suites señoriales. Búsquelo allí y no me entretenga más...

Mientras me despachaba entraron dos loqueros agarrando a un individuo que decía ver monstruos en las paredes.

—¡Sufre alucinaciones! —gritó uno de los enfermeros.

—Llamo al médico de guardia —contestó el recepcionista—. Me temo que habrá que administrarle una buena dosis de opio y estramonio...

El hombre quería lanzarse contra las paredes para matar a los dragones que supuestamente le amenazaban. Yo salí al exterior huyendo del espectáculo. Bajé las escaleras a toda prisa y me metí de nuevo en el taxi.

El taxista se sintió aliviado.

—Pensaba que se lo habían quedado. ¡Qué lugar más siniestro! ¿Ha visto al ejemplar que acaban de traer?

—Ahora vamos al manicomio de San Baudilio —le ordené sin más comentarios.

—¡Ya sé a qué se dedica usted! ¿Inspector de manicomios?

—Algo parecido —zanjé con sequedad.

Mi respuesta desalentó al taxista, que cesó en su afán indagatorio. La carrera prosiguió en un silencio sepulcral.

El autotaxi se detuvo frente al inmenso recinto del manicomio de San Baudilio.

—No le voy a cobrar la espera de Nueva Belén —me

dijo el conductor como si en realidad quisiera expiar su exceso de curiosidad.

—De ninguna manera. Tenga.

Aboné el importe y añadí un billete de cinco pesetas.

—Gracias, señor. Que pase buen día... dentro de lo que cabe —se despidió el taxista.

La majestuosidad y la elegancia de San Baudilio contrastaban con la sencillez rústica de Nueva Belén. Sobre el edificio central de recepción, con un jardín de airosas palmeras, sobresalía una esbelta torre con un reloj. Era la segunda vez que visitaba este manicomio: una ciudad autosuficiente dentro del municipio de San Baudilio...

Una voz interrumpió mi reflexión.

—¿Puedo ayudarle en algo?

Volví la cara.

—¿Doctor Mallofré?

El psiquiatra me tendió la mano.

—Ángel de Lajusticia, el reportero... Sabía que nos volveríamos a encontrar. ¿Qué le trae por esta casa de locos? ¿Otro reportaje?

—Busco a un conocido que estuvo ingresado aquí. Llucià, o Portolés, o Villamil... o Pickman.

—¡Hombre! ¡El famoso Antonio Llucià! Supongo que sabe que se evadió. Llegó procedente de Cervera, lo atendí y redacté el historial médico. Gracias a su fuga se ha hablado mucho estos días de este centro. Algo es algo... Acompáñeme a mi despacho. Allí podremos conversar con más tranquilidad y no tendré inconveniente en mostrarle la hoja clínica.

Pasamos frente a la iglesia del manicomio y enfilamos una larga avenida arbolada.

—Mire qué parque tenemos... Aire puro. ¿Conoce la historia de este hospital?

—Algo he leído...

—Ya lo ve —continuó Mallofré—. Es agradable para ser un manicomio: esa cantidad de árboles frutales constituye un sedante para el sistema nervioso. Si vuelve la vista a las montañas podrá divisar los picos de Montserrat, San Llorenç del Munt y, en los días claros, hasta los Pirineos... Disculpe, ahora parezco un folleto de propaganda.

Ya en el despacho del doctor, nos topamos con uno de los hermanos de la Orden Hospitalaria de San Juan de Dios. El doctor Mallofré nos presentó.

—Ángel de Lajusticia, periodista. El hermano Triadú. Desearía consultar el archivo de historiales.

—¿Qué nombre? —inquirió el cura.

—Llucià, Antonio Llucià.

El hermano escarbó entre uno de los cajones y en un instante extrajo unas hojas de color verdoso.

—Aquí tiene, doctor. Antonio Llucià Bussé, veintinueve años, natural de Capellades, estado civil: soltero. Ingresó el 23 de octubre de 1919 procedente de la cárcel de Cervera y se evadió el 1 de diciembre.

—¿Se sabe cómo? —pregunté.

—Hijo mío, aquí es muy fácil evadirse —respondió el hermano Triadú, sonriendo—. La gente del pueblo entra y sale con total confianza y libertad. Los domingos van al cinematógrafo. A excepción de los enfermos confinados por su violencia, el resto se cura por el trabajo y el ejercicio. Su... ¿familiar?, ¿amigo?

—Conocido.

—Pues su conocido es joven y, dados sus antecedentes, sobradamente descritos en la prensa, con gran capacidad de transformación. En fin. Queden con Dios. Doctor Mallofré, le dejo la documentación.

Mallofré me guiñó un ojo con gesto de complicidad. Acercó una silla a su mesa y me indicó que me aproximara.

La fotografía ovalada de Llucià recordaba a los daguerrotipos de aristócratas del XIX. Expediente 334. Abrigo negro. Cabello revuelto. Mirada penetrante. Bigote señorial...

—A ver qué tenemos aquí. No se asuste de mi letra de médico. Entre los dos podremos descifrarla —bromeó Mallofré.

Leyó el informe en voz alta:

> Desde la muerte de sus padres, cuando tenía veinte años, la vida de Llucià es una serie ininterrumpida de aventuras, las más accidentadas y extravagantes viajando constantemente por Europa y América con o sin dinero y cambiando de nombre siempre que las circunstancias se lo aconsejaban: falsificar documentos, cometer estafas, contraer matrimonios hasta siete veces, etc.

—¿Le suena? ¿Conoce al paciente? —Ahora el doctor estaba serio.

—Compartimos celda en la Modelo. Me relató algunas de esas peripecias y me propuso escribir la historia de su vida.

—Parece que le tomó aprecio... No es habitual en este tipo de personas: son individualistas natos, del «yo me lo guiso y yo me lo como».

—Llucià me reconoció por el reportaje que publiqué sobre la romería de la Balma. Me dijo que era muy bueno. Supongo que por eso me hizo la propuesta.

—Él estaba en prisión, supongo, por sus estafas. ¿Y usted?

—Metido en la huelga de La Canadiense como militante de la CNT.

—¿Cuántos días compartieron celda?

—Un par de días con sus noches. Llucià estaba empeñado en contarme lo que él consideraba aventuras, y yo tomaba nota.

—Veo que se tomó en serio su papel de biógrafo.

—Luego le trasladaron a Gerona, había que dejar sitio para el alud de presos políticos de aquellos días.

—Y usted se quedó mucho más tiempo...

—Nada de eso. A los pocos días de marcharse Llucià, me comunicaron que alguien había intercedido por mí. Que era libre. Me quedé sorprendido. Todavía no me lo explico. Me tenían fichado. Me había detenido y torturado Bravo Portillo y mi firma aparecía en la *Soli* y *Tierra y Libertad.*

—No descarte la mano de Llucià en esa gestión... —conjeturó Mallofré—. Es inteligente y capaz de falsificar documentos con caligrafía impecable. Contestó sin vacilar a nuestro interrogatorio. Su facilidad y su soltura para mentir descaradamente se conjugan con la más absoluta carencia de sentido moral. Lo más curioso es que, aunque sea propenso a la mitomanía y el delirio, no exterioriza ninguno de esos síntomas.

—¿Y cuál fue su diagnóstico?

—Aquí lo tiene: idiotismo moral. Pronóstico: difícil curación.

—¿Provocó algún altercado durante su internamiento?

—¡En absoluto! Corroboró mis apreciaciones. Un sujeto inteligente que no perdió los estribos en el mes largo que permaneció aquí hasta su evasión. Le gustaba ser el centro de atención y relatar sus aventuras a los otros internos. Cada vez contaba con más adeptos a sus peroratas: esos admiradores las propalaban e hinchaban como se hace con las leyendas. Hay que reconocer a Llucià una notable imaginación... Si hubiera de señalarse alguna anormalidad en su psiquismo, esta quedaría reducida a su incapacidad afectiva, en ningún caso a su inteligencia.

—¿No se le veía intranquilo por su reclusión?

—Sospecho que prefería el manicomio a la cárcel, como un mal menor. Se lo tomaba con filosofía; no manifestaba violencia ni angustia. Solo en alguna ocasión se le escapó una referencia a una amada que le estaba esperando y dijo que ya vendrían tiempos mejores. Pero... ¿quién puede creer eso en un hombre que afirma haberse casado siete veces?

—Me contaron que su traslado desde Cervera se debió a que había seducido a la hija del director...

—Entonces, lo que decía de la amada iría en serio... Ahora voy atando cabos. Si sedujo a la hija del alcaide, este se lo quiso quitar de encima cuanto antes mejor. De ahí el informe que me envió un colega solicitando su internamiento.

—No olvide su célebre evasión de Avilés. Tal vez habría sido capaz de huir con la hija del director de Cervera...

—¿Y por dónde debe de andar en estos momentos?

—Eso me pregunto yo, doctor. Lo estoy buscando. Una última pregunta: ¿qué es el idiotismo moral?

—Es un término que describió a finales del pasado siglo el insigne Giné y Partagás, fundador de Nueva Belén.

—Antes de venir aquí les hice una visita. Me dijeron que una larga lista de médicos, entre ellos usted, habían pasado a trabajar a San Baudilio.

Mallofré entristeció su semblante.

—Nueva Belén se quedó estancado en los tratamientos y, ciertamente, nos vinimos aquí... En cuanto al idiotismo moral, aunque su nombre pueda despistar, afecta a personas de talento como Llucià: aprenden pronto a leer y a escribir. Pintan, dominan la ortografía y la aritmética, pero encauzan esas habilidades a asuntos inmorales: mentir, falsificar documentos. Otra característica es que, ya en la infancia, no manifiestan sentimientos de afecto, cariño, gratitud, amor... No distinguen la frontera entre el bien y el mal. El doctor Giné, que fue el maestro de mi generación, definía el idiotismo moral como «un defecto ingénito del desarrollo de las facultades afectivas y, particularmente, de los sentimientos altruistas, con un grado más o menos próximo al nivel normal en el desenvolvimiento de las aptitudes intelectuales».

—Veo, doctor, que no ha olvidado la definición.

—Lo que se aprende de memoria es para siempre... —sentenció Mallofré.

—Llucià posee una capacidad de convicción fuera de lo común. ¿Puede ser cierto todo lo que cuenta?

—Como advertí en su hoja clínica, tal vez lo adorna para realzar la dimensión aventurera, pero no me cabe duda de que lo que cuenta es verdad. Este tipo de personas tienen buena presencia, finos modales, excelente educación (creo que Llucià cursó un año de Medicina) y don de lenguas. A primera vista despiertan nuestra confianza. Ustedes, los periodistas, han descrito sus delitos al detalle... Otro rasgo es la hiperactividad.

—Cierto. Llucià ha viajado por medio mundo. Y, según me contó, ya de niño ansiaba irse a Cuba.

—Son personas que sienten aversión por el trabajo rutinario o perseverante; capaces de intervenir en todo, pero sin profundizar en nada.

—En eso se parecen a los periodistas —bromeé.

—Saludable autocrítica. Permítame el atrevimiento: también, como ciertos periodistas, sienten una perversa inclinación por manipular y mentir. Muchas veces sin causa ni beneficio justificados. Convengamos que Llucià es un artista de la impostura.

—Le agradezco sus informaciones. Una clase magistral.

—¿Qué piensa hacer a partir de ahora? —Mallofré me miró fijamente.

—Localizaré a Llucià. Huelga decir, doctor, que si recaba algún dato sobre su paradero, me lo comunique.

—Descuide. Tengo entendido que una de sus aficiones es remitir cartas a los responsables de los lugares de los que se ha fugado. Se nota que le gusta el género epistolar. Por cierto... ¿dónde puedo localizarlo?

—De momento, no puedo darle razón. En cuanto me instale, le telefoneo.

—Procure mantenerse en contacto conmigo. Hablaré con el hermano Triadú. Él conversó con Llucià cuando pasó por aquí el Maestro...

—¿Qué Maestro?

—Don Antonio... Gaudí. Viene a menudo y mantiene una excelente relación con la Orden, sobre todo desde que comenzó las obras de la Colonia Güell. Creía que conocía su colaboración con esta casa. Le preguntaré al respecto al hermano Triadú. Llámeme mañana y le digo qué hay de nuevo.

Las palabras de Mallofré me dejaron intrigado. Esa misma tarde buscaría un hotel para estar localizable. No quería volver al piso de Nieves hasta tener alguna noticia. Era una cuestión de honor.

El doctor me acompañó a la salida y me indicó la parada de los autobuses que regresaban a Barcelona. Antes de despedirse, me puso la mano en la espalda.

—Ángel, ¿realmente tiene dónde ir?

El tono de su voz me empujó a confesarle la verdad.

—Realmente no, doctor. Lo cierto es que he estado escondido en casa de una amiga de Llucià. Ella me ha proporcionado dinero, un valioso reloj y este traje tan burgués. Figuro en las listas de los pistoleros de la patronal por anarquista, y algunos camaradas pretenden quitarme de en medio por traición al anarquismo. Y, además, ya no me llamo Ángel de Lajusticia. —Me metí la mano en el bolsillo de la americana y extraje la cartera. Le mostré la documentación—. Lea aquí: Alessandro Promio. Mi nueva identidad.

—Falsa identidad... —matizó el doctor.

—La otra también lo era. Voy de seudónimo en seudónimo, como en el juego de la oca.

—Con toda confianza, ¿qué piensa hacer? ¿Dónde irá cuando llegue a Barcelona?

—Con toda confianza, no lo sé... Supongo que a un hotel.

—Quédese aquí por unos días. Se lo comunico al hermano Triadú. Así podrá conocer las interioridades de San Baudilio y tendrá un teléfono a su disposición. Además, estoy seguro de que, tarde o temprano, Llucià se pondrá en contacto con nosotros...

—¿Estaré rodeado de locos?

—No se preocupe. —El doctor sonrió—. Aquí estamos juntos pero no revueltos... Le pondremos en la habitación que ocupó Llucià. En la zona de pago. Seguro que le parece mejor que cualquier hotel de mala muerte en el que se habría de refugiar en Barcelona. De esta manera usted gana tiempo para encauzar su nueva vida... señor... ¿cómo?... ¡Ah, sí! Alessandro Promio.

—Dejémoslo en Promio, a secas.

Se produjo un silencio.

Mallofré me observaba expectante.

—¿Qué me dice?

—Me quedo.

El doctor sonrió aliviado.

—Bienvenido al manicomio de San Baudilio, señor Promio.

11

Para un huésped ligero de equipaje como yo, instalarse en el «hotel» que generosamente me ofrecía el doctor Mallofré resultaba fácil. Tras informar al hermano Triadú sobre mi peculiar circunstancia, me dejó bajo su protección. El hermano me mostró dos pabellones destinados a los denominados «señores pensionistas o pensionados»; eran habitaciones de pago destinadas a aquellos que deambulaban por ese territorio difuso que damos en llamar «enfermedades de los nervios». Ante la confortabilidad de aquellas estancias a uno le parecía que el límite entre la locura y la simple neurastenia lo marcaba el precio que cada paciente estaba dispuesto a pagar por la etiqueta médica.

Cuando el hermano Triadú me invitó a entrar en la habitación que había ocupado Llucià, quedé boquiabierto: como me advirtió Mallofré, la decoración era más propia de un buen hotel que de un manicomio. Mobiliario regio, sillas de caoba tapizadas en piel, mullida cama... El aposento disponía de calefacción y agua caliente y fría.

Mientras me mostraba las dependencias, el hermano Triadú se explayaba en los aspectos médicos. El manicomio seguía la técnica del «tratamiento moral» de la escuela frenopática alemana: seguimiento y tutorización del enfermo, según las directrices del maestro de la psiquiatría Emilio Kraepelin.

Triadú enumeraba los métodos frenológicos de la casa como si se refiriera a las virtudes teologales.

—Terapéutica por el trabajo y la ocupación. Terapéutica psiquiátrica especial (balneoterapia, hipnoterapia, proteinoterapia, pireoterapia). Prácticas religiosas como psicoterapia indirecta...

Como colofón, el hermano señaló con orgullo el retrato del hombre que impulsó la institución mental en 1854.

—Es el doctor Antonio Pujadas, fundador de una revista con título quijotesco: *La Razón de la Sinrazón.*

Sobre el escritorio de la habitación, un papel estipulaba el reglamento y las tarifas del sanatorio. La que yo ocupaba era de primera clase, costaba 400 pesetas al mes; las de segunda, 300 y las de tercera, 175. Cada pensionista debía llevar seis mudas completas y dos trajes de invierno o de verano, según la estación del año, que deberían reponerse con el uso.

Según me comentó Triadú, en este sector del manicomio el régimen de visitas era muy flexible.

—Los enfermos pueden ser visitados por sus familias, a no ser que haya una contraindicación facultativa... Si el paciente lo solicita, puede estar acompañado de un camarero o criado que le proporciona el propio establecimiento.

—Hábleme de Llucià... El doctor Mallofré me dijo que usted conversó largamente con él.

El hermano torció el gesto y realzó su rostro enjuto. Me percaté de que estaba ante un hombre lacónico y dado a la discreción que exige conocer las intimidades de personas con problemas mentales.

—Quizá el doctor ha exagerado un poco. Ya tendremos ocasión de abundar al respecto. Creo que será más práctico que le explique un poco cómo funciona esta casa y le muestre algunas de sus secciones. Sígame.

Al momento me encontré en un extenso salón dominado por una gigantesca lámpara, con una mesa de billar en el centro. Tres internos le daban a las carambolas y otros dos jugaban al ajedrez en la mesa del rincón.

—Procuramos que el ocio y el trabajo se prodiguen a partes iguales —apuntó Triadú—. Contamos con una buena biblioteca, cinematógrafo, teatro, lavandería... y la fábrica de ladrillos a la que tanto ayudó el Maestro.

Al escuchar de nuevo la palabra *Maestro* ya supe de quién estábamos hablando.

—¿Se refiere a Gaudí?

—¿A qué otro maestro podría referirme? —contestó el hermano con una mueca de fingida sorpresa.

—Supongo que tampoco querrá contarme ahora nada...

—Acierta, señor. Perdone, no recuerdo su nombre...

—Promio.

—¡Ah, sí! Disculpe... señor Promio... Siendo usted una persona cultivada, habrá leído el Eclesiastés...

No me atrevía a confesar al hermano que, por mis ideas ácratas, frecuentaba más a Bakunin y Nietzsche que el Antiguo Testamento. Intenté salir del paso para no sembrar cizaña con el religioso.

—¡Claro que sí, ya lo dice el Eclesiastés! —exclamé de forma enfática.

Pero a Triadú no se las daban con queso. Esperaba una respuesta.

—Pues eso. Como dice el Eclesiastés... —Se quedó mirándome con los ojos fijos en los míos, cual maestro que ha pillado al alumno que no se sabe la lección.

Aunque el embarazoso silencio me delataba, el hermano no quiso dejarme en evidencia.

—Alabo su modestia, señor Promio. No quiere hacer alarde de su erudición periodística, aunque a veces asociar esas dos palabras es una paradoja. Resumiendo: el Eclesiastés nos dice que hay un tiempo para cada cosa. Para sembrar, para vivir, para morir... Ahora es el tiempo de explicarle dónde está. Y en los próximos días podremos departir sobre aquellos temas que a usted le interesen.

Me iba acostumbrando al trato adusto de mi interlocutor. Triadú extrajo de una de las vitrinas un mapa del sanatorio y lo extendió sobre la mesa del lujoso salón. El grabado mostraba una extensión triangular que tenía su vértice inferior en la recepción y el pabellón de pensionados justo donde nos encontrábamos.

El hermano me señaló la iglesia y paseó su índice por los ocho pabellones separados por el paseo central, jardines y arboledas. El dedo se quedó fijado sobre la parte derecha de la avenida del Parque que dividía verticalmente aquel triángulo equilátero.

—Aquí se encuentra la obra que nos regaló el Maestro —afirmó con satisfacción.

Yo me quedé mudo, para no ganarme otra reprimenda.

Al constatar que había aprendido la lección, Triadú volvió, complacido, la cara hacia mí.

—Antes de que me lo pregunte, le anticipo que mañana visitaremos los jardines con los bancos y la cascada modernista...

Salimos a la galería de pensionados; si no supiéramos dónde estábamos, podríamos creer, a la vista de los bancos con huéspedes en amigable conversación, que aquello era un balneario.

El hermano me preguntó la hora.

—Son casi las siete y media —contesté, un tanto ruborizado al asomar bajo la manga mi Omega de oro.

—El doctor Mallofré estará al caer. Compartirá la cena con usted. Cenarán a solas, cuando los internos hayan finalizado su colación —me informó Triadú.

El comedor de nuestro pabellón tampoco difería mucho del de un hotel de lujo. La mesa alargada —blanco mantel de buen hilo y doce sillas— parecía dispuesta para un banquete de boda. En aquel momento la ocupaban ocho internos que cenaban en un absoluto silencio, tan solo interrumpido cuando uno le pedía al compañero de al lado que le pasara la cestilla del pan. La única diferencia de un comedor al uso eran las ventanas cruzadas por rejillas en diagonal.

Al notarme un tanto cohibido por el silencio reinante, Triadú rompió el hielo con más explicaciones sobre los tratamientos mentales:

—Si los ve tan callados, no piense que se debe a ninguna patología. Estos señores han pasado buena parte de la tarde de tertulia en los bancos del jardín o jugando al billar. La laborterapia, como le comenté anteriormente, persigue que el enfermo esté ocupado y no se enrede en sus neurosis.

—¿Y en qué trabajan?

—Todo va en función de su circunstancia personal y habilidades. La gente de origen humilde hace servicios domésticos, trabajan en la *bòbila* fabricando ladrillos, colaboran en la lavandería o la cocina, cultivan la huerta, cuidan el jardín... Si tienen un oficio pueden ayudar en la brigada de desmonte, la carpintería, la herrería, el mantenimiento eléctrico, trabajos de pintura... Y además disponemos de granja, imprenta, horno de pan, colchonería, barbería... Ya lo ha visto.

—Barbería... Supongo que analizarán cada caso de forma meticulosa. No sé si permitiría que uno de sus huéspedes me paseara una navaja por el gaznate mientras me afeita.

El hermano volvió al semblante serio habitual.

—Me entristece que un periodista que conoce la complejidad del mundo abone los prejuicios de quienes estigmatizan la enfermedad mental. Por fortuna, el Maestro no muestra esas prevenciones y por eso nos ayuda tanto.

—No pretendía ofenderle...

—Precisamente, gracias a esas terapias laborales, somos autosuficientes; eso supone un considerable ahorro en suministros que permite dedicar fondos a mejorar las condiciones de los pacientes.

—Pero no siempre ha sido así...

—¿Se refiere usted al *annus horribilis* de 1911?

—No sabría concretar el año, pero recuerdo haber leído que en San Baudilio existían celdas de castigo...

Triadú asintió con un rictus de tristeza.

—Fue un momento muy difícil... La ocupación del sanatorio superaba los mil quinientos internos, de los que más de la mitad eran pobres de solemnidad... La plantilla del personal se había quedado corta. Por aquel entonces no se había desarrollado esa red ocupacional que le acabo de describir. Algunos internos campaban a sus anchas... Agredieron a otros compañeros e hirieron a un hermano.

—¿De gravedad?

Triadú se levantó una de las amplias mangas de la sotana y descubrió una cicatriz que le recorría el brazo desde la muñeca hasta el hombro.

—¿Ese hermano era usted?

—Acababa de incorporarme al centro. Intenté contener a un interno que atacó con un cuchillo a otro compañero, perdí el equilibrio, se lanzó sobre mí y me asestó una puñalada. Al levantar el brazo para protegerme recibí este corte longitudinal. Afortunadamente, el otro interno al que yo pretendía defender le propinó un golpe en la cabeza e impidió que me rematara. Me asistieron de urgencia para frenar la hemorragia y suturar la herida. Fue entonces cuando se decidió que el agresor fuera recluido y encadenado. De ahí nació el bulo de las celdas de castigo...

—¿Y quién lo propagó?

—Los familiares del interno... Informados del suceso, se personaron en una demanda contra el sanatorio. En lugar de admitir los hechos, argumentaron que la culpa era nuestra porque no respetábamos uno de los principios de nuestro método psiquiátrico: la separación en secciones en función del grado de problemas psíquicos.

—¿Eso dijeron? ¿Acaso eran especialistas en psiquiatría?

—Un familiar del agresor era médico auxiliar en Nueva Belén, le convenía sembrar cizaña en el manicomio rival. Lo más curioso del caso es que nos acusó de ser demasiado blandos y de no utilizar los convulsionantes y el bismuto... Le contestamos por escrito que desde la fundación de la Orden en el siglo XVII, en los primeros establecimientos de Charenton, Senlis, Pontorson, Château-Thierry, Montrouge y Cadillac, ya se combinaba la atención a grupos diversos: alienados, inadaptados, psicóticos y clínica de reposo para pensionistas libres...

—¿Y cómo acabó el contencioso? Lo que publicó la prensa sobre San Baudilio sonaba muy truculento...

—A ustedes los periodistas les encantan los folletines de novela gótica... Aunque no todo lo que se contaba eran exageraciones. Recibimos una inspección. La comisión investigadora cuestionaba nuestra forma de aplicar la hidroterapia y la electroterapia. La Diputación nos rescindió temporalmente el contrato y estipuló que los alienados recibieran un jornal o salario por sus trabajos en el centro. Gracias al Maestro pudimos subsanar muchas de aquellas carencias y renovar la confianza de las instituciones. Hoy, como puede ver, la situación es bien diferente. Hemos recuperado el espíritu renovador de la Orden.

Mientras aguardábamos al doctor Mallofré pedí a Triadú si podía disponer del teléfono para llamar a Nieves. Sabía que a esas horas ella ya pululaba con su lotería y su tabaco por el Edén Concert. El hermano no tuvo inconveniente y marqué el número desde el despacho del doctor. Un ruido atronador resonó en mis oídos cuando el portero del Edén se puso al aparato.

—¿Edén Concert, dígame?

—Buenas noches. ¿Sabe si está por aquí la señorita Nieves?

El estruendo de la banda de música ahogaba mi tímido tono de voz.

—¿Quééé? ¿Por quién preguntaaa? ¡Hable más alto!

La presencia del hermano Triadú me cohibía. Me sentí más seguro cuando vi que se iba y cerraba la puerta del despacho.

—¡Busco a Nieves Pallarés, la chica de la lotería!

—¡Acabáramos! Me parece que anda por el vestíbulo. ¡Oye, tú, que preguntan por la Nieves! ¿Quién la llama?

—Dígale que soy Promio...

—¡Que le digas que la busca un tal Promio!

Ahora sonaban trompetas y se oían risotadas que parecían festejar mi llamada. Pasó medio minuto y rogué que no acabaran dejándome colgado al aparato.

—Ahora viene. ¡Nieves, es para ti!

Respiré hondo cuando oí su voz.

—¡Promio! ¿Desde dónde me telefoneas? —exclamó ella a viva voz.

—¿Nieves? Estoy en el manicomio de San Baudilio. El doctor Mallofré, aquel psiquiatra que corría por la Balma cuando nos conocimos, me ha brindado su hospitalidad. ¡Podré pasar un tiempo aquí mientras se aclara todo!

—¿En un manicomio? ¿Acaso estás loco?

—Después de ver cómo funciona esta casa, debo confesar que hay más locos en el sindicato y en Capitanía que aquí dentro. Mallofré es muy amable... Me alojo en el pabellón de los pensionados, que es como un hotel. Estoy en la habitación que ocupó Llucià durante su internamiento. Además, aquí estoy seguro.

—Supongo que necesitarás dinero y más ropa...

—Si no es mucho pedir...

—¿Y cómo vas a localizar a Antonio si estás metido ahí?

—Creo que si permanezco aquí tendremos noticias suyas más pronto que tarde.

—Como no me lo expliques más claro...

—El doctor Mallofré conoce mejor que nosotros la mente humana. Asegura que el carácter aventurero y mitómano de Llucià le impulsará a comunicarse por carta, aunque sea para presumir de su fuga. Así lo hizo con el director de la cárcel de Avilés. Otra posibilidad es que se ponga en contacto con el alcaide de Cervera para insistir en la petición de mano de su hija.

Después de mi prolija explicación se produjo un silencio; tan prolongado, que creí que se había cortado la comunicación.

—¿Nieves? ¿Sigues ahí?

Un hilo de voz se destiló al otro lado del aparato. Más que escepticismo sobre mis planes, Nieves se sentía abatida ante la posibilidad de que Antonio estuviera tan enamorado de otra mujer y que, por una vez en su vida, no aspirara a engatusarla por una suculenta dote, como hizo en sus falsos matrimonios anteriores.

—Si te parece, me acercaré en un par de días por San Baudilio —dijo al fin—. ¿Se ha de preguntar por alguien?

—Puedes venir a la hora que te plazca. El teléfono es el 4516. Me llamas el día anterior a tu visita y concretamos la hora del encuentro. Necesitaría cuatro camisas, un par de pantalones, tres juegos de ropa interior, más calcetines y unas alpargatas.

—Descuida, nuestro fondo de armario es abundante. Me alegro de que estés bien... Que no se te contagie la locura —bromeó Nieves con un tono más cordial—. Cuídate. Hasta pronto.

—Hasta pronto.

La música seguía atronando en el Edén. La voz del camarero pedía más champán francés para el *foyer*...

¡Qué contraste con el ambiente silencioso del manicomio a las ocho de la noche!

Colgué el auricular pensativo. Una palmada en la espalda interrumpió mis meditaciones. Era Mallofré.

—Señor Promio... Espero que haya hecho buenas migas con el hermano Triadú. A primera vista uno lo encuentra poco comunicativo y algo hosco, pero ya verá como gana con el trato... ¿Ya se ha instalado? ¿Qué le ha parecido la habitación?

—Sinceramente, doctor, mucho mejor que la más optimista de las previsiones.

—¿Es una indiscreción preguntarle a quién llamaba?

—A Nieves, la chica que conocí en la Balma.

—¡Ah, sí! Aquella pelirroja, la que iba con la francesita...

—Tanto una como otra acompañaron a Llucià en sus aventuras... Nieves me acogió en su piso de la calle Unión. Gracias a ella me libré de los pistoleros de Bravo Portillo y, aunque sea triste reconocerlo, de mis propios camaradas.

—Y, además, le proporcionó este traje tan bonito. —El doctor pasó la mano, sonriente, por la manga de franela—. ¡Menudo reloj! —exclamó al descubrir el Omega de oro.

—Mera apariencia, doctor. Sigo siendo un don nadie. Aquí me tiene, sin poder escribir en los periódicos. Un proscrito.

—Perdone que insista, señor Promio. Lo que más me intriga es esa fe de usted...

—¿A qué fe se refiere? Le recuerdo que soy ateo.

—Su fe en que, si da con Llucià, su vida cambiará.

—Estoy seguro de que él confía en mí. Lo sé desde nuestro encuentro en la Modelo.

—Siento desilusionarlo —terció el doctor—. Pero lo que le propuso a usted lo ha dicho en otras ocasiones. Eso de que alguien debería escribir la historia de su vida o de sus vidas...

El hermano Triadú asomó por la puerta del despacho para avisarnos de que la cena estaba lista.

Cuando entramos en el comedor, no quedaba ningún paciente a la mesa. Mallofré apartó una de las sillas e hizo ademán de que me sentara. Luego tomó asiento él. Un camarero nos sirvió vino y vertió varias cucharadas de consomé en los platos hondos.

—Supongo que el hermano le ha contado un poco la historia de la Orden Hospitalaria... Una cuarta parte de los internos se dedican a trabajos manuales. Es lo que llamamos ergoterapia.

—El hermano me lo ha descrito con detalle —dije, interrumpiendo el discurso del doctor.

—¿Le ha mostrado las secciones del centro?

—Todavía no. Lo hemos dejado para mañana.

—¿Y la relación del Maestro con esta institución?

—Tampoco. Dice que todo se debe ilustrar a su debido tiempo.

—Veo que Triadú no confía todavía en usted... —bromeó el doctor.

—Me hago cargo. El hermano es una persona prudente, y hace bien. Pero hemos hablado de aquel periodo oscuro del manicomio...

—¿Del escándalo de 1911, cuando nos acusaron de tener celdas de castigo? Ustedes los periodistas tuvieron bastante culpa, pero el caso nos ayudó a mejorar nuestros servicios. Ahora los que están en el punto de mira son los de Nueva Belén. Por eso me vine aquí...

El camarero nos estaba sirviendo una merluza con guarnición de judías verdes.

—Este pan es muy tierno —observé.

—Es de nuestro horno. Las judías, el consomé de puerros y guisantes que acaba de tomar... Todo es de nuestro huerto. Pero volvamos a su caso, señor Promio. ¿Cuánto tiempo necesita para seguir ese camino que le conduzca a Llucià?

—Lo desconozco... Aunque después de ver los precios de las habitaciones, no podré permanecer aquí más de una semana.

—De eso no se preocupe —terció el doctor—. Usted contribuya en lo que pueda, y si no es posible, no pasa nada. Lo consideramos un colaborador clínico del caso Llucià. Pero, insisto, ¿qué espera de este hombre camaleónico?

—Creo que puedo ayudarle y él puede ayudarme a mí.

—De momento, y perdone que sea tan poco diplomático, usted actúa como él. Ha pasado de llamarse Ángel de Lajusticia a Promio. ¿Es un cambio de nombre circunstancial o supone un auténtico cambio de mentalidad?

—Puede apostar por lo segundo —respondí con determinación—. Acabo de cumplir treinta años y hasta ahora he vivido de utopías. Creí que el anarquismo evolucionaría a una etapa constructiva, pero los hechos lo han desmentido. Nuestros presuntos redentores se han convertido en pistoleros.

—No hay que olvidar que personajes como Bravo Portillo los obligaron a defenderse —matizó Mallofré.

—Sí, pero algunos le han tomado gusto al gatillo. Les parece el camino más corto para ser poderosos.

—¿Qué quiere decir?

—Digo que he visto a mi mejor amigo pasar de protegerme a amenazarme de muerte. Y que muchos camaradas están en el sindicato por la pistola. Acabarán al servicio del mejor postor.

—¿Sugiere que se pasarán al Sindicato Libre? —inquirió Mallofré mientras nos servían el postre: melocotón en almíbar y requesón.

—Por desgracia, es lo más probable.

—¿Y cuál es su proyecto alternativo si no se encuentra con ese Llucià al que considera su redentor? —insistió el doctor.

—Si alguien me proporcionara algún contacto con la prensa tolerada por la autoridad... Si pudiera volver a trabajar de reportero...

—Creo que es demasiado pronto para que usted salga a patear las calles en busca de una noticia. La violencia está alcanzando el paroxismo...

La sobremesa no se prolongó mucho más. Mallofré señaló una mesilla sobre la que reposaba la prensa del día.

—En esos papeles lo explican, aunque cada uno a su manera. Me temo que el señor periodista ha estado desconectado estos días de la actualidad. Si quiere leer antes de dormirse, mejor llévese consigo todos los diarios.

—Gracias, doctor. Eso haré.

—El desayuno es a las ocho de la mañana —me informó al levantarnos de la silla—. Si le apetece compartirlo, ya conoce el camino. Luego me acompañará en la visita matinal a los internos de nueve a once. A continuación, el hermano le mostrará el bello jardín que construyó el Maestro: un rincón del manicomio del que nos sentimos muy orgullosos.

Una vez en la habitación, me acomodé en el sillón y hojeé la prensa. La facción más radical de la CNT consideraba agotado el diálogo con la patronal y proponía la acción directa. La burguesía catalana había convertido el *lock out* en el método aplicable a partir de ahora. El gobernador civil Severiano Martínez Anido prometía mano dura. El desastre militar en Annual ponía en crisis al enésimo gobierno de los partidos dinásticos...

No cabía duda; cualquier noticia de Llucià era preferible a aquella sarta de calamidades.

Al desvestirme recordé que no tenía pijama. Abrí el armario y descubrí uno rayado más o menos de mi talla. Sonreí al pensar que tal vez había pertenecido a Llucià. Luego, ya en la amplia cama con dosel, permanecí largo rato escrutando el vacío sin acabar de creerme huésped de ese manicomio que durante tanto tiempo me resultó ajeno. ¡Menuda paradoja! Ese enclave maldito convertido en mi refugio.

El duermevela me hizo rememorar, en medio del silencio sepulcral, pasajes de mi niñez de expósito. El rezo del rosario y la lectura de la Biblia, que sustituí con los años por Malatesta y la *Aurora* nietzscheana. La perplejidad que manifesté cuando el hermano Triadú mentó el Eclesiastés se debía sin duda al bloqueo de mis prejuicios. Sí, me dije para mis adentros. Conocía perfectamente aquellos versículos: Eclesiastés, capítulo 3.

> Hay un tiempo para todo y hay un tiempo para cada suceso bajo el cielo: tiempo de nacer y tiempo de morir; tiempo de plantar y tiempo de arrancar lo plantado; tiempo de matar y tiempo de curar; tiempo de derribar y tiempo de edificar; tiempo de llorar y tiempo de reír; tiempo de lamentarse y tiempo de bailar; tiempo de lanzar piedras

> y tiempo de recogerlas; tiempo de abrazar y tiempo de rechazar el abrazo; tiempo de buscar y tiempo de dar por perdido; tiempo de guardar y tiempo de desechar; tiempo de rasgar y tiempo de coser; tiempo de callar y tiempo de hablar; tiempo de amar y tiempo de odiar; tiempo de guerra y tiempo de paz...

Todo un programa de vida, con la cadencia de una oración. El último pensamiento antes de dormirme. Esperaba, por primera vez en mucho tiempo, una noche sin pesadillas.

12

Al despertar me sentí confundido. No sabía dónde estaba. Pronto salí de dudas al contemplar el severo sifonier de madera tallada con las iniciales de San Baudilio. Nunca había estado rodeado de un mobiliario como aquel. ¡Tenía gracia! ¡Acabar en un manicomio para disfrutar del confort! En la mesilla de noche, el rutilante Omega marcaba las siete de la mañana. Dos golpes en la puerta me hicieron saltar de la cama como un resorte.

—¿Quién llama? —pregunté.

Reconocí la voz del hermano Triadú al otro lado de la puerta.

—¿Señor Promio? Buenos días. Espero que haya pasado una buena noche... El doctor Mallofré le aguarda en el comedor dentro de media hora. A partir de las ocho le acompañará en su visita facultativa... Después nos encontraremos en el despacho para mostrarle el jardín del Maestro.

—¡Descuide, padre! En media hora estaré allí.

—¿Conoce el camino?

—¡Creo que sí, gracias! ¡Nos vemos en media hora!

Cuando salí de la habitación observé el paisaje desde los enrejados ventanales del pasillo. Caminaba por San Baudilio seguro de mí: un inédito sentimiento de tranquilidad y protección.

Mallofré estaba junto a la puerta del amplio comedor.

—Veo que es usted puntual —me dijo mientras señalaba su reloj de pulsera.

—Con este reloj que llevo sería del todo imperdonable no serlo —ironicé.

El doctor me correspondió con otra sonrisa y me indicó que me sentara en la misma silla que ocupé en la víspera. En el cubierto de mi izquierda se veían restos de un desayuno. El doctor señaló las migajas de pan junto a una taza vacía.

—Veo que el hermano Triadú, siempre tan frugal, ha desayunado antes que nosotros... Debe de estar en la iglesia, misa de ocho. Está muy preocupado por usted.

—No veo por qué —respondí con extrañeza.

—No se inquiete, nada grave... Quiere que su paseo por el jardín se corresponda a sus expectativas sobre alguien a quien Triadú considera un ser angelical.

—¿Gaudí?

—El mismo. Movido por su modestia, el Maestro evita divulgar su benéfica colaboración con la Orden Hospitalaria de San Juan de Dios... Después del espaldarazo del Congreso de Arquitectos de España, concentra todos sus esfuerzos en el Templo Expiatorio de la Sagrada Familia. Allí trabaja, come y duerme. Solamente sale por las tardes para llegarse andando a la iglesia de San Felipe Neri. Allí reza y conversa con su director espiritual, el padre Mas.

El camarero había depositado una cestilla con panes blancos junto a dos platos con mantequilla y mermelada.

—¿El arquitecto no viene por aquí?

—Sí, pero ahora lo hace casi de incógnito. De ahí la incomodidad del hermano Triadú. El Maestro nos sigue ayudando en lo que puede, pero, como le he dicho, no quiere que se sepa.

Pertrechado con dos grandes teteras, el camarero hizo el ademán de verter el café y la leche en nuestras tazas.

—¿Quiere el café con leche? ¡Pruebe esta mermelada, con frutas de nuestra huerta! —propuso Mallofré con orgullo.

—¡Menuda propaganda de sus productos, doctor! Voy a pensar que en lugar de un manicomio esto es una granja... —bromeé.

El doctor sonrió.

El camarero procedió a servir y acto seguido, en pleno silencio y sin contestar a nuestro agradecimiento, desapareció del comedor con un andar robótico.

—¿Es un paciente? ¿Qué le ocurre?

—Lo ha notado... Como le comenté, el trabajo es la mejor de las terapias. Este muchacho cayó en ese mutismo después de pasar meses y meses preparando oposiciones para notario. Yo sospecho que es un bloqueo emocional. Que un día u otro romperá a hablar y nos dirá que nos sirvamos nosotros el café... Pero, de momento, está así: un impecable camarero cuya vida es una repetitiva película de cine mudo. ¿Quiere que traigan más pan?

—No, gracias. Estoy deseando acompañarle para conocer a los internos.

—Le advierto que no todas las secciones del manicomio son como la que usted ocupa...

—Eso ya lo tengo presente. Soy periodista y me

gusta escribir reportajes. No olvide dónde nos conocimos...

—Tiene razón. Después de ver lo que vimos en la ermita de la Balma, no creo que lo que contemple aquí le provoque un trauma.

El doctor se incorporó de la silla. Me señaló con energía la salida del comedor.

—Basta de charlas. ¡Vamos allá!

El día era luminoso, aunque frío. Al poco de salir a los jardines de la avenida central, ya pude ver a la luz del día a algunos de mis compañeros de «hospedaje». En un banco, una mujer con el pelo cortado al cero se movía mecánicamente de arriba abajo como en una perpetua reverencia ante el poder de la locura. Un enfermero con bata blanca acompañaba a un viejo que no cesaba de hablar en lo que parecía una interminable confesión... El enfermero saludó al doctor. Mallofré le preguntó por el departamento de duchas y baños. Se dirigió luego a mí:

—Quiero que vea uno de los espacios más fundamentales de la terapia de esta casa. Cuando se produce un ingreso, sometemos al paciente a un tratamiento intensivo de duchas y vapor que puede durar hasta seis meses.

—¿Por qué precisamente seis meses? —pregunté intrigado.

—Es el periodo máximo de observación. Si la patología mental no es grave, esa terapia posee efectos curativos.

—¿Y si no mejoran?

—En ese caso, se les traslada a los pabellones destinados a los casos clínicos.

—¿A Llucià lo mojaron mucho?

—Nos habíamos olvidado de él —bromeó el doctor—. Llucià se remojó pero no se lo tomó en ningún momento como una terapia sino como una mera cuestión de higiene corporal. Ya sabe que es un hombre que cuida su imagen. No le da miedo el agua.

—Pero estas duchas no son convencionales...

—Ahora lo verá —dijo Mallofré mientras entrábamos en el departamento de hidroterapia, una sala circular con arcos de estilo mudéjar y azulejos policromos...

—¿Qué es esto, los baños del rey Boabdil? —bromeé.

—Eso mismo decía Llucià. Cuando venía aquí comentaba que el lugar era bonito, aunque no tanto como la Alhambra. Ninguna situación parecía intimidarlo.

La conversación cesó al escuchar unos alaridos en el otro extremo del pabellón.

—Venga. Ahora un interno está recibiendo una ducha a presión. Y eso no es precisamente el agua melódica de la Alhambra...

Después de pasar por un estrecho pasillo, accedimos a una amplia sala. El mismo enfermero que nos había saludado en los jardines enfocaba ahora una manguera a presión contra una silueta desnuda, esquelética y blanquecina que se removía, empujada contra la pared, en una danza macabra. Parecía como si regara un vegetal de aspecto humano. El enfermero nos volvió a saludar. Señalé al paciente que suplicaba entre gemidos que cesara aquella tormenta.

—No resulta un espectáculo agradable. Esa agua a presión ¿es caliente o fría?

—De las dos. Alternamos una y otra; es precisamente esa intermitencia de temperaturas lo que hace reaccionar al organismo.

Ahora la presión del agua parecía insoportable... El enfermo ya no gritaba. Estaba como desmayado en un rincón. Humillado por la fuerza del chorro inclemente. Como si hubiera capitulado en una batalla en la que no tuviera opciones de sobrevivir.

—¿Siempre ha de ser así? —inquirí, casi enojado.

Mallofré no contestó. Me cogió del brazo y entramos en otra dependencia.

—En estas bañeras, los pacientes pueden permanecer un día entero. A medida que transcurren las horas, en completo silencio, se les va cambiando la temperatura del agua.

El doctor abrió uno de los grifos, del que surgió un chorro caliente. Alargué la mano y la puse bajo el agua, pero la aparté de súbito cuando empecé a quemarme.

—Como puede comprobar, estos equipamientos son modernos. —Mallofré sonrió satisfecho—. Se instalaron a finales de 1918 gracias a un generoso donativo. Estas técnicas de balneoterapia provienen de Alemania. La Orden de los Hermanos de San Juan de Dios cuenta en España con cinco frenopáticos que atienden a cuatro mil enfermos: San Baudilio, Ciempozuelos, Palencia, Santa Águeda de Mondragón y San José de Málaga.

—Supongo que no todo se soluciona con agua a presión, o poniendo al enfermo al «baño María»... —objeté.

—Claro que no. Cuando no hay nada que hacer, hemos de recurrir a los convulsionantes, el neobismuto, la insulina y el electroshock. El próximo pabellón no le parecerá tan bonito como el que usted habita.

Penetramos en otro de los edificios del complejo manicomial. La distribución de los espacios era similar a la del pabellón de los pensionados, pero carente de sus lujos. En lo que parecía ser la sala de recreo reinaba un fúnebre silencio; estaba repleta de internos sentados, ensimismados frente a la ventana enrejada, o paseando con aire meditabundo. Busqué con la mirada el billar, pero no lo hallé; en las mesillas laterales no vi tampoco juegos de cartas, dominó o ajedrez. Las mesas carecían de manteles y los platos no eran de loza, sino de hojalata.

Aquí, los enfermos no tertuliaban como en mi pabellón. Al reparar en nuestra presencia, algunos se acercaron para observarnos como si fuéramos dos bichos raros. En sus ojos no había agresividad, ni desconfianza; en realidad miraban pero no parecían ver; uno musitaba palabras que no podíamos descifrar. Otros aceleraban el paso en rutas circulares con la mirada fija en el suelo.

Incómodo por aquella situación, quise romper mi propio mutismo, aunque sin alzar demasiado la voz.

—¿De qué estado mental son estos? —susurré al doctor.

—No se alarme, señor Promio, son inofensivos. Están catatónicos. Algunos han recibido tratamiento de electroshock, o inyecciones de insulina. A otros se les administran opiáceos. Ni hablan, ni gritan... Su mente está bloqueada por los tranquilizantes; si no fuera así se hundirían en una depresión que, indefectiblemente, los abocaría al suicidio.

—¿Y cuáles son las otras secciones? —pregunté, ya con ganas de salir de allí.

—Tenemos primero los pacientes en observación, de los que todavía no hemos emitido diagnóstico. Luego, cuatro grupos más: tranquilos, epilépticos, sucios o valetudinarios y agitados o furiosos. En cada una de estas categorías podemos encontrar idiotas, imbéciles, cretinos, dementes, atrasados, alcoholizados, destructivos, procesados, lúcidos intermitentes, convalecientes... La locura ofrece muchos matices.

Al salir del pabellón, nos acercamos a un grupo de enfermos que parecían seguir una clase al aire libre impartida por uno de los hermanos.

—Buenos días, hermano Salmerón —saludó el doctor.

El hermano, grueso y de aspecto bonachón, parecía salido de *Los cuentos de Canterbury*.

—Buenos son hoy, doctor. El día es apacible y estas criaturas están sosegadas.

Los supuestos alumnos volvieron la cara hacia los recién llegados. Sus cráneos eran ovoides. La baba de su boca barnizaba la sonrisa perpetua de los cretinos.

Dos de ellos se acercaron y nos alargaron su mano con admiración, como si se hubieran encontrado con dos seres de otro planeta.

—¡Raimon! ¡Dámaso! ¡No molestéis a los señores! —ordenó el hermano.

El doctor rodeó con su brazo a uno de los cretinos.

—Son inofensivos. A veces se ponen tozudos, pero no pasa de ahí...

—¡Para tozudo, ya estoy yo, que soy maño de pura cepa! —exclamó el hermano Salmerón con una sonrisa de oreja a oreja.

Continuamos con la visita. El doctor me mostró el horno de pan, la lavandería, las huertas y la cocina.

—El noventa por ciento de los que trabajan aquí son los «tranquilos»; es decir, no suponen ningún peligro. Los destinamos a trabajos mecánicos: hacen de pinche de cocina, labran la tierra, limpian... En aquel informe que tanto revuelo causó, se dijo que los explotábamos y ahora reciben una pequeña cantidad por su trabajo: en dinero o en especies. Los que fuman tienen derecho a una cajetilla de tabaco cada tres días. Vayamos a la cocina.

Una humareda de vapor nos envolvió. Varios internos manipulaban una masa blanca en unos cubos inmensos.

Moví la cabeza en derredor y afilé el olfato.

—Huele a col...

—Col con patatas —dijo el doctor—. ¡Hermano Escofet!

De entre la humareda apareció el hermano encargado de la cocina.

—¡No confunda Escofet con Escoffier! ¿Qué se le ofrece al doctor Mallofré?

—¡Usted siempre con la misma broma, hermano! —exclamó el doctor.

Yo me sentía un tanto fuera de juego. No acababa de captar qué broma era esa.

—Le presento al señor Promio, periodista. Es huésped de esta casa, pero sin derecho a duchas a presión...

El hermano soltó una carcajada. Dirigiéndose al invitado, me explicó en qué consistía su broma:

—Como me llamo Escofet y Jorge de nombre, siempre me comparo con el gran cocinero francés Jorge Augusto Escoffier. No se lo tome como un gesto de soberbia. Véalo, más bien, como la travesura de alguien que ha aprendido a reírse de sí mismo.

—Monsieur Escoffier —Mallofré le seguía la corriente—, ¿qué tenemos hoy de comer?

—Por la mañana, un caldito vegetal con pan. Al mediodía, sopa de pasta y esta col con patata que acaban de ver y oler... Por la noche, legumbres o judías verdes y carne asada o bacalao. Los pensionados preferentes nos facilitan una lista de platos extra que servimos en la medida de nuestras posibilidades, pero aquí no va a encontrar a nadie desnutrido.

—Ya le he mostrado la huerta y el horno —intervino Mallofré.

—Las materias primas son *cordon bleu* —garantizó el afrancesado Escofet.

Tras despedirnos del hermano cocinero, salimos a un patio que comunicaba a su vez con otro pabellón.

—Ahora entramos en la sala de los epilépticos... —advirtió el doctor.

Un hombre de rostro afilado y barba me recordó a mi admirado Dostoievski, que también era epiléptico.

—Estuvimos a punto de enviar a Llucià a este pabellón. Se salvó por los pelos... —comentó Mallofré.

—¿Por qué?

—Algunos datos de su biografía desvelan que a la muerte de sus padres sufrió varios ataques que en su momento se asociaron a una epilepsia que ya se manifestó, aunque de forma leve, cuando era pequeño.

El hombre de la barba afilada hizo un gesto para que le siguiéramos. En la sala-comedor se veía a varios hombres sentados y a un par de niños.

—¿Qué les ocurre a esos pequeños? —indagué con tristeza.

—Son hijos de alcohólicos o de padres sifilíticos. Fíjese en sus narices achatadas. La epilepsia es un fruto de perniciosa herencia.

Me acerqué a uno de los niños y le alargué la mano, pero no se molestó en tomarla. Luego se levantó y se alejó de nosotros con paso torpe y movimiento tambaleante.

En otro rincón, un adolescente permanecía estirado sobre el banco cuan largo era.

—¿Otro niño?

—De niño nada —terció Mallofré—. Tiene casi treinta años y es sifilítico.

El hombre de la barba afilada, que a mí me recordaba a Dostoievski, se adelantó a nosotros para incorporar al falso niño yacente.

—¿Quién es este hombre? —musité.

—Un antiguo hermano que padece epilepsia y conoce sus síntomas. Hace diez años, cuando la Semana Trágica, contempló las momias desenterradas de dos monjas y eso le trastocó. Nunca supimos si él había participado en los incendios a las iglesias o pasaba por allí. De todas formas, si hizo algo malo lo compensa con la labor que hace aquí.

Al mover al sifilítico, el hedor inundó el ambiente. Una mancha marrón denotaba que se había hecho las necesidades sobre la banqueta. El hermano de la barba afilada rompió su silencio:

—Disculpe, doctor; es culpa mía. Debería haber permanecido en su cama. —El tono de aquel hombre movía a la compasión.

—No se apure, hermano Francisco.

«Francisco, no Dostoievski», pensé. El hermano puso al infeliz en el suelo, sobre una colcha.

—¿Qué le ocurre? —pregunté con preocupación.

Mallofré se agachó y, cuando le desabotonó la camisa, descubrió un pecho esquelético y repleto de pústulas. El muchacho abrió los ojos y emitió sonidos ininteligibles.

—Sífilis, epilepsia, tisis, meningitis... De todo esto ha tenido el desdichado Josep. Un hijo del Distrito Quinto. El milagro es que todavía siga vivo.

Mientras el doctor examinaba a Josep, el hermano

ya había limpiado el banco de excrementos. Con la misma celeridad levantó al yaciente para llevarlo en brazos a su habitación.

El doctor y yo observamos con sincera simpatía la bondad de aquel hombre lacónico que a mí me parecía Dostoievski.

—Ahora nos quedan los dos peores lugares del manicomio. Con esta escena ya ha tenido un triste aperitivo. Creo que está preparado... Al fin y al cabo, nos conocimos en la Balma, ¿o no?

El pabellón de los locos «sucios» hacía honor al calificativo asignado a sus ocupantes. Al poco de entrar me sentí un personaje de una pintura negra de Goya. Una sala con salida a un lóbrego tragaluz. Gritos ensordecedores, llantos desgarrados, lamentos guturales y cantos procaces. Un grupo de locos se acercó al doctor.

—Un cigarrito, señor médico... —suplicaba un viejo desdentado con sonrisa de asesino.

Otros enfermos rodeaban el brasero que custodiaba uno de los hermanos para que no se quemaran o provocaran un incendio. El más ruidoso parecía un tenor de zarzuela. Se metía una y otra vez la mano en los genitales y gorjeaba algo parecido a un estribillo.

—¡Nos van a matar con este frío!

Mallofré se acercó a un joven que era lo más presentable entre aquel oprobioso elenco.

—Manel, ¿cómo andas?

—Con las patas —repuso chulesco.

—¿Recuerdas por qué viniste a parar aquí? —insistió el doctor.

—Porque le pegué al hermano de la fábrica de ladrillos y luego intenté lanzarlo al horno.

—¿Y por qué lo hiciste?

—Porque ya estaba curado y me quedaba un mes de estar aquí. No quería volver a mi casa.

—Pero lo que hiciste fue una tentativa de homicidio. De no haber intercedido por ti, habrías ido a parar a la Modelo.

—Me daba igual la Modelo o este manicomio. No quería volver a mi casa. Mis padres me maltratan.

—¿Cuánto tiempo lleva aquí? —pregunté al doctor.

—Cinco años. Está esperando a que sus padres desaparezcan del mundo.

—¿Y por qué esa inquina patológica?

Mallofré adoptó una expresión triste.

—Querido Promio. Lo que yo me temo, después de las muchas conversaciones que he mantenido con él, es que el chico sufrió abusos de pequeño: el padre hacía y la madre consentía...

El diálogo quedó interrumpido por una trifulca. El tenor aficionado a tocarse los genitales se había bajado los pantalones y pretendía orinar sobre otro de sus compañeros que dormía como un tronco en el rincón. Dos hermanos se lanzaron sobre él hasta reducirlo.

—No se los he presentado —comentó Mallofré mientras nos acercábamos al lugar de la pelea—. Son los hermanos más corpulentos de San Baudilio: Oriol y Ginés. Uno es de Vich y el otro de Lorca. La pareja perfecta.

Los hermanos levantaron la vista y nos sonrieron.

—¡Este no tiene solución! ¡Se cree que es Manolo Utor, *el Musclaire*! —dijeron a coro.

—El que canta su mal espanta —bromeó el doctor—. Lo malo es que cante y lo ensucie todo.

—¡Por eso es un «sucio»! —respondieron los hermanos, de nuevo a coro.

—Ahora nos queda el pabellón más infernal. No sé

si se lo he contado, pero en el lugar al que nos dirigimos, el pabellón de los furiosos, fue donde el hermano Triadú estuvo a punto de morir por la agresión de un loco.

—Ya me lo contó. Vi la cicatriz en su brazo.

Mallofré miró el reloj.

—¡Uf! ¡El tiempo vuela! Apretemos el paso.

Recorrimos otro tramo de la avenida central del manicomio hasta llegar al pabellón de los furiosos, la última estación de este periplo por los círculos dantescos de la locura.

En esta sección la entrada estaba restringida. El doctor repiqueteó enérgico sobre la puerta de madera.

—¿Quién llama?

—¿Hermano Miguel? ¡Soy Mallofré!

El chirriante portalón dejó ver una figura diminuta. Con sus antiparras y sus ojos gris claro, el hermano Miguel recordaba más a un científico que a un fraile.

—Hermano, le presento al señor Promio, huésped de la Orden Hospitalaria.

—¿Es psiquiatra o frenólogo? —indagó el hermano.

—Periodista y escritor —aclaró Mallofré.

—No publique nada malo de nosotros. A muchos de sus colegas les haría falta pasar unos días aquí. Así se pensarían dos veces las truculencias que escriben sobre este lugar.

—No se apure, hermano. No vengo a escribir ningún reportaje. Ya veo que su opinión sobre la prensa no es precisamente buena...

Mallofré cortó la conversación:

—Hermano Miguel, llevamos un poco de prisa. Tan solo quería mostrar al señor Promio el pabellón más problemático de la casa.

La sala en la que nos encontrábamos carecía de ornamentos. Nada de papeles pintados, ni cenefas, ni artesonados. El blanco de las paredes aportaba una atmósfera casi sobrenatural. Como si estuviéramos en el otro mundo.

El hermano nos acompañó por un pasillo con una hilera de puertas numeradas. Nos mostró dos habitaciones conectadas entre sí por un cuarto con una ventanilla de control. En una, el enfermo permanecía semidormido, con una camisa de fuerza. La otra estaba vacía, el colchón enrollado sobre el somier.

—Esta es la imagen que sus colegas atribuyen a todos los dementes. Atados a la cama, en habitaciones acolchadas, con camisa de fuerza. Este método es el último recurso, junto con el electroshock, ante los accesos de violencia. No existe otra manera de reducirlos cuando están fuera de sí. La diferencia entre Nueva Belén y San Baudilio es que nosotros somos selectivos: tanto con la camisa de fuerza como con los fármacos.

Tras la explicación del hermano, nos sumimos en un incómodo silencio.

El doctor Mallofré volvió a consultar el reloj.

—Nos hemos pasado de hora. Gracias por su ayuda, hermano. Debemos volver a mi despacho. Nos aguarda el hermano Triadú.

El fraile sonrió.

—Triadú era de los que no querían poner camisas de fuerza... hasta que un furioso lo atacó y casi lo mata.

—Ya se lo hemos contado al señor Promio. Mañana pasaré para recoger los informes de la última semana.

Nos despedimos del hermano Miguel. La puerta del pabellón de los furiosos se cerró y, a paso vivo, nos plantamos de nuevo en el despacho del doctor.

Triadú nos esperaba desde hacía media hora.

—Disculpe, hermano. Nos hemos entretenido.

—No se apure, doctor. Entretanto he ido despachando el correo. Por cierto, aquí hay una carta que les interesará. Está dirigida al director médico del manicomio de San Baudilio... El remitente es Antonio Llucià. El matasellos es de la República Francesa. La ciudad de origen es París, aunque sin dirección...

A Mallofré se le iluminó la cara. Abrió el sobre y me miró triunfal.

—¿No se lo dije? Llucià enviaría una carta más pronto que tarde. ¡Y ha sido muy pronto! ¡Incluso antes de lo que yo esperaba! ¡Leámosla!

Leímos.

13

Las miradas de Mallofré, el padre Triadú y un servidor confluyeron en el abultado sobre blanco marfil que descansaba en el escritorio. El doctor extrajo un abrecartas del cajón... Con sumo cuidado, igual que un cirujano en el quirófano, procedió a la apertura de la misiva que atenazaba nuestra curiosidad.

Lo primero que asomó fue la perfecta caligrafía del remitente. Fechada en París, la carta se dirigía al doctor Mallofré e incluía una posdata para mí. Me llamó la atención que me identificara como Promio. En nuestro primer y único encuentro, yo me presenté todavía con mi anterior nombre, Ángel de Lajusticia.

—Contiene otro mensaje para usted en sobre aparte y lacrado. —El doctor lo depositó sobre la mesa—. Sepamos qué me dice y luego usted lee a solas lo suyo.

Triadú y yo éramos todo oídos. Mallofré comenzó a leer:

Jacinto Mallofré
Director médico del sanatorio
de San Baudilio de Llobregat
Orden Hospitalaria de San Juan de Dios

Apreciado doctor:

Le debo a usted muchas cosas. Entre ellas el diagnóstico de «idiota moral» que atribuye a mi comportamiento. Seguramente tenía razón. Entre las causas que me llevaron tras las rejas figura la de falsedad y estafa a bancos diversos, aunque reconozco que engañar a varias damiselas ofreciéndoles un amor que ni de lejos sentía puede ser un síntoma de ausencia total de moral y remordimientos. Si repasa mi ejecutoria aventurera podrá constatar que la mayoría de mis acciones tienen como objetivo las entidades financieras, esos edificios levantados a golpe de usura. Como mi desdichado padre hubo de padecer los turbios manejos de algún banquero de cuyo nombre no quiero acordarme, ya en mis primeros años dirigí el ariete de mis ingenios contra todo el gremio de la usurería. Dada mi educación burguesa, no opté por la violencia de las bombas como esos iluminados anarquistas, sino por la gracia de la conversación envolvente, el empaque, el disfraz, la impostura y esta caligrafía señorial que a usted le deleita y a los cajeros les engaña cada vez que aceptan un cheque falsificado. Le confieso que no conozco momento más placentero que imitar una firma o añadir un numerito para multiplicar por cien o por mil, según los casos, la cantidad a cobrar.

En la cárcel de Cervera conocí a la persona más angelical que se ha cruzado conmigo en mis continuos viajes por este mundo en el que la hipocresía cotiza al alza. Bastó un par de conversaciones en el patio de la prisión para que Josefa, la hija del director, se prendara de mí. A partir de entonces, ella se asomaba desde la ventana del edificio del alcaide y ornaba su mirada con una sonrisa melancólica. Ayudado por un compañero de celda que trabajaba en la cocina del director, le empecé a enviar cartas mucho más románticas que esta. Tratándose de una pequeña cárcel, Josefa podía hacerse la encontradiza conmigo. Todo mejoró cuando conseguí que me trasladaran a la biblioteca donde ella daba clases a los presos. ¡Para que luego digan que la cultura no sirve de nada! Los encuentros se hicieron más asiduos, casi diarios...

Un día le propuse a Josefa escaparnos juntos. Fugarse de Cervera resultaba mucho más fácil que hacerlo de Avilés. La decisión se le antojó extremosa y me contestó que era mejor ir con la verdad por delante... Si realmente la quería, ella le explicaría lo nuestro a su padre y al final de mi condena podríamos casarnos. Aunque ir con la verdad por delante me parecía algo ingenuo, consentí y Josefa reveló a su progenitor nuestra amorosa relación.

Supongo que su mente preclara, señor doctor, ya acierta con el desenlace de aquella gestión. El señor Sucarana, que así se apellida mi hasta hoy frustrado suegro, montó en cólera y fue entonces cuando, dados mis antecedentes, pidió la ayuda del psiquiatra forense judicial Rodríguez Marín, colega de usted; uno de esos que parecen haber estudiado para acabar de enloquecer al paciente en lugar de sanarlo. Tras un somero interrogatorio en el que le hablé de mi afición por el cine y de mis encarnaciones nominales en el empresario Tomás Portolés y el peliculero Mario Pickman, el tal Rodríguez Marín telefoneó a Nueva Belén y a San Baudilio. Quiso la suerte y los desvelos de mi abogado defensor, señor Batanero, que al final recalara en el manicomio de su digna dirección, porque el otro se me antoja caduco y siniestro.

Como recordará, durante mi estancia en San Baudilio no alteré el orden cotidiano. Comí lo que se me sirvió, anduve por los jardines y tuve la oportunidad de mantener un par de conversaciones con el arquitecto Gaudí, asiduo benefactor de esta institución mental. Confieso que hicimos muy buenas migas. Tampoco quedaron descontentos de mi presencia algunos de los internos que formaban corrillos en torno a mí para que les relatara mis viajes aventureros y mis conquistas femeninas, tan intensas como breves, una vez conseguido el cheque al portador.

Recordará también que en los días previos a mi fuga un recadero vino a recoger mi máquina de escribir para llevarla a reparar... Lo demás es harto sabido: el asunto con Romero en el Banco de Vizcaya, ya suficientemente difundido por la prensa.

Como me cae usted bien, doctor, le debía esta explicación. Por el tono de estas líneas, no encontrará en ellas ni rastro del sarcasmo que dediqué al director de la prisión de Avilés cuando lo dejé sin presos a los que vigilar...

Solo una cosa más antes de poner punto final a esta carta. Añada a su historial médico que soy un «idiota moral» enamorado. Suspiro por reencontrarme con Josefa y lo demostraré con hechos.

Si quiere contárselo a la policía, adelante. Pero cuando ellos van, yo ya estoy de vuelta.

Su afectísimo,

ANTONIO LLUCIÀ BUSSÉ

Posdata: Confío en que no lea la carta que adjunto a la presente, dirigida al señor Promio. Espero de su nobleza que le será entregada... Ya que lacrada está, respetemos, por una vez, el secreto de correspondencia.

Cuando el doctor Mallofré finalizó su lectura, quedamos en un embarazoso silencio, que rompió el hermano Triadú:

—Hay que convenir que el señor Llucià se explica muy bien. No me sorprende. Tuve ocasión de mantener alguna charla con él. Me asombró su carisma y esa capacidad de flautista de Hamelín que arrastra tras de sí a una cofradía de internos, siempre deseosos de escuchar unas historias que después trufan con rumores de cosecha propia hasta convertirlas en leyendas... Llucià es un auténtico juglar del siglo XX...

—Un juglar de la impostura, tampoco es cuestión de mitificarlo —espetó Mallofré, un tanto molesto.

—¿Va a entregar esta carta a la policía? —inquirí con incomodidad.

—Si de mí dependiera, no lo haría. Pero me temo que no me queda otra salida. Llucià ingresó aquí por orden del gobernador, en el marco de un proceso judicial.

—El doctor tiene razón —añadió Triadú—. El artículo 8, apartado 2.°, del Código Penal lo deja bien claro: «Cuando un imbécil o un loco hubiese ejecutado un hecho que la ley califique de delito grave, el Tribunal dictará una reclusión en uno de los hospitales destinados a los enfermos de aquella clase del cual no podrán salir sin previa autorización del mismo Tribunal». Formamos parte de una cadena procesal y nuestra obligación es entregar la carta a la policía como documento probatorio.

—Otra cosa es esa otra carta, dirigida a usted. Oficialmente, nosotros no sabemos nada —dijo el doctor señalando la hoja lacrada.

—Por una vez, y sin que sirva de precedente, respetaremos el secreto de correspondencia. —Triadú sonrió mirándome a los ojos.

Yo no podía disimular la impaciencia por acceder al contenido de la carta que Llucià me dirigía.

—Comprendemos, señor Promio, que esté ansioso por leerla —observaron Mallofré y Triadú.

—Sugiero que se retire a su habitación y la lea con toda tranquilidad —propuso el hermano—. Después vuelve aquí y emprendemos la visita por el jardín del Maestro... ¿Le parece?

—Siento la misma ansia por ambas cosas: leer la carta y recorrer ese jardín. Gracias por su generosidad —respondí aliviado—. En media hora estoy de nuevo aquí.

Refugiado ya en la intimidad de mi habitación, tomé asiento ante el escritorio y procedí a romper el lacre que sellaba el mensaje secreto que Llucià quería transmitirme.

> Amigo Promio:
>
> Le sorprenderá que le llame así, pero Nieves me contó que le había facilitado un cambio de identidad. Dígamelo a mí, que tengo un montón de nombres... Me informó de que este tal Promio es un italiano que acabó con la cabeza flotando frente a la playa del Somorrostro y el resto del tronco en la fosa común del cementerio de Montjuich. Como antes le habían robado la cartera, no lo pudieron identificar. Dada su presunta condición de espía en la Gran Guerra, me malicio que el Promio cadáver

tampoco se llamaba realmente así. Soy un gran aficionado al cinematógrafo, y no sé si usted sabía que Alessandro Promio —el de verdad— era el representante de los hermanos Lumière en España y el autor de las primeras imágenes que se filmaron de Madrid y Barcelona. Como estoy seguro de que lo sabe, ya hablaremos de ello en otra ocasión más propicia...

En nuestro encuentro en la Modelo he de confesar que me cayó usted bien. Creo que fue el comienzo de una gran amistad. Sé que se halla en una situación delicada: eso le pasa por meterse en esos jardines del anarquismo repletos de plantas venenosas. Pero ahora no es el momento de reprimendas. Solo quiero decirle que mantengo en pie la oferta de que sea usted mi secretario-biógrafo.

En las próximas horas, Nieves le visitará en ese manicomio que le aconsejo abandone cuanto antes. Le llevará más ropa y dinero. A continuación, usted se dirigirá al despacho de mi abogado, el señor Serrano Batanero, calle Lauria, 80, principal. Él está al corriente de todo. El señor Batanero ya ha realizado las gestiones pertinentes para la compra de una casa señorial en la calle del Putxet, 23. Usted se instalará allí. Creo que en un par de semanas a lo sumo podré reencontrarme con Josefa en algún lugar de Francia. La casa está registrada a nombre de ella. Es mi dote y la prueba sincera de que esta vez me he enamorado en serio. Hablé por conferencia telefónica con su padre, que al final accedió, resignado ante la evidencia del amor de una hija que le amenazaba con huir de Cervera por las bravas... Una vez consumado el matrimonio, nos encontraremos todos en la casa y le buscaremos a usted alguna ocupación periodística.

Solo le pido una cosa, amigo Promio. Acabe con el anarquismo o el anarquismo acabará con usted. La sociedad y la maldad humana que la sostiene no cambiarán nunca, por muchas bombas que ustedes lancen por ahí, salpicando las calles de sangre y proclamas mesiánicas. Los bancos continuarán su labor de usura. ¡Déjenlos donde están, aunque solo sea para que yo los estafe!

¡Pronto nos volveremos a ver!

Un fuerte abrazo,

ANTONIO

Posdata: Nieves me dijo que mis trajes le caen estupendamente. Al buen paño inglés, todo el mundo se acostumbra...

Al acabar la lectura, una intensa ola de calor ascendió por mi pecho. Por un lado, me sentía reconfortado al ver que Llucià era consciente de mi situación y quería ayudarme, aunque a su manera. Por otro, la perspectiva de traicionar los ideales por los que había combatido desde mis años mozos desataba en mi mente la mala conciencia.

Volví a mirarme en el espejo del armario de luna. Más que narcisismo, era una confrontación como mi nuevo yo: sobre la superficie de mercurio aparecía un hombre con el cabello engominado, ojeroso y aseado. La corbata y el terno a rayas de franela denotaban un notable cambio para quien hubiera observado al mismo hombre pocas semanas atrás. No sé si el hábito hace al monje, pero al aliño indumentario se añadía una reconsideración de las ideas que habían motivado mi vida hasta este momento. Tenía la misma edad de Llucià, unos treinta años. Me encontraba sumido en una batalla de pistoleros en la que ya no creía. Ni siquiera los líderes a los que admiraba estaban seguros de hacer lo correcto. A un lado y a otro de las barricadas, en esa Barcelona mezcla de la Comuna de París y del Chicago gansteril, procreaba un matonismo más guiado por el precio del asesinato que por las ideas.

La prensa censurada que hojeaba, cada vez con más hastío, refrendaba tan pesimista diagnóstico. Reclutamiento para la guerra de África... Cuando leí la noticia del asesinato del presidente del Gobierno, don Eduardo Dato, reconocí en los asesinos a algunos de los que habían sido mis compañeros en aquella revolución escrita con sangre:

> Pedro Mateu, Ramón Casanellas y Luis Nicolau dispararon desde una moto con sidecar más de veinte tiros contra el automóvil del señor Dato cuando este pasaba por la plaza de la Independencia de Madrid. El atentado se considera una respuesta del sindicalismo barcelonés por la represión de Martínez Anido.

La escueta gacetilla me provocó náuseas. Lancé con despecho los periódicos sobre la mesilla y rehuí el espejo con esa imagen que me turbaba... Salí al pasillo para afrontar la jornada como si nada hubiera pasado por mi mente.

En el despacho de Mallofré me aguardaba el hermano Triadú.

—No hace falta entrar en detalles... Solo quiero saber si la carta traía buenas noticias —preguntó.

—Llucià me sugiere cambiar de vida... Pero no sé si acompañar a un estafador constituye una resolución moralmente aceptable...

—Aunque suene raro en los labios de un religioso, yo preferiría seguir a Llucià que a su sindicato de asesinos o a los asesinos a sueldo pagados con dinero gubernamental... Abandone esa absurda lucha, Promio. ¿Por qué, si no, Gaudí está dedicando lo que le queda de vida a la Sagrada Familia? No olvide nunca que es un Templo Expiatorio. Barcelona es una ciudad de bombas y represión. ¡Apártese de esa batalla en la que no tardará en caer! Tal vez Llucià sea de veras su amigo, tal vez esté enamorado de esa joven... ¡Y qué diablos!, aunque me esté mal emplear la expresión. ¿Acaso los banqueros y los mercaderes de la política son mucho mejores que él?

Por primera vez, Triadú abandonaba su ordenado laconismo para hablarme con el corazón en la mano. Su actitud me emocionó.

—Le agradezco sus palabras, hermano, pero preferiría no ahondar en ellas. Ahora es el momento de pasear por el jardín del Maestro. Cada cosa a su tiempo, recuerde el Eclesiastés...

Triadú asintió con una sonrisa. Puso su mano en mi hombro.

—Lleva razón. Perdone esta homilía improvisada. Salgamos.

Situado longitudinalmente en la parte derecha del recinto del manicomio, el jardín modernista de San Baudilio estaba casi escondido entre un muro de árboles.

Al contemplar aquel conjunto era inevitable identificar la impronta de Gaudí.

—¿Qué le parece? ¿No es fascinante? —exclamó Triadú con admiración.

Los bancos, una capilla, una cueva-cascada... Huellas todas del gran arquitecto. Mientras paseábamos entre las columnas terrosas y los ondulados bancos de *trencadís* policromo, el hermano relataba la génesis de aquella obra:

—En 1898 Gaudí preparaba el proyecto de la iglesia de la Colonia Güell, en Santa Coloma de Cervelló. Su carácter piadoso le trajo varias veces a San Baudilio. Se acercaba con una tartana en poco más de media hora. En uno de aquellos encuentros se reunió con los hermanos de la Orden y propuso que pusiéramos en marcha la *bòbila* para fabricar ladrillos. Devoto del monacal *ora et labora*, coincidía con nosotros en que el trabajo es la mejor medicina para las mentes presas de la melancolía o la confusión. Desde entonces y hasta 1908, el arquitecto realizó frecuentes visitas a la Colonia Güell y estrechó lazos con esta Orden.

—¿Debo deducir que este jardín modernista era una suerte de taller natural, su banco de pruebas?

—Buena deducción, señor Promio. Si lo observa con detenimiento, identificará los techos de las naves del templo de la Sagrada Familia, la estructura de la cripta de la Colonia Güell, detalles de la Casa Milà y los bancos serpenteantes del parque Güell.

—Y antes, ¿qué había aquí?

—De hecho, ya existía un jardín de estilo inglés con un lago, senderos y parterres. Se inauguró en 1903 y Gaudí asistió al acto. Fue entonces cuando propuso enriquecerlo con sus geniales creaciones. La primera fue la cueva-cascada. Acompáñeme.

No salía de mi sorpresa. La bóveda principal de aquella construcción era casi idéntica al viaducto del parque Güell, con sus porches, jardineras y bancos-barandillas.

—Los materiales salían del taller de ladrillos... Participaron muchos enfermos que habían aprendido las artes de la albañilería. La cueva-cascada es de 1906, porque Gaudí trabajó en el parque Güell entre 1900 y 1914. José Pardo, uno de los maestros de obra del arquitecto, era hijo y vecino de San Baudilio. Si compara los materiales del parque y los del manicomio, coinciden: brecha calcárea.

Las explicaciones del hermano me sumían en un maravillado mutismo. Los ondulantes bancos de *trencadís* no dejaban lugar a dudas sobre la autoría.

—No son tan sofisticados como los del parque Güell, pero sí un primer ensayo del efecto estético final. —Triadú pasó la mano por el serpenteante respaldo...—. ¡Fíjese, lea! «Año 1912.»

Escudriñé el relieve de aquellos bancos que rodeaban la Capilla Inundada. Ahí estaban los motivos vegetales y palmones del parque Güell. El carácter experimental quedaba patente: en sus extremos, el banco aparecía toscamente interrumpido, en contraste con el primoroso acabado del parque Güell.

Mientras observábamos el conjunto, quise recabar más datos sobre la relación de Gaudí con San Baudilio.

El hermano Triadú hizo honor a su promesa de explicarme con detalle la circunstancia de aquella obra sorprendente y desconocida.

—La construcción de este jardín coincide con unos años muy tristes para Gaudí. En 1905 se trasladó a la casa modelo del parque Güell con su padre y su sobrina, y un año después se produjo la muerte de don Francisco a los noventa y tres años. Para combatir la melancolía, Gaudí trabajará a destajo durante 1906: proyecta con Rubió y Sugrañes la fachada del santuario de la Misericordia de Reus que nunca se llegó a realizar, colabora con su colega Berenguer en la Casa de Damián Mateu y bosqueja los planos de la Casa Milà.

—Por lo visto, el arquitecto proyectaba pero no acababa de ver culminados esos proyectos...

—Por desgracia era así. A las desazones familiares se unió el desasosiego profesional. Al año siguiente, 1907, Gaudí planea el monumento a Jaime I en la plaza del Rey; se iba a erigir con motivo del séptimo centenario, pero tampoco se hizo. En 1908 se enemista con la superiora de las Hermanas Teresianas: la capilla del colegio de la calle Ganduxer que había edificado en 1888 no se hace realidad. En 1910 tampoco prospera su monumento a Jaime Balmes en Vich... Lo único que parece motivarle en ese tiempo son las visitas a la Colonia Güell, la Sagrada Familia y la Casa Milà.

—Un edificio, dicho sea de paso, acogido con chanzas por la prensa satírica barcelonesa, que la bautizó como «La Pedrera»... —apunté.

—La conclusión es que el Maestro acaba destrozado de los nervios y su salud se resiente. Un batiburrillo psicosomático le deja sin defensas. En junio del fatídico 1911 contrae fiebres de Malta y se recluye en el hotel Europa de Puigcerdà. Su estado es tan grave que ordena redactar testamento. Sin estar del todo repuesto, en 1912 retorna a sus tareas y recibe otra bofetada emocional: el 11 de enero fallece su sobrina, Rosita Egea Gaudí. Al quedarse solo en la casa del parque Güell, decide instalarse en la Sagrada Familia: se concentra en la construcción del templo o busca nuestra compañía... Como ya le comentamos, en aquellos años se desató una feroz campaña de prensa contra San Baudilio, cuando la Diputación denunció las carencias del sanatorio... El apoyo de Gaudí fue decisivo para salir del atolladero. Tanto él como nosotros sentíamos que nuestro trabajo no era valorado por la sociedad...

Un viento áspero de marzo comenzó a remover las copas de los árboles.

—¿Y cómo trataba a los locos y a los guardianes de los locos?

—Como todos los genios y místicos, Gaudí era muy escéptico al marcar límites entre cordura y locura. Hablaba poco y escuchaba mucho. Como el Greco, creía que la santidad comparte los rasgos de la enajenación. A veces reclutaba voluntarios entre los enfermos y modelaba rostros de santos y ángeles. Tampoco olvide que por aquí pasó su escritor más admirado...

—¿Quién?

—Jacinto Verdaguer.

La conversación era una caja de sorpresas.

—¿Verdaguer? Sé que tuvo problemas con el obispado por su misticismo y que practicar exorcismos le llevó a ser confinado en el monasterio de La Gleva, pero desconocía su relación con este lugar...

—Formaba parte de su expiación... Después de su fuga de La Gleva, se dijo que estaba loco. La jerarquía eclesiástica ordenó que ingresara aquí para estudiar su estado mental.

—¿Y cuál fue el diagnóstico? —pregunté intrigado.

—Lo que le he dicho acerca de los límites del genio y del místico, ese funambulismo entre la demencia y la lucidez más absolutas.

—Es explicable que Gaudí se identificara con Verdaguer...

—Los dos conocían bien lo que significa la expiación. El Maestro leía *L'Atlàntida*, *Canigó*, *Flors del Calvari*, *Al Cel*, los viajes a Tierra Santa y los artículos *En defensa pròpia* en los que Verdaguer respondía a las acusaciones de la burguesía sobre su comportamiento como capellán del marqués de Comillas y su faceta de exorcista... Los versos de mosén Cinto inspiraban a Gaudí: se identificaba con su visión de la naturaleza y su santo individualismo...

El hermano Triadú dio por terminada su explicación.

—Creo que por hoy ya hemos tenido bastante charla. ¿Está satisfecho?

—Ayer el doctor Mallofré me brindó una clase magistral de psiquiatría. Y hoy... he aprendido más sobre Gaudí y Verdaguer en esta hora y media que en toda mi experiencia periodística.

—Bien. Es la hora de comer —advirtió Triadú con su habitual serenidad.

En el comedor no quedaba ni un interno. El hermano miró el reloj.

—Se nos ha hecho muy tarde. Son casi las tres. Lo lamento pero, una vez más, no podré acompañarle en la mesa. Debo trasladarme a uno de los pabellones para atender algunos casos peliagudos... Tendrá que comer usted solo.

El camarero, silencioso como de costumbre, escanció un poco de vino en el vaso y me surtió de un potaje de garbanzos seguido de un rape rebozado con guarnición de pimientos verdes. En la amplitud del salón, tan solo resonaban sus pasos y el rumor de mis cubiertos al rozar el plato de loza. Después de dar buena cuenta del excelente pan de la casa, casi engullí el flan del postre. El día había deparado muchas revelaciones: la carta de Llucià, el jardín invisible de Gaudí y, sobre todo, la solidaria humanidad del hermano Triadú...

Al volver a mi habitación, una nota colgaba de la manilla de la puerta: una señorita llamada Nieves me aguardaba en el vestíbulo.

Las sorpresas se sucedían sin tregua. Pero ahora se aliñaban de esperanza. Nieves, por fin.

14

Recorrí el pasillo como si fuera la carrera de los cien metros lisos. En San Baudilio se percibía un ir y venir de familiares en horas de visita.

Paseé la vista por el atestado vestíbulo hasta que mi mirada topó con la de Nieves. Me sentí confortado. Allí estaba ella, con su cabello pelirrojo recogido castamente debajo de un pañuelo que le daba un aire de campesina. Nada que ver con la arrogante y provocativa vendedora de cigarros del Edén Concert. Nuestros labios esbozaron una sonrisa.

Nieves se levantó como un resorte de la banqueta en la que me aguardaba. Yo di varios pasos al frente y, debido a la velocidad, casi acabamos chocando.

—Disculpa el retraso —le dije.

—¿Has recibido la carta de Antonio? —preguntó ella, expectante.

—Acabo de leerla hace apenas unas horas. Me dice que traes más ropa y dinero...

Nieves no me dejó continuar y me indicó una maleta de piel que descansaba sobre la banqueta.

—En esa maleta lo tienes todo. —A continuación, me metió un sobre en el bolsillo del traje, y, susurrando a mi oído, añadió—: Y en este sobre van unos miles de pesetas...

—Llucià me ha hablado de una casa en la calle Putxet...

—La ha comprado para su esposa —respondió la lotera con un rictus de tristeza.

—Me lo cuenta en la carta. Asegura que es la prueba de su amor, la dote con la que convencer al escéptico y supongo que muy escamado padre de su amada...

—De Josefa... —remató Nieves.

—Eso, de Josefa.

—¿Tienes la dirección del abogado Batanero?

—Lauria, 80; también me lo decía en la carta.

—Estoy muy preocupada, Ángel, digo, Alejandro ¿qué? Ahora no recuerdo el apellido...

—Promio. Es más corto y más fácil. A partir de ahora no olvides que atiendo a ese nombre: Promio. ¿Te lo deletreo?

Nieves hizo una pausa en su tristeza y se rio con ganas.

—¡Desde luego, te fue a caer la cartera de un tío bien raro!

Al alzar la voz llamó la atención de un hermano que charlaba con unos familiares. Volvió la cabeza hacia nosotros e hizo un gesto con la mano para que bajáramos el tono de voz.

—Ven, Nieves, vamos a sentarnos en aquella banqueta. En ese rincón no molestaremos a nadie.

«Si alguien nos viera así...», pensé. Ella con su casto pañuelo susurrando confidencias... Parecíamos una pareja bien avenida, pese a no mantener ninguna relación amorosa.

—Me dices que estás muy preocupada... ¿Por qué?

—Por Martos, ese que decía ser tu amigo y que ahora se te quiere llevar por delante. Se presentó el otro día en el piso y me preguntó si sabía de tu paradero. Lógicamente, le contesté que no. Empuñó la pistola y me encañonó la boca. Yo saqué fuerzas de flaqueza. Le advertí que así no conseguiría nada, que estabas en el extranjero...

—¿Y se conformó con eso?

—Me metió en la habitación y me obligó a desnudarme diciéndome que para mí eso no era esfuerzo... Una vez desnuda, se pasó un buen rato pasándome la pistola por mis partes, mientras acariciaba el gatillo... Cuando se hartó de jugar a introducirme el arma por donde te puedes imaginar, me dijo que, aunque yo no dijera nada, irían a por ti. Que eres un vendido a la patronal, un... Ahora no me acuerdo de la palabra...

—¿Esbirro?

—¡Eso! Un es... birro de la burguesía. Lo has acertado a la primera.

—No tiene ningún mérito. Ese discurso me lo sé de memoria. Es la retórica de los demagogos. Por desgracia, en el sindicato últimamente tenemos demasiados. Y si solo fueran demagogos... Lo peor es que se han convertido en una sarta de asesinos. Por eso me odian y yo los odio a ellos.

Nieves recuperó la firmeza.

—Coméntaselo al señor Batanero... —sugirió.

—Prefiero no pensar en Martos. Me bloquearía. Sigamos el guion de Llucià. Hablaré con el doctor Mallofré, telefonearé a Batanero y mañana me iré de San Baudilio. Luego me instalaré en la casa del Putxet. Con más calma, mientras aguardamos el retorno de su propietario, pensaré en algo.

—Pero Martos va a por ti... —insistió Nieves.

Perdí los nervios y le contesté alzando la voz:

—¡Y qué quieres que haga yo! ¡Si me encuentra y me mata no seré el primero de esta maldita ciudad!

El hermano, que ahora atendía a la familia de un cretino, volvió de nuevo la cabeza con gesto reprobatorio.

Nieves se levantó bruscamente de la banqueta. La pareja bien avenida había dejado de estarlo.

—¡Tienes razón! ¡Por lo visto, te estoy molestando! ¡Te he dicho que Martos me humilló y no has pronunciado ni una palabra de preocupación o consuelo! ¡Tú a lo tuyo! ¡Ya veo que soy una simple recadera de los barrios bajos! ¡Eso me pasa por ocuparme de quien no lo merece! ¡Nunca aprendo la lección! —gritó.

Avergonzado, seguía sin acertar a decir nada sobre su encuentro con Martos. Le cogí el brazo con delicadeza.

—Perdona... Llevo unos días de mucha tensión...

Nieves suavizó su expresión y bajó la voz:

—Será mejor que me vaya. Ya sabes dónde estoy. En cuanto te instales en la casa del Putxet, me avisas. Suerte.

Yo acerqué mis labios a su mejilla, pero ella apartó la cara. Me señaló la maleta y se fue con paso ligero, sin decir palabra.

Al día siguiente, un taxi aguardaba en el vestíbulo de San Baudilio. Mallofré y el hermano Triadú me despidieron.

—¿Ve como a veces se sale bien de un manicomio? —bromeó el doctor—. Usted llegó con las manos en los bolsillos y se va con esta bonita maleta...

Dejando de lado su habitual frialdad, el hermano Triadú me abrazó.

—Tenga mucho cuidado, Promio. Manténgase en contacto con nosotros.

—Si se siente amenazado, ya sabe que aquí siempre dispondrá de un refugio —añadió Mallofré.

—Nunca me sentí más seguro en una casa de locos —respondí con una sonrisa.

Cada vez que paseaba la mirada por el grueso muro que separa el manicomio del pueblo, me convencía más de que este mundo era mucho menos violento que esa sociedad de gente, aparentemente normal, que andaba a tiros por las calles.

Una hora después, el taxi me dejaba ante una casa de ondulante modernismo en la calle Lauria, 80, en el meollo del Ensanche Derecho. No utilicé el ascensor, pues el despacho de Batanero ocupaba el principal: una bella tribuna a modo de pecera con vidrieras multicolores, en el chaflán con la calle Valencia.

Tras presionar dos veces el timbre de la puerta, una señora añosa, cabello rizado y antiparras de lentes redondas, me franqueó la entrada.

—El señor Promio, supongo —deslizó con amabilidad forzada.

—He llamado esta mañana a primera hora...

—El señor Batanero le aguarda en su despacho. Sígame.

El largo pasillo de mosaico policromo estaba flanqueado por diplomas de títulos y congresos de abogacía. Desembocamos en un amplio despacho. El abogado tenía las manos sobre la mesa de caoba y repiqueteaba nerviosamente con los dedos sobre unos documentos.

Batanero hizo ademán de levantarse, pero yo me adelanté a estrecharle la mano. Al sentarse, volvió a manosear aquella documentación.

—Señor Promio, aquí tenemos las escrituras notariales de la casa que el señor Llucià ha adquirido para la que será su esposa. Está situada en el triángulo en cuyo vértice confluyen la calle Putxet, 23, y Cádiz, 11, por lo que cuenta con dos accesos... Lo de las dos entradas agradó mucho al señor Llucià —comentó el abogado con tono de irónica complicidad—. La casa cuenta con un amplio jardín, planta baja y una escalera por la que se accede al primer piso, rematado con un torreón. Como sabe, el Putxet es un barrio en pendiente. Si entra por Putxet, 23, accede por el jardín. Si lo hace por Cádiz, 11, entra en el primer piso, ya que es una calle más elevada.

—¿Y qué hemos de hacer a partir de ahora? —pregunté.

Batanero se repantigó en su silla acolchada de terciopelo.

—Usted no tiene nada que temer. El señor Llucià le profesa un sincero aprecio. Le confieso que, dado su carácter aventurero e individualista, no es hombre proclive a las confianzas.

—Entonces, soy una excepción...

—Lo es, no le quepa duda. Mi cliente quiere que usted escriba su biografía. Supongo que eso no es ninguna novedad, pero lo que le voy a proponer a continuación sí lo es.

Más seguro de mí, correspondí a Batanero con la misma ironía que él me dedicaba:

—Sorpréndame... Proponga...

El abogado abandonó su postura displicente y se acercó a la mesa. Puso los codos sobre el escritorio y adelantó la cabeza.

—Ha de saber, señor Promio, que además de ejercer de letrado del señor Llucià, pertenezco al equipo de asesores jurídicos de don Juan Pich y Pon, supongo que le suena ese nombre...

No pude reprimir una carcajada.

—¿Pich y Pon? El político lerrouxista, presidente de la Cámara de la Propiedad Urbana y propietario de *El Día Gráfico*? ¿El que acaba de inaugurar ese lujoso edificio en la plaza Cataluña que lleva su nombre?

Batanero, un tanto molesto, interrumpió con un gesto mi jocosa perorata.

—Veo que le ha hecho mucha gracia...

—Discúlpeme, señor, pero es que Pich y Pon es una bendición para el periodismo.

—De eso no me cabe duda, sus periódicos son muy populares en Barcelona.

—No me refería a eso —maticé sonriendo—. Me refería a su forma de ser, sus frases tan peculiares...

Batanero se levantó bruscamente del sillón y comenzó a dar vueltas por el despacho mientras pasaba la mano derecha por los lomos del *Aranzadi*, rígidamente alineados en su biblioteca.

—Mal empezamos, señor Promio. ¿Usted quiere cambiar de vida o no?

—Siempre es mejor cambiar de vida que pasar a mejor vida...

—¡Déjese de sofismas! ¡No tengo todo el tiempo para gastarlo con usted! —exclamó el abogado—. ¡Si no quiere cambiar de vida, ahí tiene la puerta!

La seriedad volvió a mi rostro. Me estaba pasando de la raya con tanto sarcasmo.

—Le pido disculpas, señor Batanero. Me temo que no me queda otra opción que cambiar de vida. De seguir con la vida que llevo, acabaré muerto.

El repentino bajón de mi voz impresionó al abogado, que volvió a tomar asiento.

—De acuerdo..., no perdamos los estribos. Usted necesita culminar su cambio de identidad y, me atrevería a decir, de su forma de ver el mundo. No se crea que los anarquistas como usted son santo de mi devoción... Intentaron matarme el año pasado, justo cuando salía de este mismo despacho. Los métodos de su sindicato son cada vez más irracionales... ¿Qué está pasando?

—Convengamos que el gobernador civil también echa gasolina al fuego, pero le doy la razón: los violentos han superado a los moderados. Yo también soy víctima de esa radicalización. Me buscan para matarme.

Batanero me miró con afabilidad.

—Entonces, querido Promio, cambie de vida. Si tiene la bondad de esperarme, nos acercaremos a la casa del Putxet. Está lista para ser habitada. Al señor Pich y Pon le encantará conocerle... Y si, cuando le conozca, pronuncia algunas frases de las suyas, se lo ruego, reprima su risita.

Al cabo de una hora, el Hispano Suiza del abogado se detenía ante una verja. El verde del jardín enmarcaba una casa de estilo novecentista, de la que sobresalía el torreón que me había descrito en su despacho. Batanero extrajo unas gruesas llaves de su cartera de piel, bajó del coche y procedió a abrir la verja. Al penetrar en aquel lujoso recinto, medité sobre lo tornadizo de mi destino. ¿Quién era yo en las postrimerías del año 1921? ¿Adónde había ido a parar? Me disponía a entrar a vivir en la casa de un estafador, precisamente, porque me sentía estafado en los ideales que profesaba desde mi adolescencia callejera.

El abogado interrumpió mi ensimismamiento con un gesto jovial.

—Bonita casa, ¿verdad? ¿Qué le parece, señor Promio? Una elegante residencia... No se podrá quejar de su mecenas...

—¿Mi mecenas? —pregunté como quien despierta de un sueño.

—¡Qué otro mecenas puede haber que el señor Llucià! Mucho debe de confiar en usted para permitir que se acomode en su preciosa torre.

Una vez en el interior de aquella mansión de aire neoclásico pintada en tonos rosa, comprobé lo exacto de las descripciones del abogado. No faltaba ni un detalle.

—Como ya le informé, la casa dispone de planta baja y primer piso. Usted se instalará en la habitación de invitados de la primera planta. Disponga como guste de la estancia. La única dependencia vedada es el torreón, donde el señor Llucià tiene su espacio privado.

—Debe de haber costado mucho dinero...

—No crea. Aunque no lo parezca, estos barrios siguen siendo ajenos a la Barcelona del centro. Quizá de aquí a muchos años cobren valor, pero por el momento siguen siendo el extrarradio, un bello extrarradio. Al señor Llucià le conviene la discreción y, en este aspecto, el Putxet es la zona más adecuada. Además, él ya cuenta con el piso del paseo de Gracia, 64...

—¿Posee más propiedades? —exclamé sorprendido.

—Podría tenerlas, pero... Creo que estoy hablando demasiado. El piso del paseo de Gracia es su, digamos, sede profesional. El señor Llucià quiere invertir en bienes inmobiliarios y salas de cine.

—Le gusta mucho el cine... Algo me dijo —musité mientras recorría con la mirada el vestíbulo de aquella casa que iba a ser mi morada en los siguientes meses.

Batanero alargó su mano con el manojo de llaves.

—Bueno, por ahora ya he cumplido con los encargos de mi cliente.

El abogado se dirigió al teléfono, marcó un número y conversó sucintamente:

—¿Le va bien que pase ahora mismo o prefiere posponer la cita para mañana o el día que usted prefiera? Faltaría más, don Juan. De acuerdo... Si no tiene inconveniente, en media hora lo tiene allí. Muchas gracias. ¡Ah! La documentación que me encomendó pasó por el notario y la recibirá en breve... Allí estaremos.

Yo pensaba que el abogado hablaba con alguno de sus clientes. Pero estaba equivocado.

—Vámonos —me dijo mientras me tocaba el codo.

—¿Adónde? —pregunté escamado.

—Está usted en las nubes, amigo Promio. ¿Dónde va a ser? ¡A la casa de don Juan!

—¿De don Juan?

—¡De don Juan Pich y Pon! ¡A su casa de la plaza Cataluña! Nos espera, mejor dicho, le espera para conocer su currículo... ¡Menudo periodista vamos a fichar!

15

Situada a la vera del hotel Colón, la Casa Pich y Pon era el más moderno edificio de una plaza Cataluña que seguía sin encontrar su personalidad urbana. Coronada por dos templetes, la obra del arquitecto Puig y Cadafalch aderezaba el neoclasicismo con ondulaciones al gusto blandengue de la burguesía enriquecida en la Gran Guerra. Sobre la cúpula de cada templete una grácil figura de Mercurio danzaba con sus alas en los coturnos: el dios de la velocidad.

Batanero se despidió con un toque de claxon.

—¡Que vaya muy bien su conversación con don Juan! ¡Y recuerde: sobre todo, nada de ocurrencias, señor Promio!

Asentí mientras me dirigía como un autómata hacia la puerta principal. Dos columnas sostenían jarrones rebosantes de pétreos frutos, como si alguien hubiera olvidado el capazo de la compra en el alero del portal... Tal abundancia hortícola amenazaba con desplomarse sobre el visitante: reedición tragicómica de aquella manzana que inspiró a Newton la ley de la gravedad.

El conserje confirmó mi identidad y abrió la puerta del ascensor.

—¿El señor Promio? Don Juan le está esperando —me dijo amablemente, al tiempo que presionaba el botón del sexto piso.

El ascensor se detuvo con suavidad. Un mayordomo abrió la puerta de caoba y me dio acceso a un inmenso salón de aires barrocos. En una librería de molduras grandilocuentes se perfilaban con letras de oro las obras maestras de la literatura universal. Me llamó la atención un ejemplar de la *Divina comedia*, pero cuando lo quise hojear, comprobé que no tenía hojas: era una caja de cartón, un Dante de atrezo.

Un carraspeo llamó mi atención. Retorné el falso libro a su lugar de aquella biblioteca decorativa.

Y allí estaba él. Calva reluciente. Traje cruzado. Zapatos de charol e inmaculado pañuelo asomando del bolsillo de la americana azul de rayas anchas. Don Juan Pich y Pon. Uno de los hombres que más me habían divertido, por su forma de hablar atropellada, conocida en los ambientes reporteriles como «piquiponadas». Lo que los americanos llaman un *self made man*. Un electricista analfabeto que había llegado a concejal, alcalde, diputado provincial, presidente de la Cámara Urbana, cabeza «pensante» junto a don Francisco Cambó de la Exposición, y propietario del periódico *El Día Gráfico*... Militante del Partido Republicano Radical de Alejandro Lerroux, su torpeza verbal contrastaba con su mundología: sabía estar siempre en el lugar adecuado y dominar el tráfico de influencias que abona los buenos negocios.

Aunque la guerra del 14 frustró uno de sus grandes proyectos, la Exposición de Industrias Eléctricas, Pich y Pon sacó pingües dividendos de la neutralidad con los que modernizó *El Día Gráfico*, una de las cabeceras más vistosas de la prensa popular barcelonesa.

La recapitulación cesó cuando su protagonista abandonó su hieratismo de estatua romana, cobró vida y me extendió la flácida mano.

—Encantado... señor *Pormio.*

«La primera piquiponada», me dije mientras reprimía la risa.

—Promio, don Juan... Alejandro Promio.

—Eso, Promio, disculpe el error. Tantas cosas en la cabeza... El otro día dije una de *órgano.*

—De órdago...

—Eso, de órdago... Tome asiento, señor Promio. El abogado Batanero, que lleva los asuntos jurídicos de esta casa, le ha recomendado para que pueda ejercer aquí el noble oficio del periodismo. ¿En qué otros diarios ha trabajado?

Un tanto azorado, dejé escapar mi exiguo currículo anarcosindicalista con un hilo de voz:

—Bueno... La *Soli*, *Tierra y Libertad...*

—¡Vaya! ¡Que es usted un poquito *acracio*! Yo también en mi juventud era muy republicano y por eso ayudé a don Ale...

—¿Don Ale?

—¡Alejandro Lerroux! ¡Mi jefe del Partido Radical al que todavía tengo el honor de pertenecer! Mire si soy republicano que al oír cantar la *Marsellesa* se me *erizan los pelos del corazón...* En la Gran Guerra estuve al lado de Francia, pero no me enemisté con quienes apoyaban al káiser de Prusia. No quería que la guerra se reprodujera en Barcelona, que bastantes guerras tiene ya... Recordará aquel discurso mío...

—Ahora mismo, no consigo... —Reprimí de nuevo la risa.

—«¡*Barceloninos*! ¡Aquí no hay *bifias* ni *bofias*; aquí todos somos *hermafroditas*!»

Esta vez, la carcajada brotó como un chorro de agua fresca. «Bifias» por filias, «bofias» por fobias, «hermafroditas» por neutrales... Me encontraba ante una auténtica ametralladora de despropósitos verbales.

—¿Le hace gracia? ¡Pues lo dije muy en serio! ¡Salió en todos los periódicos menos en el mío! ¡Menuda bronca se llevó el redactor jefe! Verá, señor Promio... Yo casi no sé firmar, pero sé hacer mucho dinero, que es lo que interesa. Gracias a la Gran Guerra he comprado una rotativa Winkler que imprime una calidad al huecograbado que ya quisiera *La Vanguardia*.

—Pero usted empezó siendo electricista... ¿Qué vio en la prensa?

Pich y Pon levantó la vista y suspiró cual caballero de la mano en el pecho.

—¡Se lo debo todo a la prensa...! Es mi única fuente de cultura. Me gustaría fundar más diarios, que hubiera un *Día Gráfico* en cada capital de España. Un diario con grandes titulares es un gran diario. Aprovechando la telegrafía sin hilos, podría editarlos para los pasajeros de los barcos españoles que hacen la travesía por el Atlántico... Y, además de la prensa, tengo varios proyectos de gacetas para la próxima Exposición Internacional... En el mundo de la política y la economía aplico siempre mi lema: «El uno hace al otro». Si tú eres político y le puedes echar una mano a otro que es empresario (o viceversa), ya recibirás tu recompensa. Aquí todos somos hermanos *morganáticos*...

Mi cerebro no podía seguir el ritmo de las piquiponadas.

—La Exposición... ¿Cree que es un proyecto factible? —alcancé a decir para no caer en un ominoso silencio.

Don Juan alzó el dedo índice como en uno de sus pintorescos discursos públicos.

—Intuyo en usted, por su ansiedad en conocer noticias, un reportero de raza... Los periodistas vienen a prestar un *vacío* a Barcelona. Yo trabajo para el futuro y me adelanto a las noticias. La idea de la Exposición la tuve en 1909 cuando sus amigos anarquistas, seducidos por aquel iluminado de Ferrer Guardia, andaban quemando iglesias...

—¡Hombre, don Juan! Me parece que su jefe Lerroux tuvo algo que ver en aquel asunto. Pero al final se la cargó Ferrer...

—Bueno, bueno..., eso es agua pasada. Prosigo. Como aquí la energía se hacía con carbón, quise aprovechar los saltos de agua y unirme al entusiasmo del doctor Pearson, el creador de La Canadiense a la que su sindicato le tiene tanta tirria. Como la Exposición de Industrias Eléctricas no pudo realizarse porque toda Europa estaba embarullada en la guerra, el proyecto quedó aplazado hasta que le dimos nueva forma y contenido... Nunca olvidaré el día que contemplé la ciudad desde el Tibidabo. La idea de la Exposición fermentaba en mi mente. Era una mañana de mucho calor, plena *calígula*. Barcelona brillaba como una piedra preciosa... «¡Cuánta propiedad urbana!», exclamé emocionado.

—¿Y esta casa?

—Después de varios años de obras, la acabo de inaugurar. Obra del señor Puig y Cadafalch, arquitecto, prohombre de la Lliga, y sin embargo amigo. Ya sabe que es muy aficionado a las columnas... En Montjuich ha colocado cuatro que parecen de una película de Griffith... Solo falta ir vestido de *radiador romano*...

Aquella peculiar interpretación de las *quatre barres* sonaba subversiva. Pich y Pon era una mina para la semántica...

—Fíjese en estas paredes... ¡Mármol de *carraca*! Las cortinas las acaban de instalar; ahora son más largas, antes quedaban muy *lacónicas*...

Mi cerebro procesaba como podía el diccionario alternativo de don Juan.

—¿Lacónicas? ¿O cortas de medida?

—Eso. Los colores hacen juego con la luz *genital* de la claraboya, que ilumina el comedor... Por cierto, ¿cuál es la sección que más le agrada de mi diario?

—La de los Jueves Cinematográficos está muy bien... Todas esas fotos de Mary Pickford, Douglas Fairbanks, Ramón Novarro, Lillian Gish, John Gilbert, Charlot, Buster Keaton...

Pich y Pon se dio un golpe en el pecho, con ademán orgulloso.

—Fue idea mía. Soy un apasionado del mundo *cinegético*. Cuando veo una película de amor, se me *erizan los pelos del corazón*. En mi finca de Caldetas he instalado un equipo de proyección que me ha costado un *huevo* de la cara. Lo de publicar fotos, que tampoco nos cuesta mucho porque las envían las oficinas de promoción, también fue idea mía. «¡Hay que poner retratos», ordené al redactor jefe, «muchos retratos de las estrellas del *filmamiento*!».

El eslogan de que en Hollywood había «más estrellas que en el cielo» nunca había sido mejor expresado que en esta ocurrencia piquiponiana. Me sentía abrumado... Aquel hombre no tenía freno... Decidí tomar la iniciativa de la conversación. Ir al grano.

—¿Y en qué podría serle más útil?

—Ya ve que en esta casa trabajo no falta... Como yo digo, la gramática y la *aritmática* se conjugan con eficiencia. Ustedes escriben, yo gano dinero. Los periodistas están contentos con sus sueldos y lo reconocen. ¡Por fin se me ha *ajusticiado*! La política se debe llevar a cabo con criterios empresariales. Ya sabe, las tres M: *ministración, ministración, ministración*. Y como ya advertí cuando fui alcalde de esta ciudad, para que las cosas vayan bien hay que ir paso a paso, y lo primero es la A... de *acienda*.

Ante tal cúmulo de atropellos gramaticales, uno no podía hacer otra cosa que controlar sus nervios y rezar para que no se le contagiara el síndrome Pich y Pon. Mi semblante de póquer debió de impresionar a don Juan, porque retornó a la razón de mi presencia en su casa.

—¿Qué le gustaría hacer? —inquirió apoyándose en una de las columnas de mármol de... *carraca*.

—Así, a bote pronto... —Yo medía mis palabras, temeroso de equivocarme como mi interlocutor—. ¡Reportajes! ¡Cine!

—Le ruego el *maximum maximorum* de franqueza. De lo contrario, usted no *aterrizará* nunca... Lo único que le pido, señor Promio, y dados sus orígenes, porque siendo anarquista es usted un pájaro de *Cuenca*..., es que nada de política.

Lo que para Pich y Pon sonaba a prohibición para mí era agua bendita.

—¡Nada de política! ¡Se lo juro! —respondí con entusiasmo. Solo me faltó el saludo militar.

—Veo que nos vamos entendiendo... Si quiere que le sea sincero, aunque esté afiliado al Partido Radical, en el fondo yo soy «piquista».

»Si admite sugerencias, le propongo que empiece a escribir un folletín sobre las andanzas de ese amigo suyo...

—¿Qué amigo? —respondí escamado.

—Sí, hombre... El estafador cliente del abogado Batanero que tiene tantos nombres. El que se fuga de las cárceles y los manicomios...

—¿Llucià?

—Ese mismo... Antonio Llucià. ¿No es usted su secretario o su biógrafo? ¿Acaso cree que me chupo el dedo?

Ante tal afirmación, desaparecieron mis ganas de reír.

—Tanto como secretario... Lo conocí en la Modelo, cuando la huelga de La Canadiense.

Pich y Pon dulcificó su expresión. Se sentía satisfecho.

—Escriba la biografía de Llucià. La publicaremos por entregas, eso gusta mucho a los lectores. Bueno... y si quiere, un poco de política..., pero de la nuestra. Cuando los candidatos de mi partido hagan un *ciclón* de mítines en la *circuncisión* de Barcelona, le pediremos alguna crónica entusiástica... También tengo pendiente la memoria de la Cámara de la Propiedad que presido. La podría escribir usted y la firmo yo.

—Desde luego, don Juan.

—¡Magnífico! Salgamos a la terraza... ¡Menudas vistas! —Pich y Pon parecía aliviado después del acuerdo y paseaba la mirada con la mano bajo la solapa del traje. Un Napoleón de la plaza Cataluña...

—¿A quién me tengo que presentar para empezar mi trabajo? —requerí.

El magnate se me quedó mirando con el mismo hieratismo con el que me recibió. La calva le relucía bajo la luz que él llamaba *genital.*

—De momento, este es un asunto entre usted, yo y el señor Batanero. Usted proponga temas y no se preocupe de nada más. Cada fin de mes recibirá un sobre en su casa. Mi abogado ya tiene todos sus datos. Empezará publicando en pequeñas *diócesis* y sin firmar. Escriba de lo que le plazca y luego ya iremos concretando. La situación política es muy inestable... Esta guerra entre ustedes los anarquistas y la patronal es un *circuito* vicioso...

Antes de estallar en una risotada, encajé de nuevo la mano de aquel Hearst a la barcelonesa.

—¡Totalmente de acuerdo, don Juan! —proclamé.

Envalentonado por mi asentimiento, Pich y Pon dio rienda suelta a sus componendas políticas.

—Como me comenta Puig y Cadafalch, hará falta tomar medidas drásticas contra esta ofensiva revolucionaria. Tal vez una dictadura...

—Pero la dictadura sería caer en la tiranía... Usted es republicano radical...

—Depende del dictador... ¿Ha pensado en don Miguel Primo de Rivera? Mantiene una excelente relación con la burguesía catalana. Además es simpático y saleroso, como buen jerezano.

—Un tirano simpático. Me parece un pobre consuelo.

—Calígula y Nerón eran más tiranos todavía y pasaron a la historia... Aunque para mí, el tirano más famoso fue *Tirano de Bergerac.*

Imposible disimular. Ya no pude reprimir la carcajada. Reí hasta que las lágrimas enrojecieron mis ojos. Pich y Pon me observaba como el padre que ve comer a su hijo con delectación. Complacido, me puso la mano en el hombro.

—Que le veo venir, señor Promio... Esta vez lo he dicho aposta.

Nuestro peculiar magnate me acompañó al ascensor. A los pocos segundos estaba de nuevo en la plaza Cataluña esperando un taxi para volver al Putxet, mi nueva casa.

Justo al salir, se detuvo un auto. Intercambié una mirada con el conductor y este me hizo ademán de estar libre. Detrás de mí, un par de sujetos con gorra de visera me introdujeron en el vehículo a empellones.

—¡Ya lo tenemos! ¡A La Tranquilidad del Paralelo! —ordenaron al taxista.

—¡Lo que digáis, camaradas! —contestó con la complicidad reflejada en el retrovisor.

—Esto frío que notas bajo la manga es una pistola. Al mínimo movimiento que hagas, te dejo frito..., excamarada.

El automóvil frenó frente al café de la CNT más violenta. A aquellas horas, todavía no se percibía la efervescencia revolucionaria. Un retrato de Francisco Ferrer Guardia con cenefas de laurel y el lema de «Viva la Escuela Moderna» presidía el local.

Mis secuestradores se quitaron la gorra. Sus rostros no me resultaban familiares. Me deshice de sus arrumacos dejando claro que ya sabía andar solito. En un rincón de la sala, entre sillas y veladores, me aguardaba Martos.

—Por fin... ¡Cuánto tiempo sin vernos! ¿El señor

estaba de viaje? —preguntó en tono jocoso mientras apartaba la silla.

Me senté. Los de la visera nos dejaron solos y se instalaron en la barra.

—¿Qué va a ser? ¿Vermut, café? —preguntó el camarero, un joven de aspecto inofensivo, con el pelo engominado y peinado con una raya en medio. Desde la barra, una mujer con pinta de matrona iba lavando vasos. En otra de las mesas, un hombre sesentón con visera, chaqueta cruzada, fular floreado y mostacho levantó la copa de Picón y se dirigió a Martos.

—¡Viva la escuela racionalista! —exclamó con voz achispada.

Martos le hizo un gesto de que se fuera a otra parte con sus prédicas.

—Arcadio, déjame con el señor. Ahora no estamos para mítines.

—El anarquista no bebe, ni fuma, ni va a los cafés cantantes en los que se esclaviza a la mujer con el alterne y la prostitución... —peroraba el viejo—. El anarquista estudia, medita...

El camarero de la raya en medio se acercó al predicador.

—Basta, Arcadio. ¿Que el anarquista no bebe? Y eso que llevas en la mano ¿qué es?

—¡Alimento para el espíritu!

—Picón de veinte grados sin sifón, y nada en el buche. ¡Trompa segura!

—Los del Libre mataron a mi hijo... Esos perros de presa de la burguesía explotadora... —El tal Arcadio comenzó a sollozar.

Martos se me quedó mirando, circunspecto.

—¿Oyes a ese hombre? Tus compadres del Libre

asesinaron a su hijo hace apenas dos semanas. Es la primera vez que lo veo borracho... Ese hombre era un anarquista de manual: abstemio, trabajador, amante de la virtud...

—Y otros anarquistas, que parecían abstemios, trabajadores y amantes de la virtud, se han convertido en asesinos. El forense del Clínico no da abasto con las autopsias... —contraataqué.

—Supongo que no estarías entre los que montaron un homenaje a Martínez Anido... Pocos días después lo «agradeció» con su ley de fugas... Supongo, también, que tú no serías el del traje azul de mecánico y gorra gris que se llevó por delante al abogado Layret...

Martos fijó en mí su mirada con prepotencia burlona.

—No, me parece que no..., Angelito. Dicen que el matón del Libre andaba por los veinte años y tú ya estás talludito...

—Cada vez que supones cosas de mí me insultas, Martos. Cuando me enteré del asesinato de Layret, aquel hombre bueno que tantas veces dio la cara por nosotros, quedé conmocionado como cualquier persona decente.

Martos dejó por un momento su tono sarcástico:

—Layret preparaba la defensa de los nuestros... Salió de su despacho de la calle Balmes, 26. Le pegaron siete tiros... Le atendieron en el dispensario de la calle Sepúlveda. Como estaba vivo todavía, lo trasladaron a la clínica del doctor Corachán. Le hicieron una transfusión, pero expiró a las diez de la noche...

El preciso relato de Martos me recordó por un momento nuestros años de complicidades políticas y periodismo. Parecía que el sentimiento era recíproco. Permanecí en silencio, sin replicar.

—Y supongo que sabes que Martínez Anido detuvo a treinta y seis de los nuestros, los metió en el buque Giralda con rumbo al castillo de la Mola de Mahón...

—Algo leí en los diarios...

La indignación y el sarcasmo afloraron en Martos:

—Cuando escuché a Martínez Anido en la rueda de prensa, la mano se me fue a la Star... ¿Sabes qué dijo ese cínico criminal? Que detener a los sindicalistas suponía salvar muchas vidas, y que si lo hubiera hecho con Layret se habría evitado el atentado... Que las pasiones estaban muy encendidas y que eso no era una deportación, sino un «apartamiento del foco de lucha».

—Martínez Anido y vosotros. Vosotros y Martínez Anido... Ellos y su Sindicato Libre, y vosotros y vuestro Sindicato Único...

La ira encendía la mirada de Martos.

—¿Adónde quieres llegar? ¿Por qué osas comparar al movimiento obrero con esa caterva de asesinos a sueldo?

—Porque os une la violencia. Una espiral en la que estáis enredados como las cerezas. Porque llegará un momento en que muchos como tú ya no sabréis ni por qué lucháis. Solo mataréis...

Martos dio un puñetazo en la mesa con la mano izquierda que le quedaba libre. Se escuchó el tintineo de las cucharillas en las tazas.

—¡Además de renegado, cínico! ¡Lo que te faltaba! Ahora te haces llamar Promio..., ¿verdad, Angelito? Te rasuraste la barba, has cambiado tus gafas de nihilista ruso por otras de carey burgués, vistes trajes de cheviot, buenos zapatos y tu cabello, antes desordenado, ya se peina hacia atrás con brillantina... Todo un burguesito. ¿A quién chuleas? ¿A esa puta pelirroja y estafadora que dice que vende tabaco?

Al constatar que la pista de Martos era errónea, decidí seguirle la corriente.

—Uno está en edad de merecer y hay que aprovechar cuando una mujer se prenda de uno —ironicé—. Otra cosa muy diferente es cuando uno fuerza a una mujer metiéndole la pistola en el coño...

A Martos no le hizo ninguna gracia el comentario. Por debajo de la mesa noté la presión de la Star. Su voz era un susurro amenazador:

—Si no fueras un macarra impotente, te asaba los cojones... Basta de comedia, Angelito o Promio... Te vas pareciendo a tu amigo, el estafador de los mil nombres... Te voy a hacer una oferta para ayudar a tu redención... Te hemos visto bajar de un Hispano Suiza y meterte en la Casa Pich y Pon. A ese ricachón analfabeto y especulador le vamos a dar un paseo un día de estos, y, si no financia nuestra caja de resistencia, igual le aplicamos la medicina de sus amigotes, una ley de fugas como Dios manda.

—Como Dios manda... Pero ¿creéis en Dios? ¡Vaya sorpresa!

—Una forma de hablar como otra, reducto de la asquerosa educación clerical que padecimos.

—¿Y yo qué pinto en todo eso?

—¿Qué tramabas con Pich y Pon?

—Buscaba trabajo. Quiero cambiar de vida. No os molestaré, ni os delataré. Quiero alejarme de todo esto. Cultivar mi verdadera vocación, la literatura.

—No es momento para novelitas rosas, Angelito Promio. Déjate de ficciones y aborda la realidad, que para eso eres, o eras, reportero social. Es el momento de poner toda la carne en el asador. Si seguimos presionando, vamos a la revolución, como en Rusia. Nos cargamos la monarquía y al ejército opresor. Liquidamos a los oligarcas y quemamos las iglesias que quedaron pendientes en la Semana Trágica...

—Estáis locos. Vosotros sí que vivís en una ficción...

—La violencia es la partera de la historia —repuso Martos dibujando una sonrisa maléfica.

—Te recuerdo, camarada, que esa frase es de Marx, inspirador del bolchevismo, y no de Bakunin. No sé si sabes que Pestaña propone que la CNT salga de la Tercera Internacional porque lo de la URSS es una dictadura del hambre...

—A mí Pestaña me la sopla..., y Seguí todavía más. Y tú eras de su cofradía y mira cómo has acabado: escritorzuelo por entregas en *El Día Gráfico*...

—Si sacas tu pistola de mi entrepierna estaremos mejor... Ahora parecemos dos maricones haciendo manitas debajo de la mesa. ¿Qué me decías de una proposición?

Martos volvió a sonreír, esta vez más relajado.

—Muy fácil. Redímete. Facilítanos un informe completo del día a día de Pich y Pon: horarios de entrada y salida, vigilancia de su casa de plaza Cataluña, cuándo va a su torre de Caldetas...

No me quedaba otra que aplacar a Martos con una vaga promesa.

—Veré lo que puedo hacer...

—Pero no tenemos todo el tiempo del mundo, Angelito. La guerra con los del Libre está en su cénit. El Somatén ya desfila por el paseo de Gracia: cuarenta mil esbirros con máuseres bien engrasados. Nadie sabe nada de esta operación... Queda entre tú y yo. En cuanto nos des luz verde, actuamos y te dejamos en paz. Será tu último servicio a una causa a la que has deshonrado. Pero si en el plazo de un mes no tengo noticias tuyas, la ley de fugas te la aplicamos a ti. ¿Entendido?

—Entendido.

—Ya te puedes ir.

Cuando me levanté de la silla los dos sujetos de la visera dejaron sus taburetes de la barra y se acercaron peligrosamente, hasta que una orden de Martos les disuadió.

—¡Dejadlo en paz! ¡Ya hemos hablado lo que teníamos que hablar!

En el Paralelo comenzaban a brillar las luces de los teatros y cabarés. El Arnau, el Apolo, el Español, el Trianón... Pensé en el ambiente del Edén Concert y su *pastera*, el tapiz verde sobre el que volaban los naipes y los billetes de mil.

La última cosa que me apetecía era entrar en uno de aquellos locales. Un taxi dejaba a unos burgueses frente al Molino Rojo. Me subí con la esperanza de que no fuera el mismo de antes.

—Buenas tardes, Putxet, 23.

—Eso está al final de la calle Balmes... —dijo el conductor.

—Pues ahí vamos.

Al poco rato estaba ante la que iba a ser mi residencia. Rodeada de un extenso jardín con un bosque de árboles del que sobresalían tres airosas palmeras, la casa de Llucià lucía una fachada de tonos salmón, rematada con un torreón. En la verja que daba acceso al recinto, entre arabescos de hierro forjado, destacaban las iniciales «JS» que coincidían, sin atisbo de duda, con las de la esposa de Llucià, Josefa Sucarana. Hasta en eso había sido cuidadoso, pensé, para demostrar la sinceridad de su promesa matrimonial. En efecto, la casa estaba a nombre de Josefa y eso quedaba patente en la puerta de entrada.

Accedí al amplio vestíbulo y recorrí embobado las dependencias de la casa; luego salí por la parte posterior, que daba a la calle Cádiz: una estrecha y empinada calle de escaso tránsito, ideal para quien quiere darle esquinazo a una visita, digamos, inesperada o inoportuna.

La vegetación y los árboles, como sucedía en el acceso de Putxet, configuraban un manto verde que protegía la mansión de miradas indiscretas. Aunque más pequeña y recoleta, la entrada posterior contaba asimismo con una puerta de hierro forjado del mismo estilo que la principal, rematada también con las letras «JS».

Descendí por la calle Cádiz hasta la puerta principal junto al muro de piedra que protegía la propiedad y del que asomaba una fuente.

Ya en mi habitación, coloqué mis cosas en un armario de doble luna y acaricié la colcha adamascada de una cama de estilo napoleónico. Al acomodar mis pantalones en el galán de noche escruté mi rostro reflejado en el óvalo del espejo, al igual que hice en San Baudilio. Recapitulé en voz alta algunos datos de mi nueva identidad:

—Alejandro Promio, ese eres tú. Biógrafo, secretario y huésped de Antonio Llucià, aquel desconocido con pinta de señorito, que ha hecho de la estafa la más bella de las artes, al que conociste en una celda de la Modelo cuando todavía eras un enemigo acérrimo del capitalismo. Mira a tu alrededor: el lujo que te rodea en una casa ajena.

Abrumado por las paradojas de mi existencia, me tumbé en la cama con los zapatos puestos. Fijé la mirada en las molduras del techo para no enfrentarme otra vez a mi faz del espejo.

16

La llegada de Llucià al caserón del Putxet me sorprendió tecleando en la Underwood toda la información que había recabado sobre su persona. El ruido de la puerta me empujó a buscar refugio en alguna de las habitaciones de la espaciosa casa. Me sentí aliviado al escuchar la conversación relajada entre un hombre y una mujer.

—¿Te gusta cómo han decorado el recibidor, Josefa?

Ese era Llucià. La voz femenina sonaba muy dulce, pero no alcancé a descifrar la respuesta. Bajé las escaleras con decisión.

—¡Señor Llucià...!

Mi anfitrión dejó caer pesadamente el equipaje. Era el Llucià que yo conocí en la cárcel. Sombrero de paja, bigote recortado, traje de franela inglesa, camisa blanca de finas rayas, corbata oscura, puños con gemelos de oro... Avanzó con paso firme y me estrechó en un aparatoso abrazo.

—Me alegro mucho de verle. Mi abogado ya me tenía al corriente de sus pasos en Barcelona. Sabía que ya se había instalado... ¡Sí que ha tardado en salir a recibirnos!

—Más que nada, por si no eran ustedes... El instinto de conservación, ya sabe —ironicé.

Llucià asintió con gesto cómplice, se volvió hacia su esposa y la atrajo hacia sí tomándola del brazo.

—Josefa, este es Alejandro Promio, el escritor y reportero del que tanto te he hablado.

Ante mí apareció una joven de cuerpo menudo, tez muy blanca y cabellos negros como sus ojos. Llevaba un sencillo sombrero adornado con una cinta rosa. De aspecto tímido, me tendió una mano tan lánguida que parecía que iba a desplomarse sobre el suelo. Al despojarse del abrigo descubrió un vestido verde botella del que pendía un collar dorado con un diseño en forma de rombo. Me fijé en su abultada cintura; estaba embarazada.

—Encantada de conocerle, señor.

Llucià colgó su sombrero y el gabán en el perchero.

—Si no le importa, le mostraré la casa a Josefa y dentro de un rato nos vemos en el salón... Tenemos mucho de que hablar.

—Desde luego, subo un momento a mi habitación y acabo una cuartilla a máquina.

Al cabo de un cuarto de hora, estaba frente a un Llucià recostado, cual buen burgués, en su sillón orejero.

—Josefa está muy embarazada y hemos anticipado nuestro viaje a Barcelona... Aunque la verdad es que hemos tenido una temporada agitada en la vecina Francia.

—¿Agitada en qué sentido?

—Mis encontronazos con los bancos. La gendarmería ha dictado busca y captura.

Al oír a Llucià no pude disimular mi desazón:

—¿Otra vez, señor Llucià? Creía que había acabado con esos asuntos...

Llucià se rascó nerviosamente el lunar de la mejilla izquierda.

—¿Y qué quiere que le haga? Necesitaba recursos... ¿Cómo cree que he pagado esta confortable mansión? Batanero la ha registrado a nombre de Josefa.

—Y de su fuga de San Baudilio, ¿qué me dice? Pasé unos días allí y no es tan terrible. El doctor Mallofré, el hermano Triadú... Dos excelentes personas. ¿No le da vergüenza haber abusado de su confianza?

La expresión de Llucià se ensombreció.

—¡No se precipite, amigo Promio! Usted era un invitado y yo, un interno. No confundamos los papeles. Al invitado se le trata bien y el interno tiene la obligación de intentar escapar, precisamente, porque no le han invitado. Mallofré y Triadú, entre otros, no eran mis anfitriones, sino mis guardianes.

El reloj de pared daba las cuatro de una tarde nublada de otoño.

—Si he de ser su biógrafo, o su secretario, o lo que sea, debo estar al corriente de lo que pasa por su cabeza.

Llucià levantó los brazos como si se rindiera ante mi propuesta.

—Le comprendo. Con usted seré tan sincero como me sea posible. Pero no pretenda que hable bien de un psiquiatra que escribió en mi expediente que era un «idiota moral».

—Dejemos el psiquiatra al margen y centrémonos en lo que usted hizo o dijo para acabar en San Baudilio. Vayamos a la cárcel de Cervera.

Llucià se pasó la mano por la frente. Se rascó la oreja. Parecía sentirse cómodo.

—Así me gusta, señor reportero. Preguntas incisivas. Aunque no lo confunda con un interrogatorio policial... No le he dicho que Josefa es maestra. Por las tardes enseñaba a escribir a varios presos en la biblioteca. Cuando la vi por primera vez, su sencillez me cautivó. Siempre he conocido a mujeres de cierta alcurnia, movido por una estrategia, digamos, comercial. En cuanto tuve ocasión me acerqué a ella y le dije que quería asistir a sus clases.

—Pero usted no tiene ninguna pinta de analfabeto...

—Ella me contestó que lo consultaría con su padre y, a los pocos días, nos concedieron el permiso. Cuando escribí mi primer dictado y Josefa observó la perfección de mi letra, me miró fijamente y sus mejillas se ruborizaron. Desde entonces, continué perseverando en mi aparente incultura y la solícita maestra colaboró en la componenda. Al cabo de una semana le confesé que estaba enamorado, mientras ella recitaba las preposiciones. De la preposición habíamos pasado a la proposición... La gramática del amor inspiró toda clase de frases en clave para vernos a solas. De forma inesperada, conté con la colaboración de mi suegra, la señora Portella.

La dulce voz de Josefa se escuchó al fondo del salón. Vino hacia nosotros.

—¿Le estás contando lo nuestro? —preguntó mientras acariciaba la nuca de su marido.

Llucià volvió la cara y le hizo un gesto con la cabeza para que se sentara. Josefa se acomodó en la punta del diván, entre los dos sillones. Se sumó a la conversación.

—Si mantiene algún recelo hacia Antonio, yo le diré que estaba oyendo lo que le contaba y que es rigurosamente cierto. Reconozco que no es un hombre propenso a la sinceridad, pero a usted le considera digno de su total confianza.

La voz serena de aquella mujer me confortó. Su aspecto austero le confería un halo de seguridad afectuosa, precisamente lo que tal vez necesitaba Llucià.

Retomé la palabra:

—Me estaba hablando de su suegra...

Llucià y su esposa rompieron a hablar al unísono:

—Mi madre...

—Su madre...

Sonrieron.

Él alargó el brazo y acarició la mano de Josefa en un gesto de darle la palabra. Ella se enderezó y apoyó las manos sobre el regazo. Habló con decisión:

—Le había contado lo nuestro a mi madre. Si se lo hubiera dicho a mi padre, yo creo que mete a Antonio incomunicado en una de las celdas... Mi madre me preguntó si estaba segura de la sinceridad de su amor, habida cuenta de sus antecedentes. Me dijo que intercedería ante mi padre. El resultado era previsible... Como director de la prisión, se negó en redondo.

Llucià tomó el relevo del relato.

—Josefa me pidió que hablara con su padre. Creo que fue una de mis negociaciones más arduas... Hube de utilizar todas mis artes dialécticas, pero al final logré convencerle. Le di mi palabra de honor: demostraría mis sentimientos por Josefa en la forma en la que él estimara oportuna. Fue entonces cuando le propuse aportar una propiedad inmobiliaria a modo de dote.

—Y el traslado a San Baudilio, ¿cómo se explica?

Llucià estiró sus piernas, relajado.

—Muy fácil. Para no comprometer al director de la cárcel. No podía escaparme de Cervera como hice en

Avilés y dejarlo en evidencia. Es más, si se sabía de mi relación con su hija podía deducirse que él había colaborado en la fuga y dilapidar toda su reputación como funcionario de prisiones. Lo de recabar un informe psiquiátrico fue una idea de mi suegra que yo acepté sin dudar un momento. El resto de la historia ya lo conoce.

—No vaya tan rápido, Llucià. ¿Cómo transcurrió su estancia en San Baudilio?

Mi mecenas pareció incómodo por la referencia.

—Pensaba que ya le habían informado sus anfitriones —terció quejoso—. Nada del otro jueves. Matar el tiempo en la habitación que usted ocupó después, pegar la hebra con otros internos que seguían como hipnotizados mis historias, hacer encargos a mi abogado y a Nieves... Alguna charla con el Maestro...

—¿Se refiere a Gaudí?

—Le supongo enterado de las frecuentes visitas del arquitecto a San Baudilio... Admiro su obra y me interesé por sus trabajos en la Sagrada Familia. Es fascinante: quizá sea el único hombre santo en esta ciudad de criminales... Él y un grandullón.

—¿Dostoievski? —inquirí intrigado.

Llucià puso cara de sorpresa.

—Un gigante con melenas y barba, mezcla de Rasputín y Tolstói que trabajaba en el pabellón más siniestro del sanatorio. No sé si tuvo oportunidad de conocerle...

Me vino a la memoria la visita que hice junto al doctor Mallofré. Aquel hombre grandullón y pacífico que trataba a los dementes como seres humanos.

—El hermano Francisco... Lo de Dostoievski se lo puse yo, me recordaba a los personajes del escritor ruso.

Llucià asintió.

—Me pareció una especie de ácrata cristiano. Pese a su rudo aspecto, un alma de Dios. Ayudaba en todo lo que se le necesitaba de forma voluntaria, sin pedir nada a cambio. La verdad es que siento admiración por alguien que yo nunca podré llegar a ser.

Se hizo un silencio, mientras caía la tarde. Las penumbras se apoderaron del salón. Josefa se acercó al interruptor y dio la luz. Yo volví a la carga:

—¿Y de qué hablaba con Gaudí?

—No creo que resulte interesante...

—Hemos convenido que seríamos sinceros. —Josefa dirigió a su marido una mirada afable.

—Está bien —concedió Llucià—. Conversábamos sobre el impreciso límite entre el genio y la locura. No sé si usted sabe, dilecto reportero, que el primer contacto de Gaudí con San Baudilio fue a raíz del caso Verdaguer.

—Conozco ese episodio a través del hermano Triadú.

Al oír el nombre de Triadú, Llucià volvió a la defensiva:

—Pues entonces no hace falta que me extienda sobre el particular. Concluyendo: que hice buenas migas con el arquitecto y ese que usted llama Dostoievski.

—¿Y cómo se fugó de San Baudilio?

Llucià soltó una carcajada y se dio una palmada en la pierna derecha.

—¡Ahora sí que me ha sorprendido, señor reportero! ¡Me parece que con tanto tiempo sin escribir en la prensa ha perdido reflejos! ¡Pues por la puerta...! El manicomio dispone de un cinematógrafo y yo me ofrecí a ayudar en la organización de las sesiones dominicales a las que asisten los internos inofensivos y la gente del pueblo. Fue muy fácil: cuando acabó la proyección de una película de Lillian Gish (*Lirios rotos*, del gran Griffith), salí tranquilamente del recinto mezclado entre los espectadores y comentando escenas del filme con dos respetables ancianas. ¿Conoce el argumento?

No pude menos que reír con ganas.

—Me parece que es de un chino que maltrata a una jovencita... Es innegable que tiene usted estilo... Estilo y cachaza.

Animado por mi piropo, Llucià imprimió velocidad a su relato:

—Luego tomé un taxi que me llevó hasta la frontera y, desde allí, el tren a París. Al cabo de unos meses me encontré con Josefa en Pau, País Vasco francés, y nos casamos por lo civil.

—¿Y qué hizo en París para que la gendarmería haya dictado busca y captura?

Llucià volvió a sentirse incómodo.

—Negocios. Ya hablaremos en otro momento. —Se le veía ansioso por cambiar de tema—. ¿Qué le pareció el señor Pich y Pon? Mi abogado forma parte de su equipo de colaboradores... ¡Se divertirá en *El Día Gráfico*!

—Creo que es más divertido hablar con su propietario... Pich y Pon me propuso que escribiera sobre usted, aunque preferiría que volviéramos a sus «hazañas» de París...

Llucià se levantó del sillón, un tanto molesto por mi insistencia.

—Llevamos demasiado rato de cháchara y tengo la garganta seca. Todo a su debido momento —zanjó—. Le voy a pedir un reportaje gráfico..., señor reportero. —Llucià extrajo una cámara de fotografía y un trípode plegable de uno de sus baúles Louis Vuitton. La exhibió con una sonrisa maliciosa—. Además de escribir... ¿domina el arte de la placa? Me gustaría que nos hiciera unas fotos.

—Por supuesto... —respondí.

La primera foto la tomé en el despacho de la casa. Josefa se sentó ante el escritorio. Llucià se puso tras ella y apoyó las manos en la mesa donde descansaban las escrituras de propiedad. Josefa leyó en voz alta la documentación que corroboraba que era la dueña de la casa.

Una vez captada la imagen y tras el fogonazo del flash de magnesio, Llucià alzó la vista hacia mí.

—Estas fotos se las enviaremos a los padres de Josefa: que constaten que estamos bien instalados, mejor avenidos y que he cumplido mi palabra. Ahora vamos al jardín. Esta luz es la idónea para las imágenes al aire libre.

El siguiente «cuadro» o representación mostraba a Llucià con aspecto relajado en una silla balancín: piernas cruzadas, sombrero de paja y cabeza alzada. Josefa, de pie junto a él, lo miraba a los ojos con arrobo: la mano izquierda acariciándole la nuca y la derecha sobre el hombro de su marido. Junto a ella, el peludo tronco de una palmera y, de fondo, un seto frondoso. El vivo retrato de la felicidad conyugal. En otra de las fotos, la pareja se situó junto a la puerta de entrada. Esta vez, Llucià aparecía sentado en la escalera y Josefa pegada a la pared de la fachada; con el brazo izquierdo extendido y la mano rozando una planta que trepaba por el muro.

No faltó tampoco la imagen de la puerta de hierro forjado con las iniciales «JS». Otra prueba para la familia política, colegí.

Caía la noche cuando Llucià me llamó a su despacho.

—Josefa ya se ha ido a la cama. Debe dormir muchas horas por su avanzado estado de gestación. Si antes respondí con evasivas cuando usted indagó sobre mi vida en París fue porque ella estaba presente. Le dije que ya hablaríamos en otro momento, y ese momento ha llegado. Tome asiento.

—Soy todo oídos... —La repentina locuacidad de mi anfitrión me complacía.

El semblante de Llucià se dulcificó.

—¿Recuerda cuando nos conocimos en la Modelo? Después de proponerle que escribiera mi biografía, creí que me había precipitado, pero ahora estoy seguro de que es una de las mejores decisiones que he tomado en mi vida.

—Me halaga... —respondí con una sonrisa—. El señor Pich y Pon también planteó la posibilidad de una novela sobre su vida por entregas, aunque con nombres ficticios...

Llucià se repantigó en la silla de su escritorio. Tras su apremiante llamada, ahora se le veía más tranquilo.

—Yo soy una novela que anda. Y no me gustaría que mis aventuras cayeran en el olvido cuando me vaya de este mundo. Tengo una vida inquieta y sensacional. Estoy más cerca de la inteligencia deductiva de Conan Doyle que de ese «as de los estafadores» que asombra a la opinión pública. Amigo Promio, estafar no tiene mérito... ¡No hay nada más sencillo! Basta con excitar la avaricia de la gente y, especialmente, de los banqueros...

—¿Los banqueros? —le interrumpí—. Yo los odio tanto como usted, pero mi inquina proviene de mis orígenes humildes y mi formación libertaria. En cambio... ¿un burgués como usted? —objeté.

El semblante de Llucià se tornó sombrío. Enderezó

su cuerpo en la silla, puso los codos sobre la mesa y me taladró con los ojos brillantes.

—Me parece que ya se lo advertí... Usted debía haberlo anotado con letras mayúsculas. Con los banqueros tengo una cuenta pendiente. Mi padre se arruinó por culpa de una quiebra financiera... Le empujaron a invertir en unos valores que eran papel mojado y ahora yo, con mis cheques falsos, no hago otra cosa que cobrarme esa deuda que mató a mi padre y recuperar, al cabo de los años, los intereses capitalizados.

—Estafando... —repliqué con énfasis.

Llucià dibujó una mueca sardónica. La mortecina luz del crepúsculo otoñal componía un rostro inquietante.

—Más que estafas, digamos que lo que yo hago son pelotazos bursátiles. No crea que siempre gano... A veces la jugada no sale bien y pierdo... la libertad. Aunque si uno tiene dinero resulta más fácil burlar a la justicia. De ahí mi desprecio hacia los abogados y los peritos judiciales. Me conozco muy bien sus manejos y cómo untarlos para que el veredicto no me sea demasiado adverso. Es más fácil dar un brinco sobre el Código Penal que saltar el muro de un manicomio... ¡Y eso que en esas acrobacias tengo cierta práctica!

—O una gran formación sobre psiquiatría... Usted cursó Medicina y a su llegada le vi acarreando libros al torreón.

Llucià se echó de nuevo hacia atrás, recostándose en el respaldo de su sillón giratorio que movía a derecha e izquierda con una extraña agitación.

—Aunque me finja loco y ese doctor Mallofré que a usted le cae tan simpático me tilde de «idiota moral», de loco no tengo un pelo. Otra cosa es que me interese hacerme pasar por loco. Fui un niño hiperactivo y superdotado que no paraba de hacer travesuras... Por eso en Capellades ya me llamaban «el loco de Cal Cansat».

—¿Alguna vez le han endosado una camisa de fuerza?

—Me parece que no le expliqué que durante mi estancia en La Habana fue la primera vez que evité el penal haciéndome el lerdo.

—Desconocía ese dato.

—Todo fue culpa de un negocio que salió mal. Me ingresaron en un psiquiátrico que se llama La Purísima Concepción. Pese al nombrecito, aquello era un infierno del que era muy difícil retornar. Casi siempre me escapo de los sitios ganándome primero la confianza de mis cancerberos, pero allí no logré controlar los nervios, me puse muy furioso y me endilgaron la camisa de fuerza... ¡A mí, que siempre visto camisas a medida!

—Pero consiguió fugarse...

—Lo hice después de ingeniármelas para que me la quitaran. Con los brazos libres uno va más a gusto. Soy capaz de modular mi carácter hasta extremos inimaginables. ¡Figúrese si poseo el dominio de mi persona! ¡Todo lo contrario que un pobre loco! Yo soy un aventurero...

—Estafador —volví a recalcar.

Llucià no dio importancia a mi epíteto. Su relato se iba pareciendo a un discurso enfebrecido que ganaba aliento épico en cada frase.

—Llámeme estafador, pero nunca tendrá ocasión de escribir una historia mejor que la mía en materia aventurera... Usted no sabe lo que es correr mundo, dormir cada noche en una ciudad diferente, registrarse en los hoteles con nombre falso, hacer negocios para mantener esta vida de maravillas. Ser pobre, rico, millonario, multimillonario y divertirse mucho más que Ford o Rockefeller. Mi pasaporte andorrano está sellado por todas las comisarías de Europa y América. No he tenido tiempo todavía de llegar al polo porque allí todos los bancos que hay son de hielo y en los iglúes no encuentras cuentas corrientes... Me muevo como pez en el agua en la sociedad del dinero y las mujeres bellas: Montecarlo, Cannes, Niza, Dieppe, San Sebastián, Mar del Plata, Miami, Karlsbad, Tokio...

Puse cara de extrañeza.

—No acabo de creerme que haya estado en todos esos sitios.

Llucià me señaló con el índice.

—Puede creérselo, Promio. Yo me he comido con gran jolgorio cincuenta mil francos que estafé a nombre del conde de Romanones; he veraneado a la salud del eminente Juan Vázquez de Mella, y se me han abierto muchas puertas cuando aseguraba que era familia del rey Alfonso XIII. Conozco tanto la Bolsa... que por eso ya no juego. Espero que lo hagan otros y, si ganan, yo les vacío los bolsillos con la misma facilidad que ellos hacen fortuna arruinando a muchas honradas familias. Me he casado varias veces, como sabe, pero solo tiene validez mi enlace con Josefa.

La perorata me había desbordado. Ahora era yo quien tenía ganas de acabar la conversación.

—Mucho hablar... pero al final no me ha «ilustrado» sobre sus últimas andanzas en París.

Llucià pareció serenarse. Bajó notablemente el tono de voz:

—Tiene razón. Mañana se pasará por aquí mi abogado, el señor Batanero; me gustaría que usted estuviese presente en la reunión. Siempre que, como en los consejos de ministros, mantenga la debida confidencialidad sobre lo que hablemos.

Ahora se le veía de nuevo preocupado.

—Lo de París pinta mal, deduzco...

Llucià se mostraba cada vez más circunspecto.

—Le adelantaré alguno de los contenidos de la reunión de mañana. Todo comenzó en la rue de la Paix. Un collar en el escaparate de una de las mejores joyerías de París. Entre él y yo no había tan solo la vidriera y la rejilla protectora, sino el Código Penal y la gendarmería francesa. ¿Cómo podría hacerme con aquella maravilla? Al día siguiente, después de salir de la Banca Morgan, reparé en que enfrente de mí tenía el hotel Ritz. Pocas horas después descendía frente al vestíbulo en un lujoso coche de alquiler. Al conserje le faltó tiempo para recoger mis baúles Louis Vuitton y una preciosa bolsa de los almacenes Harrods de Londres.

»Esta vez me inscribí como Antonio Caamaño de Bobadilla, marqués de Bobadilla, un nombre al que le tengo cariño porque me recuerda mi matrimonio con Adelaida en la iglesia de Belén... Me alojé en una habitación del principal, donde se hallan las mejores suites. Pedí dos habitaciones comunicadas entre sí porque de un momento a otro llegaría mi hermano.

Lo que Llucià me contaba parecía una película de enredos aristocráticos a lo Ernst Lubitsch.

—Pero... ¿qué pretendía? —pregunté de nuevo interesado.

—Tenga un poco de paciencia, que todo llega... —repuso Llucià satisfecho por recuperar mi atención.

»Me pasé una semana disfrutando de las noches de París... Durante el día permanecía encerrado en mis aposentos, como si me hallara enfrascado en una tarea ingente que exigía total concentración. Pagaba religiosamente los gastos del hotel y dispensaba a los camareros generosas propinas. Desde el balcón observaba con delectación la joyería en la que me esperaba la joya maravillosa. Ataviado con mis mejores galas y un abrigo de pieles entré en el establecimiento y pedí que me enseñaran el collar. El dependiente destacó su perfecto diseño y los quilates de oro mientras yo lo examinaba con aire displicente. Al final, como si comprara una fruslería, y después de un somero cálculo del cambio de pesetas a francos, ordené que me hicieran llegar la alhaja al hotel Ritz sobre las siete de la tarde y que les haría efectivo el pago en metálico cuando me la entregaran... El reloj marcaba las siete cuando el amo de la joyería y el dependiente se personaron en mi suite. Les invité a tomar asiento en el recibidor. Abrí la caja, examiné el collar, di mi aceptación y lo introduje en la caja de seguridad. Les pedí que aguardaran un momento porque iba a buscar el dinero a la otra habitación. Fue muy fácil: atravesar la puerta de comunicación, recoger el collar de la caja (ya la había agujereado días antes para tal menester) y deslizarme por el pasillo embozado en mi abrigo y con el sombrero hasta las cejas.

—¿Y consiguió salir de allí?

Llucià soltó una sonora carcajada.

—El joyero y su dependiente debían de confiar mucho en mí... ¡Se esperaron sentados más de media hora! El tiempo justo para tomar un taxi a la estación de Austerlitz... Cuando descubrieron la jugarreta y me denunciaron en la gendarmería, yo viajaba en un vagón de primera con rumbo a España... Me había afeitado el bigote y mi cabello había mutado su tono pajizo en negro azabache merced a un tinte prodigioso. El Caamaño del Ritz ya no existía porque es solo uno de la treintena de nombres que adornan mi existencia aventurera.

—¿Y qué hizo con el collar? ¿Un regalo de boda para Josefa?

—Lo vendí por una buena suma de dinero. Mis trabajos por la vecina Francia me han reportado tres millones largos de francos.

—¿«Amasados» como Caamaño?

Llucià se levantó de la silla y apoyó las manos sobre la mesa.

—Caamaño, al igual que Portolés, están amortizados. Ahora prefiero llamarme Mario Pickman.

—¡Ah, sí! Mario Pickman. Si existía un Portolés..., ¿existe un Pickman? —Uno ya no sabía a qué atenerse con tantos nombres.

Llucià sonrió como un niño travieso mientras yo intentaba refrescar la memoria.

—¿No conoce mi afición por el cine? ¡Y usted se hace llamar Promio, un pionero del séptimo arte! ¡Investigue, que para eso es reportero! Creo que he hablado lo suficiente, incluso demasiado. Si seguimos así, mañana no tendremos tema con el abogado.

En el reloj de pared sonaban las doce en punto.

Después de una noche dominada por el sueño recurrente de las aventuras de Llucià, a las nueve de la mañana estaba de nuevo con él y su abogado, el señor Batanero, en torno a una mesa con cruasanes y humeante café.

El abogado me tendió la mano con su habitual gesto de superioridad: me preguntó si tenía ya algún reportaje para publicar en el diario de don Pich y Pon.

Llucià intercedió por mí:

—Letrado, estos días he tenido al señor Promio muy ocupado en asuntos particulares. Pero vamos al grano. ¿Cómo están las cosas?

—Mal, bastante mal. Hay una orden de busca y captura contra Mario Pickman. Creo que en París te pasaste de la raya, amigo, y ahora estamos en un *cul-de-sac*. Llegaste en agosto y un mes después ya te buscaban.

Llucià intentó mantener la calma y me miró de reojo.

—Debe de ser por lo del collar... ¡Hay que ganar tiempo, Josefa está a punto de dar a luz!

Batanero se mostró pesimista:

—Todo depende del intercambio de información entre la gendarmería francesa y la policía española, pero tarde o temprano alguien llamará a esta puerta. Lo mejor sería que te perdieras por un plazo de tiempo razonable.

Llucià se levantó de su asiento, caminó con energía por el despacho y volvió a sentarse.

—No pienso marcharme ahora. Quiero estar presente cuando nazca mi hijo. ¡Me quedo en Barcelona!

17

El 15 de octubre de 1921, Antonio Llucià fue padre de una niña a la que puso de nombre Emma. Josefa fue atendida por una comadrona en la casa del Putxet y su esposo la acompañó el tiempo de convalecencia justo antes de salir pitando para emprender un viaje que, como otras ocasiones, calificó de «urgente», sin más explicaciones. El abogado Batanero había pasado varias veces por la casa para urgir a Llucià a que pusiera tierra de por medio; por mi parte, comencé a escribir un folletín basado en las vivencias de mi anfitrión que se publicaría por entregas en *El Día Gráfico*, según el compromiso adquirido con Pich y Pon.

Josefa asistió con desazón a la enésima desaparición de su esposo. Recostada en el diván del salón junto a la cunita de Emma, intentaba olvidar los turbulentos quehaceres del padre de su hija indagando sobre mi pasado.

Demacrada y con los ojos puestos en el reloj de pared, como si esperara de un momento a otro el retorno de su marido, Josefa pasó de la conversación amable a un interrogatorio más propio del comisario Castellanos.

—Usted lo sabe casi todo de Antonio... pero, señor Promio, ¿qué sabemos de usted, más allá de sus ideales anarquistas y su oficio de periodista?

—Sé que mi respuesta no le parecerá convincente, pero yo tampoco sé gran cosa de mis orígenes.

—Ha acertado, señor Promio. No suena convincente... Y, siendo reportero, ¿no ha investigado al respecto? —inquirió mientras acunaba a la niña.

—Mis primeros años transcurrieron entre asilos y orfanatos. Soy un Expósito, Josefa; me temo que ese debe de ser mi auténtico apellido. Fui recogido de la calle. Las Hermanas Terciarias Franciscanas del orfanato obrero de la calle Moncada aseguraban que era hijo de una prostituta...

—Pero ¿su madre dio algún dato a las monjas acerca del posible padre?

—Algo dijo... Al margen de su clientela, mantenía relación estable con un marino que había sobrevivido a la explosión del vapor Express. No sé si ha oído hablar de esa horrible catástrofe...

Josefa pasó de la extrañeza al interés por mi relato.

—Ocurrió hace cuarenta años. El Express había sido fletado por el ejército español para combatir a los carlistas. Cuando el vapor estaba todavía fondeado en el muelle de Rebaix, estalló la dinamita que transportaba. Tanto la tripulación como los estibadores que habían trabajado en la carga fueron víctimas de la explosión. Algunos quedaron desfigurados por las quemaduras o se lanzaron al agua como gesticulantes siluetas en llamas... Entre aquel montón de carne humana quemada podía estar mi padre... o quizá no. El oficio de mi madre tampoco era el más idóneo para colaborar en la identificación de un hombre al que siempre conoció por un apodo y que realizaba oficios eventuales de cargador en el puerto.

—¿Se plantea alguna hipótesis sobre ese suceso? —preguntó Josefa.

—Se dijo que pudo ser una explosión provocada por un infiltrado en la tripulación y que tal vez escapó a nado.

—Y usted ¿qué cree?

—Que no es una hipótesis descabellada.

—¿En qué se basa?

—¡Sería una gran reportera! —bromeé—. El desastre del Express tuvo lugar en 1879 y yo nací en 1890... Si era hijo de aquel hombre significa que mi madre estuvo con él hasta que la dejó encinta. O sea, que no murió o se mantuvo en el anonimato hasta el resto de sus días.

—Todo un misterio... —Josefa suspiró—. Mejor que un folletín de don Eugenio Sue. ¿Y no puede explicarme algo más?

—Ya no queda mucho más, siento desilusionarla —zanjé un tanto azorado.

—Algo habrá... —sugirió ella—. Aunque sea un poquito...

Asentí en silencio.

—Muy poco más... Con cuatro años fui entregado por las monjas al Asilo Naval Español, a una corbeta llamada Tornado atracada en el muelle Nuevo, junto a la fábrica de reparación de buques Nueva Vulcano. Allí permanecí recluido hasta los doce años.

—¿Y cómo era aquella vida?

—La de un niño de Dickens, con humedad y olor a salitre: seis de la mañana, diana; siete treinta, clases; doce, rancho; seis de la tarde, recreo y preparación del rancho; siete, limpieza de mesas, platos y cubiertos; ocho, retreta y guardia; nueve, toque de silencio... La batería del barco hacía las veces de dormitorio. Cada noche colgábamos nuestros cois en hileras y los recogíamos al romper el día en las batayolas. El coy se enrollaba con la colchoneta de lana y las mantas.

—¿Lo pasó muy mal?

—Sentía la melancolía del huérfano, pero no padecí hambre ni privaciones. Había niños en las calles en peores condiciones. Recibíamos instrucción escolar y marinera, aprendíamos música... Cuando conocí al poeta Joan Salvat-Papasseit, autor del libro anarquista *Humo de fábrica* y huérfano de padre como yo, descubrí que habíamos sido compañeros en aquel hospicio flotante. Pero Salvat, por lo menos, sabía de su padre. Yo solo sé que vengo de un extraño marinero y una ramera, concebido en algún mugriento garito del Distrito Quinto.

Josefa asistía compungida a mi relato. El llanto de Emma parecía subrayar la tristeza de mis palabras.

—¿Y su madre nunca le reclamó?

—Una de las hermanas me dijo que ella padecía una enfermedad secreta que yo podría heredar...

Josefa ensombreció el semblante.

—Lo siento... ¿Y... era así? —preguntó dubitativa.

—Un médico que me reconoció no detectó el treponema.

—¿Treponema?

—Es el virus de la sífilis. No lo heredé, pero esa posibilidad de contraer la enfermedad maldita que mató a mis admirados Daudet, Maupassant y Nietzsche me produce aversión al sexo y a las prostitutas. Ya ve, un propagador del amor libre, preconizando el celibato —ironicé.

Josefa me tomó de la mano, mientras Emma ronroneaba en su regazo.

—Con tanta pregunta creo que he abusado sobradamente de su confianza, señor Promio. Solo un consejo, y le prometo que ya no volveré más sobre la cuestión. ¿Teme conocer sus orígenes?

Tras un breve silencio, reconocí el trauma de mi vida.

—Lo temo. Me he aferrado a unas ideas políticas y me resulta confortable vivir bajo un seudónimo. Su marido utiliza nombres de otros en sus «aventuras»..., y yo evito enfrentarme a mi pasado.

Pocos días después de aquella conversación, alguien dejó un sobre a mi nombre en el buzón de la puerta de entrada. Pensé en lo peor... ¿Tal vez una amenaza de Martos, que sabía de mi paradero? Al poco de abrirlo me tranquilicé: era la letra de Ángel Pestaña. En la carta, remitida desde la cárcel Modelo donde se hallaba preso, expresaba sus recelos sobre la revolución bolchevique. Me decía también que conocía las amenazas del sector más violento contra mi persona, al tiempo que me aconsejaba que me pusiera en contacto con Seguí, antes de que volvieran a detenerlo. Lo podría encontrar en el café Español del Paralelo, donde estaba escribiendo su novela. «De Ángel a Ángel, no le digas que te lo he dicho yo, pero le podrías dar algún consejo en materia literaria...», concluía.

Las Navidades de aquel año siguieron oliendo a plomo. El Gordo cayó en Barcelona, la ciudad en la que te podía tocar la lotería de la muerte a cualquier hora en cualquier calle... Enclaustrado en la casa del Putxet escribiendo *La vida de un aventurero*, que así se titulaba mi biografía de Llucià, decidí romper la rutina y acercarme al café Español. La verdad es que no me hacía mucha gracia: estaba enfrente de La Tranquilidad, el feudo de Martos y sus secuaces.

Al entrar en el café di enseguida con la silueta regordeta y elegante de Seguí. El Noi del Sucre conversaba con dos jóvenes en una de las mesas del rincón. A medida que me acercaba a la mesa, uno de ellos se levantó y avanzó con paso intimidatorio, como si viera en mí una amenaza. Seguí me saludó y ordenó a su compañero que me dejara llegar hasta él.

—Estás muy cambiado, Ángel, ¡me ha costado reconocerte a primera vista! —exclamó mientras apartaba una silla y me invitaba a sentarme. Los dos contertulios le miraron de reojo y él hizo un gesto para que se alejaran de la mesa.

—Es un viejo camarada, necesito hablar con él —explicó—. Ángel, te presento a mis «ángeles guardianes», aunque ya sé que es un simbolismo poco adecuado entre anarquistas... No os conocéis, supongo.

Los dos guardianes, que se identificaron respectivamente como Cisco y Comas, me estrecharon la mano y derritieron sus rostros de hielo con una cálida sonrisa. Eran jóvenes de la última hornada y eso podía explicar que no supieran de mí.

Seguí se incorporó y me presentó:

—Ángel de Lajusticia, el mejor escritor de la CNT, sin lugar a dudas. Antes de que nos dejéis a solas quiero deciros que no os olvidéis de este hombre: la gentuza de Martos va a por él... Aunque, Ángel, tu «torpe aliño indumentario», como diría don Antonio Machado, ha mejorado notablemente. Por fin me has hecho caso: ser anarquista no supone ir por la calle con harapos de ermitaño. Siempre te metías con mis corbatas y mis ternos y ahora resulta que vistes mejor que yo...

El Noi palpó la manga de franela.

—Esto sí que es paño inglés auténtico. No lo mío..., este traje lustroso de tanto llevarlo. En las fotos de la prensa parezco bien vestido, pero si se acercaran y palparan el tejido de la chaqueta verían que está deshilachado.

—Tú y tus trajes, Salvador... ¡Qué obsesión! —bromeé.

El Noi se puso serio.

—Como te he dicho tantas veces, y aunque el hábito no hace al monje, ¡vaya, se me ha escapado otra capellanada! —sonrió—, ir elegante y aseado es demostrar a la burguesía que no somos los simios que retratan los caricaturistas de la Lliga... A esos que entonan el *Cant de la senyera* mientras nos explotan ya les va bien que andemos hechos una piltrafa, pero yo me juré que nunca les daría ese gusto.

Después de despedir a Cisco y Comas, esa pareja que recordaba a una fábrica de tejidos, el Noi pidió dos cafés. Reparé en unas cuartillas que descansaban al borde de la mesa junto a un tintero y me vino a la mente la carta de Pestaña.

—¿No estarás escribiendo? —pregunté con fingida ingenuidad.

El Noi puso cara de niño sorprendido en una travesura.

—No te lo habrá contado Pestaña... —musitó.

—Como los dos nos llamamos Ángel, quizá ha sido él. Lo del pajarito quedaría muy cursi y no es propio de sindicalistas audaces como nosotros.

El Noi dejó caer su mano sobre el fajo de cuartillas.

—Escúchame, Ángel; en estos momentos la audacia consiste en ser prudentes y medir cada paso. Los moderados somos minoría. Tenemos demasiados frentes abiertos: la burguesía y el ejército quieren hacernos desaparecer para justificar una represión todavía más feroz, y los violentos de nuestro propio sindicato nos consideran unos blandos.

—Y ese libro que escribes, ¿de qué va? —insistí.

El Noi relajó sus facciones.

—Estoy todavía en los primeros capítulos. Lo que tengo claro es el título: *Escuela de rebeldía*.

—Suena bien. Léeme algún fragmento.

El Noi se hizo el interesante:

—Eso de leerlo... No sé si me traerá mala suerte... Ya conoces el refrán catalán: «*No diguis blat...*».

—Acabas de presentarme como el mejor escritor de la CNT, o algo parecido... Creo que merezco tu confianza.

Seguí extrajo unas hojas manuscritas.

—El protagonista se llama Juan Antonio; ahora no me digas que tiene nombre de folletín romántico porque entonces no te leo ni una línea...

—Salvador, no puedo juzgar a nadie por sus nombres porque ya no me llamo Ángel.

El Noi no se inmutó.

—Ya lo sabía, pero yo te llamo Ángel porque te conocí con ese nombre. Convendrás conmigo en que ahora has elegido un nombre algo rarillo...

—Promio. Alejandro Promio. Nombre italiano como el pionero del cine: un francés de Lyon con raíces piamontesas.

Seguí rio con ganas.

—¡Rebuscado sí que eres...! No me expliques de dónde salió la documentación falsa, que no quiero más líos de los que ya tengo. Cada vez que respiro me meten en chirona...

—Te lo contaré otro día. Ahora quiero que me cuentes tú algo de lo que escribes.

—Pues nada del otro mundo. Pura y puta vida. Juan Antonio, que podría ser cualquiera de nosotros, incluso yo mismo, es un obrero que llega a Barcelona empujado por el hambre y vive el ambiente del Distrito Quinto... Ya sabes, La Bombilla, La Buena Sombra, el Pay-Pay, cafés conciertos de flamenco, manzanilla, cazalla y burdeles. En esos antros malgasta su exiguo jornal. Con esa imagen quiero destruir la película de buenos y malos: el obrero virtuoso y el burgués vicioso. Todos somos seres humanos y la carne es débil... Mira, aquí lo digo:

> Si nos fijamos bien, entre el burgués y el proletario no existe, en realidad, una gran diferencia psicológica. Esa literatura sentimental y ramplona que se ha hecho durante mucho tiempo para adular a la multitud, atribuyéndole todas las virtudes, todas las abnegaciones, todos los instintos generosos, a mí no me convence; es más, creo que resulta contraproducente.

—Es una verdad como un templo. Uno está un poco harto de la virginidad obrera de ateneo —subrayé.

El Noi prosiguió con su historia:

—Juan Antonio se afilia al sindicato, al tiempo que es consciente de que el catalanismo intenta atraer a los obreros con sus cantos de sirena. Pero si los trabajadores hacen una revolución, no será nacionalista. Y eso lo proclamé yo, con este acento catalán de Lleida, hace poco en Madrid. La libertad de Cataluña solo les interesa para perpetuar sus egoísmos de clase. Con la *senyera* protegen la cartera... A la que nos descuidemos nos echan encima un militar: no ya para que nos mate como cucarachas por las calles, sino para que imponga una dictadura.

—Pero ellos insisten en que Cataluña está maltratada por España...

—El problema catalán somos nosotros, Ángel, no te dejes engañar. Gracias a nosotros han amasado fortunas y expandido el mito del catalán laborioso. La Lliga, y eso lo dejé escrito en el diario *España Nueva*, ha pretendido, y en parte logrado, dar a entender que el único problema es el nacionalismo. ¡Una falsedad como una casa de payés! En Cataluña existe el problema universal de la emancipación obrera.

—¿Y cómo hemos de actuar? —inquirí.

—Después del desastre de Annual, el ejército está más encabronado que nunca. Y los patrones catalanistas no hacen más que adular a los generales para que les echen una mano y acaben con nosotros. En ese círculo infernal crece la gentuza como Martos...

—¿Y en qué puedo serte útil, Salvador?

Al Noi se le iluminaron los ojos, removía con la cucharilla los restos del café en la taza.

—Saliendo vivo de esta... Algo que, posiblemente, no conseguiremos ni Pestaña ni yo.

—No seas agorero... La negociación acabará imponiéndose.

—Eso pensaba yo cuando ganamos el pulso de La Canadiense, y llevamos centenares de muertos...

—Hace pocos días yo mismo podría haber engrosado la lista.

Seguí me miró con gesto grave.

—Sé que Martos no te puede ni ver. ¿Ya ha atacado?

Miré de soslayo a otras mesas y bajé la voz:

—Dos de sus gorilas me metieron en un taxi cuando salía de la Casa Pich y Pon y me llevaron a La Tranquilidad. Martos me puso la Star en los huevos debajo de la mesa. Me propuso que les facilitara el día a día del empresario para poder cargárselo con todas las garantías.

—Y tú no les has informado de nada, supongo...

—Supones bien.

—¿Y en qué estás ahora? —preguntó el Noi—. Me han dicho algo de un estafador que te protege... Ese Llucià que lleva de cabeza a todas las policías del mundo. ¿Sabes qué? ¡No me cae mal! Según tengo entendido, siempre roba a los banqueros y los bolsistas. Aunque, claro, luego no lo reparte y se lo queda todo para él. De ser así estaría con nosotros.

—Este traje no es mío, sino de él —confesé un tanto avergonzado—. Me salvó la vida cuando Martos la tomó conmigo. Nos habíamos conocido en la Modelo en los días de la huelga. Ahora vivo en su casa, con su mujer y su hija. Escribo la historia de su vida para que la publique *El Día Gráfico*.

Seguí recuperó la sonrisa y alzó el tono de voz:

—¡Menudo granuja, el Pich y Pon! Por lo menos paga a sus trabajadores, aunque no pague mucho... ¡Eso hay que reconocerlo!

—Ahora no pensarás que me he pasado al enemigo...

—Yo no pienso nada, Ángel. Te he admirado siempre como escritor y reportero y eso no va a cambiar. Solo te voy a dar un consejo: sobrevive. Si te conviene la protección de Llucià o de Pich y Pon, adelante. Como dicta el refrán: «Amigos, hasta en el infierno».

Nos incorporamos para estrecharnos en un fuerte abrazo. Cisco y Comas aparecieron al unísono con precisión robótica. Seguí señaló a la pareja.

—Si ocurre algo más, Ángel, avísanos. Estos te protegerán: no pierden de vista a Martos y saben siempre por dónde anda. Y si me ocurriera algo a mí, o a Pestaña, huye de la mejor manera que puedas.

Las palabras del Noi me emocionaron. Asentí con un movimiento de cabeza apenas perceptible. Recorrí el café acelerando el paso y salí a un Paralelo nebuloso y otoñal sobre el que se dibujaban las Tres Chimeneas de una Canadiense rodeada de soldados.

Deambulé entre los rótulos luminosos de los teatros y las sillas de mimbre de los cafés que ocupaban las aceras. Como en la novela del Noi, cada rótulo era un mojón de la breve e inconclusa biografía de expósito que esbocé a Josefa: VICTORIA, CÓMICO, NUEVO, ARNAU, APOLO... Ensimismado en los recuerdos de aquella avenida que llevaba al puerto y al Asilo Naval, interrumpí el recuento cuando una mano se posó en mi hombro. Sentí un escalofrío y volví la cabeza de forma airada. Detrás de mí, dos mujeres que me habían seguido los pasos me miraban sonrientes. Pensé que eran dos busconas cualesquiera pero me alegró identificar a Nieves. La otra mujer, rubia y muy delgada, permanecía en un segundo plano.

—¡Nieves! ¡Quería saber algo de ti! Pensaba que vendrías a vernos a la casa del Putxet...

Nieves torció el gesto.

—Hola, Ángel. Te presento a Emma... Lacroix. La

Gabachita de la que te hablé y que no llegaste a conocer. Otra buena amiga de Antonio.

Emma se acercó y me dio dos besos en las mejillas.

—¿De dónde sales? —inquirí.

—¿De dónde sales tú? —contraatacó Nieves—. Desde que vives en los barrios altos y escribes para ese ricachón calvo de la plaza Cataluña, no pones el pie por este distrito maldito.

—Instinto de conservación, supongo. Martos me quiere ver... muerto.

—Pues anda con cuidado —me alertó Nieves—. Porque él acostumbra a dejarse caer por La Tranquilidad y estamos a pocos metros de ese bar de mala muerte.

—¿Me habéis encontrado por casualidad o me seguíais?

—Te vimos entrar en el Español, echamos un vistazo por los ventanales y comprendimos que estabas de charla con el Noi del Sucre. Esperamos a que acabaras, Emma se hizo un cliente, y ahora estamos aquí de paseo, la mar de bien. Ya ves qué sencillo.

Emma nos observaba con una sonrisa en los labios, mientras se arreglaba el escote.

—¿Por qué no te acercas por la casa del Putxet? Josefa acaba de tener una niña de Llucià. Por cierto, se llama Emma...

—Precisamente por eso. Por Josefa y por la niña.

—Ahora no me vas a decir que te sientes cual amante despechada...

—¡No te embales, Angelito Promio! La relación entre Antonio y yo siempre fue profesional, estricta camaradería. Otra cosa es que yo le admirara...

Interrumpí su explicación.

—... Hasta el punto de pensar que algún día seríais algo más que profesionales.

Nieves se sintió contrariada por el matiz, pero no lo rebatió. Cambió de tema:

—He recibido una carta de Antonio desde Bruselas... Me habla del nacimiento de su hija y me dice que le hubiera ido muy bien que yo estuviera allí para ayudarle en un negocio que precisaba de una colaboración femenina.

—Veo que estás más informada que yo... Me sorprende que no me haya remitido otra carta.

Nieves recuperó su autoestima. Mientras, Emma nos miraba a los dos con expresión divertida.

—¡Qué humillación para el biógrafo y secretario! —exclamó Nieves con gesto teatral—. No te preocupes, ya ves que comparto contigo la información de la que dispongo. También tengo noticias de Martos...

Un aire caliente recorrió mi espinazo, a pesar de la humedad reinante.

—¿Qué pasa con Martos? —indagué con voz temblorosa.

—Que pasará unos días en la Modelo por extorsionador. Estuvo un tiempo haciendo visitas a los *botiguers*. Les pedía dinero para no matarlos. Todo iba bien, hasta que dio con uno del Somatén que se fue con el cuento al jefe de policía y este ordenó la detención de tu antiguo amigo.

—Ahora entiendo que no haya tenido más noticias de él después de nuestro encontronazo.

—¿Llevas hora? *Quelle heure est-il?* —intervino Emma, ya un poco aburrida de seguir al margen de la conversación.

—Cerca de las nueve.

Las dos chicas se miraron. Emma se lanzó a besarme en las mejillas.

—Nos vamos al Edén, que no es precisamente el paraíso —mascullló Nieves con un rictus de amargura—. Ángel, ya sabes dónde estoy. Si Martos se mueve, te lo hago saber.

—Y si Llucià dice algo, lo mismo —repliqué sin poder ocultar cierto nerviosismo.

—Lo mismo, guapo. ¿Acaso te he fallado? Yo nunca fallo. Los que fallan son los hombres —apostilló la pelirroja.

Las dos mujeres se dieron la vuelta. Sus siluetas se perdieron por la bulliciosa calle Conde del Asalto.

Me acerqué al teatro Cómico y tomé uno de los taxis. Al cabo de media hora entraba en la casa del Putxet.

Estaba dándole la vuelta a la llave cuando la puerta pareció abrirse sola. Josefa me abrió, como si me hubiera estado esperando toda la tarde.

—¡Promio, qué alivio!

—¿Ocurre algo?

—Batanero me acaba de comunicar que Antonio corre serio peligro: las policías belga y francesa le siguen la pista.

—¿Y por dónde para en estos momentos? —pregunté con preocupación.

—Creo que ha llegado o está a punto de llegar a Barcelona proveniente de Bruselas...

—¿Y de qué se le acusa?

—De una estafa de cuarenta mil pesetas en la sucursal española del Banco Holandés.

Al escuchar a Josefa, me sentí decepcionado. Lancé con rabia el gabán sobre el sofá. Ella me observaba muda, desde un rincón del recibidor, atenazada por las circunstancias.

Sonó la campanilla de la puerta. Josefa y yo intercambiamos miradas de temor. Con paso lento me acerqué a la puerta. La voz del abogado me tranquilizó. Abrí.

—Señor Batanero... ¿Dónde tenemos a Llucià?

El abogado nos miró con rostro serio.

—En mi casa. Estamos preparando su defensa, por si acaso lo detienen. Le he vuelto a decir no ya que ponga tierra de por medio, sino el océano Atlántico...

—Y él ¿qué ha contestado? —preguntamos Josefa y yo, a coro.

—Que piensa seguir aquí, con su mujer y su hija.

—Josefa me ha contado lo de la estafa de Bruselas...

Batanero ensombreció todavía más el gesto.

—Si solo fuera lo de Bruselas... Al poco de llegar a Barcelona coló un cheque falso en un banco haciéndose pasar por el hijo de un amigo suyo, el comerciante catalán instalado en Guayaquil señor Enrich. El método de siempre: entrega el falso talón por valor de mil quinientos dólares y consigue que se lo abonen en la cuenta de Enrich. Ahora lo tenemos en ese bucle de adrenalina que le lleva de un banco a otro, como si fuera un baile de máscaras del que esta vez no saldrá indemne.

El abogado no ocultaba su pesimismo sobre el porvenir de su díscolo cliente.

—Señor Promio, señora de Llucià... Yo ya no soy capaz de controlarlo. Me asegura que necesita dinero y que se retirará en cuanto disponga de la cantidad que precisa..., pero no creo que se baje de esta diabólica montaña rusa.

—Y si quiere quedarse en Barcelona, ¿por qué no vuelve a su casa? —preguntó Josefa con un hilo de voz.

Batanero aventuró una posible explicación psicológica.

—No estoy dentro de su mente, pero creo que si vuelve aquí, teme que ustedes se propongan retenerle con consideraciones morales que él no está dispuesto a contemplar. Intuyo que quiere evitar un enfrentamiento con quienes considera su familia... De todas maneras, más pronto que tarde lo tendrán en esta casa. Supongo que cuando haya culminado su enésima estafa... Y me temo, también, que más pronto que tarde lo detendrán.

El abogado se encasquetó el bombín y se dirigió a la puerta.

—Si no desean nada más de mí, me vuelvo al despacho.

Josefa lo siguió y le tomó el brazo con aire suplicante.

—Dígale que estamos muy angustiados por esta situación. Que vuelva a su casa, que piense en la pequeña Emma...

Batanero dejó ir, a modo de despedida, una frase lapidaria:

—Señora Llucià. Dudo que pueda transmitir ese mensaje a su señor marido. Estoy seguro de que, cuando vaya a mi despacho, él ya no estará allí.

Josefa insistió, cada vez más desencajada:

—¿Y dónde habría de estar?

—En algún hotel, bajo alguna de sus múltiples identidades. Mirando al techo o preparando el próximo disfraz de su perpetua representación. Queden ustedes con Dios.

Cuando el abogado abandonó la casa, Josefa y yo nos sumimos en un silencio que parecía interminable.

—¿Qué va a ser de nosotros? —preguntó ella con ojos brillantes.

No fui capaz de contestar.

18

Llucià copó las páginas de sucesos a raíz de su captura, el 11 de febrero de 1922, nueve días después de otro intento de estafa financiera, esta vez por valor de doscientas mil pesetas. La detención no supuso un altercado doloso. La policía se personó en la casa del Putxet. Pese a que hubiera podido escapar por el acceso posterior de la calle Cádiz, el fugitivo no ofreció la menor resistencia. Con su elegancia característica, pidió que le dejaran hacer la maleta en presencia de los agentes y tendió dócilmente las manos para que le pusieran las esposas.

Ante él, una llorosa Josefa le ayudó a hacer inventario de sus pertenencias. Llucià paseó la mirada en derredor. Después de dar un beso en la frente a su hija de casi cuatro meses, entró en el coche celular bajando levemente la cabeza con gesto huidizo.

La prensa hizo un amplio despliegue sobre la captura; en sus últimas acciones Llucià utilizaba el nombre de Mario Pickman. El estafador había dejado tras de sí un reguero de demandas emitidas desde Suiza, Bélgica y

Francia. En *Le Figaro*, lo proclamaban «rey de las estafas». Según el rotativo galo, sus métodos ofrecían cierta particularidad científica. Cual epígono de Julio Verne, combinaba toda suerte de avances tecnológicos: aviones, telegrafía, ferrocarriles... Nuestro hombre daba la vuelta al mundo con una rapidez que envidiaría el mismísimo Phileas Fogg.

El inspector Cholet, de Quai des Orfèvres, que siguió el periplo de Llucià por Francia, compartió sus pesquisas con otras comisarías europeas. No ocultaba su admiración ante la habilidad de Llucià para falsificar las letras de crédito y los cheques alterando las cifras. Tal procedimiento, concluía Cholet, tenía todavía asombrados a los banqueros estafados.

The New York Times glosaba también las «hazañas» de Llucià. En cuanto a la totalidad del dinero estafado, *Le Figaro* lo estimaba en diez millones de francos, mientras que el diario neoyorquino se quedaba en tres millones.

Para sacar provecho de mi carnet de *El Día Gráfico* pedí al comisario Castellanos que me dejara presenciar la toma de declaración de Llucià desde algún discreto rincón de la comisaría. Pese a ciertas reticencias, y gracias a los buenos oficios de Hurtado, accedió a mi petición. Encaramado en uno de los ventanucos que daba al patio de luces, fui tomando notas entre el rumor acuoso de los retretes.

Castellanos comenzó el interrogatorio:

—Tenía ganas de volver a verle, señor Llucià. En menos de seis meses, desde el pasado octubre hasta febrero, usted ha amasado entre tres y diez millones de francos, si nos atenemos a las denuncias de varios países europeos. En París le han proclamado el «rey de las estafas» (allí, que son republicanos) y le consideran el mayor estafador del siglo. Estará satisfecho...

Llucià esbozó una media sonrisa de suficiencia.

—Supongo, señor comisario, que no pretenderá que le haga partícipe de mis métodos. Si se lo contara al dedillo y supiera lo fácil que puede ser estafar en esos nidos de ladrones que llamamos bancos, dejaría la policía y suplicaría ser mi socio.

—Veo que sigue en lo suyo: hacerse el gracioso. No hace falta que me dé clases sobre el arte de la estafa; se lo cuento yo y me corrige si me equivoco en algún detalle.

—Le escucho..., alumno aventajado —ironizó Llucià recostándose en la silla.

Castellanos carraspeó y recitó la «lección»:

—Para disponer de una carta de crédito, lo primero que usted necesitaba era hacer un primer depósito. Habitualmente pongamos que depositaba unos doscientos mil francos; una vez en posesión de la carta de crédito, la iba cobrando en fracciones de diez, veinte, cincuenta mil francos en diversas sucursales, y luego falsificaba otra análoga que iba cobrando del mismo modo. ¿Voy bien?

—Me sorprende su perspicacia... ¡Aptitud excelente!

Llucià hizo ademán de aplaudir, pero las esposas y la mirada reprobatoria del comisario frenaron tal impulso.

—Continuemos... Para no despertar sospechas de los bancos, siempre procuraba que su crédito no excediese nunca esa cantidad de doscientos mil francos. Por eso actuaba con la mayor celeridad, de modo y manera que cuando se percataban de la estafa cometida ya era demasiado tarde. Le pondré un ejemplo: una mañana, en Praga, hizo efectiva una importante cantidad de dinero, y luego encontró el medio de tomar un avión para París y cobrar allí el doble de esa suma.

—Hasta aquí va muy bien, señor comisario... Pero no ha alabado, como sus colegas europeos, mi impecable caligrafía.

Castellanos prefirió la sonrisa al ataque. Con un deje casi admirativo reconoció que en eso de manipular las cifras de los cheques, Llucià era invencible.

—Tiene razón. Todavía nadie se explica cómo usted era capaz de convertir veinticinco dólares en veinticinco mil... Pero mejor hablemos de sus viajes de estos últimos meses.

»Según el informe del inspector Cholet, sus andanzas parisinas comienzan en agosto del 21 cuando se hace establecer en un banco del boulevard des Italiens una carta de crédito circular, pagadera en entidades de Río de Janeiro, Montevideo, Buenos Aires y Santiago de Chile. Empleó un mes en percibir el doble de la carta de crédito y luego presentó intacta la original, consiguiendo que le reembolsasen la cantidad depositada en la banca emisora... ¿Me equivoco, señor Llucià?

Llucià volvió a echar mano del sarcasmo:

—No tiene ningún mérito reproducir ese esquema, lo entendería hasta un niño.

—Gracias por devolverme a la tierna infancia, pero paso de los cuarenta... Agotado su crédito, impuso de nuevo una cantidad de doscientos mil francos, obteniendo una nueva carta de crédito circular sobre Marsella, Lyon y Béziers, que, como de costumbre, dobló falsificándola. Luego viajó a Montevideo, Santiago y

Buenos Aires, esas ciudades que conoce muy bien desde su... tierna juventud.

—Me gusta la geografía, qué le vamos a hacer —apostilló Llucià.

El comisario le devolvió la sonrisa y siguió con su reconstrucción de los hechos:

—Entretanto, había cobrado en Ginebra tres cheques de pequeñas cantidades sobre Nueva York. En Marsella, hizo efectivo uno de veinticinco dólares que transformó, con esa hermosa caligrafía numérica, en veinticinco mil dólares. De vuelta a Barcelona, se hizo remitir una carta de crédito de dos mil libras; la convirtió en una de cincuenta mil y la cobró varias veces en París, Lyon y Berna con el nombre de Ramón de la Cabaña. ¡Vaya! ¡Este nombre no lo tenía en la lista! ¿No se hacía llamar Mario Pickman?

Llucià comenzaba a aburrirse. Ahora se le veía más rígido en la silla.

—¡Por favor, comisario! No volvamos con la onomástica. Sabe de sobra que yo cambio de nombre y estado civil como de camisa.

Castellanos miró de soslayo a Hurtado, que tecleaba, impertérrito, en la máquina de escribir.

—Desde Francia le reclaman por una estafa al Banco Mediterráneo realizada con el nombre de José María Pina, la Audiencia de Bruselas envía rogatorio contra Mario Pickman... ¡Usted es el genio de los heterónimos! Todavía me acuerdo de su tejemaneje de 1915, cuando logró que detuviesen a un policía que pretendía detenerlo. Cuéntenoslo, que así hacemos un receso y usted no se aburre...

Llucià se echó hacia delante y apoyó los brazos esposados sobre las piernas.

—Ya conoce ese episodio, comisario. No era exactamente un policía. Iba yo con un uniforme de capitán de Artillería y en una estación de tren un policía militar me pide la documentación y me acusa de impostor. Sin inmutarme ante sus gritos, le digo: «Telefonee usted a mi madre, que se hospeda en un hotel de Madrid, y verá como soy, en efecto, capitán». El hombre telefoneó... Al estar yo totalmente informado de la vida y andanzas de aquel capitán a quien usurpaba la identidad, la madre confirmó que yo era su hijo, ya que lo esperaba a la hora y en el hotel que yo había dicho... Y ahora le ruego, señor comisario, que no me obligue a relatarle mi papel de rey de España en Saint-Maurice o cuando me hice pasar por presidente de Andorra, o aquella vez que encarné al inventor Edward Harrison...

—Esos capítulos de sus aventuras ya me aburren. Resérvelos para sus compañeros de celda... o manicomio —masculló Castellanos.

El estafador enderezó enérgicamente la espalda en la silla. Miró a los ojos del comisario.

—Le voy a hacer una propuesta. Si quieren transigir dándome la libertad, les devuelvo el veinticinco por ciento de lo estafado por esa libertad y estoy dispuesto a revelar el procedimiento del que me he valido para falsificar las cartas de crédito y los cheques. En caso contrario, mantendré mi boca sellada y, en cuanto recupere la libertad, volveré a empezar. También estoy dispuesto a facilitar la lista de los bancos en los que he depositado, con nombres falsos, una parte del producto de mis operaciones. Además, no le quepa duda de que me evadiré enseguida, como hice la última vez que estuve preso en España.

—¡Hurtado, llame a los guardias! ¡Que se lo lleven! —clamó el comisario.

Cuando salí de mi escondite fui al encuentro de Castellanos, que sacaba un pitillo para relajarse tras su enésimo berrinche a cuenta de Llucià. Al verme, se vengó conmigo con un sarcasmo.

—Este hombre siempre me saca de quicio, y mire que el interrogatorio ha empezado bien... Supongo que el señor periodista y biógrafo estará satisfecho de la actuación de su mecenas...

—No me eche la culpa a mí. Todos sabemos que Llucià es un as de la dialéctica.

—¿Un as? ¡Un asco! —exclamó Castellanos mientras se pasaba el pañuelo por la frente sudorosa.

—¿Y ahora?

—¿Ahora? Se va directo a la calle Entenza en coche patrulla.

—Solo una última pregunta, aparte de agradecerle que me haya permitido presenciar el interrogatorio. ¿Alguien delató a Llucià, o lo encontró usted solito?

El comisario relajó su expresión.

—Era fácil encontrarlo..., pero su abogado prefirió adelantar la detención.

—¿Batanero?

—Vino a verme pocos días antes. Me confesó que estaba harto de que Llucià campara a su aire. Que se había vuelto incontrolable y que no le hacía caso. Que era preferible neutralizarlo antes de que se metiera en otra estafa de las gordas... Ahora no se enfade con Batanero. Su mecenas pasará poco tiempo en la Modelo. Seguro que en cuestión de días llegará un informe psiquiátrico y saldrá para el manicomio.

—Por lo que me cuenta deduzco que Batanero atenuará los delitos de su defendido aduciendo alienación mental...

—Deduce bien. —Castellanos sonrió mientras aplastaba la colilla en el cenicero del escritorio.

El ingreso en prisión de Llucià no se hizo esperar. Acompañé a Josefa, pero me quedé en una sórdida taberna frente a la Modelo donde los familiares de los presos consolaban su espera con un café hecho con posos. A la salida, ella me confirmó que Batanero centraría la defensa de su marido en el atenuante de enajenación mental. A los pocos días de su ingreso en prisión, el juzgado de Tarrasa denunciaba a Llucià por estafa con un cheque falso del Crédit Lyonnais a nombre de Tomás Portolés.

Después de dejar a Josefa en el Putxet, planteé al doctor Mallofré la delicada situación de Llucià. Al día siguiente, Mallofré me comunicó que había hablado con el director de la Modelo: Llucià ingresaría en Nueva Belén. Le pedí que intercediera por él para que lo trasladaran a San Baudilio, pero me respondió que no podía hacer nada, ya que era un ingreso por orden gubernativa. Además, la última denuncia de Tarrasa agravaba todavía más la situación del preso.

La primavera de 1922 fue tan violenta como las anteriores. El Primero de Mayo se desencadenó otra huelga general: la repatriación de los soldados tras el desastre militar de Marruecos recrudeció las protestas obreras.

En la casa del Putxet, los días transcurrían entre la expectación y la abulia. Con el pretexto de que era mejor que Josefa aprovechara las visitas a la Modelo para ver a su marido, yo evitaba mantener conversaciones en el locutorio, hasta que no pude escabullirme más.

Cuando volví a encontrarme con Llucià me costó mirarle a los ojos. Estaba como siempre. Mantenía su bigote recortado y, de vez en cuando, montaba algún numerito para afianzar su condición de presunto loco.

—Comportándome de esta manera, y con alguna propinilla, consigo que me dejen solo en la celda sin compañía alguna —me explicó—. ¿Cómo va mi biografía, Promio? ¿Ha avanzado hasta el momento presente?

—Estoy a punto de escribir sobre su matrimonio... —respondí de forma evasiva.

—¿Sabe qué? Me estoy pensando eso de que se publique por entregas en el diario de Pich y Pon. A mí me gustaría más *La Voz*, *Mundo Gráfico* o *El Heraldo de Madrid*... ¿No le parece?

—Eso está en sus manos. Usted decide. No entregaré ni una cuartilla sin su consentimiento.

El tono de Llucià era melancólico y mis respuestas, telegráficas.

—Tengo ganas de salir de aquí para ir a San Baudilio y volver a tomarle el pelo a Mallofré y al hermano Triadú. Me extraña que Batanero no me haya visitado todavía... Debe de estar gestionando el traslado. ¡Cuanto antes, mejor!

Había llegado el momento que yo no quería afrontar.

—¿No se lo ha dicho Josefa?

—¿Qué habría de decirme?

—Que no le envían a San Baudilio, sino a Nueva Belén.

Llucià frunció el entrecejo.

—¿Nueva Belén? Batanero no me ha dicho nada al respecto. Estaba seguro de que volvería a San Baudilio. ¡Allí tienen mi historial!

—Pues me temo que si alguien no lo remedia...

Llucià pareció perder su tranquilidad innata. Hizo el gesto de levantarse, pero la mirada conminatoria del guardia frenó su intención.

—¡Pues remédienlo! —ordenó con voz quebrada.

—Es una orden gubernativa...

—¡Allí son capaces de ponerme camisa de fuerza y darle al electroshock!

—No sé qué decirle. He hablado con el doctor Mallofré y él tampoco puede hacer nada para evitarlo.

Llucià paseó la mirada por las rejas, como si intentara digerir la mala nueva.

—Veremos, veremos... Ya pensaré qué hacer... Ahora le voy a decir algo relacionado con usted.

—Soy todo oídos.

—Evito salir al patio, aunque me gustaría en los días de sol... Lo malo del patio es que está lleno de compinches de su sindicato. Uno en particular, el tal Martos, se me acercó y, después de despacharse en insultos acerca de mi pinta burguesa, me dijo que sabía que usted era mi protegido y que en cuanto saliera lo eliminaría. Así de claro. Me dijo también que la lotera del Edén correría la misma suerte...

—Nieves... —susurré.

Llucià deslizó un consejo en voz baja:

—Vaya con cuidado, Promio... Según mis informaciones, ese Martos sale dentro de poco. Avise a Nieves y a Emma. Son chicas de vida fácil y de muerte todavía más fácil.

Luego me estrechó la mano y yo sentí una infinita tristeza.

El 14 de junio Llucià ingresaba en el manicomio de Nueva Belén. Acompañado del abogado Batanero y de Josefa, me reencontré con el recepcionista atrabiliario.

—¡Hombre! ¡Usted de nuevo! Esta vez ha acertado con la visita... Tenemos a su amigo Llucià. Y me parece que por mucho tiempo. Dispondrá de sobradas ocasiones para volver por aquí, no le quepa duda...

El verano de aquel año la temperatura de la violencia corría pareja a la del termómetro. Ángel Pestaña dio una conferencia en el Ateneo Barcelonés. Tras el congreso de la CNT, ratificaba la necesidad de moderar la lucha obrera, aunque no renunciaba a una oratoria que conjugaba la buena fe con un concepto utópico de la humanidad.

Al acabar el acto, el sindicalista me llevó a un rincón... Me explicó que la burguesía estaba insatisfecha con Martínez Anido y Arlegui, su férrea mano derecha, porque eran incapaces de acabar con el anarquismo. Que iba a producirse una noticia muy importante al respecto.

A los pocos días de aquella confidencia, el secretario de la Diputación convocaba a los periodistas para transmitirles que veía «con sentimiento» la impotencia de las autoridades para frenar la ola de atentados en Barcelona y su provincia. En vista de la poca colaboración de la patronal, el gobernador presentaba su dimisión.

—Si cae Anido, se irá con él Arlegui. El uno no es nada sin el otro —comentaban los reporteros.

—¿Quién es el culpable de la dimisión? —preguntaron a Arlegui en la escalera del gobierno civil.

—Yo no hablo nunca —contestó el jefe de policía—. Me limito a obrar.

En 1922, con Mussolini a punto de la Marcha sobre Roma, la burguesía soñaba ya con un cirujano de hierro.

La violencia latente en cada minuto barcelonés adoptó las facciones de Martos. Todo ocurrió muy rápido. Aquel día de pegajosa canícula, siguiendo con las indicaciones que me hizo Llucià en la Modelo, fui a ver a Nieves a su piso de la calle Unión.

Al llamar a la puerta escuché una ronca voz masculina en el interior: alguien estaba con ella. Al instante reconocí la voz de la lotera: un gemido que no era de placer sino de angustia, seguido de chirridos de somier y más gritos. Alarmado, empecé a aporrear la puerta hasta hacerme sangre en los nudillos. Los gritos cesaron. Se hizo el silencio y solo pude escuchar el breve rumor de unas abluciones de palangana y el sonido de unos pasos. Me camuflé entre las sombras del rellano. Una raya de luz denotaba que la puerta se abría... Martos asomó la cabeza y miró a ambos lados, tal vez para identificar al autor de los golpes. En ese momento, el corazón pudo más que el cerebro. Me lancé como una exhalación contra él y lo empujé al interior.

Mientras caía sobre aquel delincuente, alcancé a ver el cuerpo desnudo y hecho un ovillo de Nieves que yacía en la cama. Los nudillos se ensangrentaron más al despeñarse una y otra vez sobre el rostro de Martos. Al caer de espaldas, se había propinado un tremendo golpe en el cogote contra la esquina del diván. Con los ojos semiabiertos, no tardó en salir de su sopor para lanzarme un directo a la nariz que me produjo una copiosa hemorragia. Ahora parecía que mi dominio no estaba tan claro. Mis puñetazos eran cada vez más flojos. Martos se incorporó con un alarido salvaje: su rodilla impactó en mis testículos. Ahora la posición se invertía... Era yo el que yacía de espaldas. Martos sonrió con su jeta tumefacta. Se puso de pie, se alisó las solapas del traje, sacó la pistola y me apuntó con delectación.

—¿Acaso querías darme la bienvenida a mi salida de la Modelo? Pues ya me la ha dado tu pelirroja... No es la primera vez que le meto este cañón en el coño. ¡Ha llegado tu hora, Angelito! Vas a ir al cielo... como corresponde a tu nombre de hijo de puta.

Martos no sabía que, a sus espaldas, Nieves se estaba incorporando con la lentitud de un aparecido. El ruido del somier de la cama lo alertó, pero esta vez le fallaron los reflejos: no pudo evitar que ella le clavara un cuchillo de cocina en la barriga. El matón exhaló un grito de dolor, se extrajo el cuchillo y apuñaló repetidamente a la pelirroja.

Inmóvil por el pánico, contemplaba, sin saber qué hacer, aquella truculenta escena. Martos y Nieves, tiznados de sangre caliente en una siniestra cópula. Cuando el pistolero acabó con ella, volvió la mirada hacia mí. Guardó el cuchillo con parsimonia en el bolsillo de la chaqueta y se acercó renqueante. Con la mano izquierda intentaba frenar la hemorragia y con la derecha empuñaba la Star.

—Tu puta no me dejaba acabar el trabajo... Reza, Angelito, que pronto irás al cielo —susurró con voz ronca—. Pero antes te voy a hablar de tu puta madre. ¿No sabes cómo está... o es que no quieres saberlo?

Rompí a llorar como un niño.

—¿Tú qué sabes de mi madre?

Quería defenderme, pero mis extremidades no me respondían.

—¡Qué sabes tú de mi madre! —clamé—. ¡Dímelo! ¡Me iré al otro mundo sabiendo quién soy!

Martos levantó la pistola y me apuntó con una sonrisa de sangre coagulada.

—Pues te lo voy a decir... Expósito de mierda. Tu madre...

Dos detonaciones interrumpieron su discurso fúnebre. Nunca sabría lo que Martos iba a decirme. Su cuerpo se desplomó sobre mí; su mejilla quedó pegada a la mía, como si bailáramos un tango mortal.

No me quedaban fuerzas para quitarme de encima aquel bulto sudoroso y sangriento. De pronto, unos brazos lo apartaron con energía de mi regazo, para dejarlo como un saco al pie de la cama. Alcé la mirada vidriosa. Cisco y Comas me tendían las manos para que me levantara. Apoyado en ellos, entré en un auto que nos condujo a la casa del Putxet. En aquel mísero piso del Distrito Quinto quedaban dos cadáveres bajo una luz macilenta.

En las pesadillas de la primera noche, mientras la vieja comadrona que cuidó el embarazo de Josefa curaba mis heridas, recobré los amarillentos fotogramas de mi patética infancia. Las monjas en el tétrico caserón de la calle Moncada... Vestido de marinero con el pelo rapado al cero en la banda de música del Asilo Naval... En la cubierta de la corbeta Tornado, formación de firmes: las señoronas de la burguesía dejan caer sus limosnas con miradas de fingida compasión...

El agosto violento culminó con el atentado contra Ángel Pestaña en el teatro Nuevo de Manresa. Las balas le produjeron heridas en la cabeza, la garganta, el pecho y el brazo. Curiosamente, poco antes del atentado, el sindicalista había comentado que aquel podría ser su último mitin. Al saber que Pestaña había sobrevivido, los pistoleros estuvieron merodeando por el hospital: buscaban la ocasión para rematarlo.

La situación de Llucià en Nueva Belén empeoraba día tras día. Cuando le comuniqué la muerte de Nieves y que su cadáver yacía en el depósito del Clínico, pude observar, acaso por primera vez desde que le conocía, lágrimas en sus ojos. Su respuesta fue lacónica:

—No quiero que la echen a la fosa común. Encárguese del nicho —ordenó con voz trémula—. Batanero correrá con todos los gastos.

El entierro de Nieves Pallarés tuvo lugar una mañana caliginosa en la parte más alta del cementerio de Montjuich. En el séquito, poca gente. Algunos clientes del Edén Concert, Emma la Gabachita con su sempiterna sonrisa de cocainómana, el abogado Batanero y Castellanos. Al acabar el sepelio, el comisario se me acercó.

—No se preocupe, Promio. Sé que usted estaba en el piso de la calle Unión el día de autos. Ese Martos era un mal bicho. Seguía la táctica de Rull, aquel confidente de la policía que cometía los atentados que él mismo anunciaba. O sea, que jugaba con una doble baraja: últimamente le daba igual la CNT que los pistoleros del Libre. Su pistola disparaba según el mejor postor.

—Estaba violando a Nieves, me lancé sobre él...

El comisario se llevó el índice a los labios. Me hizo callar con un siseo.

—Nada, no me cuente nada. Cure sus heridas. Esta conversación no ha tenido lugar. Me sabe mal por la pobre chica, pero Martos se ha ido al infierno, que es donde debía estar.

—¿Y qué me dice del atentado contra Pestaña?

—No me meta en política, señor Promio... Esto va a acabar con una militarada, y si no, al tiempo. ¡Ah! Dígale a su amigo Seguí que se ande con cuidado. A estas horas a nuestra catalanísima patronal le molestan hasta los sindicalistas moderados. Yo diría que son los que más le molestan. Y eso también va por usted. Si puede largarse de esta ciudad de asesinos, hágalo. A Madrid, por ejemplo...

—Lo tendré en cuenta. Aunque últimamente todo el mundo me envía a Madrid...

El comisario sonrió al despedirse y subió al coche policial.

—¿Lo ve, Promio? —dijo asomándose por la ventanilla—. Ya no me acuerdo de lo que acabamos de hablar. ¡Esta cabeza mía! ¡Qué mala memoria!

19

El comisario estaba en lo cierto. Debía tomar cuanto antes el expreso con destino a Madrid. En Barcelona campaba la muerte. Todos los recuerdos de la gente con la que compartí algo en estos últimos años podían escribirse con sangre.

Mi último encuentro con Salvador Seguí y Ángel Pestaña fue en el café Español del Paralelo. Me recibieron con aplausos y me fundí en un abrazo con mis salvadores, los lacónicos Cisco y Comas.

El Noi me invitó a tomar asiento.

—Lo prometido es deuda. Cisco y Comas cumplieron la orden: protegerte de aquel matón. Ahora, a lo nuestro.

Caía una tarde melancólica. Entre copas de anís Morera y ron Manzanillo, el Noi hablaba de su novela *Escuela de rebeldía*. Había mucho de su vida en el obrero protagonista, Juan Antonio Pérez Maldonado. Resonaban las cucharillas removiendo el azúcar en el café enriquecido con gotas de ron, y el Noi leía unas líneas como aquel que, presintiendo la muerte, lega a sus fieles lo esencial de su ideario:

> El mundo no es más que una jaula de fieras, aunque puede ser un paraíso. Yo no creo que la justicia haya de triunfar por la fuerza, es un contrasentido; el amor a la justicia representa un estado de conciencia al que no se puede llegar por la violencia; la justicia, impuesta de esta manera, tendrá un carácter de arbitrariedad.

Juan Antonio, el personaje de su novela, malvive en una mugrienta habitación en la calle Robador por la que paga tres pesetas diarias, lo que suma veintiuna pesetas a la semana. De su jornal solo le quedan siete duros para comer y vestir y siete pesetas para café y tabaco...

Entre párrafo y párrafo, el Noi rememoraba alguna anécdota como aquella vez que pintó la casa de un burgués del paseo de San Juan. Al acabar el trabajo, se aseó y se puso el traje y el corbatín de costumbre. Al salir a la calle y en el momento de cruzar el vestíbulo modernista, un petimetre con sombrero de hongo se le quedó mirando: «Ya veo, Noi del Sucre, que el sindicato da para mucho... ¡Menuda casa te has agenciado!». Tuvo ganas de lanzarse al cuello de quien insultaba su honradez, pero no se dejó llevar por la ira. Aquel burgués no podía entender que un humilde pintor quisiera vestir decentemente al acabar la jornada y no ir con el mono manchado de pintura todo el día.

Recordábamos cuando nos conocimos en la redacción de *Tierra y Libertad* y las lecturas compartidas del Ateneo Sindicalista. El Noi se dirigió, sonriente, a un taciturno Pestaña:

—¿Quién te iba a decir, amigo, que acabarías en el periodismo?

Pestaña alegró el rostro.

—Creo que hace siete años que *Solidaridad Obrera* pasó a ser diario... Me tocó ser administrador y aquello era una ruina. La tirada no superaba los tres mil ejemplares, de los que muchos ni siquiera se cobraban.

—¿Y cómo se podía sobrevivir así? —pregunté.

—¡A estas alturas, señor reportero, no hagas preguntas ingenuas! De los donativos de los sindicatos, de los anuncios (más bien pocos) y de los ingresos inconfesables...

—Confiesa... —musitó Seguí con gesto cómplice.

Pestaña agrió de nuevo la faz.

—Tardamos demasiado en condenar los atentados, hasta que se convirtieron en nuestro *modus operandi*. Somos hijos, aunque cueste confesarlo, de la vieja tradición del atentado personal... En el martirologio anarquista, los violentos ocupan la mayoría de las veces un lugar preferente...

—Pero la injusticia social podía justificar esa espiral de acción-reacción —maticé.

—Ahí tenéis al Juan Antonio de la novela... —intervino Seguí—. En 1917, cuando los precios de los alimentos aumentaron un cuarenta o cincuenta por ciento, aún se pagaban salarios de cuatro o cinco pesetas. Un obrero no cubría los gastos del sustento con la semanada.

El Noi adoptó un tono profesoral:

—No olvidéis nunca que a nosotros no nos conviene matar a nadie. Nuestra arma no es el puñal ni el revólver, sino la huelga.

Pestaña meneó la cara con el escepticismo del fracaso.

—La huelga debía ser suficiente. Conseguir la jornada de ocho horas parecía demostrarlo, pero los atentados siguieron... Y, vuelvo a repetir, no fuimos capaces de frenarlos. Cuando los empezamos a condenar teníamos demasiados asesinos en el sindicato. Y cuando los atentados dejaron de ser lucrativos, se pasó a los atracos. La CNT llegó a caer tan bajo en la opinión pública que identificarse como sindicalista es hoy sinónimo de pistolero, de malhechor, de forajido...

Pestaña dirigió su mirada a los ventanales del Español. Las sempiternas Tres Chimeneas y los teatros Nuevo y Victoria, con La Tranquilidad entre medio: la lucha obrera y la diversión, complementarias; como la vida y la muerte.

—Ahí delante, los «solidarios» Ascaso, Durruti y García Oliver sortean pistolas, eso que llaman jocosamente «rifas de pipas». Una «sindicalista» cuesta cuarenta y cinco pesetas...

—Nosotros con la Star y los otros con la Browning. Fuimos neutrales en la Gran Guerra pero nos quedamos con un buen arsenal. Hubo revólveres para todos —añadió el Noi.

—Y lo más grave —hablaba Pestaña— es ver cómo trabajadores que habían pertenecido a la CNT se han pasado al Libre y ahora matan a sus antiguos compañeros.

Pestaña ilustró su reflexión mostrándonos una de las vendas que conservaba del atentado de Manresa.

—Creo que va a haber un golpe militar —concluyó—. La burguesía se pasa el día tomando café con Primo de Rivera y regalándole los oídos. Y nuestra incompetencia en abortar el terrorismo ha acelerado el proceso. Esa violencia que no somos capaces de parar posibilitará una dictadura en España.

Se hizo el silencio. Los tres contertulios nos miramos con el mohín cansado de los perdedores. La noche se había adueñado del Paralelo. Los últimos obreros de La Canadiense tomaban dos caminos: el del tranvía, rumbo a casa, o el de los burdeles de la calle de las Tapias. Los dos posibles destinos del jornal, como en la novela de Seguí. La vida y la muerte, tan promiscuas...

Pocos días después, el Noi caía abatido con su amigo Comas en la esquina de la calle Cadena con San Rafael. Cuando me personé en el lugar de los hechos, un abrumado Pestaña recordó nuestra charla del café Español.

—La cotización por asesinarlo subía como la espuma, se dice que se pagaban hasta veinticinco mil pesetas...

La policía cubrió el cadáver de Seguí.

—Es hora de irse —le dije a Pestaña.

—Ahora mandan ellos: los de la Star y los de la Browning —lamentó el sindicalista.

—Nunca una ficción ha previsto con tanta exactitud la realidad... —subrayé—. Al Juan Antonio de *Escuela de rebeldía* lo mataban en la calle Riereta, y al Noi lo han matado en la de Cadena. Aquella tarde sus palabras sonaban a despedida...

Cuando dejé el lugar del crimen y escribí una crónica de asesinato, quedó todavía más claro que no podía continuar en Barcelona. Anoté en mi bloc las cosas que debía hacer en las siguientes horas. Si los compinches de Martos se enteraban de mi presencia en el piso de Nieves, no tardarían en venir a por mí.

Había que moverse rápido. Lo primero fue visitar al abogado Batanero y aclarar su actitud respecto a Llucià.

Tras aguardar media hora larga observando las paredes repletas de plúmbeos diplomas de Derecho, la antipática secretaria me invitó a pasar al despacho.

Batanero estaba absorto en unos papeles. Levantó la vista.

—Son los informes psiquiátricos de Llucià. Me temo que esta vez el remedio ha sido peor que la enfermedad.

—¿A qué se refiere? —pregunté con preocupación.

—Yo delaté a Llucià, señor Promio. Pero lo hice por su bien. Lo habrían detenido más pronto que tarde. Quería evitar que cometiera más estafas y que la bola de nieve delictiva fuera tan grande que le acabara aplastando. Al igual que en el año 19, la solución radica en aprovechar sus antecedentes psiquiátricos como atenuante y evitar, en la medida de lo posible, la pena de prisión.

—Pero está recluido en Nueva Belén, él esperaba ir a San Baudilio...

El abogado se pasó nerviosamente la mano por la perilla.

—Lo sé. Hice lo que pude, señor Promio: hablé con el doctor Mallofré, pero un tal Setó, el nuevo director de Nueva Belén, ya había emitido un informe que hacía imposible el traslado.

Dirigí a Batanero un gesto de reproche.

—Confiese, abogado. Está harto de Llucià... Lleva ocho meses en Nueva Belén. No creo que pueda resistir mucho más... Si no se ha largado antes es porque lo ve inviable. Es un psiquiátrico más pequeño que San Baudilio, pero con menos posibilidades de evasión.

Batanero alzó la voz, visiblemente molesto:

—¡Pues le diré que no se equivoca! ¡Estoy harto de que Llucià vaya por libre y me tome por el pito del sereno! Pero soy un profesional y no pienso dejarle en la estacada —matizó.

—Además, no se quejará del pago de sus minutas... He ojeado algunas en la casa del Putxet.

El abogado pareció ignorar mi malévolo comentario.

—En lugar de tanto criticar, actúe, señor Promio —me exhortó, claramente a la defensiva—. A usted le interesa tanto como a mí que Llucià ordene su vida. Pensemos en Josefa, su hija... Yo preferiría gestionar sus propiedades y no visitarlo en comisarías, cárceles y manicomios. Si conseguimos que salde sus cuentas pendientes con la justicia, con la atenuación de la locura, en un par de años o tres podría ser un ciudadano normal. Usted publicaría su biografía (no se quejará de falta de material) y... ¡todos contentos!

—Llucià no podrá resistir mucho tiempo más en Nueva Belén. ¿Hay límite para su estancia?

Batanero torció el gesto.

—Me temo que es indefinida. Está en manos del doctor Setó y, según mis últimas informaciones, no se atisba ninguna salida en el horizonte. Sigue en la sección de agitados y ni siquiera lo han pasado a la de convalecencia...

La revelación del abogado me indignó.

—¿Agitados? ¿Desde cuándo Llucià se ha comportado como un loco agitado? En San Baudilio se paseaba como Pedro por su casa y destacaba por su buena relación con el resto de los internos. Ese Setó le ha tomado manía.

Batanero se levantó del asiento; dio una vuelta por el despacho repiqueteando los dedos en los lomos de sus libros.

—Ya me dirá qué podemos hacer... Legalmente, tengo las manos atadas. Delitos penales, informe psiquiátrico negativo...

Yo también me incorporé de la silla. Seguir con la

mirada las vueltas y circunloquios del abogado me mareaba.

—¿Me permite hacer a mí?

Batanero pareció recobrar la serenidad. Volvió a sentarse.

—¿Y qué pretende?

—Se lo diré si no me delata.

El abogado extendió las dos manos en la mesa de caoba.

—Ahora me está ofendiendo, señor Promio. Le doy mi palabra de honor de que voy a colaborar en lo que usted me diga. Aunque ciertamente estoy harto de Llucià, solo cesaría mi relación profesional cuando él halle una salida a su situación. Mientras tanto, a todos los efectos, soy su letrado.

Sonreí.

—Esto me gusta más. Yo le prometo que sacaré a su cliente de Nueva Belén. Si continúa con ese régimen de reclusión, acabará realmente loco.

—Pero será otra evasión —objetó Batanero—. Seguirá siendo un fugitivo de la ley...

—Se perderá en algún lugar ignoto escudado en una de sus múltiples identidades... Después de un tiempo prudencial volverá con otro certificado psiquiátrico y un informe de buena conducta. En el peor de los casos, ingresará en San Baudilio, pasará una temporada y luego, por fin, podrá llevar una vida normal.

Batanero esbozó una mueca de incredulidad.

—Me sorprende su optimismo, señor Promio. Pero creo que no nos quedan otras opciones... ¿Tiene algún plan?

—La fuga constará de dos partes. En la primera, con la excusa de un reportaje para *El Día Gráfico*, me personaré en Nueva Belén, donde me granjearé la confianza de ese Setó. En la segunda, actuaremos. Con motivo de la Semana Santa, el capitán general de Cataluña, Miguel Primo de Rivera, hará una visita al sanatorio...

El abogado mostró su extrañeza:

—¿Y qué tiene que ver Primo de Rivera con Llucià?

—El uniforme —respondí secamente.

Batanero estaba todavía más perplejo.

—Ahora sí que no entiendo nada. Como no me lo aclare...

—¡Parece mentira que lleve tanto tiempo al servicio de Llucià y no sepa que posee la mejor colección de uniformes militares de la que puede disponer un civil!

Batanero soltó una sonora carcajada.

—No me diga que...

—Se lo digo. En una de sus visitas, Josefa le llevará uno de sus uniformes del ejército español. Durante la visita de Primo, Llucià estará preparado, yo le abriré la puerta, él saldrá y se mezclará con el séquito del capitán general...

Al letrado le centelleaban los ojos como un niño disfrutando de una película de Tom Mix...

—No hace falta que siga... —dijo anticipándose a mi explicación—. Ya continúo yo. Llucià se fugará tan campante en compañía de nuestro hombre de moda... —apostilló Batanero, satisfecho de mis planes.

—Eso mismo. Primo de Rivera, ¿hombre de moda? —deslicé con interrogantes.

—¿No se ha enterado? La patronal, la gente de la Lliga, los *noucentistes* de Eugenio d'Ors, los *botiguers* en pleno, hasta la UGT que quiere acabar con la competencia de la CNT; todos jalean a Primo de Rivera para que sea nuestro Mussolini...

—¿Y él qué dice?

—De momento se deja querer. Se da un garbeo por el Paralelo, visita a las *vedettes*, proclama su amor por el regeneracionismo de Joaquín Costa, da la razón a las madres que han perdido a sus hijos en el Rif y les promete que, si de él dependiera, acabaría con el matadero de Marruecos... Si no ha dado el paso todavía es porque el rey se lo está pensando, pero en cuanto el rey le dé luz verde... se acaban los gobiernos mensuales de los romanones, mauras y garciaprietos.

—¿Y a usted le parece bien esa alternativa?

Batanero me cogió el brazo con fuerza.

—Con más de ochocientos muertos en seis años, no nos queda otra salida. Necesitamos un Primo de Rivera que acabe con las bombas, los tiros y los atracos.

—Ya tuvimos a Martínez Anido y la cosa fue a más...

—Era otra etapa. Ahora es el momento de un Gobierno fuerte para toda España. —El abogado suspiró hondo antes de lanzarme un improvisado discurso—: Un Estado corporativo. Estabilidad y progreso. Carreteras. Empresas públicas sólidas... Y si lo hacemos desde Cataluña, mejor que mejor.

Aquel diagnóstico coincidía, aunque desde otro punto de vista, con el que expresó Pestaña la tarde del café Español. El terrorismo había sentado las bases para una dictadura.

Batanero interrumpió mi meditación con una pregunta:

—¿Quiere un consejo, Promio?

—¿Que me marche a Madrid?

—Eso. Márchese a Madrid. Le puedo proporcionar una carta de recomendación... El golpe se gestará en Barcelona, pero el nuevo Estado nacerá en Madrid. Le conviene estar bien situado cuando llegue el momento. Y, por supuesto, aproveche su nueva identidad y olvídese de una vez por todas de los delirios anarquistas. Comience una nueva vida, como Llucià.

Me incorporé sin decir palabra. Batanero hizo lo mismo. Nos dimos la mano.

—Creo que seguiré su consejo —dije rompiendo el silencio—. Pero tengo asuntos pendientes. Esta misma tarde telefonearé a Nueva Belén, hablaré con Setó y concretaré la visita.

Al día siguiente del encuentro con Batanero tomaba el tranvía hasta el manicomio de Nueva Belén.

El director, el señor Setó, me aguardaba en el vestíbulo a la hora convenida. Era un médico de película expresionista: gafas redondas, una bata con manchas que le iba grande y las greñas que rodeaban su calva lustrosa camuflando las orejas de soplillo.

—Me alegro de su interés periodístico —manifestó con alegría impostada—. No quiero que nadie piense que aquí escondemos rincones siniestros. En los últimos tiempos, San Baudilio se identifica con lo moderno y Nueva Belén, con lo rancio. Me gustaría desmentir ciertos bulos. La culpa la tiene el doctor Jacinto Mallofré. Desde que dirige San Baudilio habla mal de nosotros.

Recorrimos la planta baja: el recepcionista me saludó con gesto abúlico; mi presencia ya no le motivaba.

Setó empezó a mostrarme las dependencias.

—Como puede ver, aquí tenemos la oficina de administración, el gabinete de consultas, el de observación, mi despacho y habitación, las estancias del capellán, practicantes y criados, la despensa, los almacenes y la bodega.

Accedimos a un patio del que partían corredores cubiertos que correspondían a cada uno de los departamentos. Setó me invitó a subir las escaleras del primer piso.

—Esta es la sección de convalecencia, un amplio salón que comunica con varios gabinetes y dormitorios con vistas a los jardines. Hombres y mujeres se distribuyen a derecha e izquierda, respectivamente, atendidos por las hermanas de San Vicente de Paúl.

Tras saludar a varias monjitas que zurcían calzones en un rincón de la sala, un cartel nos informaba de que íbamos a entrar al salón de «reuniones».

—Lo llamamos así, de reuniones, porque aquí procuramos que los internos que están a punto de salir conversen entre ellos para facilitar su reincorporación a la sociedad. Como ve, nada siniestro; todo lo contrario.

La descripción contrastaba con una puerta cerrada a cal y canto bajo otro letrero: PSIQUIÁTRICO.

—¿Ahí no se puede entrar?

Setó me dedicó una sonrisa condescendiente.

—Lo siento, ahí están los enfermos en tratamiento. Convalecencia está separada de los departamentos laterales para evitar que quienes están en camino de recuperar su cordura se topen de nuevo con el triste espectáculo de la demencia.

Unos bramidos, al otro lado de la puerta, sugerían que los dementes debían de estar en fase aguda... Pese al evidente rumor de quejidos humanos, Setó siguió con su cantinela promocional. Se alisó las greñas. En lugar del director de un psiquiátrico, ahora parecía el recepcionista de un hotel.

—Nueva Belén dispone de tres clases de habitaciones. Las de primera son muy espaciosas, están en la planta baja y cuentan con jardín, a cuyo cultivo puede dedicarse el paciente si su estado lo permite; las de segunda, en vez de jardín disponen de galería, y las de tercera albergan cuatro enfermos y un criado que les atiende y controla. La vigilancia de las habitaciones es continua. Cada puerta dispone de un ventanillo para observar al interno. Los enfermos tranquilos ocupan las habitaciones que dan a la fachada principal con vistas a los campos de San Gervasio.

Cansado de tanta promoción, procedí a interrumpir la perorata:

—Si me permite una pregunta...

Al locuaz Setó pareció molestarle mi brusca intromisión.

—No se quejará de la información. Observo que toma pocas notas...

—A veces hablar mucho es una forma de evitar preguntas incómodas, señor Setó...

El director médico dibujó una sonrisa forzada.

—Estamos aquí para informar. Usted dirá...

—¿Podría ver, aunque fuera a través de un ventanillo, a algún loco agitado o furioso?

Mi propuesta no le hizo ni pizca de gracia.

—Están en la planta baja y la parte posterior, en lo que llamamos «celdas fuertes». No son muchas celdas, porque el furor es un estado accidental de las enfermedades de la mente. Las celdas fuertes reciben luz difusa, tienen paredes acolchadas de lona y el suelo entarimado.

—¿Podríamos visitar alguna que esté vacía? —insistí.

—Me temo que no. En estos momentos están todas ocupadas y comprenderá que no es muy grato para la intimidad de un enfermo que un extraño se entere de su desgracia.

—En San Baudilio pude ver todas las dependencias del manicomio, incluso las más desagradables...

Setó se sentía cada vez más incómodo.

—¿Insinúa que aquí tenemos cosas que ocultar? —respondió crispado.

—Nada más lejos de mi intención. Si usted me demuestra que en Nueva Belén se aplican los últimos avances de la frenología, mi crónica será de lo más favorable.

El doctor pareció recuperar la tranquilidad.

—Comprendo su desconfianza, señor Promio... El doctor Mallofré le debió contar cosas horribles de esta institución. Venga, salgamos a la terraza.

Setó contempló extasiado el entorno natural de Nueva Belén. Aclaró la voz con un carraspeo, pero no pudo evitar lanzar un gallo.

—¡Fíjese qué belleza a pocos minutos de la plaza Cataluña y al lado del Tibidabo! Cinco hectáreas de árboles, viñedos, un canal... ¿Sabe que de esas viñas sale el vino que consumimos? Ahora nos tomaremos una copita...

Si quería ganarme la confianza del director no debía herir su susceptibilidad. Entramos en su despacho y brindamos por Nueva Belén.

—Un vino excelente... —dije sorbiendo la copa de una sentada.

Setó parecía más contento por los efectos del caldo.

—¿Ve como no somos tan terribles? ¿Otra copita?

Había llegado el momento de embriagarlo con un cóctel de vino y aparente ingenuidad.

—Comprendo que a veces no queda otro remedio...

—¿Qué quiere decir?

—Un enfermo agitado o furioso es indomable... Es comprensible que ustedes actúen en consecuencia... Por el contrario, en San Baudilio no podían con ellos.

El bendito vino empezó a revelar el subconsciente del psiquiatra director.

—¡Y que lo diga! ¡Esa es la pretendida modernidad de Mallofré, el hermano Triadú y sus adláteres...!

Yo me hice el tonto.

—No negaré que tienen buena voluntad, pero...

Setó soltó una risita, seguro de sus argumentos. Y el dios Baco le soltó la lengua.

—Han desechado métodos tan eficaces como el electroshock sistemático o el tratamiento de la demencia agitada que ya solo practicamos aquí porque ellos se niegan en nombre de una serie de médicos alemanes y judíos vieneses.

Yo estaba que no cabía de gozo.

—¡Esas modas de ese tal Froid o Floid! —jaleé.

Setó soltó una risotada. Sorbió de la copa. Estaba desatado...

—Ya me explicará qué hace usted con un tío de cuarenta años que se pasa el día gritando. O le mete una buena ración de opio o le mantiene inmóvil con un cinturón de cuero...

—¿Y cómo funciona ese cinturón? —pregunté con expresión extasiada.

Setó estaba encantado de explicármelo.

—Se sujeta por detrás con una hebilla y dos abrazaderas: las manos del enfermo se introducen en una especie de guantes sin dedos, acolchados en la parte de la muñeca; se unen al cinturón por medio de las citadas abrazaderas. ¿Qué hay de malo en eso? El alienado puede hacer uso de sus miembros superiores sin que su pecho se encuentre oprimido... ¡Mucho mejor que la camisa de fuerza!

—Si no hay más remedio... —apostillé.

Los ojos de Setó hacían chiribitas. Parecía desahogarse.

—¿Y qué podemos hacer con un joven que padece manía aguda alucinatoria? Amarga a su familia y pone en peligro la integridad de sus padres con sus delirios incoherentes y sus alucinaciones. Al final, no reconoce ni a la familia ni a los amigos... Sufre insomnio...

—Pobrecillo... ¿Y qué solución tiene eso? —pregunté con voz forzadamente cándida.

—Pues aplicarle una moxa en la nuca.

—¿Una moxa?

—Es una mecha de algodón o estopa quemada que se pone en contacto con la piel con fines terapéuticos. Su objeto es producir una escara que sirva de derivativo de la sangre para que el humor negro o el proceso patógeno se desplace a otra parte del cuerpo menos perniciosa para la mente.

«Métodos del siglo XIX», dije para mí. Reprimí el comentario. Debía aprovechar la confianza de mi deslenguado interlocutor. Fui al grano:

—Además, aquí cuentan con internos ilustres... Por ejemplo, ese estafador. ¿Cómo se llama? ¿Pickman, Llucià?

Setó se recostó en el sofá con aspecto relajado.

—¡Menudo pájaro! ¡Ese tiene moxa para rato! Va de señorito y le encantan las camisas de seda, pero aquí no le queda otra, si se pone pesado, que la camisa de fuerza... A mí no me las va a dar con queso. Yo no soy tonto como Mallofré.

—¿Es de los agitados? —pregunté con tono inocente.

—Si no lo es... se les parece. Se pasa el día hablando, pero yo ya me he ocupado de que no hable con nadie.

Intenté disimular mi rabia ante lo que estaba escuchando.

—Ha sido una visita muy clarificadora, doctor. Y, repito, el vino es excelente.

—Si he podido desterrar sus prejuicios hacia Nueva Belén, ya me doy por satisfecho. Por cierto, ¿cuándo saldrá la crónica?

—Muy pronto. Aunque creo que podría convertirse en un gran reportaje. Tengo entendido que hay programada una visita de don Miguel Primo de Rivera, marqués de Estella y capitán general de Cataluña.

Setó estaba inflado como un pavo real. Su mirada vidriosa se perdió en el infinito.

—La festividad del Sábado Santo será un gran día para nosotros. Nueva Belén lucirá sus mejores galas. Se oficiará una misa y se ofrecerá un refrigerio a las autoridades.

—Pues... estaba pensando acreditarme y completar sus explicaciones de hoy con la visita de tan relevante personalidad. Incluso podría acompañarme de un fotógrafo.

El médico director no cabía en sí de gozo.

—¡Una gran idea! Insistiré ante el gobierno militar para que le incluyan entre el selecto grupo de periodistas que acompañarán al general.

—No le quepa duda de que será un gran día —respondí disimulando la sorna—. Nos volveremos a ver y volveremos a brindar.

Setó levantó pesadamente una de las copas vacías y se dejó caer en el diván.

—No hace falta que me acompañe, conozco el camino.

La mano del director revoloteó cansinamente, como una mariposa mareada, a modo de despedida.

20

> Traje oscuro, botines rojos, pañuelo de seda al cuello... La gorra junto a la cabeza rota por la pólvora. Un puñado de serrín sobre el charco de sangre oscura... Unos chavales con bata de rayadillo y visera proletaria contemplan el cuerpo con respeto pero sin llanto: estaban demasiado acostumbrados al espectáculo de la muerte...

Tras mi primera crónica, publicada sin firma en *El Día Gráfico*, recabé más información sobre el asesinato de Seguí. La tarde del sábado 10 de marzo de 1923, el Noi se dirigía, acompañado de Comas, a una reunión del Sindicato de Vidrieros. Nunca olvidaría su cadáver en los adoquines, apenas cubierto con un saco, en la esquina de la calle San Rafael. Cuando retiraron el cuerpo, una niña con vestido de terciopelo dejó caer unas flores y un policía de paisano le ordenó que no se acercara más de la cuenta. La víctima presentaba una sola herida por arma de fuego en la cabeza, comentó el forense del hospital Clínico. El asesino era buen tirador: la bala entró en la frente y quedó depositada en su cerebro. En realidad, según los testigos, fueron siete los agresores; después de disparar sobre Seguí y Comas, se dividieron en dos grupos: unos huyeron por la calle Aurora; los otros enfilaron San Rafael y se perdieron entre las penumbras de la calle Robador.

El domingo por la tarde, veinticuatro horas después del crimen, el juez del distrito de Atarazanas, el señor Amat, fijó un entierro secreto para la mañana del lunes. La familia de Seguí no había reclamado el cadáver hasta pasadas las once de la mañana.

—¿Acaso tienen miedo? —pregunté.

—No puedo confirmárselo. Supongo que no pueden hacerse cargo de los costes. El gobernador civil se ha ofrecido a sufragar el sepelio. Además, me han comunicado que el cuñado y un hijo del difunto acaban de hacer acto de presencia.

El juez mostró las pertenencias personales del Noi: una pistola belga, tarjetas en las que se leía «Salvador Seguí, pintor», papeles con notas y un billete de quinientas pesetas.

—¿Se barajan sospechosos?

—Seguí tenía enemigos en su propia organización. Si en el ramo de vidrieros censuraban su talante pactista, los del Sindicato Libre le perseguían como a un anarquista más. Hemos detenido a un vidriero muy cercano a la patronal y a uno del Libre. Hallamos la cartera de este último en el lugar del atentado. Hemos tomado declaración a dos inquilinos de la calle Cadena, 17, y a la dueña de la carnicería donde Comas buscó refugio.

—¿Y cómo se encuentra Comas?

—Su estado es muy grave. Dudo que pase de esta noche o mañana...

A primera hora de aquel lunes tenebroso, un reducido séquito observaba, meditabundo, el ataúd de Seguí. Aquel grupo clandestino del cementerio de Montjuich contrastaba con la gigantesca manifestación obrera que inundó la plaza Cataluña en la jornada de huelga que convocó la CNT. El comité exigió una entrevista con el gobernador civil, señor Reventós, para protestar por no haber anunciado el sepelio. Reventós reiteró el argumento del juez: no se hizo público porque la familia omitió el trámite legal de reclamar el cadáver en el tiempo que establece la ley.

Pocas horas después de aquella manifestación llegaba la noticia de la muerte de Comas. De acuerdo con su familia, se aplazó el entierro hasta el domingo siguiente para evitar más incidentes.

Después del asesinato del Noi, mi presencia en Barcelona era cada vez más inútil y peligrosa. Pero todavía me quedaban cosas muy importantes por hacer.

La primera, hacer partícipe a Josefa de mis planes para liberar a su marido. La encontré en la torre del Putxet, jugando con la pequeña Emma en el jardín. La mujer había adelgazado y mostraba un semblante demacrado. A diferencia de San Baudilio, la política de visitas de Nueva Belén era más restrictiva. Mientras Llucià no cambiara de tipificación psiquiátrica, y pasara de «agitado-furioso» a «convaleciente», solo su esposa podía verle una vez al mes. La visita anterior a la Semana Santa sería una buena ocasión para que ella le transmitiera el plan de fuga.

—¡Tengo planes para Antonio...! —exclamé a modo de saludo optimista.

Josefa empujaba el cochecito de Emma entre los árboles: levantó la cabeza y me miró expectante.

—No me diga que ha conseguido que lo suelten... Lo está pasando muy mal. En la visita del mes pasado me comentó...

Interrumpí sus explicaciones y la invité a sentarse en uno de los bancos mientras la pequeña, ya fuera del cochecito, seguía a su aire jugando sobre el césped con un cubo y un rastrillo.

—Hablé con el director, el doctor Setó. A corto plazo no se prevé la libertad de su marido por ninguna parte. Me temo que ese hombre se la tiene jurada.

—Pero Antonio no ha protagonizado ningún acto de violencia. El problema es que le dejan salir muy poco de su habitación. Ese Setó le ha colgado la etiqueta de «loco agitado» y de ahí no se mueve...

—Eso parece. Y si Setó no se mueve, ahora nos toca movernos a nosotros. Supongo que ha oído hablar de Miguel Primo de Rivera, marqués de Estella...

Josefa puso cara de intrigada.

—¿El capitán general de Cataluña? ¿Y qué tiene que ver con Antonio?

—De momento nada, pero podemos abrirle la puerta de Nueva Belén.

La siempre apacible Josefa se inquietaba por momentos.

—Señor Promio, sea más concreto... ¿Ha conseguido una recomendación o algo parecido?

—Ya me gustaría, pero no. Primo de Rivera visitará Nueva Belén el próximo Sábado Santo.

—¿Y? ¿Concederá acaso la libertad a algún interno? Sigo sin entenderlo...

—Será una visita protocolaria. Como sabe, el marqués de Estella se ha convertido en la personalidad más popular entre la gente de orden de Barcelona. Pronto se cumplirá un año desde que asumió el cargo y, después de la dimisión de Martínez Anido, parece ser el único capaz de acabar con los atentados, reorganizar el Somatén y parar los pies a la CNT.

—Pero todo eso es política —apuntó Josefa con extrañeza.

—Primo de Rivera es nuestra llave para sacar a Antonio. He hablado con Batanero y pronto tendré una conversación con Pich y Pon, el dueño de *El Día Gráfico*. Le propondré unas páginas especiales sobre las actividades del capitán general. Acreditado como reportero, me sumaré a su comitiva en la visita a Nueva Belén.

De pronto Josefa empezó a cambiar el rictus de la extrañeza por una sonrisa.

—¿Y cómo lo sacaría de allí? ¿Abriéndole la puerta de la habitación vigilada en la que se consume?

—Ahora es cuando interviene usted... Su visita antes de la del capitán general será perfecta: llevará a su marido uno de sus uniformes del ejército español. Como yo andaré mezclado con las autoridades, me acercaré a su habitación con algún pretexto periodístico, ya se me ocurrirá algo... Él se uniformará y saldrá conmigo para unirse al séquito: como todos serán militares, pasará desapercibido y en pocos minutos estará en la calle. Y de ahí a la estación de ferrocarriles, donde usted le pasará el equipaje. Luego tomará el expreso a Bilbao.

—¿Y por qué precisamente Bilbao?

—Desde allí tiene la opción de tomar algún barco para Inglaterra, donde no le tienen tan visto como en otros países europeos.

Josefa asentía, pero no las tenía todas...

—Lo de Bilbao, no acabo de verlo claro...

—Llucià sabe apañárselas de sobra. Ahora solo necesita un empujoncito... Le reservamos una habitación en algún hotel discreto y él que asuma una de sus identidades. Tiene para escoger. Luego se marchará de España por un tiempo. ¡Sabe cinco idiomas! Batanero estará en contacto con él.

Josefa puso mala cara.

—No me fío de ese hombre. Parece que cada vez le fastidia más llevar los asuntos de Antonio...

—Me consta. Pero lleva los asuntos y cobra generosas minutas. Además, ahora ya es un poco tarde para prescindir de él... Conoce mi plan y sería peligroso que nos lo pusiéramos en contra.

Josefa parecía más serena. Intercambió una sonrisa con Emma, que nos miraba sentada sobre la tierra del jardín.

—Mírela... ¡Qué envidia! Ella no tiene problemas. Ahora lo tengo todo más claro, pero... ¿no me diga que piensa dejarnos y marcharse a Madrid?

—Es necesario. Absolutamente necesario si quiero seguir vivo —confesé circunspecto.

—¿Le quieren matar como al Noi del Sucre? —inquirió Josefa, alarmada.

—No sé si mi cabeza vale tanto como la suya, pero alguien puede pasarme factura por las muertes de Martos y Bravo Portillo... Si ya era insoportable, la violencia en Barcelona se ha multiplicado, y a mí me tienen ganas en los dos bandos. Matar se ha convertido en un negocio. Lo fue durante la guerra y quienes vivieron de eso no se quieren bajar del carro.

Josefa siguió mi explicación con interés.

—¿Y qué va a hacer en Madrid?

—La acreditación de *El Día Gráfico* me abrirá las

puertas de algún diario o semanario. Alquilaré un piso en el centro y sobreviviré durante un tiempo.

Josefa me interrumpió:

—¿Sobrevivir? ¡Usted es la persona a la que Antonio profesa más confianza! Cuando le visite en Nueva Belén se lo comentaré... Si necesita dinero, cuente con nosotros...

—Ya he abusado sobradamente de su generosidad. He disfrutado de esta casa un largo tiempo, con todas las comodidades. Creo que debo saldar la deuda con su marido y, sobre todo, con usted: nunca puso reparos a mi papel de huésped perpetuo.

Josefa sonrió con ternura.

—No diga eso, Promio. Usted es la persona que más cosas sabe de Antonio. No olvide que es su biógrafo... Hasta que su situación no sea sólida le podemos apoyar económicamente.

Hice ademán de incorporarme del banco. Josefa también se levantó y tomó en sus brazos a la pequeña Emma.

—Ya estoy esperando el día de la visita para llevar a cabo su plan. Cuando se lo explique a Antonio no cabrá de alegría. —Josefa me guiñó el ojo, esperanzada—. Ya sabe que a él eso de evadirse le da mucha vida...

Yo le devolví una mirada melancólica.

—Esperemos que todo salga tal como está previsto. Tengo la intuición de que las cosas van a mejorar en los próximos meses.

Los papeles habían cambiado desde mi llegada a la casa. Ahora mi tono era resignado y Josefa parecía animada ante la perspectiva de que su esposo recobrara la libertad.

—Por un lado me asusta que Antonio vuelva a las

andadas. Pero no podemos abandonarlo en Nueva Belén..., sería como matarlo.

—Comparto su opinión. Crucemos los dedos para que su esposo resucite el Sábado Santo...

Al decir esto, la pequeña Emma levantó las manos con actitud de triunfo y Josefa volvió a sonreír.

Mi siguiente visita fue a plaza Cataluña, 9. El abogado Batanero me había concertado una cita con Pich y Pon. Tras una breve espera, el servicio me condujo a la magnífica terraza que coronaba el edificio del amo de *El Día Gráfico*.

Allí estaba. Impertérrito. Traje cruzado de rayas, luenga papada y calva reluciente. El mayordomo dejó un carrito de bebidas y nos sirvió dos copas de coñac.

—Me alegro de verle otra vez aquí, *de cuerpo presente*, señor Promio. Disculpe si le he hecho esperar, pero he recibido una visita sorpresiva de mi sobrino *sifilítico*.

La declaración me dejó epatado y sin posibilidad de responder ante una circunstancia de salud tan desagradable.

—¿Ha dicho sifilítico? —alcancé a decir.

Pich y Pon seguía hierático. Me observaba fijamente, cual autómata. El mayordomo, que traía una cubeta de hielo, acabó enmendando la piquiponada:

—Filatélico, señor, su sobrino filatélico.

El empresario hizo como si no hubiera pasado nada. Rompió su parálisis facial con una sonrisa de circunstancias.

—Vaya, ahora sí que acabo de hacer una de *órgano*.

El mayordomo y yo intercambiamos sendas miradas de complicidad y preferimos no corregir al jefe. «De órdago», debimos de pensar al unísono. En el horizonte, la estatua de Mercurio que culminaba una de las cúpulas de la casa parecía batirse en retirada, ahuyentada, tal vez, por la incuria léxica del propietario.

Don Juan me invitó a entrar al salón.

—Estoy preocupado, señor Promio. Esta ciudad parece haber prolongado la guerra. Cada día es una especie de batalla de *Waterpolo.* Ya le comenté mis proyectos con el señor Cambó en Montjuich. En septiembre inauguraremos la Feria Internacional del Mueble... Espero que la ciudad sepa apreciar mis sacrificios para internacionalizarla y que se me *ajusticie* de una vez. Usted dirá qué le trae a esta humilde morada...

Sin encomendarme ni a Dios ni al diablo, solté la parrafada que había ido incubando en la prolongada espera. La solté de un tirón, con la seguridad de quien está convencido de su misión.

—Me interesa mucho Primo de Rivera. Creo que es una figura decisiva, tanto en el orden público como en la justicia social.

Pich y Pon se sintió confortado ante tan patriótica declaración.

—Veo que opina lo mismo que yo... Desde que el marqués de Estella llegó a Barcelona ha propugnado un cambio radical de política. Y ya que hablamos de cambios... Le tenía a usted por anarquista...

—Un anarquista de Seguí..., y mire cómo ha acabado...

—¡Pobre Seguí! —dijo gesticulando—. Todos iban a por él. Yo no, se lo digo con el corazón en la mano. Valoré su papel moderador en la huelga de La Canadiense y mis obreros lo saben.

—Ni *bifias*, ni *bofias*... todos *hermafroditas* —añadí con atrevimiento.

—¡Eso! —repuso Pich y Pon, complacido—. Veo que nos vamos entendiendo...

Aproveché su satisfacción para lanzar mi propuesta:

—Me gustaría escribir un reportaje sobre el capitán general de Cataluña y la admiración que despierta en esta ciudad.

Pich y Pon dio un sorbo a la copa de coñac. Luego me lanzó otra de sus piquiponadas:

—Señor Promio. Pongamos los *pies* sobre las íes. ¿A qué viene tan súbito interés por Primo de Rivera?

—Quiero cambiar de vida... Reorientar mis convicciones en beneficio de un Estado donde predomine el orden.

El magnate volvió a dar otro sorbo a la copa. Le imité. Me lanzó una mirada de complicidad. Cuando le interesaba, sabía utilizar el lenguaje no verbal.

—Primo de Rivera ha diagnosticado los males de Cataluña y cree que de aquí ha de surgir el movimiento regenerador que soñó Joaquín Costa. Aunque soy lerrouxista, republicano radical, no le voy a ocultar mis simpatías por esa actitud tan constructiva. ¿Y cómo se traduciría ese interés suyo por Primo?

—Tengo entendido que el Sábado Santo visitará el manicomio de Nueva Belén.

Pich y Pon se dirigió a un bufete del que extrajo una agenda. Se puso las lentes y escudriñó en sus páginas.

—No lo tenía en cuenta. Cierto. Y también tiene comprometida la inauguración en septiembre de la Feria Internacional del Mueble de la que soy comisario. ¿Le gustaría cubrir ambos acontecimientos?

Acababa de escuchar lo que tanto deseaba.

—Si usted da el visto bueno...

El dueño de *El Día Gráfico* retornó al tresillo.

—Cuente con ello. Hablaré con el gobierno militar para que disponga de una acreditación especial. ¿Algún asunto más? La visita de mi sobrino sifi... digo, filatélico, me ha trastocado el plan del día. Voy con más retraso que un tren de tercera clase.

—Quiero irme a Madrid.

El magnate de la prensa puso cara de sorpresa. Su habitual hieratismo se trocó en una mueca de incredulidad.

—¿Qué me dice? ¿Acaso no está bien en su ciudad natal?

—Aquí me pueden matar cualquier día de estos. Necesito alejarme de este avispero..., aunque solo sea a seiscientos kilómetros.

—¿Y su interés por Primo de Rivera? Le recuerdo que es capitán general de Cataluña, no de Madrid. Y le advierto que de Barcelona pueden salir grandes noticias... si tiene un poco de paciencia. Otra cosa es que su integridad física corra grave peligro, algo, por desgracia, bastante habitual por estos pagos.

—Me gustaría compaginar mi vida en Madrid con Barcelona. Ya sé que es abusar de su confianza, don Juan, pero si usted me facilitara una recomendación para algún medio periodístico de la capital... Podría mantener una corresponsalía con *El Día Gráfico.*

Pich y Pon me puso la mano en la espalda mientras me acompañaba a la salida.

—Creo, señor Promio, que debería permanecer aquí. Pero comprendo sus poderosas razones... No me perdonaría negarle cualquier ayuda y que usted cayera, como tantos otros, víctima del terrorismo. A través del señor Batanero recibirá una carta para el semanario *Mundo Gráfico.*

Ya en el umbral de la escalera y cuando iba a tomar el ascensor, Pich y Pon dejó ir una última pregunta:

—Por cierto, ¿cómo va la biografía de su amigo, el aventurero de los mil nombres?

Debía buscar una explicación al vuelo. El estruendo de la llegada del ascensor coincidió con mi improvisada respuesta:

—Al principio progresé mucho, pero ahora estoy un poco estancado, debido a la reclusión de Llucià en el manicomio de Nueva Belén.

Pich y Pon dejó escapar algo parecido a media carcajada y movió las manos como si fuera a romper en un aplauso.

—Llucià, Nueva Belén, Primo de Rivera... ¡Menudo *circuito* vicioso! Me parece que empiezo a intuir sus verdaderos intereses periodísticos.

Bajé la mirada y salí a paso ligero para no tener que dar explicaciones. Con el ascensor entreabierto, escuché el veredicto de mi jefe periodístico:

—Tendrá todo lo que ha pedido. No le conozco ni he leído nada suyo, pero creo que está llamado a grandes empresas...

A medida que descendía el ascensor veía perfilarse entre las rejillas la silueta gordinflona de uno de los hombres más poderosos e ignorantes de Barcelona. Desde la última planta de su fausto edificio dibujaba con la mano el símbolo de la victoria. Contaba conmigo.

21

Sábado Santo, por fin. El día amaneció con algunas nubecillas cual rebaño de ovejas expectantes. El abogado Batanero aparcó su auto ante la puerta principal de Nueva Belén; dos estatuas, frente a frente, parecían entablar conversación. El manicomio componía una suerte de atalaya con el horizonte azul del mar. Con sus jardines, parques, viñedos y árboles frutales, el manicomio parecía a simple vista una torre de San Gervasio... Si los muros delataban el paso del tiempo, el retrógrado modelo psiquiátrico habría disgustado a su fundador, Giné y Partagás.

Batanero consultó el reloj del chaleco.

—Las once de la mañana... El capitán general debe de estar al caer. Mejor que aguardemos en el vestíbulo.

Al entrar reconocí al recepcionista que saludaba con malévola ironía cada una de mis visitas.

—¿Otra vez aquí? —exclamó con campechanía—. ¡A ver si lo que quiere usted es quedarse con nosotros una temporada!

—No lo descarte. Aquí se respira aire puro y la campiña huele ya a primavera.

El hombre se puso serio.

—Nosotros cultivamos viñas y usted, el lirismo, señor Promio... Se nota que es un hombre de letras.

El recepcionista se acordaba de mi nombre. No sabía si alegrarme o lamentarlo.

La aparición del doctor Setó suspendió mi reflexión.

—Son ustedes puntuales... No sé si conocen el programa del acto. Se lo detallo. El motivo de la visita del marqués de Estella es el cincuentenario de la fundación de Nueva Belén por don Juan Giné y Partagás. Habrá un parlamento del capitán general al pie de la estatua de fray Gilabert Jofré y una breve intervención por mi parte. Luego las monjitas de las Hijas de la Caridad de San Vicente de Paúl servirán un pequeño refrigerio y procederemos a la visita de las instalaciones.

Batanero me miró de reojo y, con tono aparentemente casual, preguntó al director por la duración del acto. Su misión era salir un poco antes y tener el Hispano Suiza con el motor en marcha para emprender la huida.

—Yo calculo que un par de horas, a lo sumo —contestó Setó.

—Es que he reservado mesa en el Suizo con una clienta —pretextó el abogado.

El doctor sonrió con complicidad.

—Citas como esa no admiten espera... Esto lo acabamos hacia la una, y después cada mochuelo a su olivo, cada oveja con su pareja, cada penitente con su cucurucho y cada *gourmet* con su mantel.

El símil zoológico, religioso y gastronómico de Setó resultaba un tanto forzado, pero Batanero y yo cumplimentamos con risitas la ocurrencia.

Era el momento de sonsacar alguna información

que facilitara el rescate de Llucià, pero un rumor de voces y motores le propulsó hasta el jardín de la entrada.

—¿Escuchan? ¡Genuina puntualidad castrense! ¡Así da gusto! ¡Don Miguel me prometió que estaría aquí a las once en punto y aquí lo tenemos! ¡Un hombre así nos hace falta, como Mussolini en Italia, los trenes llegarían a su hora!

—¡Qué obsesión con Mussolini tienen todos! —rezongué en voz baja.

Tras la proclama, Setó salió como una flecha, pero no pudo acabar su maniobra porque casi se dio de narices con el ilustre visitante.

Ahí estaba don Miguel Primo de Rivera y Orbaneja, marqués de Estella. Capitán general de Cataluña. El hombre que desde su llegada al gobierno militar había plantado cara a las huelgas. El hombre maravillado con el Somatén, ese cuerpo civil armado de invención catalana que quería extender a toda España junto a la Guardia Civil. El militar jerezano, bromista y campechano, que se escapaba por las noches a los cabarés del Paralelo. El aficionado al cine picante. El que decía emocionarse con la lengua catalana, mientras le escuchaban con delectación los prohombres de la Lliga. El que jaleaba las reivindicaciones proteccionistas de nuestra industria y criticaba al Gobierno por rebajar aranceles. Cuando la Cámara de Comercio le transmitió sus protestas, Primo de Rivera apoyó las tesis catalanas y calificó de «decisión criminal» las rebajas arancelarias de Madrid.

Bigote breve, ojos vivaces, barriga prominente, sonrisa siempre a punto, banda, fajín y rumor pectoral de condecoraciones. Ahí estaba el hombre de moda. El cirujano de hierro que necesitaba España.

Primo de Rivera recorrió a los presentes con su mirada penetrante. Setó le estrechó efusivamente la mano y nos presentó:

—Mi general, aquí el abogado de don Juan Pich y Pon, señor Batanero, y don Alejandro Promio, reportero acreditado para informar del aniversario de esta casa de salud que me cabe el honor de dirigir.

Batanero justificó su presencia:

—Don Juan Pich y Pon debía viajar a Madrid para reunirse con su jefe de partido, don Alejandro Lerroux. Me pidió encarecidamente que disculpara su ausencia y le representara en este entrañable acto que gozará de privilegiada cobertura, a cargo del señor Promio, en *El Día Gráfico*.

—¿Promio? —interrogó el general—. Ese apellido me resulta familiar. En mi juventud, además de hacer carrera militar, flirteé con el periodismo. Me suena de algo...

—Era un operador de cámara de raíces italianas. Vino a España para difundir el invento de los hermanos Lumière allá por 1896. Filmó las primeras películas en Madrid y Barcelona... —le informé.

Primo de Rivera chasqueó los dedos.

—¡Ahora caigo! Aquellas imágenes del palacio de Oriente y las maniobras en Vicálvaro... Las proyectaron en la Academia Militar. ¡Por eso me sonaba el nombre!

—El señor Promio ejercerá también de corresponsal en Madrid —añadió Batanero.

Al general se le alegró el semblante.

—Si va a la capital, le daré las señas de mi hijo José Antonio. Va para abogado, escribe poemas y es un amante de la cultura. Yo lo veo demasiado lírico y romanticón... Estoy seguro de que nunca se meterá en política.

Setó interrumpió bruscamente la reflexión del militar:

—Mi general tiene una agenda muy apretada y no debemos demorar ni un segundo el acto, ya que ha sido tan puntual.

Tomó del brazo a Primo de Rivera y le condujo hasta la estatua de fray Gilabert Jofré, una obra del escultor Lluch en homenaje al protector de los alienados. Desde su pedestal, el santo parecía pronunciar un discurso: el brazo derecho alzado en actitud oratoria y el izquierdo sosteniendo un libro.

—Esta Semana Santa mía es una auténtica procesión de actos —comentó Primo en tono de broma—. El Jueves Santo, acompañado del barón de Güell, pasé revista al Somatén del barrio de Sants en la plaza Internacional de Montjuich. Esa montaña está llamada a ser el escenario barcelonés por excelencia. Los catalanes deberían estar orgullosos de haber creado un cuerpo como el Somatén. Son las primeras palabras que aprendí de su bella lengua: *Som atents*... ¡Qué bonito! En el acto coincidí con el señor José Damm, cabo del distrito y esforzado industrial cervecero. Celebramos un banquete con cuatrocientos voluntarios... El Somatén es un arma cargada de futuro: una ciudadanía del orden. ¿No les parece?

El capitán general buscó con la mirada nuestro asentimiento. Batanero rompió el hielo.

—Supongo que no comerían con el fusil al hombro... —soltó con cierta sorna.

Primo de Rivera celebró la ironía del abogado.

—¡Muy agudo, señor abogado! Una buena mesa invita a decir por un momento adiós a las armas, aunque la situación actual aconseja no dejarlas muy lejos del perchero, por si acaso...

Una voz irrumpió en la conversación. Me resultó reconocible por su tono pausado y agudo.

—El capitán general tiene toda la razón...

Primo de Rivera volvió la mirada a ese nuevo interlocutor.

—¡Hombre, Hurtado! Acérquese...

Hurtado, el ocurrente secretario de la máquina de escribir, la mano derecha del comisario Castellanos, me dio una palmada en la espalda.

—Pensaba que no asistía a este entrañable acto —observó el militar—. Les presento al señor Damián Hurtado, recién incorporado al servicio de prensa de la Capitanía General. Ya sé que ahora soy su jefe, pero tampoco hace falta que repita a todas horas que tengo la razón... ¿Por qué tengo la razón?

Nuestras miradas convergieron en la pálida tez de Hurtado.

—Esta Semana Santa está siendo un auténtico vía crucis. El martes atentaron en la calle Puertaferrisa contra Juan Pey, tesorero del Sindicato de la Madera... La policía persiguió a los agresores y consiguió disparar contra uno de ellos que cayó herido en la calle de Perot lo Lladre, pero consiguió incorporarse y huir.

La explicación de Hurtado se quedó a medias. Uno de los acompañantes del general le dijo al oído que se hacía tarde. Aprovechando el instante de silencio, Setó desplegó unas hojas, mientras unas monjitas depositaban flores al pie del monumento.

Se cumplen cincuenta años desde que don Juan Giné y Partagás inaugurara esta casa de salud en esta privilegiada atalaya barcelonesa. Gracias a la generosidad del marqués, que donó los terrenos, pudimos dejar la insalubre ciudad rodeada de murallas y Nueva Belén creció al aire puro: cinco hectáreas de terreno que se reparte en jardines, parques, huertas, viñas, frutales y bosques. Una ubicación encantadora en la vertiente meridional del Tibidabo dominando con la mirada la urbe barcelonesa y pueblos comarcanos y perdiéndose el horizonte en el Mediterráneo. Nueva Belén cuenta con un espacioso frontón, donde los enfermos ejercitan el juego de la pelota, además de salas de billar, tresillo... Todo bajo el abnegado control de las señoras religiosas Hijas de la Caridad de San Vicente de Paúl.

La conmemoración de este medio siglo de servicio frenopático tiene lugar bajo la advocación de fray Juan Gilabert Jofré, santo religioso mercedario que vivía en Valencia en los primeros años del siglo XV y que realizó largos viajes a Orán, Argel y Bujía en la obra sublime de la redención de cautivos cristianos. Dice la leyenda piadosa que fray Juan fue el primer protector de los dementes y que esa dedicación evangélica halló bien pronto su merecida recompensa: tres ángeles, en forma de peregrinos compostelanos, labraron una imagen de la Virgen María, y se la ofrecieron al santo mercedario para la iglesia de su casa de caridad. Para rendir homenaje al santo, don Juan Giné encargó al reputado escultor Jaime Lluch esta estatua con una inscripción en su pedestal que reproduce uno de sus sermones.

Como sucesor en la dirección médica de tantas personalidades de la psiquiatría, me honro en dar la palabra a nuestro capitán general de Cataluña, don Miguel Primo de Rivera y Orbaneja, marqués de Estella...

Tras un leve carraspeo, Primo de Rivera desplegó el papel que le deslizaba un oficial de su séquito. El capitán general leyó con su acento andaluz la traducción del valenciano de aquel sermón de fray Juan datado en 1409:

> Sería obra muy santa que en la ciudad de Valencia fuese hecha una habitación u hospital en el que los locos o inocentes estuvieran de una manera que no anduviesen perdidos por la ciudad o causaran daño ni se les causara...

Despachada la cita, se sintió más cómodo.

—Aunque llevo más de un año en la industriosa Barcelona, no conocía este bello enclave, ni que en él se hubiera erigido una tan modélica institución como Nueva Belén... Os confieso que cuando el director médico, señor Setó, me propuso leer las palabras de este sermón escrito originariamente en catalán estuve a punto de hacerlo, pero mi origen jerezano aconsejó que mejor lo tradujeran a la lengua nacional. Es más. Si el doctor Setó hubiera hecho el discurso en catalán, no habría puesto reparo alguno. Me complace el bilingüismo, porque me agrada el habla catalana cuando es la expansión de sentimientos y afectos del alma...

Primo de Rivera mantenía hipnotizada a la concurrencia: una representación de los enfermos leves con traje, el grueso de las monjitas y la comitiva militar que le acompañaba; aproveché la circunstancia para escabullirme sigilosamente.

Hurtado me hizo un gesto para que me acercara a uno de los rincones del salón.

—¡Menuda sorpresa, Ángel! —exclamó con una alegría que parecía sincera.

—Ya no soy Ángel, señor Hurtado, me llamo Alejandro Promio...

Hurtado asintió con complicidad.

—¡Ya lo sabía! Le ha tomado usted gusto a eso de cambiar de identidad. Ser amigo de Llucià imprime carácter... Sé que lo tenemos aquí encerrado. Es el momento de que le devuelva el favor. ¿Sabe que gracias a él salió usted de la Modelo cuando lo de La Canadiense?

El comentario me dejó perplejo.

—¿Y qué le lleva a pensar que yo lo voy a sacar de aquí?

—Estas... —Hurtado deslizó un juego de llaves en mi bolsillo. Celda 4C—. Y luego, olvídese de esta conversación...

Sorprendido por tan inesperada colaboración, no sabía si dar las gracias a Hurtado o suspender la operación rescate. ¿No sería un cebo para frustrar la evasión?

Hurtado fijó en mí sus ojos azules tras unas antiparras de miope.

—No es ninguna trampa, Promio. Confíe en mí y haga lo que iba a hacer, pero con todas las garantías. Estas llaves son un duplicado, nadie las va a echar en falta... ¡Suerte y al toro!

La poderosa voz del general y el ensimismamiento de su auditorio, con un Setó obnubilado por el protagonismo, era para mí un manto protector que conjuraba cualquier temor a ser descubierto. Con un paso acelerado por la adrenalina, penetré en el ala de los enfermos agitados y furiosos, las llamadas «celdas gruesas». Al levantar la mirilla de la 4C, me asusté al toparme con otros ojos que me miraban hipnóticamente. Era Llucià. Respiré hondo... Con las llaves de Hurtado ya no hacía falta probar la eficacia de la ganzúa que Josefa encontró en el maletín de herramientas de su marido. La puerta cedió con un leve chirrido al giro de la llave.

Ahí estaba Llucià: marcial, engominado, a punto de revista. Con su impecable uniforme de capitán de Artillería cortado a medida por el sastre de Reus que le había hecho ganar tanto dinero. En el lecho, un montón de ropa arrebujada bajo la colcha imitaba a un durmiente pertinaz al que le traía al fresco la visita del capitán general de Cataluña; cosa, por otra parte, bastante probable en el ala más sórdida del manicomio.

No había tiempo para apretones de manos ni abrazos. Teníamos muchas cosas que decirnos, pero no era el momento. Ahora era Llucià quien guiaba mis pasos. Con la celeridad de un guepardo, el aventurero me franqueó una de las puertas que daba a los huertos posteriores. Frente a nosotros se elevaba un muro y habría sido un absurdo atrevimiento intentar escalarlo. Después de liberar a Llucià de su cautiverio venía lo más difícil. El único periodista acreditado no podía ausentarse más de la cuenta sin llamar la atención. Por eso, convenía volver al acto y mezclarse con la concurrencia.

Eso hicimos. Dimos la vuelta por los campos de viñedos laterales y accedimos al salón de convalecientes. Ahora mi misión consistía en entretener a Setó en su charla con Primo de Rivera mientras degustaban un vino español con pasta seca. Entretanto, Llucià se mezclaría con la veintena de militares del séquito. Sus artes camaleónicas y su habilidad interpretativa harían el resto.

—¿Qué le ha parecido mi discurso, señor Promio? —disparó Setó a modo de saludo.

—Entrañable, doctor Setó. Esta conmemoración del cincuentenario de Nueva Belén es todo un acierto. Le felicito por la organización del acto.

Me acerqué a Primo de Rivera, que departía con Batanero.

—Me ha emocionado esa declaración de amor a la cultura catalana, mi general.

Primo de Rivera me correspondió con una mirada de satisfacción.

—Barcelona, me parece que lo dijo don Juan Maragall, es hechicera como una bella mujer, y yo rindo homenaje a la mujer catalana cuyos ojos bellos y candentes han fundido mi alma llenándola de catalanidad. Creo que si me catalanizo será por el cariño que tengo y que he visto que se me tiene en esta tierra.

—Muy lírico lo veo... —bromeó Batanero.

El general dirigió la mirada a los diplomas que adornaban el salón y luego a mí.

—Usted es periodista, señor Promio. Le confesaré algo que seguro que no sabe de mí. Mi nombre figura más o menos ocultamente, debido a mi condición de militar, en varias aventuras de periódicos noveles que se fundaron en Madrid. Amo a la prensa y me gusta manifestar por escrito mis opiniones sobre los temas más diversos.

—¿Y qué opina de la actual situación? —inquirí.

Primo de Rivera dio un suspiro y dejó la copa en la mesa, como si fuera a pronunciar un discurso decisivo.

—Hay demasiados problemas, enconos y pasiones: Marruecos, el terrorismo con sus exacerbadas derivaciones comunistas y sindicalistas, haciendo imposible la vida económica nacional, y el separatismo, audaz y propagado, prendiendo en comarcas donde nunca fuese de temer mal tan odioso y grave.

Mientras peroraba el general, Batanero miró de reojo a Llucià, que fingía sorber un jerez en uno de los corrillos militares. El abogado escrutó el reloj. Era el momento de emprender, sigilosamente, la retirada.

Primo colaboró de forma indirecta a que nuestro plan se cumpliera según lo previsto.

—Doctor Setó... Me parece que es el momento de completar nuestra visita a Nueva Belén.

Flotando en su propia soberbia, el director ordenó algo al oído de una de las monjitas, que comenzó a retirar el aperitivo.

Sería un desastre que me invitaran a acompañar al capitán general... Pero Setó, por una vez, me prestó un gran favor.

—Señor Promio, vamos a realizar un recorrido más sucinto de lo previsto: veo a través de la ventana que los nubarrones primaverales pueden descargar en cualquier momento... La parte del acto que íbamos a celebrar al aire libre con los internos mejor que la suspendamos. Quisiera hablar en privado con el capitán general mientras recorremos las dependencias de la casa. Todo lo que voy a mostrarle ya tuvo ocasión usted de verlo en su anterior visita.

Ahora tocaba fingir cierta contrariedad, aunque no cabía en mí de gozo.

—Lo comprendo, señor director —musité compungido.

Al parecer, Primo de Rivera dio crédito a mi frustración e intercedió para que yo pudiera estar presente.

—Doctor Setó, podemos dedicar unos minutos a hablar de eso que usted considera privado, pero si al señor Promio le apetece acompañarnos, no tengo ningún inconveniente en que lo haga...

Corté de raíz tan generosa propuesta que me perjudicaba.

—¡Por favor, mi general! Gracias, pero el director tiene razón. Ya tuve ocasión de conocer de cerca la magnífica labor de esta institución psiquiátrica.

—Nada que decir, entonces. Espero que volvamos a vernos... o a leernos. —Primo me estrujó la mano con un apretón con las dos suyas.

Hurtado me ayudó a distanciarme del séquito.

—¿Todo bien? —susurró.

—Todo —respondí satisfecho mientras retornaba las llaves al bolsillo de su chaqueta.

—Tenemos asuntos de que hablar —prosiguió Hurtado—. En los próximos meses vamos a vivir momentos históricos y a lo mejor le vamos a necesitar...

—Estaré encantado, amigo —respondí encajándole la mano. Hurtado sonrió y se dirigió al grupo de visitantes.

El general recorría una Nueva Belén iluminada por los relámpagos. Y Llucià, con paso marcial, se deslizaba hacia el exterior para evitar al conserje, no fuera que este le identificara. Los dos prófugos concurrimos en los parterres de la entrada con los dos bustos como mudos testigos. Caían los primeros goterones de la tormenta primaveral. Llucià hizo el ademán de ponerse firmes.

—Por fin la libertad, amigo Promio —proclamó solemnemente.

—Usted me la dio a mí y yo le devuelvo el favor —respondí emocionado.

El rugido del motor y el rumor de la lluvia sobre la carrocería del auto nos decían que no había lugar para solemnidades sentimentales. Yo me coloqué en el asiento delantero, mientras Llucià se camuflaba, por si acaso, en el trasero.

Poco después llegábamos a la estación con el tiempo justo para que nuestro liberado tomara el expreso Barcelona-Bilbao. Allí estaba Josefa, cargada con dos maletas, a las que se añadía el voluminoso baúl que Batanero transportaba en su coche.

—Lo mejor es que evitemos hacer escenas —dijo el abogado—. Ya habrá tiempo de hablar. Señor Llucià, ¡mucha suerte!

—Por lo menos me permitirán despedirme de mi esposa —rogó su cliente con fingida modestia.

Tras el abrazo a una sollozante Josefa con los cabellos mojados por la lluvia, Llucià recorrió el andén y subió a uno de los vagones de primera clase. Al fin y al cabo era capitán de Artillería...

Yo tenía la exclusiva. Al poco de llegar al Putxet, la voz desesperada del doctor Setó resonó en el teléfono.

—¡¡Su amigo se ha fugado!! ¡¡Maldito sea!! —repetía histéricamente al otro lado del aparato.

A partir de ese momento la Underwood soltó humo. Crónica de Alejandro Promio para *El Día Gráfico*. Convenía ser aséptico, no escribir demasiado bien y, sobre todo, no dejarse llevar por la admiración, aunque el antetítulo así lo pudiera dar a entender.

Un hombre maravilloso

El estafador Pickman o Llucià ha huido otra vez de su reclusión

Anoche fue comunicado al gobernador civil que del manicomio de Nueva Belén se fugó el estafador conocido por múltiples nombres, pero, para llamarle por alguno, designado con frecuencia con los de Antonio Llucià y Mario Pickman.

Llucià o Pickman está sujeto a varios procesos por estafas a diversos bancos de Madrid, Barcelona, Palencia, Igualada y Manresa que pasan de varios millones de pesetas.

Llucià o Pickman había consumido todos los apellidos imaginables para realizar sus delitos y para casarse, pues había contraído matrimonio siete veces.

Además de acaparador de dinero, mujeres y nombres, Llucià o Pickman lo es también de libertad, pues posee cualidades excepcionales para huir de las reclusiones a las que se le condena.

En el manicomio de Nueva Belén fue recluido el 14 de junio de 1922. Entonces anunció que no permanecería allí ni un año. Se le sometió a una vigilancia especial, pero resultó inútil. Nuestro aventurero ha huido de nuevo y quizá ahora se está casando con su octava mujer valiéndose, tal vez, del billonésimo nombre de su vida.

Veinticuatro horas después me despertaba con la satisfacción del deber cumplido. Me faltó tiempo para llegarme hasta el centro de Barcelona y comprar la prensa del día.

—Llucià y yo, en portada... —me dije en voz alta, con morbosa soberbia.

22

Faltaban pocos días para la inauguración de la Exposición Internacional del Mueble cuando Hurtado me citó en Capitanía General... El Hurtado que me recibió en el despacho del mismísimo Primo de Rivera tenía poco que ver con el secretario tímido y socarrón que conocí cuatro años atrás. Sus maneras ya no eran las de aquel pollo con aspecto de intelectual acomplejado que recibía broncas del comisario Castellanos. Sentado en el sillón giratorio de su superior, con los codos del traje príncipe de Gales sobre la mesa, se dirigió a mí con voz decidida:

—Le debe de sorprender verme aquí, aunque a mí también me sorprendió saber de su relación con don Juan Pich y Pon. Leí algunas cosas suyas en *El Día Gráfico* y me dije: ¡Este puede ser nuestro hombre...! Aunque no estaba muy seguro, debo confesarlo, de que usted hubiera abdicado de su anarquismo...

—Ya lo ve... —dije sonriente—. Hasta he cambiado de nombre: de Lajusticia a Promio.

—¿Promio...? ¿Promio...? Me parece...

Para no entrar en circunloquios resolví —por enésima vez— las dudas de mi interlocutor:

—Sí... Le suena del cinematógrafo. Era el enviado de los hermanos Lumière a España para promocionar su invento.

—Eso, eso —corroboró Hurtado—. En otra ocasión ya me explicará por qué se le ocurrió llamarse así. Cinefilia, supongo... Pero vayamos a lo que nos interesa. Si yo me pregunto por qué se llama usted así, usted se preguntará por qué le he llamado yo...

—Veo que no ha perdido su gusto por los juegos de palabras... —observé.

Hurtado pasó por alto el cumplido y siguió con el guion previsto.

—El capitán general prepara un gran proyecto regeneracionista para España —proclamó circunspecto.

—¿Y qué papel juego yo, si puede saberse? O, mejor dicho, ¿qué papel juega usted en el que quiere que yo participe? —repliqué.

—Empecemos por el papel principal: don Miguel Primo de Rivera. La violencia en las calles, supongo que compartirá mi opinión, podría desembocar en una revolución como la rusa. Entre 1917 y 1922 se han cometido en Barcelona más de ochocientos atentados. Han caído obreros, autoridades, policías, patronos... Supongo que le resulta familiar y no es menester abundar en ello.

La severidad de Hurtado me incomodó.

—Tan familiar que explica por qué he cambiado mi nombre y por qué voy a cambiar de ciudad. En cuanto resuelva mis asuntos pendientes, tomaré el expreso a Madrid.

A Hurtado se le iluminó el semblante y de pronto se mostró sorprendido:

—¿Madrid? ¿Y cuándo piensa irse a la capital? ¿Cuenta con un lugar donde vivir? ¿Un puesto de trabajo?

—Me voy porque no quiero acabar como Salvador Seguí. Pestaña se libró por los pelos de un atentado. Yo seguía sus tesis: negociar, hacer sindicalismo y dejar de matar, pero al final se han impuesto las pistolas. La muerte de Martos, el viejo amigo que quiso asesinarme, tampoco aconseja seguir en Barcelona por mucho tiempo. Cada día que pasa añade una posible bala en mi cabeza.

—Estoy sobradamente informado de su trayectoria en la CNT y por eso le he llamado. Don Miguel quiere contribuir a la solución de los problemas laborales con una generosa ley de negociación entre obreros y sindicatos, la tantas veces aplazada reforma fiscal, la supresión de la corrupción municipal, la potenciación de la educación nacional con la construcción de escuelas, el final de la guerra de Marruecos...

—Veo que admira al marqués de Estella... No se preocupe, Hurtado. Desde que llegó a Barcelona hace un año, la burguesía catalana y la Lliga de Cambó, que vienen a ser lo mismo, sueñan con un Primo de Rivera ejerciendo de Mussolini, pero con acento jerezano, más gracejo y menos camisas negras. Tener ministros catalanes en Madrid ya no sirve de mucho, porque los partidos dinásticos no dan más de sí. A Dato se lo cargaron anarquistas y comunistas catalanes, García Prieto es demasiado blando, Romanones está quemado desde la Gran Guerra, la revolución desde arriba de Maura, fracasada. Y por si todo esto fuera poco, el cese de Martínez Anido colmó la paciencia de la patronal. Ahora solo les queda Primo de Rivera y el catalanísimo Somatén.

Hurtado corroboró mi análisis político batiendo palmas.

—¡Bravo! ¡Se nota que es usted periodista! Un comentario preciso y conciso... Merecería una columna en página impar.

—Periodista... que no político. Tan solo periodista —advertí.

—Para eso le he llamado. Para que ejerza de periodista. Dentro de poco tiempo la única política la va a dictar don Miguel y su Directorio.

—Lástima que yo me tenga que ir a Madrid —respondí con retintín—. No podré pertenecer a tan uniformado elenco...

Hurtado replicó con suficiencia:

—No se cierre las puertas, amigo mío. Usted será más útil en Madrid que en Barcelona. Porque lo que voy a proponerle, de ahí mi grata sorpresa, tendrá lugar en la villa y corte.

—Le escucho.

—Como le decía, en los próximos días puede producirse un cambio que pondrá este país patas arriba y que protagonizará Primo de Rivera. Para que las acciones de ese nuevo estado de cosas puedan ser apreciadas por el conjunto de la nación, necesitamos profesionales como usted. Gente capaz de explicar con acierto y sencillez el trabajo del futuro Gobierno.

—¿Me confirma, entonces, que estamos ante un golpe de Estado?

—Yo no lo calificaría de ese modo, porque no va a haber violencia. Sencillamente, con carácter provisional y siempre con la aquiescencia real, como sucedió en Italia, el general sería el hombre fuerte del Gobierno. Dictador al estilo romano. Seis meses de reformas, acabar con el problema de Marruecos... No voy a repetir la lista de reformas que ya le enumeré. Parecería un mitin.

—Y yo, un libertario. ¿Qué papel juego en una dictadura?

—Golpe de Estado, dictadura... Ustedes los reporteros, siempre tan aficionados a los titulares tremendistas... A nosotros nos gusta más Programa de Regeneración Nacional. El de Joaquín Costa. Escuela y despensa. Empresas estatales sólidas. Plan de carreteras. Pantanos que remedien sequías pertinaces...

Sonreí. Este Hurtado ya hablaba como un político. O incluso como un militar.

—Si en lugar de este buen traje vistiera usted uniforme, me sentiría intimidado.

Hurtado volvió a hacer oídos sordos a mi irónica observación.

—Vayamos al grano. Queremos que usted se incorpore al departamento de control de la prensa que comenzará a funcionar en Madrid si don Miguel lleva adelante su ambicioso proyecto político.

La propuesta me provocó repelús.

—¿Censor? ¡Usted quiere que una víctima de la libertad de expresión se convierta en censor!

Hurtado levantó las manos en actitud de rendición.

—No se escandalice tanto, señor Promio. Usted no va a ser censor. Sería un periodista que nos ayudaría a revisar los discursos del capitán general, sus comentarios sobre la actualidad... Por cierto, un trabajo muy bien remunerado y fácil de realizar. Al general le gusta escribir, admira el oficio periodístico.

—Pues si le gusta tanto escribir, ¿para qué diablos me necesita, si puede saberse? —objeté airado.

—Usted le asesoraría en cuestiones de estilo, resolvería dudas sobre citas de escritores o hechos históricos. Leería la prensa y le subrayaría los temas que vale la pena comentar desde el Gobierno. Hágase el caso que trabaja en una editorial...

—¡Igualito! —zanjé con sarcasmo—. Como si escribiera entradas de la Enciclopedia Espasa, pero, eso sí, en un gobierno militar que ha cerrado las Cortes con un golpe de mano.

—Vivirá usted en la mejor zona de Madrid con el alquiler pagado. Cobrará cinco veces lo que gana ahora... ¿Le parece justo mil pesetas?

Se hizo el silencio. Los emolumentos sonaban muy bien. No precisaría de la protección de Llucià.

—Y todo eso... ¿cuándo sería? —indagué en voz baja.

—¿Se refiere al Programa de Regeneración Nacional? Estamos tomando la temperatura a la sociedad civil catalana. Si fuera por ellos, Primo de Rivera ya habría saltado al ruedo... Pero, como decimos en Cataluña, *no diguis blat fins que no sigui al sac i ben lligat*. Las muestras de adhesión, las ovaciones cerradas cada vez que pronuncia un discurso están muy bien, pero luego hay que saber quién apoyará de veras al capitán general cuando...

—... cuando dé el golpe de Estado —añadí.

—Lo ha dicho usted, no yo. Y ahora... ¿cuál es su respuesta?

—Siempre me ha caído bien, señor Hurtado. Su actitud el día de la evasión confirmó mis expectativas... Confío en usted.

Hurtado recobró la expresión del chico sabihondo que conocí. Se deshizo del tono autoritario. Me tendió la mano.

—Entonces, hecho. Cuando decida trasladarse a Madrid me avisa para que preparemos su nueva residencia. Por cierto, supongo que nos veremos el próximo jueves 13 en la inauguración de la Exposición del Mueble...

—Tenía previsto ir. Don Juan Pich y Pon es comisario y me sugirió que podría cubrir el acto con una crónica.

Hurtado me guiñó un ojo.

—Sea puntual. Puede haber noticias muy frescas...

Al salir de Capitanía decidí dar un largo paseo hasta la Rambla. Meditaba sobre la conversación con Hurtado. Cinco años después del fin de la Gran Guerra, Barcelona era el germen de un conflicto civil que iba a conjurar un golpe de Estado. Pasé junto al monumento de Colón y me quedé observando los tinglados del muelle de la Fusta. A mi derecha, la montaña de Montjuich con su temido castillo y el cementerio con vistas al mar donde descansaba Nieves... El recuerdo de la vendedora de lotería me llevó a pensar en su compañera, Emma Lacroix, la Gabachita. ¿Qué sería de ella? Pensé en sus rizados cabellos rubios, sus pecas en las mejillas... Ese aire de perpetua adolescente habría inspirado a Proust una *demi-mondaine* que coquetea con los burgueses en el Bois de Boulogne.

En la dársena del puerto estaba mi pasado: amarrada al muelle, la corbeta Tornado era ya un montón de herrumbre. Me vino a la memoria una mañana de marzo de 1895: en la cubierta, la banda de niños marineros toca la *Marcha de Cádiz* en honor de las tropas que parten a Cuba para batir a los insurrectos. Aquella fue una primavera de tragedias. Pocos días después volvimos a tocar, esta vez la *Marcha fúnebre* de Chopin, en un funeral por las víctimas del crucero Reina Regente que naufragó en Gibraltar. Nuestro programa musical se fue haciendo cada vez más melancólico y funerario... En 1898, los mismos soldados, humillados por el desastre cubano, se arrastraban por el puerto pidiendo caridad con sus astrosos uniformes de rayadillo. Los niños que les despedimos con música les lanzábamos ahora el pan que sobraba del rancho.

La sirena de un barco que atracaba en el muelle interrumpió mi retorno al pasado. Dejé de mirar la herrumbre flotante del Asilo Naval, remonté la Rambla y me desvié a la izquierda por Conde del Asalto. Frente al palacio Güell, el rótulo del Edén Concert brillaba como una tentación. Aunque llevaba tiempo sin noticias de posibles perseguidores, no tenía ganas de exhibirme en unos ambientes que podían tornarse hostiles en cuestión de minutos... Finalmente, el deseo de expandir los sentidos pudo más que el instinto de conservación que conduce a veces a la abulia eterna.

En el *foyer*, dos maduros metían mano a un par de busconas en torno a una botella de champán que multiplicaba por cinco su precio: se ufanaban de haber ganado la partida después de varias horas de *pastera*. El Edén estaba repleto de mujeres de inequívoco carácter venal; combinaban la conversación con el camarero con la mirada hipnótica sobre una copa en una mesa solitaria que habría podido retratar Toulouse-Lautrec. Traer a colación al pintor barbudo y enano obró el milagro de que entre aquel enjambre de peripatéticas en horas bajas emergiera una vestal de aire ausente, Emma Lacroix. Dando las gracias por el deseo que la providencia de Venus me concedía, me acerqué a la Gabachita.

—¿No me reconoces? —le dije haciéndome el interesante.

La francesa volvió la cara y me regaló una de sus sonrisas de pícara adolescente. Me abrazó y rozó con dos besos huidizos mis mejillas.

—*Promió, mon chéri!* —Su voz, que sonaba como un gramófono averiado, me dio a entender que estaba bajo los efectos de la absenta.

—Emma, no debes abusar del diablo verde...

La invité a compartir una de las mesas. Pedí un par de cafés bien cargados.

—¿Qué es de tu vida?

La Gabachita ensombreció el semblante.

—Sin Nieves me siento muy sola, *j'ai peur*. Ella me protegía.

—Sigues vendiendo tabaco y lotería...

—Eso parece —respondió con una sonrisa amarga.

—¿Y vas con hombres?

—Eso parece —repitió compungida—. No me queda otro remedio.

—¿Trabajas sola o te protegen?

—Los amigos de Martos me tienen amargada, pero pronto voy a salir de aquí...

—¿Sigues ocupando el piso de la calle Unión?

—Allí mismo, como cuando vivía Nieves. Iban a desahuciarme porque no podía costear el alquiler, pero un señor muy elegante me abrió una cuenta en el banco para ir pagando las mensualidades.

—¿Un señor? ¿Tal vez un abogado?

La Gabachita permaneció por unos instantes en silencio. Insistí en mi pesquisa:

—Un señor de unos cincuenta años con perilla... ¿El abogado Batanero?

—*Voilà, Batanegó!* —respondió Emma dando una palmada en la mesa.

—El abogado de Antonio...

—¡Ese mismo! —A la francesa se le había de administrar la información en pequeñas dosis.

El camarero sirvió los dos cafés, un azucarero, dos vasos de agua y una botellita de ron.

—¿Has visto a Antonio en las últimas semanas?

Emma permaneció en silencio y se puso dos cucharadas de azúcar en el café. Yo hice lo mismo sin dejar de mirarla.

—Veo que no confías en mí. Debes saber que Antonio está en libertad y que yo lo saqué de Nueva Belén. Supongo que sabes también que vivo en su casa y que tengo mis cosas allí, aunque dentro de poco partiré a Madrid.

La Gabachita rompió en sollozos.

—Antonio... visita el piso *souvent*. Allí le quedan algunos trajes y disfraces. Está triste porque no puede ir *à sa maison*... Me explicó que está vigilada por la policía... A veces, su mujer se acerca por la calle Unión. Yo los dejo a solas. *Quelques fois, ils font l'amour*...

La información de la Gabachita me contrarió. Ni Josefa ni Batanero me habían dicho palabra sobre el paradero de Llucià, al que yo situaba en cualquier rincón del mundo menos en Barcelona. Yo, su secretario y biógrafo, era el último en enterarme de su vida. ¡Maldita la gracia!

—Antonio no está siempre en el piso, supongo...

La Gabachita lanzó un suspiro. Como si le costara un gran esfuerzo desvelar más datos.

—El piso es un refugio temporal, su almacén de ropa... Me parece que duerme en algún hotel de las afueras.

Sorbí lo que quedaba del café, ya frío y mezclado con su fondo arenoso y amargo. Nos incorporamos. Emma se abrazó a mí.

—*J'ai besoin d'un homme comme il faut, mon chéri* —susurró dejándome una cálida humedad en el oído. Quedaba claro que para las confidencias galantes prefería su lengua nativa.

—A mí también me gustas, Gabachita... Pero debes cambiar tus hábitos. Eres muy bonita, y buena persona. No te dejes arrastrar por el arroyo y la cocaína.

—Eso me dice siempre Antonio. Tanto él como Josefa *sont très gentils avec moi.*

—No te preocupes. Yo también estaré pendiente de ti. No tengas miedo.

La besé en la boca y ella se abrazó fuertemente.

—Volveremos a vernos. A lo mejor, si tú quieres, podrás venir conmigo a Madrid.

—*Au revoir... mon amour!* —exclamó Emma con deje melodramático.

Seguí por Conde del Asalto rumbo al Paralelo. A los pocos pasos reparé en dos sujetos que estaban cerca de nuestra mesa y pagaron con una rapidez inusitada mientras me despedía de la francesa. Pensé en la policía y preparé mi carnet de periodista por si me pedían la identificación. Me detuve frente a una sastrería que surtía a los artistas de *music-hall.* Contemplaba con fingida atención el escaparate como si valorara el excelente corte de aquella indumentaria plumífera que yo nunca vestiría.

Uno de mis perseguidores se detuvo al mismo tiempo que yo; el otro pasó junto a mí y me precedió unos pasos... El descaro de su mirada escrutadora no era propio de un policía, sino de cualquier parroquiano de La Tranquilidad. O, mejor dicho, de cualquier pistolero vendido al mejor postor.

Uno detrás y el otro delante. Estaba acorralado. Rumié en un minuto mi plan de fuga. Solo podría escabullirme por una calleja estrecha que daba a la calle de las Tapias: mezclarme en el bullicio de las putas, salir al Paralelo y abalanzarme sobre un autotaxi en el Arnau.

Cuando el de delante se vino hacia atrás y el de atrás hacia delante, ambos para lanzarse sobre mí, apliqué el plan previsto. Brinqué de la acera a la calzada con tan mala fortuna que resbalé en el estiércol de caballo que barnizaba de verde oscuro los adoquines: caí de culo y quedé a merced de mis captores. Curiosamente, los dos matones se quedaron inmóviles en la acera. Era una presa tan fácil que podían decidir cómo matarme. Se consultaron visualmente y uno de ellos sacó con parsimonia la pistola... Me apuntó, mientras el otro hacía lo mismo al conocer la decisión tomada por el que parecía dirigir la operación.

Cerré los ojos... Me iría de este mundo con olor a mierda. Mi existencia pasó como una mala película muda amenizada por un piano desafinado. Mi despedida quedó interrumpida por un sonido machacón que no era de pistolas, sino de un motor.

Cambié el guion de mi muerte. Acabaría atropellado y esos energúmenos me rematarían por si acaso. Pero los disparos no ensordecieron mis oídos...

Abrí los ojos. Los dos matones habían desaparecido. Levanté la cabeza. Un hombre con casco y gafas de piloto había frenado en seco una moto con sidecar. Con sus manos enguantadas me incorporó del adoquinado maloliente.

Bastaron cuatro palabras para saber quién me había devuelto al mundo...

—¿Puede andar, señor Promio?

—¿Llucià?

Algunas personas habían formado un círculo en torno a nosotros y un aparatoso Daimler-Benz pedía paso a bocinazo limpio.

—El mismo. Suba al sidecar y huyamos de aquí, no sea que se acerque algún policía.

Llucià se ajustó las gafas y ese casco que dificultaba cualquier identificación, le dio al pedal de la moto y arrancamos como una exhalación.

—¡Me ha salvado usted la vida! ¡Es providencial! ¡Acababa de hablar con Emma en el Edén Concert! —le grité con el viento en el rostro.

Llucià me miró de reojo.

—¡No me distraiga! ¡Yo iba al Edén para pedirle las llaves del piso de la calle Unión!

—¡Llucià, tenemos que hablar! ¿No debía estar usted en Bilbao?

—¡Sí..., comiendo bacalao al pilpil! ¡Pero lo prefiero *a la llauna*! ¡Ya se lo explicaré!

—¿Adónde vamos?

—¡A un lugar tranquilo! ¡Mi casa está vigilada por la Guardia Civil! ¡Le presentaré a alguien a quien le gustará conocer!

La moto recorrió la calle Cortes y subió por la de Marina dejando atrás la plaza de toros Monumental. Al fondo, las torres de la Sagrada Familia.

Entramos en el descampado del Campo del Arpa, frente al Templo Expiatorio. En aquella tierra de hierbajos que roían las cabras Joaquín Mir pintó su obra maestra, *La catedral de los pobres*.

Llucià frenó en seco. Bajamos de la moto y penetramos en el templo. Me condujo hasta una puerta.

—¡Mala suerte! ¡El Maestro debe de estar camino de San Felipe Neri! ¡Hemos llegado tarde!

—¿Es usted amigo de Gaudí?

—Algunas tardes las he pasado con él, sí... Y con el hermano Francisco.

—¿Dostoievski? ¿Acaso es arquitecto además de loquero? —pregunté en tono burlón.

Llucià se puso serio.

—Usted le bautizó con el nombre del autor de *Crimen y castigo*, así que debería ser más respetuoso con ese hombre de bien...

Mi improvisado guía me condujo hasta la Puerta de Nuestra Señora del Rosario y señaló algunas figuras. Yo aguardaba intrigado su explicación.

—¿Ve ese san José y ese hombre al que acaricia el Niño Jesús? Proceden de moldes de cadáveres.

—Algo había oído. Y supongo que Dostoievski...

Llucià confirmó mi suposición:

—Ayuda al Maestro a conseguir ese material, digamos, humano. Por eso le dije que en mi estancia en San Baudilio disfruté hablando con él, aunque fuera de manera breve. Afirmaba, como el Greco, que la mirada del loco se asemeja a la del místico. Que el mejor homenaje para quienes no tienen dónde caerse muertos es inmortalizar su faz en una obra excelsa como la Sagrada Familia.

Después de tanta erudición, el aventurero-piloto me miró retador.

—¿Qué le parece? ¿Sorprendido con su Dostoievski?

—Debo confesar que daría para un buen reportaje... Por cierto, ¿él sabe que lo llamamos así?

Llucià rompió a reír.

—Lo sabe.

—¿Y qué dice?

—Le gusta... Está leyendo *Los hermanos Karamazov*... Es muy sensible y voluntarioso...

Llucià me invitó a salir del recinto religioso. Nos sentamos sobre uno de los bloques de piedra diseminados frente a la construcción gaudiniana.

—¿Y usted? ¿De qué va disfrazado? —inquirí.

—Digamos que soy una mixtura entre cartero y motorista. Lo suficiente para que pueda pasar por ambas cosas y nadie me pida la identificación.

—¿Por qué no me dijo que recorría Barcelona en una moto con sidecar?

—Anda usted metido en política y eso a mí, como ya sabe, no me gusta nada.

—Emma me comentó que usted le enviaba dinero...

—A través de Batanero. Es una buena chica. Hay que ayudarla para que salga adelante, sin drogas ni proxenetas. El piso me viene bien para guardar trajes, sotanas y uniformes. Cuantas menos pruebas deje en el Putxet, mejor. Me encuentro a menudo con Josefa. Por eso volví de Bilbao en cuanto tuve ocasión. Nos gustaría tener otro hijo, digamos, la parejita. Luego partiré al extranjero por una temporada. No se preocupe... Seguiremos en contacto.

—Yo pienso irme a Madrid. No quiero acabar como el Noi del Sucre.

Llucià gesticuló en el aire de la tarde.

—¡La maldita política! Esto va a acabar tan mal

que mis, digamos, actividades pasarán a ser asunto menor.

—Y Gaudí... ¿Qué pinta en todo esto?

—Lo conocí en San Baudilio. Me habló mucho del poeta Verdaguer. Ayudaba a los internos en todo lo que podía. Es el único hombre bueno en esta tierra maldita... Sin olvidar a su Dostoievski, claro está.

—Señor Llucià, no me diga que se está volviendo un hombre piadoso...

—Si existiera la bondad, no me dolerían prendas en cambiar de vida. Pero, lamentablemente, Gaudí es una excepción. Una maravillosa excepción en este mundo asquerosamente moderno.

Mi inesperado salvador me invitó a subir de nuevo a su moto.

—¿Dónde quiere que lo deje? Josefa me dijo que todavía se pasa por el Putxet. ¿Le acerco hasta allí?

—No corra riesgos. Mejor tomo un taxi. Y usted, ¿por dónde para, además de la calle Unión y sus pláticas gaudinianas en el templo solitario?

Llucià sonrió con aire picarón. Se pasó la mano por el bigote cortado a lápiz.

—Es un secreto. En su momento lo sabrá. Solo quiero pedirle un favor.

—Me acaba de salvar la vida. Puede pedir lo que quiera.

—Antes de partir a Madrid pase unos días en mi casa. Me huelo que en cualquier momento se va a presentar por allí Adelaida. Recibí una carta amenazadora en la que exigía unos supuestos derechos de un matrimonio que no es válido y una querella por bigamia. No querría que Josefa hubiera de afrontar ese mal trago en soledad.

—Descuide. No me voy mañana. Todavía pasaré un tiempo por aquí... Estaré atento.

La moto frenó en la Diagonal. Me apeé del sidecar. Llucià se alzó las gafas de los ojos y me repitió el nombre fatídico:

—¡Recuerde: Adelaida Caner!

23

Una mujer con trazas de manola apartando los cortinajes de un salón versallesco... El gran cartel de la Exposición Internacional del Mueble y Decoración de Interiores presidía la escalinata de Montjuich. Al pie de las *quatre barres* imperiales de Puig y Cadafalch, guardias a caballo custodiaban las taquillas.

Las fuerzas vivas competían por la primera línea de acceso a los palacios de Arte Moderno y de Industria. Yo tomaba notas. Pasaba lista a los ilustres visitantes en la entrada de aquellos palacetes que parecían un decorado de película muda.

La meteorología se asemejaba a la turbulenta coyuntura política. Septiembre coaccionaba con lluvias, rayos y truenos. Las señoras encopetadas escrutaban el cielo con desconfianza: no fuera que un chaparrón a destiempo arruinara su *coiffure*. Entre las personalidades —seguía anotando—, el alcalde marqués de Alella, el gobernador, el presidente de la Mancomunidad, autoridades eclesiásticas, el jefe de los Mozos de Escuadra y otros representantes de la Sociedad de Amigos del País, el cuerpo consular, el Colegio de Procuradores, la Lliga, la Unión Gremial, la Academia de Ciencias, la Cámara de Comercio...

A las cuatro de la tarde hizo su aparición Primo de Rivera, acompañado por los generales Carranza, Mercader y López Ochoa.

La ovación fue atronadora, como el clima. El capitán general oteó en derredor y esbozó un rictus de satisfacción al comprobar que «toda Barcelona» estaba allí, esperando algo más que un discurso protocolario. Ahora, las señoras encopetadas fijaban sus ojos en la tierra: pugnaban por estrechar la mano del militar, entre vivas al ejército y a España.

Lejos de cesar, y aunque el capitán ya había entrado en el palacete, los aplausos se prolongaron con inusitado fragor. Ya en el interior, autoridades e invitados se acomodaron en un abarrotado salón de conferencias con un exultante Pich y Pon, comisario del evento. La tanda de discursos se abrió con el marqués de Alella: lo pronunció en catalán y cerró su parlamento con un párrafo en castellano. Un silencio expectante acogió la intervención de Primo de Rivera. Era el silencio que a veces precede a la tempestad...

Puesto en pie, el capitán general agradeció, en nombre de S. M. el rey Alfonso XIII, la iniciativa de Barcelona en la organización de la Exposición. A medida que avanzaba el discurso, superadas las frases estrictamente protocolarias, el tono de Primo se hizo más vibrante, aderezado con un enérgico movimiento de manos.

—Me complace haber escuchado el discurso bilingüe del señor alcalde, porque siento cariño por el habla catalana cuando expresa sentimientos y no perniciosas pasiones... Sé muy pocas palabras en catalán, pero me place emplearlas cuando hay ocasión... Por eso, al dirigirme a los gloriosos somatenes, invoco siempre su lema en su propio idioma: *Pau, pau i sempre pau!*

Los vítores coronaron la arenga del capitán general. Luego, en un instante, el embelesado auditorio quedó de nuevo en silencio, como si aguardara una frase determinante para el futuro inmediato de la nación. Algo flotaba en el ambiente que el ansiado cirujano de hierro debía confirmar, aunque fuera entre líneas.

Primo de Rivera carraspeó ligeramente. Estaba hablando sin papeles y se le notaba a gusto ante un foro tan entregado. La frase que iba a soltar, después de hinchar el pecho como quien toma carrerilla para un salto a distancia, no dejaría lugar a dudas de que algo iba a cambiar en la política española:

—Y ya para terminar, simplemente quiero decir que me felicito de que coincidan en una misma fecha, este 13 de septiembre de 1923, la inauguración de la Exposición del Mueble... y la aurora de la redención de la patria.

La coletilla dio paso a una cerrada ovación que se prolongó varios minutos salpicada de vivas a España, al rey y al ejército salvador. Para corresponder a tan calurosa acogida, el capitán general lanzó un «¡Viva Cataluña!» que hizo saltar las lágrimas a los burgueses de la Lliga. El presidente de la Mancomunidad, Puig y Cadafalch, se rompía las palmas con entusiasmo.

Los reporteros intentábamos copar a codazo limpio posiciones ventajosas. Estaba en plena lucha por acercarme a la comitiva oficial cuando distinguí a Hurtado. Me saludó efusivamente, se distanció del grueso de autoridades y me tomó del brazo para comentarme algo en un aparte.

—¿Qué le ha parecido? Las clases dirigentes catalanas están con el capitán general...

—Ahora no sé si buscar un teléfono para pasar la crónica o proseguir con la visita —dudé.

—Deje la crónica para otro momento. Cuando acabe la inauguración protocolaria tenemos una cena.

—Los periodistas no estamos invitados.

—No se preocupe. Yo le cuelo y le reservo un lugar preferente en la mesa presidencial. Aproveche la ocasión, quizá la noche sea larga.

—Me está insinuando que el golpe...

Hurtado segó mi indagación con una sonrisa cómplice.

—Yo no insinúo nada. Hágame caso. Como en Nueva Belén.

—¡Como en Nueva Belén! —respondí con determinación.

Hurtado se reintegró al séquito. Conversó con uno de los oficiales. Ambos dirigieron sus miradas hacia mi persona. El oficial me observó con detenimiento y asintió. Luego Hurtado hizo lo mismo y levantó el dedo pulgar en un gesto de OK. Estaba invitado a la cena oficial.

Dos marqueses, el de Comillas y el de Alella, y el comisario Pich y Pon componían una suerte de triunvirato que guiaba los pasos de Primo de Rivera. El capitán general se detuvo a contemplar la sección francesa de la época de Luis XIV. Un microclima versallesco de cómodas, sillones, tocadores, consolas, espejos, cornucopias, taburetes, escritorios, armarios y secreteres. La sala mallorquina reproducía la biblioteca del marqués de Vivot de Palma con sus frisos, molduras y lámparas.

En una de las paradas reparé en la presencia de José

Bertran y Musitu, prohombre de la Lliga, que intercambiaba confidencias con Primo de Rivera. El político había cedido a la exposición bargueños, alfombras persas y una pequeña cómoda dorada de la época de Luis XV. Otro destacado personaje de la alta burguesía, Eusebio Bertrand y Serra, llamaba la atención del capitán general sobre las pinturas del Vigatà que representaban a Rómulo y Remo.

La visita estaba a punto de tocar a su fin cuando Primo de Rivera se detuvo, ensimismado, ante un retrato de Napoleón III que presidía la sala catalana. El corrillo le rodeó con expectación. El general volvió la cara a los presentes y dio por finalizado el recorrido inaugural.

Más voluminoso que de costumbre por efecto del frac, Pich y Pon se acercó a mí y dio rienda suelta, ahora como comisario de la Exposición, a su peculiar concepción del lenguaje.

—Tengo ganas de cambiarme el frac por el *sleeping*...

—¿Se refiere al *smoking*? —aclaré.

—Eso, el... *smoking*. Me alegro mucho de verlo aquí, *de cuerpo presente*. Todo lo que ha visto nos ha costado un *huevo* de la cara...

Hurtado se acercó al comisario.

—El capitán general se mostraba muy interesado por la Exposición... Me ha dicho que es muy completa.

—Solo faltaban la Venus de *Mirlo* y el *Pantopón* de Atenas... —El amo de *El Día Gráfico* nos guiñó el ojo.

—El señor Promio nos acompañará en la cena de autoridades —añadió Hurtado.

Pich y Pon parecía muy complacido por mi presencia.

—Así podrá hacer inventario de lo que pueda ocurrir... Vivimos un momento histórico. Entre todos hemos de hacer *un trust de força.*

Abrumado, una vez más, por tanta piquiponada no supe qué responder.

La comitiva pasó a la gran sala del palacio de Arte Moderno. El banquete se iba a desarrollar en varias mesas rectangulares en paralelo. Seis columnas en forma de maceta con abetos se enfilaban hasta los techos engalanados con guirnaldas multicolores, como si se fuera a celebrar una justa medieval. La mesa de presidencia se ubicaba bajo una fuente de flores. Estaban Primo de Rivera, el marqués de Alella, el gobernador Losada, el comandante de Marina Ibarra, Puig y Cadafalch, Pich y Pon, el presidente de la Diputación, el senador Junoy, los cónsules de Checoslovaquia y Francia, el presidente de la Asociación de la Prensa, el diputado Rahola, el comandante de somatenes y un delegado regio. Como sobraba una silla, a Hurtado le faltó tiempo para acomodarme en ella.

—El delegado regio no se quedará —explicó.

La cena fue frugal. Un consomé de ave seguido de pulardas con ciruelas regadas por vinos de Alella, como un homenaje a nuestro alcalde, y un tinto de La Rioja.

Los elogios sobre el patrimonio reunido en la Exposición derivaron hacia la confusa situación política. Los comensales lanzaban miradas furtivas al capitán general. Este permanecía circunspecto, casi sin probar los platos y con las manos entrelazadas sobre la mesa como quien espera algún mensaje crucial. En el momento del brindis con champán de Veuve Clicquot, Hurtado se acercó a Primo de Rivera y le susurró algo al oído. El militar asintió y se levantó del sillón de honor. El runrún de la sobremesa cesó *ipso facto.*

—Siento no participar de los postres y el brindis, pero quehaceres inaplazables en Capitanía me demandan —anunció.

Lejos de sentirse contrariados, los invitados intercambiaron expresiones de satisfacción cómplice, como quien confirma una expectativa largamente deseada.

Primo de Rivera salió como una exhalación de la Exposición del Mueble... Hurtado vino hacia mí.

—Ha llegado el momento, Promio. La noticia estará a partir de ahora en Capitanía. Olvide su crónica.

Me dio una palmada en la espalda y se unió a la comitiva que subía a los automóviles que acompañaban al del capitán general.

Cuatro horas más tarde, y después de haberse declarado el estado de guerra en Cataluña, diversas guarniciones militares ocuparon las oficinas de telégrafos y teléfonos, así como la delegación de Hacienda. Tomé un taxi y me dirigí a la Capitanía General. El soldado de la puerta me pidió que me identificara y yo consideré más práctico obviar mi condición de periodista. Preferí preguntar por Hurtado.

—¿Trabaja usted con el secretario del capitán general? —inquirió el soldado de guardia.

La seguridad en el asentimiento me franqueó la entrada. La premonición política, tantas veces reiterada, se estaba cumpliendo. En las calles no se percibía ni un asomo de desorden, las tropas no habían encontrado la más mínima resistencia, el ambiente de la Capitanía era de júbilo... Militares de uniforme y generales de paisano entraban y salían del despacho de Primo de Rivera, que en ese momento estaba dictando, y nunca mejor dicho, el manifiesto en el que justificaba su golpe de Estado y que debería ser difundido por la prensa barcelonesa.

Me demoré en los pasillos... La voz del general me recordaba al maestro de escuela que recita la lección. Al cabo de media hora, vi salir a Hurtado con la expresión preocupada de quien ha de afrontar un examen.

—¿Todo sigue su curso? —pregunté.

—La hora acordada para el movimiento era más tarde, a las cuatro de la mañana, pero hemos tenido que adelantar el programa previsto porque el general ha recibido una conferencia telegráfica del ministro de la Guerra.

—¿Y qué decía el ministro? ¿Estaba de acuerdo?

—Le preguntó cómo estaba la guarnición de Barcelona y el general se sinceró sobre sus intenciones. Ahora convocamos a los directores de los diarios para que incluyan el manifiesto en la edición de mañana.

A las dos de la madrugada, Primo de Rivera se puso las lentes redondas y leyó su bando a los periodistas. Les comunicaba que a partir de ahora, antes de la salida de sus respectivos rotativos, deberían enviar un ejemplar para ser visado por la censura. Ante los ruegos de alguno de los directores, debido a la premura del plazo, el general les dispensó de hacerlo esa misma noche con el compromiso de limitarse a reproducir el texto sin comentario alguno. Para curarse en salud, les informó que su movimiento ya contaba con la adhesión de las capitanías de Madrid, Burgos, Zaragoza y Valencia.

La docilidad de los periodistas que iban a ser censurados me dejó anonadado. Tan escandaloso silencio quedó roto por el propio Hurtado, que pidió a los presentes si tenían alguna pregunta que formular. Como nadie se lanzaba, habló el general, cada vez más seguro de que contaba con la aquiescencia no ya de la burguesía catalana, sino de la propia prensa.

—Sepan ustedes que nuestro primer propósito es disolver las Cámaras y someterlas a un régimen de economía interna que ahorre un par de millones; dejar cesantes al sinnúmero de empleados supuestos, esos que figuran solo en las nóminas y no pisan jamás la oficina...

La propuesta fue saludada con exclamaciones de apoyo. Regeneracionismo, por fin. Uno de los reporteros puso cara de tristeza, ya que ese era el *modus vivendi* de muchos periodistas que completaban su magro sueldo con algún carguillo a dedo del cacique político de turno.

—¿Ha influido en su decisión la Marcha sobre Roma de Mussolini? —preguntó un colega de *La Vanguardia*.

Primo de Rivera se enorgulleció de la comparación.

—Ni ha habido que imitar al Fascio ni a la gran figura de Mussolini, aunque sus actuaciones sean de provecho y enseñanza para todos. En España, y sobre todo en Cataluña, tenemos buenos ejemplos como el Somatén y la admirable figura del general Prim.

Se escuchó algún runruneo, más bien de aprobación. Se notaba a Primo de Rivera cada vez más relajado... Siguió explicando su programa:

—Propósitos de fusilar no traemos, no se preocupen. Nuestro proyecto es regeneracionista. Haremos una nueva división administrativa, gubernativa, judicial y, posiblemente, militar de España. Encomendaremos esa labor a hombres doctos en geografía, historia, administración...

—¿Y Cataluña? ¿Podrá expresar su singularidad? —indagó un veterano columnista de *La Veu*.

—Cataluña no ha de temer nada de nuestro Directorio. Ahora, como ya proclamé en la inauguración de ayer tarde, el morboso sentimiento catalán de hostilidad a España que dejaron desarrollar en la escuela, en el púlpito y en la cátedra los abominables políticos del antiguo régimen, ese sentimiento procuraremos desterrarlo.

Hurtado le tocó el brazo y el capitán general interrumpió su filípica. Avanzó unos pasos y se mezcló con la docena de directores que se disponían a imprimir el bando a las rotativas.

—Ni una palabra más por hoy, que mañana les podré explicar más cosas. Buenas noches... ¡Vengan esas manos y a soñar en la grandeza de España!

Pocas horas después, Primo de Rivera tomaba el expreso a Madrid para hablar con el rey Alfonso XIII. En el apeadero de Gracia no cabía una aguja: somatenes, militares y los prohombres de la Lliga que vitorearon al capitán general en la Exposición Internacional del Mueble. A pie de tren, el dictador en ciernes lanzó una declaración que los reporteros recogieron cual precioso maná informativo:

—El Directorio Militar no ha de ser más que un gobierno provisional. Terminada nuestra labor, dentro de cuatro o cinco meses, y pasado el peligro, entraremos modestamente en las filas como soldados que somos.

—¡Es el regeneracionista que necesitamos! —oí decir a algunos de aquellos burgueses que ahora aspiraban a ser aristócratas.

Primo de Rivera entró en el vagón. El humo del tren envolvió a la marea entusiasta de sus admiradores.

Recordé el encargo de Llucià: Adelaida Caner. Tomé un taxi rumbo al Putxet.

Josefa me abrió la puerta con la pequeña Emma en brazos.

—Antonio me ha dicho que usted seguirá un tiempo

con nosotros. Creí que su partida era inminente... ¿Qué le ocurrió? Estuvieron a punto de matarlo...

—Antonio me salvó la vida. Su aparición con el sidecar fue providencial. Estaba tirado en los adoquines de la calle, pringado de estiércol, a los pies de dos pistoleros...

Josefa me observó con detenimiento.

—Tiene usted muy mala cara...

—Llevo dos días sin dormir. He pasado la noche entre la Capitanía General, las ruedas de prensa y el periódico. Ya sabe lo del golpe de Estado...

A Josefa no parecía importarle mucho la tensa situación política.

—¡Ah, sí! He visto pasar unos soldados que informaban a los vecinos, pero poco más... Dicen que Primo de Rivera va a acabar con la corrupción y la guerra de África. Parece que la gente está bastante conforme...

La esposa de Llucià acomodó a Emma en la trona del comedor. Extrajo un sobre del escritorio.

—Supongo que Antonio le habló de Adelaida... —me dijo con voz suave y el sobre entre las manos.

—No me concretó nada. Mencionó su nombre y me pidió que estuviera atento por si ella se presentaba en esta casa.

Josefa sonrió con melancolía.

—Usted ya sabe que se casaron hará casi siete años en la iglesia de Belén...

—Hasta ahí llego, pero poco más. Según me comentó su marido, se hizo pasar por Fernando Caamaño y de Bonilla, un comerciante venezolano, si mal no recuerdo.

Josefa se mostraba incómoda al evocar aquel matrimonio.

—Ella ha estado aquí.

—¿Aquí? ¿Y qué le ha dicho? ¿Ha montado alguna escena?

—Ha estado aquí pero no ha llamado a la puerta de esta casa. Prefirió dejar este sobre en el buzón de la entrada. Ábralo.

—¿No lo ha abierto usted?

La esposa de Llucià se removió inquieta y desvió su mirada hacia uno de los ventanales en el que se agitaban los árboles del jardín.

—Prefiero no saber nada de todo esto. Si Antonio le salvó la vida, compénsele ahora usted encargándose de este asunto. Comprenderá que para mí es una situación muy desagradable...

—Pero usted conoce el historial de su señor marido...

—Precisamente por eso —repuso ella, un tanto airada—. Porque eso pasó y ahora estamos muy unidos. Ya vio el poco tiempo que estuvo en Bilbao. No soporta estar lejos de mí. Además, queremos tener otro hijo...

—Ya me lo comentó. —Sonreí—. No se apure. Me encargaré de todo lo que depare este sobre.

—Y si es una cuestión de dinero, el abogado ya proveerá —apostilló Josefa.

—De acuerdo. Subiré a mi cuarto y leeré la carta. A lo mejor no es nada peligroso...

—Me temo que lo será —sentenció ella, cada vez más taciturna.

24

Me había citado con Adelaida Caner en el Coliseum. El lujoso cine iniciaba su andadura con la proyección de *La canción de París*, película protagonizada por Maurice Chevalier, el *chansonnier* de moda. Con su amplio vestíbulo sostenido por una decena de columnas jónicas y las dos torres neobarrocas rematadas por una cúpula que imitaba a la Ópera de París, el Coliseum albergaba la sala más glamurosa de Barcelona; desde luego, no era el lugar más adecuado para un encuentro que había de ser un dechado de discreción. Pero esas eran las condiciones de doña Adelaida en la carta que dejó en el buzón del Putxet; como en las corridas de toros: a las cinco de la tarde en el cine de la Gran Vía de las Cortes.

Me temí una encerrona. El contenido de la misiva era tan escueto como amenazante. Aseguraba que informaría a la policía del paradero de Llucià y planteaba un proceso judicial sobre la validez del matrimonio celebrado hace siete años en la iglesia de Belén.

Para que pudiera reconocer a Adelaida, Llucià me había pasado una página recortada del semanario *Nue-*

vo Mundo en la que aparecía con ella el día de su matrimonio. Cuando le comuniqué que la cita con su, digamos, exesposa era en el Coliseum, mi mecenas rio con ganas. Haciendo gala de sus múltiples identidades, se había convertido en espectador asiduo de tan esplendoroso emporio cinematográfico. Según él, era una buena manera de disfrutar de su afición y, al mismo tiempo, pasar desapercibido entre las sombras de la platea.

Sonaban las cinco en el reloj de la universidad y apreté el paso para no hacer esperar a la más díscola de las ocho mujeres de Llucià. La identifiqué con suma facilidad y constaté que comparecía sola. Muy morena, con vestido negro y una peineta en el moño, Adelaida era la típica hembra latina de rompe y rasga. Apoyada en una de las columnas, cual émula de la Carmen de Bizet, miraba a ambos lados de la Gran Vía con cierta inquietud, algo lógico si tenemos en cuenta que no me conocía físicamente.

En una primera instancia pasé distraídamente ante sus empolvadas narices para corroborar que, realmente, no había detectado mi presencia. Entré en el vestíbulo como si me dirigiera a la taquilla y volví a salir. Fue entonces cuando su mirada y la mía se cruzaron.

—¿El señor... ? —susurró aquella mujer fatal.

—Promio, Alejandro Promio. La señora Adelaida Caner, supongo...

Ella alargó el dorso de su mano, con aire decaído, más monjil que sensual... Yo, en un detalle de galantería convencional, bajé la testa rozando apenas su piel con los labios. La consigna, como me había advertido Llucià, era no contrariarla.

El vestíbulo del Coliseum disponía de un ambigú

con varias mesas. Allí nos acomodamos y pedimos dos cafés expresos.

Vista de cerca, Adelaida mostraba una tez cetrina; sus pupilas, de negro azabache, coronaban unas ojeras de heroína de copla o musa de Julio Romero de Torres.

—¿Usted está aquí en calidad de qué? —espetó inquisitiva.

La sonrisa ceremonial se disipó de mis labios.

—Soy escritor, periodista y secretario del señor Llucià.

—Yo pensaba que este era un asunto más propio de un abogado. ¿O es que el señor no tiene abogados? Porque me parece que los necesitará... y mucho.

La tal Adelaida no defraudaba en su anunciado carácter combativo.

—Si usted es periodista debe saber, por ejemplo, que justo aquí al lado está *La Publicitat*, y poco más allá, en Pelayo, *La Vanguardia*, y en la plaza Cataluña, *El Día Gráfico*...

—¡Pare máquinas, buena señora! ¡Ya me conozco la prensa barcelonesa! —atajé.

—Lo digo porque podría ir a cualquiera de esos periódicos y contarles aspectos íntimos de su jefe que usted, señor periodista-secretario, desconoce.

—Me temo que, a estas horas, la vida amorosa del señor Llucià está sobradamente documentada.

—No esté tan seguro... —replicó con desdeño.

Opté por no llevarle la contraria tan pronto. La buena entrevista se basa en ganarse la confianza del entrevistado, recordé para mis adentros como si repitiera una plegaria.

—Puede ser que usted tenga razón. Al fin y al cabo, es o fue su esposa... —concedí.

—¡Sigo siendo su esposa! —tronó ella con la voz rota.

Las lágrimas enrojecieron las pupilas de aquella mujer hosca y enérgica hasta difuminar el rímel por sus mejillas.

—¿Por qué me engañó de esa manera? ¡Yo le amaba más que nada en el mundo! Creía en sus promesas. Le confié mis joyas... ¡Era el hombre de mi vida!

Tanta exclamación me sonaba a estribillos de canciones. Intuí que era el momento de tocar la fibra sensible. Avancé la mano sobre la mesa y palpé la suya.

—Porque se casó con una de sus identidades. Llucià era en aquel momento Caamaño, de la Valencia venezolana.

Adelaida parecía humanizarse por momentos, se la veía más vulnerable.

—¡Ha arruinado mi vida! Mi nombre aparece en fichas policiales ligado a sus delitos... ¡La séptima esposa o la séptima idiota! Me ha obligado a encerrarme en mi casa. He sido repudiada por mi familia. No he conocido ningún hombre desde que él me dejó tirada...

—Le repito que legalmente no era Llucià, sino Caamaño...

—Cuando lo vea, porque ya sé que se ha evadido de Nueva Belén, dígale que he de salvar mi honor y que he presentado una querella contra él por delito de bigamia.

«Si todo era eso...», pensé.

Adelaida parecía desarmada. El método funcionaba. No contrariarla. Dejar que se desahogara. A medida que iba desnudando sus sentimientos hacia Llucià, yo la veía más bella. Volví a tomarle la mano y esta vez se la apreté con más fuerza.

—El señor Llucià me ha entregado este sobre. Contiene las dieciocho mil pesetas que sacó de la venta de sus joyas. Quiere que sepa que usted fue la mujer con la que llegó más lejos... después de su actual esposa. Que después de la boda en la iglesia de Belén dudó en seguir sus designios de aventurero...

Adelaida interrumpió mis argumentos:

—De aventurero... ¡Ja! ¡De estafador, querrá decir! Si es usted periodista, señor Promio, ¡haga honor a su oficio y al significado de las palabras!

—En estos tiempos confusos, doña Adelaida, los nombres y las palabras significan muy poco... Tiene razón, sus designios de estafador. Estoy seguro de que el señor Llucià la amaba, pero pudo más su ambición.

Adelaida guardó el sobre en el bolso y se pasó por los ojos un pañuelo bordado con sus iniciales, lo que ennegreció todavía más su tez. En ese momento me recordaba a Pola Negri, la *partenaire* de las películas de Rodolfo Valentino.

Mientras establecía parangones cinematográficos, se produjo la aparición sorpresa de la tarde. Desde una de las esquinas del ambigú, Llucià nos contemplaba con su uniforme militar de capitán de Ingenieros. Constaté con estupor cómo se acercaba con marcial parsimonia a nuestra mesa. Acababa la primera sesión de la película de Chevalier y Llucià venía hacia nosotros... ¡acompañado del astro francés!

Al comprobar que yo no la atendía porque estaba mirando hacia otra parte, Adelaida cesó de hablar.

—¿Qué le ocurre? ¿Algún conocido? —interrogó molesta.

Justo en ese instante, la mano de Llucià se posó en su hombro.

—Adelaida... mi vida. Mira quién está aquí... Mi amigo Maurice... —le susurró a la nuca.

Asustada, ella se volvió bruscamente; se incorporó poniéndose la mano en la boca de puro asombro mientras yo pensaba que estaba soñando lo que veía. El *chansonnier* observaba la escena, divertido. A su lado, el uniformado Llucià nos puso al corriente:

—Ha dado la casualidad de que Maurice actúa estos días en el teatro Eldorado y hemos venido a ver su película codo con codo en compañía de su cohorte de admiradoras.

—Madame... —saludó Chevalier balanceando en el aire su sombrero de paja.

Llucià extrajo un pañuelo y lo colocó sobre la mesa.

—*C'est un petit souvenir pour mademoiselle Adelaide...* —le dijo a Chevalier.

—*Bien sûr!* —Las sonrisas de Llucià y el actor francés contrastaban con mi expresión de pasmarote. Después de estampar su autógrafo en el *mouchoir*, Chevalier se despidió de nosotros, seguido por una nube de jovencitas en edad de merecer. Un chófer le aguardaba en la puerta.

—La función de Eldorado comienza en una hora... —aclaró Llucià, como si fuera el mánager del artista.

Chevalier se metió en el vehículo y sus fans se dispersaron por la Gran Vía. Ya apenas quedaba nadie en el vestíbulo. La incógnita se centraba ahora en Adelaida. ¿Cómo reaccionaría?

Después de un instante en que nuestras miradas recorrieron los techos y las lámparas de cristal, y tras la teatral aparición del célebre artista, todo debía volver a la cruda realidad. Adelaida se levantó de la silla, se acercó a Llucià y le pasó la mano por la cara en un gesto que se intuía afectuoso.

—Fernando... Sería difícil reconocerte con tan impecable uniforme... ¿Cómo te encuentras, Fernando mío?

—El señor Promio te ha entregado un sobre, me parece... —contestó Llucià, un tanto sorprendido de que ella le siguiera llamando Fernando.

Adelaida rompió en sollozos, alargó la mano y arañó con saña la mejilla de su amado, que exhaló un gemido de dolor.

El fingido romanticismo de la dama devino en furioso agravio.

—¡El dinero no me importaba! ¡Lo que más me importaba era tu amor y cómo me abandonaste! ¡Para mí siempre serás Fernando, porque ese fue el hombre del que me enamoré!

Yo seguía aquella escena pasional con la estupefacción del intruso. El camarero, que se había acercado a la mesa con la carta, volvía sobre sus pasos, aturdido por la violenta situación, y se parapetaba de nuevo en la barra. Mientras, Llucià se iba secando con un pañuelo la sangre de la mejilla.

La voz de Adelaida había perdido todo vestigio de sentimientos. Sus palabras resonaban como las de un fiscal:

—Te he puesto una querella por bigamia... Y ahora ya sigue su camino judicial. Y como le he advertido a tu secretario, o lo que sea, voy a explicar en los diarios algunas cosas de ti...

Llucià intentaba recuperar la iniciativa con su cinismo habitual y el pañuelo pegado a la rasgada mejilla.

—No me importa lo que digas, en la prensa ya me conocen... Con la bonita sorpresa que te quería dar en nuestro reencuentro. Con lo que te gustaban las canciones de Chevalier... —insistió.

«Aquella táctica provocadora solo podía traernos más desgracias», pensé.

—«*Valentine, Valentine...*» —Llucià tarareó con voz dulce y perfecta dicción francesa la popular canción de Chevalier. Luego tomó las manos de Adelaida y se las besó.

El camarero me miraba intentando comprender algo de aquella improvisada película de amor y celos, pero yo estaba tan estupefacto como él.

—Amada Adelaida... Solo quería saber que sigues tan bella como cuando nos conocimos... Ahora debo partir. Soy un fugitivo... Adiós...

Sin dirigirme ni una palabra, Llucià corroboró mi papel de convidado de piedra a aquella función. Salió del Coliseum con paso veloz y desapareció entre la masa de gente que guardaba cola en las taquillas para la próxima sesión.

Adelaida volvió a sentarse. Más serena, me miró apoyando la cara sobre su mano.

—¿Ahora comprende por qué le odio?

La pregunta resonó en el vestíbulo vacío. Me hice la ilusión de que estaba más tranquila.

—No querría desilusionarla, doña Adelaida. Estoy seguro de que él ha sido sincero, pero está casado con su nombre auténtico, tiene una hija y quiere seguir teniendo descendencia. Parece feliz con su mujer...

Adelaida agrió su gesto y su voz:

—¡Usted es un cretino! ¿Sabe de lo que es capaz este hombre?

—De estafar, ya lo sé. Pero nunca ha matado a nadie...

—¿Ah, no? ¿Sabe que a una de sus esposas, que padecía del corazón, le hizo suscribir un seguro de vida por quinientas mil pesetas en caso de muerte?

—Y no me diga ahora que, con tan elevada prima, la aseguradora no le hizo un reconocimiento a la asegurada... —contraataqué.

—Se lo hizo a otra con muy buena salud, que Llucià se agenció de Dios sabe dónde... Al poco tiempo de firmado el seguro, la cardíaca falleció y él se metió el medio millón en el bolsillo.

—Eso son infundios, doña Adelaida, amargos frutos del rencor —respondí sin mucha convicción.

La hembra despechada descerrajó una carcajada histérica.

—¿Y usted sabe quién es, de dónde viene?

—¿De dónde viene Llucià? ¡Por supuesto!

—Ahora no me refiero a él, sino a usted, señor Ángel de Lajusticia, Aurora Rojas, Alejandro Promio... ¿Sabe qué hizo su padre, quién es su madre? ¿Por qué se portó usted tan mal con su amigo Martos?

Un calor abrasador me recorrió todo el cuerpo, los reflejos de las lámparas me nublaban la vista, las piernas martilleaban la silla, sentía la garganta seca, los oídos estaban tapados y mi voz sonaba ronca... Ahora era yo quien estaba en el punto de mira de aquella arpía.

—¿Y usted qué sabe de mí? —reclamé a la defensiva masticando las palabras.

—Cuento con muy buenos informadores... Su padre fue estibador del puerto, huyó de España cuando los procesos de Montjuich para retornar de incendiario de iglesias en la Semana Trágica... Entre sus aficiones, sacar los esqueletos de las monjitas de sus tumbas y dejarlos tirados por el paseo de San Juan. Su madre, una puta barata a la que chuleó hasta que ella no dio más de sí y la cambió por otra. Luego se embarcó y debe de andar por la Polinesia propagando la sífilis. Usted es hijo de todo eso... Don Expósito al cuadrado.

Intenté mantener la serenidad. Si no dominaba los nervios perdería toda la información de utilidad que aquella bruja podía proporcionarme.

—Se lo dijo Martos, supongo...

—He recorrido toda la ciudad y los ambientes anarquistas para saberlo todo de usted, la mano derecha de ese estafador... ¿Acaso Martos no era su mejor amigo? ¿O ando equivocada? Martos tuvo un encuentro con su madre poco antes de que usted se lo cargara en un antro del Distrito Quinto. Ya puede ir por la vida con nombres falsos, al estilo de su admirado Llucià. Haga lo que haga, usted siempre será como su padre: lleva los genes del asesino.

Adelaida me había arrollado como un tanque de la Gran Guerra. Aquella mujer reconvertida en discípula de Lombroso se levantó con parsimonia, metió el pañuelo de Chevalier en el bolso y tomó la salida del Coliseum. Yo hice lo mismo para no perderla de vista, pero el camarero frenó mis pasos.

—Señor, aquí tiene la cuenta... Me parece que es poco dinero para el espectáculo que han montado —ironizó con malévola sonrisa.

Salí pitando del cine y recorrí con la mirada las aceras de la Gran Vía... Adelaida caminaba hacia la esquina con rambla de Cataluña. Corrí hacia ella como un torpedo. Volvió la cara. La alcancé...

—¡Antes de irse, dígamelo todo de su relación con Martos!

—Su madre está muy enferma... Es un despojo humano... Le quiere ver...

—¿Y dónde está? ¿Dónde la puedo localizar?

Desesperado, agarré a Adelaida del brazo. Ella reaccionó con alaridos:

—¡Suélteme! ¡Deje que me vaya! ¡Y dígale a su jefe que tendrá noticias mías y que nuestro matrimonio no se romperá jamás!

Varios hombres y mujeres se acercaron.

—¿Está molestando a la señora? ¡Vamos a ver, cédula de identificación! —me dijo uno con pinta de policía de paisano.

—Nada, no es nada... Estábamos discutiendo... como cualquier pareja —respondí para ganar tiempo y salir en estampida.

Una hora después, mientras atravesaba la verja de la casa del Putxet, seguía reflexionando sobre mi propia vida. Tal vez Adelaida no se equivocaba en su odioso diagnóstico. ¿Quién era yo? ¿Carne del mal? En realidad, no podía reprochar a Llucià su amoralidad. Yo llevaba un nombre falso y había cambiado mis ideas según las circunstancias...

Tras el altercado del Coliseum y las turbadoras referencias a unos orígenes que mi cobardía me impedía afrontar, resolví que, ahora sí, era el momento de dejar Barcelona.

A mi llegada, Josefa me preguntó sobre mi encuentro con Adelaida. No le hablé de la actuación teatral de su marido, aunque sí le dije que había visto a Chevalier en la sala junto a su enjambre de admiradoras. Mi informe sobre la aciaga tarde quiso ser tranquilizador. Aquella mujer había puesto una querella por bigamia que difícilmente prosperaría. Para ella era una cuestión de honor.

—¿La ha resarcido el dinero? —preguntó Josefa, intrigada.

—No se preocupe. Cuando se enamoró de él lo hizo con el corazón en la mano. Sigue amando a un joven llamado Fernando Caamaño y de Bonilla. Comerciante venezolano.

—Entonces, señor Promio, esa mujer no es una simple chantajista.

—Eso mismo —respondí con gesto huidizo—. Y ahora, permítame que me retire a la habitación. Mañana tomaré el expreso a Madrid.

25

Tan pronto me instalé en la capital me puse a las órdenes de Hurtado en el Gabinete de Información y Censura del Directorio. El trabajo era tan exhaustivo que en pocos días olvidé mi vida anterior. Se podría decir que mi existencia se reducía a las dependencias de aquel organismo del nuevo régimen. El tramo más vertiginoso de mi labor era de cuatro a siete de la tarde, y de dos a cinco de la madrugada. Ni siquiera en mi época de periodista había experimentado con tanta tensión las horas del cierre de los diarios.

Por nuestras mesas pasaban hasta trescientas galeradas (cada una contenía una columna de periódico): las supresiones o modificaciones se debían trasladar a los cinco ejemplares que cada publicación nos había remitido; por tanto, las trescientas pruebas de imprenta se convertían en mil quinientas.

Los diarios se amontonaban hasta conformar una columnata de papel que amenazaba con despeñarse sobre nuestra embrollada cabeza. Era como si una pertinaz ley de la gravedad castigara aquel afán por controlar todo lo que se publicaba en España.

Cuando la información era delicada, me tocaba consultar el veredicto final con el mismísimo Primo de Rivera. Me recibía en su propia alcoba, a veces en calzoncillos largos de lana. Mientras se ponía el uniforme y firmaba decretos, le leía el contenido del escrito en cuestión y él parecía ir a lo suyo, lo que provocaba la sensación de que no me prestaba atención. Al acabar la lectura, Primo de Rivera, ya vestido del todo, se paseaba por la estancia con un ruido de medallas y regurgitaba un prolijo discurso... En lugar de aclarar las cosas, acababa complicándolas por la cantidad de matices que aportaba su siempre dilatado verbo.

El programa diario del general era una carrera contrarreloj. Se levantaba a las ocho, después de dormir cuatro horas a lo sumo, y empleaba toda la mañana en los asuntos del Directorio; almorzaba a las dos y luego dormía una hora de siesta; recibía audiencias durante cuatro o cinco horas; cenaba a las nueve y acostumbraba a ir al teatro o al cabaré... De una a tres de la mañana volvía a su escritorio.

Las notas oficiosas del dictador demandaban gran parte de nuestra dedicación. Eran largos artículos de inserción obligatoria en los periódicos. Primo opinaba de lo divino y lo humano. Redactaba las notas de su puño y letra, pero como siempre iba con prisas, a veces dejaba párrafos por completar, o alguna cita a la que no atribuía autor o el título del libro del que procedía.

Aquel día de la primavera de 1924 tenía despacho con el general. Entre los asuntos de la reunión, la consabida nota oficiosa y la preparación de la visita de don Alfonso XIII a Barcelona para la inauguración del monumento al poeta Jacinto Verdaguer.

—Comencemos por lo más sencillo —me ordenó.

Sin mediar otra palabra, procedí:

—Un sacerdote se ha presentado en este gabinete pidiendo que tachemos una noticia sobre la muerte repentina de un capellán en una cama que no era la de su parroquia...

El dictador puso cara de sorpresa y lanzó una carcajada.

—¡Empezamos bien el día! ¡Seguro que andaba con una corista... o con un monaguillo! Pero errar es humano... Suprima el texto comprometedor.

Aquellos casos parecían más bien argumentos de vodevil. Sonreí.

—Un estafador de cuello blanco, muy afín al Directorio, pretende que se silencie su nombre en la quiebra de una empresa...

—Ceda a su petición, pero el nombre del cuello blanco me lo pasa a mí. A ese se le va a caer el pelo.

—Un somatenista provocó una bronca en un burdel que acabó con una redada policial... Pide lo mismo: que su nombre no figure en la información.

—El Somatén es la columna vertebral de la patria. No lo olvide nunca, señor Promio. Si hemos perdonado al cura, perdónese al somatenista. De lo contrario, tal episodio podría inspirar al melenudo Valle-Inclán un esperpento de esos en los que hace befa del ejército y sus soldados más dilectos.

El general se quedó mirando al infinito; o, para ser más precisos, a un perchero del que colgaba una de sus guerreras. Luego prosiguió con su efusión retórica:

—¡Ay, don Ramón! ¡Qué mal nos llevamos! Como escribí en una de mis notas: «¡Eximio escritor y extravagante ciudadano!».

Cuando se ponía así, Primo de Rivera podía evacuar

un exordio interminable o uno de sus monólogos castrenses... Tras la mención a Valle-Inclán, volvió los ojos hacia mí.

—Señor Promio, ¿por qué los intelectuales la tienen tomada conmigo? Nunca como ahora la cultura española ha contado con más autores, iniciativas y publicaciones. Solo les pido que se dediquen a las artes y los deportes y no se metan en política, porque de la política ya me encargo yo.

—Haber destituido a Unamuno de su cátedra... quizá no fue una decisión acertada —me atreví a sugerir.

El general se agitó. Aquel nombre le sacaba de sus casillas.

—¡Para mí Unamuno no es sabio ni nada que se le parezca, y de ello estamos todos convencidos en España, donde no hace falta quitarle la careta!

—Pero es una figura muy respetada...

—Vamos a ver, señor Promio... Pongamos a Unamuno en su sitio. Yo creo que un poco de cultura helénica no da derecho a meterse con todo lo humano y lo divino y a desbarrar sobre todas las demás cuestiones... Pero no nos desviemos del trabajo más urgente. Sigamos despachando.

—A sus órdenes, usía. Varios directores de periódicos han pedido audiencia...

El dictador no me dejó continuar y se despeñó en una de sus peroratas:

—¿Qué quieren? ¿Más libertad? Lo he repetido mil veces: la prensa ha de ser, a mi juicio, constantemente vigilada y controlada por el Gobierno, sin por ello abandonar el camino de buscar su mayor perfección e irle concediendo la posible autonomía.

—Me temo que no es eso lo que pretenden...

Primo se mostró sorprendido:

—¿No vienen a pontificar sobre la sacrosanta libertad de expresión? Entonces... ¿de qué va la cosa?

—Están quejosos por el trato preferente que le damos al diario *La Nación*... Como todo el mundo sabe, es el más próximo al Directorio...

—¿Ah, sí? ¿Y a qué trato preferente se refieren?

—Si me lo permite... Creo que tienen razón. Muchas noticias que suprimimos de las galeradas de toda la prensa llegan a última hora en las galeradas de *La Nación* justo cuando el resto de los diarios ya han entrado en rotativas. Al ser una hora tan tardía y tratándose del periódico afín, se da el visto bueno a las galeradas... Lo que se había tachado en los otros periódicos aparece al día siguiente en *La Nación*...

El general carraspeó, visiblemente incómodo.

—¡Ya hablaré con Delgado Barreto! Ese cree que porque dirige nuestro órgano oficioso se puede saltar la censura a la torera. ¿Más asuntos?

—Lo de su hijo José Antonio y una nota a medio terminar...

A Primo de Rivera le brillaron los ojos.

—No hay derecho. La campaña que han montado... Al poco de asumir la responsabilidad del Estado ya me atribuyeron un lío con una cupletista a la que le había concedido un estanco... No hay en España ni un portero ni un ordenanza, y hablo de los cargos más modestos, que pueda mostrar una carta mía de recomendación. Ni en Jerez, ni en Barcelona, ni en Madrid, ni en ningún sitio donde he ejercido mi carrera militar. Ahora sí, a tres viudas de tres eminencias les he conseguido esa clase de establecimientos porque estaban en la indigencia. Y ahora me viene Ossorio y Gallardo acusándome de nepotismo porque José Antonio, que es licenciado en Derecho y habla español, francés e inglés, ha entrado en la compañía de teléfonos norteamericana que acaba de obtener la concesión del Estado.

—¿Qué respuesta enviamos a los periódicos?

—El caso es sencillo. En cuanto supe que esta compañía era concursante, llamé a su director y le obligué a prescindir de los servicios de mi hijo. Es más, revisé las circunstancias de la concesión y logré que se anulara. Varios generales del Directorio me acusaron de tener prejuicios contra dicha compañía.

—¿Y cómo reaccionó José Antonio? El puesto estaba muy bien remunerado. Veinticinco mil pesetas anuales...

—Es un hombre cabal. Lo comprendió y pidió el reingreso en el regimiento donde presta servicio como suboficial de complemento. Sus jefes pueden testificar que ni un solo día, ni un solo minuto ha faltado a su obligación. En los últimos trece meses, ni un solo superior suyo ha recibido una sola recomendación ni petición de permiso a su favor. ¿Ha tomado buena nota, señor Promio? Que a mí me odien, lo asumo. Pero que se metan con mi hijo, es demasiado... Ya tenemos suficientes mártires en Marruecos.

El general estaba emocionado. Apartó varias carpetas y pareció optar por una tertulia menos agria.

—¿Le gusta Madrid, señor Promio? Supongo que debe de añorar Barcelona...

—Me siento bien aquí, mi general. Gracias al señor Hurtado puedo trabajar al servicio del Estado y gano lo suficiente para vivir con cierta confortabilidad.

El general me guiñó el ojo.

—¿Se divierte? ¿Ha conocido a alguna jovencita atractiva?

—En estos momentos prefiero concentrarme en mi trabajo.

Primo de Rivera meneó la cabeza.

—Una cosa no quita la otra... ¡Páselo bien si tiene ocasión! A mí me gusta el cabaré... ¿Qué tiene de malo olvidar por un momento el triste panorama político y embobarse en las piernas de una corista?

Para no desairar al general, le seguí la corriente:

—Procuraré seguir sus consejos...

—Lo veo a usted como a un hijo, y mire que tengo cinco. El mayor, Miguel, se ha ido a Estados Unidos para labrarse un porvenir; José Antonio, el segundo, está a punto de abrir su bufete de abogados; el menor, Fernando, ha salido de la Academia de Caballería con el número uno de su promoción y servirá de alférez... Y a Carmen y a Pilar me parece que ya las conoce de aquel día que me trajo aquellos papeles a mi casa.

—Por cierto, mi general... Hace varios días que el señor Hurtado no aparece por aquí. ¿Está enfermo?

Primo de Rivera sonrió con picardía. Bajó la voz como si se tratara de una confidencia:

—Está organizando la Unión Patriótica, un movimiento sobre el que girará la política española, apoyado, por supuesto, en el Somatén. Espero tenerle entre los primeros afiliados... ¿Algún asunto más, señor Promio?

—Teníamos su nota oficiosa sobre la vida económica de España...

—¡Cierto! ¿Por dónde íbamos?

Saqué unas cuartillas del cartapacio.

—Aludía usted a la modificación de los horarios de los españoles.

—Es verdad. ¿Dispone de copia al carbón? Yo tengo el original aquí. Le voy leyendo el texto final y usted introduce las correcciones. «Se come mucho y se trabaja poco. Un diez por ciento, actuando en menos sobre lo primero y en más sobre lo segundo, bastaría para nivelar la economía general.» ¿Lo tiene corregido?

Asentí.

—Sigamos... «El plan de vida en España de las clases medias y pudientes es disparatado. La comida o almuerzo, que no se sabe bien lo que es ni cómo llamarla, de las dos y media o tres de la tarde, y la comida o cena de las nueve y media o diez de la noche, son un absurdo y un derroche y una esclavitud para la servidumbre doméstica, obligada a trabajar hasta las doce de la noche, hora en que se apagan los fuegos y se levantan los manteles... Bastaría una sola comida formal, a manteles, entre cinco y media y siete y media de la tarde, y después, los no trasnochadores, nada; los que lo sean, un refrigerio. Y antes, un pequeño almuerzo o desayuno de tenedor a las diez y media u once y media, y los madrugadores podrían anticipar, de siete y media a ocho y media, una taza de café...»

Con tanto horario y tanto ágape a horas intempestivas, me había perdido en las elucubraciones del general.

—Disculpe, usía, repasemos las horas...

—¿Lo tiene claro? —preguntó el general dando golpecitos con los dedos sobre su escritorio.

—Sí. Ya lo tengo. ¿Concluimos?

Primo de Rivera se acomodó las lentes sobre su nariz y remató, triunfal, su enésima nota oficiosa:

—«Tal sistema, mucho mejor para la salud y previsor de la obesidad, ahorraría luz, carbón y lavado de mantelería, dejaría libres unas horas de la mañana y otras de la primera noche, permitiendo que los espectáculos se desarrollaran de nueve a doce de la noche...

En cuanto a la clase trabajadora, su jornada dura ocho horas y debe empezar a las ocho y acabar a las cinco, con una hora u hora y media para el almuerzo y el descanso...»

—¿Cree que su propuesta tendrá éxito, mi general?

—¡Este país tiene poco arreglo, señor Promio! Aunque eso no puedo afirmarlo desde mi jefatura. Ahora lo vamos metiendo en vereda a toque de corneta, pero existen demasiados intereses creados. Esa aristocracia dorada y la otra que yo he domesticado a base de conceder títulos estrambóticos no quiere renunciar a vivir muellemente... Los patronos siguen con el egoísmo que nos condujo al borde de la revolución... Ahora recibiré a don José Calvo Sotelo. Está preparando la reforma tributaria. Nuestra oligarquía ha oído que se trata de que todo el mundo pague en función de sus ingresos y ya tildan al ministro de bolchevique... Y después están los catalanes...

—A eso quería referirme, mi general. El próximo 12 de mayo tenemos el viaje de los reyes a Barcelona para honrar con su asistencia la inauguración del monumento al gran poeta catalán mosén Jacinto Verdaguer.

—Un poeta bastante maltratado por los catalanistas, porque era un catalán español —apostilló el general—. Por cierto... Como usted es barcelonés y se conoce al dedillo todos los ambientes de la ciudad, querría pedirle un favor que debe ejecutar con total discreción.

—Estoy a sus órdenes, mi general... ¿De qué se trata?

Primo de Rivera abrió uno de los secreteres de su despacho, del que extrajo una caja que contenía un rollo de película con la etiqueta «Campaña del Rif. Royal Films».

El dictador me lanzó una mirada picarona.

—No se fíe del título... Es para despistar... Es una de las películas picantes que el conde de Romanones le llevaba a Su Majestad...

El general se puso las lentes y extendió el celuloide.

¡Ah, sí! *El confesor*, de los hermanos Baños, año 1920. Mire, mire, acérquese.

Al trasluz, la película dejaba ver a una mujer muy entrada en carnes que se desnudaba ante un cura. El pubis peludo de la odalisca era manoseado por el rijoso confesor.

—O sea que los Baños son proveedores de la Real Casa, ahora entiendo el nombre de su productora...

Mi comentario pareció incomodar al dictador.

—Disculpe, mi general. ¿Y qué he de hacer con esta película?

Primo de Rivera hizo un gesto con la mano para que bajara el tono de voz.

—En cuanto lleguemos a Barcelona, se la devuelve a los Baños y les pide un par más para que el rey se distraiga en sus momentos de asueto. El 17 de mayo es su cumpleaños: estrenará el palacio de Pedralbes y le queremos hacer un regalito *psicalíptico*. Por cierto, ¿conoce a los hermanos Baños?

—Personalmente, no. He visto alguna película suya, como *Fuerza y nobleza*, aquella en la que salía el boxeador Jack Johnson, pero desconocía esta faceta de su filmografía. En los ambientes anarcosindicalistas se practica el nudismo, pero se condena la pornografía y la prostitución.

Primo de Rivera rio al verme un tanto azorado.

—¡Mire que son raros los anarquistas! A veces parecen curas de puro puritanos y luego se dedican a quemar las iglesias y hablar del amor libre. ¡No hay quien los entienda! ¡Menos mal que usted ha sabido rectificar a tiempo!

En ese momento, la faz regordeta de Calvo Sotelo asomó por la puerta del despacho. Primo de Rivera me lanzó una mirada cómplice y me hizo ademán de que cambiáramos de tema. Yo cubrí el rollo de celuloide con uno de mis cartapacios.

—Aquí estamos, don José. Hace pocos minutos hablábamos de usted.

El ministro nos miró risueño.

—Buenos días, mi general. ¿Y qué maldades se dicen de mi humilde persona?

—Que le acusan de bolchevique por la ley tributaria que estamos preparando.

Calvo Sotelo se puso serio.

—Va a costar mucho que esa ley salga adelante. Los ricos de este país no quieren pagar ni un solo céntimo. Señor Promio, supongo que están ultimando el viaje a Barcelona.

—Es el primer viaje importante, después de la abolición de la Mancomunidad. Esperemos que no se produzcan incidentes —maticé.

En el rostro de Primo de Rivera asomó cierto enojo.

—Aquí, señor Promio, le ha salido su barcelonismo. ¿Qué ha de pasar? La Mancomunidad estaba en manos de la Lliga, que nos apoyó primero y ahora se dedica a ganar dinero mientras le baila el agua a los separatistas. Me pidieron que les quitara de en medio a la CNT y lo hice. Se han acabado los muertos en Barcelona. Y mire cómo me lo pagan...

Mi comentario había soliviantado al dictador. Calvo Sotelo intercedió:

—Sinceramente, creo que el señor Promio no se ha dejado llevar por ningún arranque sentimental. Cataluña atraviesa una crítica fase de su historia, quizá hemos de proponer nuevas políticas...

Primo de Rivera interrumpió a Calvo Sotelo:

—El señor Promio es catalán y usted, gallego. Les puede el regionalismo...

—Y usted, mi general —repuso el ministro—, no puede olvidar que en su Manifiesto de Barcelona hizo una profesión de fe regionalista que suscitó muchas esperanzas... Este cambio radical de criterio ha de producir fatalmente un desvío en los que le aplaudieron; y en todos, incertidumbre. Yo, por mi parte, permítame el atrevimiento, creo que debería retornar al espíritu de 1923.

El general se removía en su silla, más incómodo que nunca.

—Señor Calvo Sotelo, ya hablamos de esto cuando dicté la disolución de la Mancomunidad y la destitución de su presidente.

—Con lo que lo admiraba a usted don Puig y Cadafalch... —ironicé.

Primo de Rivera fingió no haberme escuchado. De nuevo, Calvo Sotelo me lanzó un capote dialéctico.

—Usted había convivido diariamente con los catalanes durante su etapa de alto mando. Si ante aquella Cataluña de 1923 mi general sentía el regionalismo, es seguro que volverá a sentirlo cuando pase esta otra Cataluña de 1924, desaforada, levantisca, sediciosa quizá. Si aquella era la verdadera Cataluña, esta de hoy es una desfiguración dolorosa con la que ni los propios catalanes pueden estar satisfechos. Creo que en este viaje ha sonado la hora de la reconciliación con Cataluña. Conviene al Gobierno aprovecharla.

Primo de Rivera respondió secamente al comentario de su ministro:

—Señores, son ustedes unos optimistas recalcitrantes.

—Solo un apunte más, mi general —insistió Calvo Sotelo—. Si vuelve a asomar la faz del peligro sindicalista, dañará al Estado, pero todavía más a esos burgueses que pretenden vivir bien y, al mismo tiempo, ser los campeones del catalanismo jugando a las conspiraciones...

—En eso estamos de acuerdo —zanjó el dictador—. Señor Promio, me parece que ya no nos queda nada pendiente. Pase a limpio mi nota oficiosa y organice con el señor Hurtado el viaje a Barcelona con Sus Majestades.

Al salir del despacho me topé con Hurtado.

—¡Hombre, Promio! ¿Acaba de despachar con el general? Ahora entraba yo...

—Está con Calvo Sotelo...

—Entonces aguardaré a que acaben... ¿Han cerrado ya los temas pendientes? Yo estos días ando de reuniones con afines al Directorio para montarle un partido, la Unión Patriótica.

—Algo me ha comentado... No le lleve la contraria, porque se ha enfadado con Calvo Sotelo y conmigo.

—¿Qué le han dicho?

—Ha salido el problema catalán, la suspensión de la Mancomunidad, la posibilidad de algún incidente...

Hurtado se puso serio.

—Ese viaje es una toma de temperatura en la misma Barcelona de la que nació el Directorio y que ahora parece volverse contra él.

—Calvo Sotelo opina que el general se precipitó aboliendo la Mancomunidad.

—Yo también lo creo, Promio. Pero también le digo que la burguesía catalana nunca agradecerá suficientemente a Primo de Rivera que haya acabado con los atentados anarcosindicalistas y los matones del Sindicato Libre, aunque ahora les prohíba algún acto catalanista...

—Nada más catalán que el Somatén... —proclamé con sarcasmo.

—¡Nada! —reiteró Hurtado con sorna. Cuando reparó en mi abultado cartapacio, añadió—: ¿Todo eso son documentos?

—Y una película... —respondí con aire misterioso.

—De los hermanos Baños... —Hurtado acertó—. Veo que el general no se ha olvidado de hacerle el encargo...

De la aparente seriedad, Hurtado pasó a un énfasis burlón:

—Señor Promio... ¡A ver cómo cumple tan arriesgada misión en Barcelona!

—Ojalá nuestro trabajo consistiera tan solo en buscar películas picantes... —afirmé con melancolía.

Hurtado no respondió.

26

A primera hora del 14 de mayo, Alfonso XIII despachaba con Primo de Rivera en el recién estrenado palacio de Pedralbes, un regalo de la burguesía catalana para que el rey dispusiera de una sede digna para sus estancias en Cataluña. Poco después de las diez y media, acompañado de un Hurtado cargado de papeles, el dictador tomó el coche oficial, que enfiló la Diagonal hasta detenerse en la confluencia con el paseo de San Juan. Desde una columna y rodeado de un parterre parcelado con bajorrelieves de piedra, un mosén Cinto de porte funerario parecía observar, no sin cierta prevención, a los allí presentes.

Al pie del monumento, los jardineros daban los últimos toques ornamentales: se acotó un espacio vallado con banderas rojigualdas y se colocó en el centro una mesita tapizada de terciopelo rojo y dos sillones destinados al monarca y al general. Sobre la mesita, un artístico pergamino para la firma de cesión del monumento financiado por la Mancomunidad y el Ayuntamiento barcelonés.

Primo de Rivera fue el primero en llegar. Descendió del auto con gesto marcial y pasó revista a una compañía del regimiento de Badajoz y una sección de Mozos de Escuadra. Cinco minutos después, el coche descubierto del rey se detenía ante el monumento. A los acordes de la *Marcha Real*, Alfonso XIII estrechó la mano del dictador, el presidente de la nueva Mancomunidad, Alfonso Sala, y el alcalde de Barcelona, que le presentó a varios concejales de Folguerolas, pueblo natal de Verdaguer. También saludó al sobrino de este, Jacinto Llusà Verdaguer. Acomodado en el sitial, Alfonso XIII escuchó los discursos del presidente de la Mancomunidad y el alcalde.

—¡Viva siempre entre nosotros la memoria del gran poeta Verdaguer, honra y gloria de Cataluña, de sus reyes y de la literatura universal! —clamó Sala. Seguidamente, invocó al poeta y leyó unos versos de *Canigó*.

Primo de Rivera se incorporó de su sillón y agarró con energía unas cuantas cuartillas. En medio de la comitiva que seguía el acto, yo deletreaba en silencio los poemas de mosén Cinto que había traducido al castellano por encargo de Hurtado.

El dictador gesticulaba con la efusión de un actor en su debut teatral. Yo me sentía tenso, como un traductor que calibra si su versión transmite fielmente la potencia expresiva del poeta. Primo de Rivera recitaba el canto primero de *L'Atlàntida*, «El incendio de los Pirineos», con su acento andaluz:

—«Y a ti, que el corazón en las alas me has cogido, darte quiero la llave de mi España idolatrada, de ese pedazo de cielo que en la tierra guarda para ti una florescencia de amor...»

Hurtado, que estaba a mi vera, me dio un codazo de satisfacción.

—Está quedando muy bien, ¿no le parece, Promio? El general se ha puesto muy romántico...

Primo de Rivera resultaba convincente ejerciendo de bardo patriótico.

—¡Y en otro poema pone en boca del catalán estas hermosas palabras!: «Buen hijo de España, trabajaré por ella, esperando que despierte su dormido león».

Lo que acababa de oír no me sonaba de nada. Esas frases no figuraban en el texto que yo había traducido. Miré de reojo a Hurtado.

—Este fragmento... no recuerdo haberlo leído antes.

Hurtado me dio otro codazo.

—Se lo pasé yo al general... Quería añadir una coletilla muy española.

La confidencia de Hurtado no me hizo gracia.

—Según mi guion, el discurso acababa con lo de *L'Atlántida*... —le espeté.

Hurtado no respondió al reproche; se mantuvo en silencio mirando arrobado al general, que seguía recitando mientras don Alfonso XIII lo escuchaba con la cabeza apoyada en la mano derecha y ganas de que acabara el acto.

—... En esta labor de amor recíproco de todas las regiones españolas: en esta labor de deshacer equívocos sobre cómo pensaron y se expresaron los grandes catalanes, pondremos de nuestro lado la inmortal figura del virtuoso y sapientísimo poeta, que no faltó falaz (o acaso ignorante) que quisiera presentarlo como tibio en aquel amor a España, a su España, que sintió como el que más, y cantó como el mejor...

Se hizo un breve silencio para confirmar que el general había concluido. Una salva de aplausos recompensó su actuación.

—¿De quién es el párrafo final? ¡Qué farragoso! —reproché a Hurtado.

Me dio otro codazo. Ya tenía el brazo derecho dolorido.

—¿De quién va a ser? ¡*Made in* Primo de Rivera! Con el tiempo que lleva trabajando con nosotros, señor Promio... ¿Aún no conoce el inconfundible estilo de sus notas oficiosas?

Hurtado me deslizó un recorte de *La Veu de Catalunya*, el diario de la Lliga.

—Estos catalanistas... Ya no se acuerdan de cuando nos pedían que modernizáramos el país. Calvo Sotelo se va a quedar solo con su reforma fiscal y la reforma administrativa se irá al garete.

—Nos han regalado el palacio de Pedralbes... justo cuando hemos dejado a su Mancomunidad sin competencias —añadí.

Hurtado siguió con su memorial de agravios:

—Y además se dedican a lanzar infundios contra la visita real: que si el palacio real no estaba acondicionado del todo, que si el rey ya tenía bastante con disponer de una suite en el Ritz...

Dicho esto, Hurtado me dejó para reunirse con Alfonso XIII, Primo de Rivera y su séquito. El dictador hizo un gesto para que me acercara.

—¡Le felicito por los versos de Verdaguer que me tradujo! —Me puso una mano en el hombro y me apartó del corrillo.

—¿Se acuerda de mi encargo? Necesitamos la película para la fiesta del rey del próximo sábado. Ya sabe, Ramón y Ricardo de Baños, Royal Films...

—Proveedores de la Real Casa —repliqué con una sonrisa cómplice.

—Eso, eso —dijo Primo de Rivera dándome un palmetazo en el hombro—. ¡No me falle! ¡Es una orden! —El hombre le había cogido gusto al teatro.

Con el cuerpo dolorido por los codazos de Hurtado y los amistosos palmetazos del dictador, me dispuse a volver a mi habitación del Ritz, donde me alojaba con la comitiva oficial.

Los empleados municipales habían desalojado con rapidez el mobiliario y los motivos patrióticos que engalanaban el monumento. Fijé la mirada en la estatua de Verdaguer, que me pareció más encorvada y fúnebre que nunca.

A mis espaldas, una voz confirmó esa impresión.

—¡Qué monumento más triste!

Aquel tono y aquel acento eran inconfundibles. Volví la cabeza. Allí estaba Llucià, con uniforme militar y un bigotito clavado al del rey.

Sin mediar palabra, nos abrazamos.

—¿Qué hace aquí vestido así? —pregunté.

—Llevo casi un año entrando y saliendo del país para hacer, digamos, negocios...

—Digamos, estafas... —corregí.

—También pasé por Roma y visité el Vaticano camuflado de cura en una comitiva que presidía el obispo de la Seo de Urgel, monseñor Guitart. No sabe lo provechoso que es releer las Sagradas Escrituras... Podría repetir de memoria versículos completos...

Me molestó que Llucià siguiera tentando a la suerte con su orgía aventurera y siguiera sin sentar cabeza.

—Después del espectáculo del Coliseum con sus tonadillas franchutes, ahora no me recite la Biblia... Ya he tenido bastante con el discurso del general.

Llucià mantuvo su sonrisa incólume.

—No se apure, Promio. No se los iba a recitar a usted, me refería al Maestro.

—¿A Gaudí?

—Siempre que vuelvo a Barcelona hago tres visitas: la primera a Josefa, mi mujer. Por si no lo sabe, ya que usted ni siquiera cumple con la cortesía de telefonear para interesarse por nosotros, está de ocho meses. La segunda visita es a la calle Unión, a la pobre Emma Lacroix, que estaría también muy contenta de que usted la invitara a una copa algún día de estos... He de confesarle que sigue tan guapa como siempre y que usted le cae más que bien.

Me sentí incómodo con el reproche de Llucià. Tenía razón. Mi alejamiento de Barcelona no justificaba ignorar a las personas que me ayudaron a sobrevivir.

—Y la tercera es a la Sagrada Familia, supongo...

—Supone bien. Cuando cae la tarde y los colaboradores del Maestro retornan a sus pías moradas, suelo acercarme al Campo del Arpa. A veces comparto un vaso de leche o unas avellanas con don Antonio, que se llama como yo, pero últimamente rehúso su ofrecimiento.

—¿Por qué razón?

—El Maestro consume la leche de los cabreros que mantienen a sus rebaños paciendo por los alrededores del templo. Como no la hierve y la mezcla con lechuga, agarra unas diarreas de muy señor mío. En una de mis visitas, lo encontré tirado en la cama en posición fetal. Como sabe, estudié Medicina y por el color de las heces, y al conocer su peculiar dieta, diagnostiqué una gastroenteritis aguda. Gaudí agradeció mi intervención; ahora se alimenta de frutos secos y esos *pastissets* rellenos de cabello de ángel que hacen en Tortosa. ¡Le encantan!

Me sorprendía la estrecha relación de Llucià con un hombre tan hermético como Gaudí.

—¿Y de qué conversan? Espero que no le esté impartiendo un curso de estafador...

Llucià levantó la mirada hacia el monumento.

—Hablamos, por ejemplo, de la desdichada vida de Verdaguer, de sus dudas espirituales, de sus exorcismos, del obispo que provocó su ruina... Gaudí pasó por una experiencia similar en 1911 cuando enfermó de fiebres y estuvo al borde de la muerte. Me confesó que su destino estaba muy unido al de Verdaguer, pero no me concretó en qué sentido, salvo en su fervor por el cristianismo que nace del corazón y no de la jerarquía eclesiástica.

—En la época en que Gaudí sufrió la crisis que usted menciona, visitaba habitualmente San Baudilio.

—En efecto. Allí proyectó el parque Güell... Ya conoce la cascada y los bancos, son de 1912. La colonia de Cervelló está tan cerca...

—Me lo contó el hermano Triadú... ¿Y cuál es el motivo de su presencia aquí?

Llucià bajó la voz y adoptó un tono misterioso:

—Él ha estado presente en el acto. Y yo le he acompañado.

—¿Él? ¿Se refiere a Gaudí?

—Quería pasar desapercibido y me he ocupado de que así fuera.

—No me dirá que lo ha iniciado en el arte del disfraz...

—Una sotana y una capucha han bastado. La barba blanca y esos ojos tan claros acentúan la imagen de un franciscano. Hacíamos buena pareja. ¡Un monje y un militar! *Typical Spanish!*

—¿Y qué le ha parecido el acto?

—No ha aguantado ni cinco minutos. Los discursos protocolarios le tenían sin cuidado. Hemos llegado con antelación y los empleados nos han dejado acercarnos a la base del monumento. El Maestro lo ha repasado con la mirada una y otra vez... Se le veía triste. Me ha dicho que Verdaguer merecía otra cosa. Una piedra que imitase a la naturaleza, que es lo que él aprendió de la lectura de *Canigó* y que aplica a sus construcciones. Esa columna, esa figura tan patética, esa testa de aguilucho minúscula y desproporcionada...

—O sea que Gaudí se ha escabullido antes de que llegara la comitiva real...

—Estaba tan malhumorado que, cuando ya se encontraba a una distancia prudencial, se ha deshecho de la sotana y se ha vuelto para la Sagrada Familia, sin tan siquiera despedirse de mí.

—¿Y usted? ¿Ha seguido toda la ceremonia inaugural?

—De pe a pa. ¿Adónde ha ido a parar, señor Promio? Lo veo muy cerca de ese poder político que usted detestaba.

—Me avergüenza repetírselo, porque ya lo sabe... Trabajo en el Gabinete de Censura y colaboro en la redacción de notas oficiosas y comunicados a la prensa.

Llucià rompió en una sonora carcajada.

—¡Un anarquista censor es como un banquero anarquista! ¿Ve como la vida siempre nos depara sorpresas? ¿Y qué opinan sus antiguos compañeros?

—De momento, nada. Solo hablé en una ocasión con Ángel Pestaña. Me dijo que la radicalización política había aportado argumentos a la instauración de una dictadura, aunque no comprendía mi colaboración con el dictador.

—¿Y cómo se le ocurrió desempeñar ese trabajo?

—¿Recuerda a Hurtado, el secretario del comisario Castellanos...?

Llucià fingió hacer un esfuerzo para acordarse de aquel nombre que conocía perfectamente.

—¿No fue el que me tomó declaración en mi detención del 19, cuando nos conocimos en la Modelo? —preguntó con falsa ingenuidad.

—No me engañe, Llucià. Usted sabe perfectamente quién es Hurtado.

El estafador puso cara de niño travieso. Se pasó la mano por la barbilla.

—Hurtado es un buen chico... Con un gran sentido del humor. En aquella detención me ahorró una paliza de la policía... Simpatizamos. Le pasé un dinero para que me reservaran una celda individual en la Modelo y que me trasladaran rápidamente a una prisión más pequeña de la que fuera más fácil evadirse si las cosas se complicaban. Luego apareció usted. ¡Maldita sea, un ácrata!, me dije. También simpatizamos. Cuando llegó el momento de irme a Gerona pedí a Hurtado que velara por Ángel de Lajusticia... y cumplió su palabra.

—Entonces, mi inesperada liberación se la debo a usted y a Hurtado...

Llucià asintió mientras me miraba a los ojos.

—Se lo dije claramente, y desde entonces no le he mentido casi nunca. Quería que fuera mi biógrafo, mi hombre de confianza. Creo que no le he fallado. Yo también le debo mi liberación de Nueva Belén. A usted y a Hurtado.

La ironía dejó paso al afecto. Abracé a Llucià.

—No me estruje de esta manera, Promio, a ver si voy a pensar mal... Además, me arruga el uniforme. Vaya a ver un día a la Gabachita: ella lo sabrá agradecer y usted dejará, por fin, de ser célibe. Por cierto, cambiando de tema..., ¿no cree que me parezco al rey?

—No hace falta que se lo diga. Sabe de sobra que es su viva imagen. Eso me huele a, digamos, aventuras...

—Usted lo ha dicho... De tanto leer los Evangelios ya hablo como Cristo —bromeó Llucià.

La conversación se había alargado, casi era la hora de comer.

—Tengo asuntos que resolver. Rondaré por Barcelona hasta que nazca mi segundo hijo. Espero que sea niño. Ya sabe, Promio, la parejita. ¿Y usted?

—Me alojo en el Ritz con el séquito real. Esta tarde viajamos a Gerona y el sábado se celebra una recepción oficial en Pedralbes por el cumpleaños del rey. Una pregunta... Usted, que es tan aficionado al cinematógrafo, ¿conoce a los hermanos Baños?

Llucià pareció alegrarse de una pregunta relacionada con su cinefilia. En un instante se convirtió en una enciclopedia.

—¡Ricardo y Ramón, dos directores de mérito...! Autores de *Juan José*, *Fuerza y nobleza*, *Los arlequines de seda y oro*, con la majestuosa Raquel Meller... Se formaron en la Gaumont de París y en Hispano Films con Albert Marro, gran director y productor del que se independizaron en 1914: la demanda de películas a causa de la guerra era un buen negocio. Tras el incendio de los estudios Hispano Films, los Baños siguieron colaborando con Marro, pero en los últimos tiempos han preferido dedicarse a géneros, digamos, más comerciales, con el sello Royal Films...

—¿Pornografía?

Llucià volvió a sonreír.

—Usted lo ha dicho. Y no me diga ahora que le han encargado material fresco para la fiesta de Su Majestad... Esas películas se proyectan en las sesiones golfas del cine Triunfo.

—Usted lo ha dicho.

—A mí esos rollos no me interesan nada. Es una lástima que dos profesionales de su talla dilapiden el talento de esa manera. Además, las mujeres que actúan son horrorosas, carne con chancros del Distrito Quinto. Yo prefiero las hembras sanas y al natural. En fin, ya veo que trabajar en el Gobierno comporta esas inconfesables servidumbres. ¡Que usted lo pase bien!

Llucià no me dio tiempo a responder. Emprendió la huida con un convincente paso militar.

Después de comer en el Ritz, tomé un taxi hacia los estudios Royal Films, situados en el paseo de las Camelias. Siguiendo las indicaciones de los vecinos, llegué hasta un caserón situado al final de la cuesta de las empinadas calles del barrio. Era el número 39, bajo un cartel de la Sociedad Anónima Sanz. Unos gritos provenientes de los bajos me confirmaron que aquello eran los estudios.

—¡Toma tercera de *El impotente del Tenorio*...! ¡Acción!

Di varios golpes en la puerta, pero nadie parecía atender a mi llamada. Al otro lado se escuchaba una voz femenina de tono cansino...

—Ha sido un gusto conocer a Augusto...

«¡Menudos diálogos!», me dije.

Volví a aporrear la puerta con el picaporte. Por fin alguien parecía reparar en mi presencia.

—¿Quién va? ¡Estamos trabajando!

—¡Soy un enviado del Gobierno! —proclamé con energía.

Se hizo el silencio. La voz retornó con un punto trémulo:

—¿Del Gobierno... o acaso de la policía?

—¡No teman! ¿Se acuerdan del conde de Romanones?

El portalón se abrió de par en par. Espejos, pequeñas columnas rematadas con toscos jarrones de barro: una gordinflona se ajustaba el corsé a toda prisa y un señor maduro se subía los bombachos y alisaba el tupé.

—Me presento, Alejandro Promio, Gabinete de Censura del Directorio Militar.

—Encantado... Ricardo de Baños... No vendrá a hacer una requisa... Somos...

—¿Proveedores de la Real Casa? —añadí sonriente.

—Eso mismo —repuso Baños, un tanto intranquilo—. Mi hermano Ramón está fuera de Barcelona en estos momentos...

Ricardo vestía traje cruzado a rayas, camisa blanca de cuello redondo y corbata amarilla a topos.

—Y estos estudios..., ¿por qué se anuncian como Sociedad Anónima Sanz?

—Son propiedad de Julio Sanz, el primo de mi mujer. Nuestras oficinas están más abajo, en la calle Príncipe de Asturias, 7 —aclaró el director con orgullo.

—Me ha llevado un buen rato llegar hasta aquí... Todo tiene un aire clandestino.

Ricardo sonrió mucho más tranquilo.

—Ramón y yo somos profesionales del cine y tocamos todas las teclas. Podemos filmar la guerra del Rif, adaptar una obra literaria como el *Tenorio*, rodar series folletinescas al estilo de *Judex* o realizar publicidad industrial.

Mientras me detallaba la producción de Royal Films

extraje del maletín el rollo que me entregó Primo de Rivera.

—Es *El confesor*. Se la devuelvo... Necesitaría un par más... Este sábado, el rey celebra su aniversario con una recepción en el palacio de Pedralbes.

—Entiendo... Y le regalan unas películas... —corroboró Baños—. Pase, pase...

La gorda ya estaba vestida con una falda lo suficientemente amplia para ocultar el volumen de su carnosa humanidad. En cuanto a su *partenaire*, el comendador que se llamaba Augusto en la versión sicalíptica, mantenía la bragueta abierta...

—Don Ricardo y compañía... Ya continuamos mañana... Supongo que tendrán cosas de las que hablar... —barruntó con desgana el actor rijoso.

—A las buenas —añadió ella con una genuflexión que desafiaba a la física y a su físico.

—Mañana sin falta a las ocho en punto. Rodamos las últimas secuencias y por la tarde montaremos la película... —ordenó Baños.

—Eso de montar siempre está bien... —añadió el maduro macarra con su previsible chiste verde.

En cuanto perdimos de vista a la pareja, Baños me condujo a su despacho. En las estanterías se alineaban latas de aluminio con etiquetas sucias... Pasó la mano por la segunda estantería y extrajo uno de aquellos rollos de celuloide... Lo dejó caer sobre la mesa provocando una nube de polvo.

—¡Aquí tiene! ¡*El ministro*! ¡A Romanones le hizo mucha gracia! ¿Quiere verla en la moviola?

—No hace falta. ¿De qué va?

—Una señora va a reclamar al ministro porque a su marido funcionario lo han declarado cesante. El ministro se aprovecha de la situación y se pasa por la piedra a la susodicha, que asume el sacrificio con placentera entereza. El que no tuvo entereza fue el actor...

—¿Qué ocurrió?

—Después del primer coito se desinfló y no fue capaz de montar por segunda vez a la señora.

—Si la señora era como la que acabo de ver, no me extraña que sobreviniera la flacidez del miembro viril.

Baños se atusó el bigote.

—No le diré que no. Alguien ha dicho que nuestras actrices son «mujeres hipopótamo». Si el rey quiere películas eróticas, dispone en Francia de un catálogo infinitamente mejor. Más que pornográficas, nuestras películas son cómicas. La única diferencia es que los protagonistas van desnudos y se toquetean.

—¿De dónde saca a los actores?

—Mayormente de los cabarés y nidos de arte del Paralelo, del proletariado del Distrito Quinto que hace «cuadros» para disfrute de los burgueses mirones y de la prostitución... A veinticinco pesetas la sesión. A veces también participan matrimonios, gente bien, deseosa de experiencias libidinosas...

—¿Solo me puede ofrecer una película? Me encargaron que llevara dos...

—Ahora estamos montando (y disculpe por la reiteración de este verbo) la más atrevida, *Consultorio de señoras*. Tiene varias escenas con cambio de decorado... La hemos rodado en una casa privada de San Gervasio de cuyo dueño no puedo, ni quiero, acordarme.

—¿Y por qué dice que es la más atrevida? ¿De qué va?

—Va de un médico que practica el *ménage à trois* con su esposa y la criada de la casa. Cuando está en plena faena se presentan dos clientas en la consulta: una madre y una hija. La cosa acaba en una orgía de cinco: lesbianismo, felaciones, beso negro...

—No hace falta que me la cuente entera... Además, si no la tiene montada, ¿de qué nos sirve?

Ricardo de Baños volvió la mirada a las estanterías.

—A ver, a ver... Mi hermano Ramón realizó algunas películas que se llevó con él durante su viaje al Brasil... Me parece que las tenemos por aquí...

Encaramado a una silla, alcanzó una de aquellas latas polvorientas.

—Aquí está: *Los polvos de la madre Celestina*. Creo que le gustará... a quien sea que la vea.

—Polvo sí que hay... —Sonreí.

El director limpió con un paño la mugre que cubría la etiqueta.

Guardé los dos rollos en la maleta.

—¿Las abonarán como siempre? —inquirió Baños.

Yo no sabía qué contestar. Nadie me había dado instrucciones al respecto.

—¿Qué significa «como siempre»?

—Antes las pagaba el conde de Romanones. Ingresaba dinero en nuestra cuenta del Banco de Barcelona, pero ahora no hay ni cuenta ni banco.

—No me habían comentado nada al respecto —respondí azorado—. Hablaré con el señor Hurtado... ¿Dispone de un teléfono?

A Ricardo de Baños le mudó el color.

—¿Hurtado? ¿El de la policía?

—Ya no está en la policía. Ahora dirige el Gabinete de Censura del Directorio Militar.

—Mire, señor Promio... —dijo con voz temblorosa—. Es nuestro regalo al rey... Y le dice al señor Hurtado que nos dejen rodar tranquilos. Favor por favor.

Ahora me sentía más seguro de mí.

—Tomo nota. No se preocupe.

Me dirigí a la salida. Antes de despedirme, Baños dejó escapar una pregunta:

—Señor Promio, ¿no será usted familia del operador de los hermanos Lumière que realizó las primeras películas en España? Mi hermano y yo le conocimos en París cuando trabajábamos en la Gaumont.

Volví a sentirme azorado. No era la primera vez que me formulaban esa pregunta, pero en esta ocasión me sentí, más que nunca, como un impostor.

—No lo creo... Aunque provengo de una familia italiana —acerté a contestar.

—Vaya coincidencia... Promio. Todo un homenaje al cine... —concluyó Baños con una sonrisa.

Una hora después depositaba las latas en mi suite del Ritz. Se las entregaría a Hurtado para que se las hiciera llegar al general.

Mientras acababa de adecentar el regalo, llamaron a la puerta. Era Hurtado.

—¿Ha conseguido las películas? —inquirió frotándose las manos.

—Aquí las tenemos, envueltas en papel azul celeste... Una de ellas es de la Celestina.

Hurtado no acabó de captar mi juego de palabras.

—Supongo que no será la Celestina fea de toda la vida...

—No sé si será mucho más fea, pero seguro que está desnuda... y es más gorda —bromeé.

—Buen trabajo. Me olvidé detallarle la fórmula de pago —añadió Hurtado.

—No se preocupe. En cuanto salió su nombre, Ricardo de Baños me dio el material gratis. Solo pide que le dejemos perseverar en su peculiar forma de interpretar el séptimo arte.

—No se le molestará —convino Hurtado—. Adivine con quién acabo de hablar en el salón del hotel.

—No se me ocurre...

—Con su mecenas fugitivo... Llucià. Pero no era él...

—Como no se aclare... No entiendo nada.

—Era el mismísimo Alfonso XIII. Por cierto, ya se ha dado algún banquete en algún restaurante y todos lo han tratado como a un rey.

Torcí el gesto.

—Pero está en busca y captura... No entiendo por qué se arriesga de esta manera.

Hurtado me tranquilizó:

—No se apure... Hemos cerrado un pacto. Nosotros lo dejamos tranquilo un par de meses porque su mujer está a punto de dar a luz, y él se mueve de aquí para allá de uniforme explotando su prodigioso parecido con el monarca.

—¿Y de qué sirve que se mueva de aquí para allá haciéndose pasar por Alfonso XIII?

—De esta forma despista a los conspiradores contra el Directorio y a un comando separatista que pretende atentar contra el rey. Un rey tan ubicuo les desconcertará.

—No sé, no sé... Todo sea que de tanto ponerse a tiro lo acaben liquidando...

—Eso no ocurrirá. Llucià es escurridizo como una anguila, un Fregoli de la estafa. Verán al rey, pero media hora después se toparán con un cura o un diplomático. Si le apetece, tomamos un aperitivo en el bar y se lo acabo de explicar.

Ya en el vestíbulo, el recepcionista llamó la atención de Hurtado.

—Señor, acaban de entregar esta carta a su nombre.

Hurtado abrió el sobre con membrete del hotel Vallvidrera... Se ajustó las lentes de miope y se le crispó la expresión.

—¿De qué se trata? —quise saber.

—Llucià ya ha empezado a trabajar su papel a conciencia. Estos días se hospeda en Vallvidrera y juega en el casino de la Rabasada... ¡Ya está cargando gastos a nombre del rey! ¡Y menudos gastos!

Me reí a mandíbula batiente.

—¿No quería a Llucià en misión especial? Además, me parece que en ese hotel de Vallvidrera ya cometió una estafa hace años...

Hurtado se unió a mi carcajada, ante la mirada perpleja del *groom*.

27

Mi actividad en el Gabinete de Censura se amplió a la información política. Primo de Rivera no se sentía seguro y aceleraba su Unión Patriótica, partido a su imagen y semejanza con Calvo Sotelo como eje de un Gobierno cívico-militar. Mis visitas a Barcelona se hicieron más frecuentes debido a los conflictos con el catalanismo. En ese tiempo recibí muy pocas noticias de Llucià. Josefa me hizo partícipe del nacimiento de Sergio, el segundo hijo del matrimonio. La telefoneé y le envié un ramo de rosas y una canastilla para el recién nacido a la casa del Putxet, pero su conversación se limitó a unas palabras de agradecimiento. Cuando me interesé por la situación de su marido, Josefa se limitó a decir que se encontraba de viaje, principalmente por Suiza, y poco más.

Aquel año de 1925 participé en la desarticulación del complot del Garraf, frustrado atentado del grupo separatista Bandera Negra que pretendía volar el tren en el que viajaba Alfonso XIII... También asistí a una conferencia de Pich y Pon sobre la Exposición Internacional... Entre las frases más celebradas del propietario de *El Día Gráfico*, su vaticinio de que la Exposición sería tan «movida» como el alma española. Después del acto me acerqué a la Modelo, donde estaban recluidos quienes fueron mis camaradas en la CNT. Mis credenciales me permitieron conversar sin límite de tiempo con Ángel Pestaña.

—Salud, Ángel —exclamó Pestaña. Oír de nuevo mi nombre de batalla me produjo una sensación de tristeza.

—Salud, Ángel —contesté sin mucha convicción—. Aunque ya sabes que ahora no me llamo así... Soy Alejandro. Alejandro Promio.

—Has cambiado mucho... en todos los aspectos —repuso Pestaña con cierto tono de reproche.

—No sé si he cambiado solamente yo, Ángel, pero de lo que estoy seguro es de que quiero ayudaros. ¿Qué puedo hacer?

—Llevamos más de un año de prisión... Lo grave es que no existe otro cargo contra nosotros que nuestros antecedentes en la lucha sindicalista y la fidelidad a unos ideales. Se nos detiene en un café, nos llevan a la Jefatura de Policía y de allí a la Modelo sin tomarnos siquiera declaración. Registran la redacción de la *Soli*, no encuentran nada delictivo, detienen a los redactores y los someten a prisión incomunicada...

Pestaña sacó un papel arrugado del bolsillo de la camisa. Me lo entregó.

—Si es posible, haz llegar esta carta al Directorio... Que por lo menos acusen recibo de lo que te acabo de explicar. No pedimos clemencia sino justicia, pues la falta de esta es lo que produce el malestar social...

En cuanto llegué a Madrid me entrevisté con Calvo Sotelo. El ministro prometió que intercedería ante Primo de Rivera por la liberación de unos sindicalistas que, lejos de apoyar los atentados, habían conducido sus reivindicaciones por la vía del diálogo.

—De eso sabe usted algo, señor Promio...

—Precisamente por eso creo que lo más justo es que Pestaña y sus compañeros salgan pronto de la cárcel.

Las negociaciones surtieron efecto: el 15 de noviembre los sindicalistas quedaban en libertad. Si tenía una deuda con ellos, o si ellos se habían sentido traicionados por mí, ahora mi conciencia estaba más tranquila.

El 22 de enero de 1926, los periódicos dedicaban grandes titulares al vuelo del hidroavión Plus Ultra. Pilotado por Franco, Ruiz de Alda, Durán y Rada, acababa de aterrizar en Buenos Aires... Los locutores de Radio Barcelona y Unión Radio glosaban los pormenores de aquella hazaña histórica. Si los comparaban con cuatro mosqueteros del aire, Ramón Franco era D'Artagnan. En los cabarés del Paralelo, de los que Franco era asiduo en sus frecuentes juergas barcelonesas, las coristas exhibían las portadas de las revistas gráficas con la imagen del aviador.

Los cañones del castillo de Montjuich lanzaron varias salvas con las que se celebraba la llegada de los aviadores a la capital argentina. Al estruendo de la pólvora sucedió un griterío de vivas. La ciudadanía se echó a la calle, algo que en los últimos tiempos solamente podía ocurrir si el F. C. Barcelona ganaba el campeonato de Liga.

Las iglesias compitieron con la artillería con un acelerado repicar de campanas. Los buques atracados en el puerto dieron rienda suelta a las sirenas y los autotaxis se sumaron al jolgorio popular con una riada de bocinazos. Por primera vez, desde el advenimiento de la dictadura, los catalanes se sentían implicados en un acontecimiento histórico: banderas rojigualdas en los balcones y vivas a Ramón Franco.

Una muchedumbre copaba la Rambla siguiendo las últimas noticias de aquel raid que, como proclamaba un articulista, «había escrito en los cielos el nombre de España». La marejada humana desembocó en el monumento de Colón y se fundió con otra manifestación que llegaba por el paseo Nacional, hasta confluir ambas en Capitanía General, donde yo intercambiaba información con Milans del Bosch.

El capitán general se acercó al balcón.

—Esperemos que esta alegría no sea un pretexto para acciones subversivas... —comunicó a los presentes—. Ahora están coreando algo... ¿Qué piden? —interrogó receloso.

Un oficial abrió los ventanales de par en par.

—Tan solo quieren una bandera española para llevarla al frente de la manifestación y recorrer con ella la ciudad.

—¿Seguro? —inquirió Milans, un tanto sorprendido—. Pues si piden solo eso, entréguensela. No se vayan a creer que ahora reprimimos su patriotismo —bromeó con una risa forzada.

Varios soldados bajaron al paseo con una gigantesca enseña nacional y se la entregaron a los manifestantes, que vitorearon a España y al Plus Ultra.

—¿Le han detallado el trayecto de la manifestación? —preguntó el general, escamado.

—Sí, vuecencia: paseo de Colón, Rambla, ayuntamiento y diputación.

—¡Oficial! ¡Marque el número del alcalde! —ordenó impaciente.

—Es el alcalde accidental, señor Ponsá —aclaró el oficial al pasarle el auricular.

—¿Ponsá? ¡Aquí Milans del Bosch! Si ve llegar una manifestación no pida auxilio a la fuerza pública, ni a los Mozos, ni al Somatén... Van en son de paz y portan la enseña rojigualda en honor de la hazaña del Plus Ultra... Por lo menos eso dicen, no sea que a última hora cambien de intenciones... No olvide que Ramón Franco es un republicano de tomo y lomo.

El capitán general colgó el teléfono y paseó su mirada con satisfacción.

—Sin que sirva de precedente, bendito sea ese Franco... Por fin tenemos una manifestación alegre.

Aunque seguía alojándome en el Ritz, y como mi sueldo me lo permitía, había alquilado una buhardilla de tejas rojas en la calle Roger de Flor, esquina Gran Vía. Allí tenía lo que muchos llamaban la «mantenida», es decir, a Emma Lacroix. En mis estancias barcelonesas conjugaba aquel erotismo de media luz con el trabajo en mi suite del Ritz. La Gabachita no era exigente, y haberla sacado del Edén y conseguir que dejara de consumir cocaína me hacía sentir orgulloso. Ella parecía ver en mí la figura del padre: su cuerpo delgado, con pechos diminutos, era más propenso a la protección que al deseo. En realidad, mis experiencias sexuales con aquella francesa eran una forma de cubrir expediente con mi hombría y poco más. Los recelos por su condición de prostituta y el temor a las enfermedades venéreas vedaban las expansiones lujuriosas.

Apenas habían transcurrido cuarenta y ocho horas de aquella jornada festiva, cuando una escueta noticia afloró entre los titulares del Plus Ultra: Antonio Llucià había sido detenido en el teatro Principal de Zaragoza.

El fugitivo venía de Lérida y se dirigía, cómo no, a San Sebastián. Los inspectores Bayle, Martínez, Casabona y Abelló le habían seguido el rastro.

Después de leer aquel breve, relegado a un confín de la portada por el entusiasmo aviador de España, supe que Llucià ya había sido trasladado a Barcelona. Como en ocasiones anteriores, me puse en contacto con el doctor Mallofré. Le rogué que hiciera lo posible para que Llucià no fuera a la cárcel y pudiera pasar al manicomio.

En la comisaría de Atarazanas, el comisario Castellanos volvía a verse las caras con aquel detenido que siempre conseguía sacarle de quicio.

—Señor Promio, encantado de volver a verle aunque sea, como de costumbre, con el inefable Llucià de por medio. Hurtado me ha dicho que quería presenciar el interrogatorio. Usted sí que se ha reformado, pero su amigo sigue estafando a todo quisque... Acompáñeme. Ya verá lo tranquilo que está.

Acomodado con indolencia en un diván, Llucià mantenía una animada charla con los agentes que le habían traído desde Zaragoza. Era el de siempre: hombre de mundo, porte británico... Cuando reparó en mi presencia levantó la mano con gesto cansino. Se le veía más pálido y llevaba unas gafas redondas de carey. Luego se incorporó del diván y colgó en el perchero un costoso gabán de pieles y su sombrero borsalino, sin perder de vista su maletín de viaje.

Castellanos le ordenó que se sentara en la silla frente al agente que transcribía sus declaraciones.

—¿Cómo estamos, Llucià? ¿Ahora ya no jugamos a los nombres como antes? ¡Algo hemos ganado! —exclamó, jovial, el comisario.

Llucià me miró de reojo con una melancólica sonrisa.

—¿Cómo quieren ustedes que esté? Muy mal. El detenido no puede estar nunca bien. Si quieren que les vuelva a contar mi historia... Estudié Medicina...

—Eso ya nos lo sabemos de memoria, señor mío —interrumpió Castellanos—. Necesitamos otro tipo de información. Nuevos episodios de sus aventuras...

Llucià exhibió una mueca de tristeza.

—¿Ustedes creen que los periódicos pueden interesarse a estas horas por mi vida? ¡Para aventureros, los del Plus Ultra! No pueden imaginarse la envidia que les tengo... ¡Con lo bien que se me da a mí pilotar aviones!

—¿Cómo ha sido su vida en los últimos años? —me atreví a preguntar con afán reporteril. El comisario me dejó hacer.

—Como otras muchas de mis vidas: toda actividad y mucho recelo. He pasado meses enteros sin dormir en una cama ya que siempre viajo de noche. Sí, en estos tiempos he viajado muchísimo, demasiado incluso para un hombre de mundo como yo. A veces añoro la comodidad de mi casa burguesa: mi pianola, la radio, el automóvil... ¡Ya ven! No me privo de nada y, a la vez, carezco de todo.

—¿Y dónde guarda los disfraces? Su aspecto ha cambiado mucho desde la última vez... —preguntó Castellanos.

Llucià no era el eufórico dandi de antaño.

—Conocen de sobra esa habilidad mía... Tengo un gran surtido de postizos. Algunos de ellos, mediante operaciones de mi invención, dan la sensación de ser naturales y no se sueltan por mucho que se tire de ellos. Antes se llevaban mucho la barba y el bigote; pero hoy llamaría la atención. Por eso voy afeitado.

El comisario señaló a uno de los agentes que capturó a Llucià en Zaragoza.

—El agente Casabona me comentaba que al final siempre lo detienen en el teatro... El arte de Talía le condena a usted...

—Es que hacía mucho que no iba. Me aburría y asistí a la función de la tarde y la noche sin pensar que estos señores me estaban siguiendo la pista. Como lo corriente es que las butacas de primera fila de platea estén abonadas, solicité en taquilla una localidad de callejón lateral, justamente sobre la platea. Pensé que allí pasaría desapercibido.

Volví a intervenir:

—Lo detuvieron en Zaragoza, pero venía de Lérida...

Llucià no me dejó acabar. Por la expresión alegre de su cara deduje que le gustaba que le hiciera esa pregunta.

—En Lérida estuve reunido con otros colegas europeos de los que, por supuesto, no voy a facilitar nombres.

—¿Con qué propósito? —insistió Castellanos.

—Era un simposio que había convocado yo.

Los interrogadores pusimos cara de no entender nada. El agente Casabona intentó aclarar las cosas:

—Al parecer, y que el detenido me corrija si me equivoco, trabajaban en una especie de Diccionario Internacional de la Estafa.

El comisario miró a Llucià y volvió a señalar a Casabona.

—¿Se equivoca?

Llucià rio como un conejo.

—El agente dice bien. Nos reunimos para cotejar determinadas expresiones relacionadas con nuestro arte al objeto de unificarlas en un lenguaje universal... Como si fuera un esperanto de la estafa.

—Y usted, el doctor Zamenhof... ¡Esta sí que es buena! —apostilló con sorna Castellanos.

—No olvide, señor comisario, que si el dinero no tiene patria, el lenguaje de la estafa pasa por encima de cualquier frontera. Y el mejor ejemplo soy yo... —matizó Llucià.

Aunque atónito, Castellanos parecía sentir cierta compasión por el detenido.

—Sinceramente... ¿No se cansa de esta vida?

—La verdad es que sí —admitió Llucià—. En las ciudades que he visitado acostumbro a pasear por las afueras, no me hospedo en ningún hotel conocido y almuerzo en restaurantes de segunda fila... Antes viajaba en tren, pero con la busca y captura opté por el automóvil. Y cuando no tengo más remedio que utilizar el ferrocarril, siempre lo hago con varios transbordos.

—No parece que se lo haya pasado muy bien —confirmó el comisario—. ¿No sería mejor que se diera un tiempo de reposo?

Llucià se puso a la defensiva y alzó levemente la voz:

—Si se refiere a los médicos que me atribuyen una enfermedad mental, le diré que sus informes siempre han sido harto dudosos.

—¿Y no ha pensado en su mujer y en el porvenir de sus dos hijos? —añadí.

—Infinidad de veces... Estoy casado y bien casado. Aunque he de reconocer que mi comportamiento anterior daba la razón a los psiquiatras. Haber estado con siete mujeres fue, en efecto, una locura —ironizó—. Sabía que esta detención había de llegar tarde o temprano. Sé también que la opinión de los facultativos me conducirá al manicomio, aunque en estos momentos preferiría la cárcel.

—¿Y por qué le preocupa tanto ingresar en una casa de salud? —terció el agente Casabona.

El tono de voz de Llucià se tornó grave.

—De la prisión se sale al cumplir la condena, pero si alguien diagnostica que la enajenación mental es incurable... ¿Quién sabe cuándo podré salir de ese manicomio que ustedes llaman «casa de salud»? Pasar el resto de los días allí es para mí el más terrible de los tormentos...

Castellanos dio por concluido el interrogatorio. Me acerqué a Llucià y le agarré de las manos que el guardia le acababa de esposar. Él me observó tras los cristales de sus gafas redondas con una tristeza que solo vi aflorar en su semblante cuando la muerte de Nieves. Afeitado, pálido, más delgado, taciturno... Parecía un inofensivo viajante de comercio que no ha podido vender los productos del muestrario.

Después de ser fichado en el gabinete de identificación y retratado, el detenido salió al vestíbulo donde aguardaban varios reporteros.

Una hora después volví a hablar con el comisario.

—Si se interesa por la suerte de su amigo, le diré que está muy relajado, que ha comido muy bien y que no ha parado de hablar de sus aventuras con los policías que le custodian. A última hora de la tarde, y siguiendo las instrucciones del psiquiatra que le visitó cuando lo detuvieron en Zaragoza, se le trasladará en coche celular a San Baudilio... He conversado con el doctor Mallofré, que le conoce bien. Creo, sinceramente, que es lo mejor que puede ocurrirle... ¿No le parece, señor Promio?

Asentí.

Al salir de comisaría, medité sobre la declaración

de Llucià. Tal vez ese aire resignado respondía a una estrategia jesuítica de fingir temor por el manicomio, precisamente, para no ir a la cárcel. Deduje que, una vez más, el que fue mi mecenas se había salido con la suya.

El ingreso de Llucià en San Baudilio se produjo por orden del gobernador civil de Barcelona, como correspondía a sus antecedentes penales.

El doctor Mallofré reafirmó el diagnóstico de siete años atrás: idiotismo moral.

—El informe es calcado al que realizamos en 1919, señor Promio —comentó—. La anormalidad de su psiquismo queda reducida, sobre todo, a la esfera de la afectividad y algo a la de la voluntad, pero no a la de la inteligencia. Sigue cultivando su frescura y cinismo... Pero ahora, quizá sea la edad, lo hace con mayor cautela.

Llucià volvió a ocupar su habitación de lujo en San Baudilio. Se le permitía incluso que Josefa pasara alguna noche con él y podía ver a sus hijos, Emma y Sergio, sin límite de horario. Su abogado se encargó de pagar la fianza por una condena pendiente del juzgado de Lérida... Por lo visto, algunos de los «congresistas» que habían concurrido en aquel delirante simposio para establecer un lenguaje universal de la estafa habían sido detenidos. Llucià aparecía como cómplice de una reunión con el objetivo de delinquir, aunque, al no haber delitos subsiguientes, la pena era de carácter leve.

«Quiero volver a ser un ciudadano normal», le había confesado a Batanero. «Se han acabado las extravagancias.»

En una de las visitas a Llucià, la Gabachita se empeñó en recordarle los tiempos en que se dedicaban a dar sablazos por las comarcas con Nieves Pallarés... Incómodo, Llucià prefirió cambiar de tema.

—Si salgo alguna vez de aquí, me gustaría ser empresario de cine, arrendar alguna sala... Usted puede ayudarme, con ese nombre... —me dijo.

—Tendré que cambiarlo algún día; Nieves ya me advirtió en su momento que había pertenecido a un italiano al que mataron y le cortaron la cabeza.

Llucià recuperó su sonrisa más traviesa.

—¿Eso le dijo? Tranquilícese. No hay ningún fiambre italiano. La identidad la inventé yo por mi pasión cinematográfica. Me agradó la idea de que mi biógrafo, y sin embargo amigo, llevara el nombre de un pionero del séptimo arte... No ha de temer nada, quédese con el nombre; si algún día se casa, podrá hacer como yo: con una identidad falsa no hay matrimonio legal. Y si no, que se lo pregunten a la pobre Adelaida...

Aquella primavera trajo buenas noticias a Llucià. Los informes favorables de Mallofré y las obligaciones familiares derivadas del nacimiento de su segundo hijo facilitaron que el gobernador accediera a que se le aplicara un régimen abierto. Tan abierto, que muchos días ni siquiera pasaba la noche en el manicomio. Llucià dedicaba muchas horas a sus negocios trabajando en su despacho del paseo de Gracia. Nuestra relación personal se fue haciendo cada vez más distante. Yo, en Madrid y él, en Barcelona. Yo, en el Ritz o en la buhardilla con la Gabachita; él, en la casa del Putxet. Nada de visitas; la anunciada biografía del aventurero, bruscamente interrumpida.

Tan distante, que parecía que a ninguno de los dos le interesara recuperar los lazos que unieron nuestras vidas en unos años decisivos. Sin llegar a admitirlo del todo, teníamos la conciencia de ser dos fantasmas que solo podían reencontrarse en los cementerios de la memoria. El Llucià que se iba «legalizando» con su aspecto de probo empresario esquivaba al aventurero que conocí en la cárcel... Y yo, todavía camuflado en un nombre que no era el mío, protagonizaba una penosa huida hacia delante para alejarme de unos orígenes que me avergonzaban.

Hasta que los dos fugitivos nos reencontramos aquella noche de la muerte de Gaudí. Nunca la salida del sol nos iba a dar tanto miedo. Pronto, muy pronto, nos íbamos a ver las caras...

28

Después de nuestro encontronazo en el hospital de la Santa Cruz, mi única obsesión era hablar con Llucià para pedirle explicaciones sobre su súbita aparición en aquella noche aciaga. Ni en su casa ni en el despacho de paseo de Gracia quisieron darme cuenta de su paradero. Por un momento, me temí que se hubiera marchado de España, algo que su libertad provisional prohibía expresamente. Teniendo en cuenta ese extremo, mis elucubraciones no se prolongaron demasiado. Conociendo su admiración por Gaudí y su presencia al pie de la cama del Maestro, no fue difícil localizarle. El 11 de junio de 1926 me lo encontré en la capilla ardiente del arquitecto. Barcelona era un inmenso cortejo fúnebre, desde la calle Hospital hasta la Sagrada Familia.

—Creo que hemos de aclarar algunas cosas. Usted me debe una explicación... —exigí nervioso.

Llucià paseó la mirada en derredor y me palpó la mano.

—No alce la voz. Estamos en un velatorio... ¿Qué aclaraciones son esas?

—Por ejemplo, de quién era la voz que me comunicó telefónicamente que una mujer que decía ser mi madre agonizaba en el hospital de la Santa Cruz...

—¿Y yo qué tengo que ver? Justamente ahora, a través de sus palabras, alcanzo a comprender su presencia allí —repuso Llucià, a la defensiva.

—¿Y por qué no hablamos, mejor, de la presencia de usted? —insistí con impaciencia.

Vestido de impecable terno negro, Llucià movía nerviosamente su bastón de empuñadura de marfil.

—No hay misterio alguno... Como otros días, fui al templo para ver al Maestro... Sus ayudantes estaban muy angustiados. El padre Mas les había dicho que Gaudí no había pasado por San Felipe Neri. Temían que hubiera padecido algún contratiempo... Y todos emprendimos la búsqueda por las casas de socorro. Señor Promio, aquí se acaba mi historia. Ya ve qué sencillo... Tan sencillo como que a partir de ahora el aventurero de los mil nombres ya solo será el empresario Antonio Llucià Bussé.

—No es suficiente... ¡Quiero saber por qué estaba usted allí realmente y quién me telefoneó!

Llucià exhibió una sonrisa malévola.

—Pero... vayamos a lo sustancial. Aquella mujer que agonizaba en la cama de beneficencia... ¿era su madre o no?

La ironía de mi interlocutor me taladró los oídos.

—No sé si era mi madre... —balbucí—. La monja que la atendía me lo preguntó... Le contesté que era la madre de un vecino mío que había abandonado el piso sin pagar el alquiler... Que no sabía nada... Cuando ella expiró, yo ya no estaba a su lado...

Llucià me lanzó una mirada acusadora y me puso la mano en el hombro.

—¿Era o no era su madre? —La insistente pregunta me hacía daño.

—Ella me llamaba «hijo» y mascullaba lamentos que no acabé de comprender...

—O sea, que usted la oía pero no la escuchaba... Entiendo. Observo que lo de descifrar voces no se le da bien. Enfréntese a sus orígenes de una vez... Su madre le había reconocido y usted solo fue capaz de recriminarla con aquella frase lapidaria: «¡No digas que me conoces!». Por eso se la repetí cuando intentó retenerme...

Llucià iba a emprender la marcha. Yo le seguí hasta el exterior del templo. Desde una esquina, rodeado por la gente, el chófer de Capitanía me hacía gestos para que subiera al coche oficial.

Avancé unos pasos y agarré a Llucià de la chaqueta. Él volvió la cabeza y me dio un golpecito en la pierna con el bastón. Oteó a izquierda y derecha, como si temiera que mi vehemente actitud erosionara su discreción burguesa.

—Señor Promio, hasta aquí hemos llegado. Nunca olvide que hasta ahora usted se ha limitado a ser mi complementario... Un pálido reflejo de mi existencia. Hasta el nombre se lo puse yo... Cosas de mi afición al cine. Y esa camisa... ¿Acaso no es una de las mías? Le guste o no, algún día habrá de asumir su verdadera identidad... Vestir trajes de su auténtica talla. Una última cosa: le eximo de sus obligaciones para conmigo. Por favor, olvídese de mi biografía y dedíquese a la suya. Me temo que tiene mucho trabajo por delante... No estaría mal que el doctor Mallofré le reconociera.

Herido por aquellas palabras, intenté tomarle de las solapas.

Llucià me propinó un enérgico golpecito de bastón marcando la distancia como en un combate de esgrima.

—Descubra sus orígenes usted solito... Y lo dicho. A partir de ahora, permítame tutearle por una vez: «No digas que me conoces...».

Y se encaminó hacia la multitud.

Yo me quedé plantado entre el gentío, cual espantapájaros.

A pocos metros, Llucià volvió la cabeza para rematarme con un mensaje lacerante:

—¡Por cierto, señor periodista, yo sé quién es usted y quiénes fueron sus padres...! ¡No olvide que estoy muy bien informado sobre las vidas de los otros! —apostilló con sorna.

El chófer seguía reclamando mi presencia con aspavientos. No podía seguir estacionado por más tiempo. Las palabras de Llucià retumbaban en mis oídos como un zumbido de insectos. Con gesto de autómata subí al vehículo, que se abrió paso a bocinazos entre la muchedumbre que inundaba el descampado de la Sagrada Familia.

—¡Menudo pelma, el tío ese del bastón...! No me lo diga. Seguro que le pedía alguna recomendación... Son como garrapatas. ¿Vamos a la Capitanía? —preguntó el conductor.

Asentí mientras observaba mi triste mirada en el retrovisor.

Media hora después el automóvil tomó la avenida del Paralelo. Pasó ante las sombrías Tres Chimeneas de La Canadiense, la estatua de Colón... En un rincón del puerto, se recortaba la fantasmal y desvencijada silueta de la corbeta Tornado, el Asilo Naval de mi infancia...

Encadenados a mi mente, los versículos del Eclesiastés que salmodiaba el capellán castrense.

> ... Tiempo de abrazar y tiempo de rechazar el abrazo; tiempo de buscar y tiempo de dar por perdido; tiempo de guardar y tiempo de desechar; tiempo de rasgar y tiempo de coser; tiempo de callar y tiempo de hablar...

La perplejidad dio paso a la lucidez. Llucià me había planteado el reto de mi vida. ¿Sería capaz de afrontar mi triste y temido nombre propio?

El coche se detuvo. Bajé.

Me dispuse a entrar en mi laberinto.

Barcelona - Sant Feliu de Guíxols,
septiembre, 2013 - agosto, 2014

Epílogo

Antoni Llucià Bussé murió el 4 de octubre de 1930 en su domicilio del paseo de Gracia, 64. Tenía cuarenta años. Las causas de su fallecimiento difieren: fiebre escarlatina, uremia, intoxicación alimentaria...

Los cuatro últimos años de su vida, después de salir de San Baudilio en agosto de 1926, fueron los de un señor de Barcelona. Una de las primeras cosas que hizo al liberarse del manicomio fue visitar a su familia y amigos de Capellades, el pueblo donde había nacido el 17 de enero de 1890: Travesía del Portal, 8.

Los periodistas Braulio Solsona y Paco Madrid lo describen como un ciudadano de orden, parapetado en un riguroso traje de rayas y un sombrero que semiocultaba una mirada atenuada por las lentes redondas del rentista.

Aquel Llucià, señala Solsona, era un «pacífico comerciante» que iba los domingos a los toros acompañado de su mujer y sus hijos: «De cada una de sus trapisondas —hombre práctico, de los que están en todo, ahorrativo, catalán en el fondo— Llucià guardó un poco de dinero. Y se encontraba, aún joven, con una fortunita y cansado de vivir en un continuo sobresalto».

Paco Madrid coincidía con Solsona. Como todos los aventureros, Llucià llevaba dentro de sí el espíritu del buen burgués. Preocupado por el bienestar de sus hijos y la economía internacional —sobre todo a raíz del crack de 1929—, no salía de noche por motivos de salud.

Los informes psiquiátricos permitieron a Llucià esquivar sus responsabilidades penales, aunque aún tendría que hacer frente a un exhorto de la audiencia de Lérida de 1 de agosto de 1927: quedó en libertad gracias a que su hermano Ramón pagó la fianza. El 2 de octubre de 1927, la Sección Tercera de Barcelona celebró juicio contra él y Santiago Romero por la estafa de 57.861 pesetas al Banco de Vizcaya de enero de 1920. El fiscal pidió pena de seis años y un día de presidio mayor para Romero, más 19.111 pesetas de indemnización a la entidad bancaria. La causa contra Llucià fue sobreseída al ser declarado demente.

Liberado momentáneamente de sus citas con el juez,

Llucià se dedicó a los negocios inmobiliarios y la compraventa de automóviles. Su pasión por el cine le llevó a arrendar, en el bienio 1927-1928, el cine América: «El local más higiénico, cómodo y el más importante del Paralelo», según la publicidad de la época. La programación de los domingos era generosa: dos películas, revista de variedades y actuación musical.

El año de la Exposición de Barcelona, Llucià hubo de afrontar otro juicio, del que salió absuelto por falta de pruebas. No habría más pleitos: en la última denuncia por estafa, de 8 de marzo de 1931, el acusado ya no estaba en el mundo para responder de sus actos.

Las aventuras de Llucià inspiraron a Ricardo León *Las siete vidas de Tomás Portolés*: «Nunca se vio en archivos, laboratorios ni audiencias documento humano más difícil de leer e interpretar... Imposible de todo punto discernir en tan astuto y enigmático personaje, mezcla de sátiro y arlequín, de gran señor y rufián, la multitud de sus resortes...».

También el excomisario Manuel Casal Gómez dedicó a Llucià un capítulo preferente de su libro *La delincuencia y el hampa*. Con toda su carga patológica, amoral y narcisista, el policía reconoce en Llucià «el más perfecto y acabado ejemplar del estafador cumbre, y posiblemente genial, que en el terreno de la frescura ha batido el récord y llegado a la meta». El setenta aniversario de la espectacular fuga de la cárcel de Avilés acompañado de todos los reclusos fue recordado el 16 de noviembre de 1968 por Carlos-Alberto de Porcillán en el diario *Arriba*.

Adelaida Caner perseveró durante décadas en su demanda de bigamia y para que se reconociera su matrimonio. En 1944 la justicia anuló aquel enlace; según el documento del 30 de diciembre de 1916, el contrayente no fue Antonio Llucià sino Fernando Caamaño. Tampoco el matrimonio de Llucià con Josefa Sucarana, celebrado en Pau, tuvo reconocimiento legal. A modo de compensación, y en previsión de que Josefa no pudiera cobrar la pensión de viudedad, Llucià le dejó todas sus propiedades inmobiliarias... En cuanto a sus hijos, Emma y Sergio, no conocieron la verdadera historia de su padre hasta bien entrada la adolescencia.

El entierro de Llucià fue todo un acontecimiento ciudadano, con diez sacerdotes y veinticinco coches en el cortejo fúnebre. Paco Madrid escribía en el semanario *Mirador*: «Ha muerto entre su mujer y sus hijos —una niña de ocho años y un niño de seis—, preocupado por la subida de la libra esterlina y porque cada vez que se producía un robo genial en Barcelona debía ir pitando a la Delegación de Policía a dar palabra de honor de que él no había sido... Desaparece una figura capital de la picaresca internacional y en todas las delegaciones superiores de policía han dado de baja su ficha antropométrica».

Aunque, como insinuaba un anónimo cronista, Llucià se permitió un lujo póstumo: sembrar la duda de si su muerte era auténtica o, tal vez, la más memorable de sus actuaciones...

Agradecimientos

Además de las obras citadas en el epílogo, esta novela basada en la vida de Antoni Llucià Bussé no habría sido posible sin el generoso concurso de su nieto, Jordi Llucià Malz, que me proporcionó una exhaustiva documentación acerca de su abuelo que en su momento recabó su padre, Sergio Llucià Sucarana. Debo agradecer también a los doctores Francesc Vilurbina, Josep Maria Otín, Lluís Albaigés y a la secretaria María Ángeles Oneca el acceso a los archivos del Parc Sanitari Sant Joan de Déu de Sant Boi de Llobregat. Entre los documentos que me resultaron de utilidad para recrear la vertiente psiquiátrica del protagonista, he de mencionar la *Revista Frenopática Española*; *Almacén de razones perdidas*, de Pedro Antón; «Las historias clínicas del manicomio Nueva Belén», de Javier Plumed y Antonio Rey; el estudio sobre las arquitecturas de Gaudí en Sant Boi; *Un jardí invisible*, de David Agulló, Daniel Barbé y Jordi Martí, y el libro-reportaje *Tres días con los endemoniados*, de Alardo Prats.

Para la descripción del contexto político de los años

del pistolerismo y la dictadura, consulté la autobiografía de Ángel Pestaña *Lo que aprendí en la vida*; *Escuela de rebeldía*, de Salvador Seguí; *Mis servicios al Estado*, de José Calvo Sotelo; *Notas oficiosas*, de Miguel Primo de Rivera, y *La censura por dentro*, de Celedonio de la Iglesia, entre otros.

Más allá de los avatares del reportero narrador, esta novela quiere rendir homenaje a la valiosa generación de periodistas de los años veinte que escribieron en *La Voz*, *La Vanguardia*, *Imatges*, *Mirador*, *El Día Gráfico*, *Heraldo de Madrid*, *El Sol*, *El Imparcial*, *La Libertad*, *Crónica*, *Estampa*, *Nuevo Mundo*, *ABC*, *La Correspondencia de España*, *El Liberal*, *La Época*, *El Escándalo*, *Mundo Gráfico*...

Agradezco también a mis primeros lectores, Yolanda y Elena, a la agente literaria Antonia Kerrigan, a mi amigo Carlos Ruiz Zafón, así como a los editores David Trías y Emilia Lope, y a todos aquellos que tuvieron la paciencia de escuchar esta historia cuando era tan solo un proyecto y de leerla cuando pareció ser una realidad. También a Emili Rosales, por apoyar la presente reedición. Esperemos que a partir de ahora sigan diciendo que me conocen...

booket